HEYNE ‹

W0047485

Das Buch

Coppola II ist ein abgelegener und streng abgeschirmter Planet im Eigentum des Order of Technology. Der Planet gilt gemeinhin als High-Tech-Schrottplatz, da die Betreiber überall in der Galaxis defekte Technik aufkaufen und hertransportieren. Tatsächlich aber werden hier seit Jahrzehnten schon geheime Robotik-Experimente und illegale Versuche mit künstlicher Intelligenz durchgeführt – mit dem Ergebniss, dass auf dem Planeten inzwischen eine Parallelgesellschaft entstanden ist, in der hochentwickelte Roboter nach der letzten Verbindung zum menschlichen Leben suchen. Als ein Trupp von Justifiers zu einem Routineauftrag nach Coppola II geschickt wird, ist das dunkle Geheimnis von Coppola II in Gefahr – und plötzlich stehen die Justifiers einer ganzen Stadt von todbringenden Robotern gegenüber …

Der Autor

Christian von Aster, Jahrgang 1973, hat Germanistik und Kunst studiert. Bereits früh hat er mit dem Schreiben von zahlreichen phantastischen Kurzgeschichten und Romanen begonnen. Zusammen mit Boris Koch und Markolf Hoffman veranstaltet Christian von Aster die Phantastik-Lesereihe *Stirnhirnhinterzimmer* in Berlin.

Der Herausgeber

Markus Heitz, 1971 in Homburg geboren, ist einer der erfolgreichsten deutschen Autoren. Zahlreiche seiner Bücher standen monatelang auf allen Bestsellerlisten. Mit dem Roman »Collector« hat er das Tor in das JUSTIFIERS-Universum geöffnet.

Der Umschlagillustrator

Oliver Scholl, geboren 1964 in Stuttgart, ist Production Designer in Hollywood und hat an vielen großen Science-Fiction-Filmen wie *Independence Day*, *Godzilla*, *Time Machine* und *Jumper* mitgearbeitet.

Mehr Informationen unter:
www.justifiers.de
www.justifiers-romane.de

CHRISTIAN VON ASTER

ROBOLUTION

Roman

Mit einer Kurzgeschichte von
Markus Heitz

WILHELM HEYNE VERLAG
MÜNCHEN

JUSTIFIERS®

ist ein Rollenspiel-Universum
von Markus Heitz

MIX
Papier aus verantwor-
tungsvollen Quellen
FSC® C014496
www.fsc.org

Verlagsgruppe Random House FSC-DEU-0100
Das für dieses Buch verwendete FSC®-zertifizierte Papier
Holmen Book Cream liefert Holmen Paper, Hallstavik, Schweden.

Originalausgabe 01/2013
Redaktion: Catherine Beck
Copyright © 2013 für den vorliegenden Roman
by Markus Heitz und Christian von Aster
Copyright © 2013 dieser Ausgabe by
Wilhelm Heyne Verlag, München,
in der Verlagsgruppe Random House GmbH
Printed in Germany 2013
Umschlagillustration: Oliver Scholl
Umschlaggestaltung: Nele Schütz Design, München
Satz: Christine Roithner Verlagsservice, Breitenaich
Druck und Bindung: GGP Media GmbH, Pößneck

ISBN: 978-3-453-52980-9

www.justifiers.de
www.heyne-magische-bestseller.de

MISSION REPORT

2794315-2OT429V

Sicherheitsfreigabe: vertraulich
Beteiligte Organisationen: *Order of Technology*
Aufgabe: Aufklärung und Deeskalation auf Coppola II
System: diverse
Planet: diverse
Zeit: 22/10–24/10/3042
Autor: Christian von Aster

CHRISTIAN VON ASTER

ROBOLUTION

Prolog

DATUM: 22.10.3042 (Erdzeit)
SYSTEM: Prokrustes
ZEIT: 05:20 PM
ORT: Orbit von Coppola II

Ion Trent warf einen kurzen Blick auf das Instrumenten-panel des Cockpits. Einige Anzeigen waren ausgefallen, andere spielten verrückt, und die wenigen, die noch funk-tionierten, waren nicht relevant.

Seinen Schätzungen zufolge würde es das Schiff höchs-tens noch eine Viertelstunde lang machen. Alles in allem kein schlechtes Ergebnis – er hatte beileibe schon schlim-meren Schrott durchs Weltall reiten müssen.

2OT Technology jedenfalls, der Konzern, der ihn hier raufgeschickt hatte, würde zufrieden sein können.

Das Einzige, was Trent vor dem Start hatte checken müssen, war der Zustand der Rettungskapsel gewesen. Alles andere ging ihn nichts an. Für ihn spielte es keine Rolle. Seine Aufgabe war es, die Blackbox und das An-triebsaggregat auszuwerfen und sich mit beidem recht-zeitig abzuseilen, bevor es das Schiff hier draußen im All zerlegte.

Wie die meisten anderen auch war auch dieses Test-Shuttle des Konzerns eine modifizierte Variante der *Dolphin*-Klasse, etwas kompakter und leichter und mit eben gerade so viel Technik ausgestattet, um einen Antriebstest mit allen relevanten Parametern durchzuführen. Schiffe wie dieses, deren Zerstörung schlussendlich Teil ihrer Bestimmung war, bestanden nur aus dem Nötigsten. Aufgrund der Abhörgefahr und der fortgeschrittenen Technologien, derer man sich inzwischen in der Industriespionage bediente, gab es an Bord außerdem weder Funk noch anderweitige direkte Datenübertragung. Ein normaler Pilot wäre wahrscheinlich niemals mit einem solchen Schiff geflogen. Auf derartigen Initialflügen war Risiko Programm. Aber genau dafür beschäftigten Konzerne schließlich auch Tech-Söldner wie Ion Trent. Und ihr Aufgabenfeld war alles, was außerhalb der Simulationskammern getestet werden musste. Wenn es ernst wurde, ließ man sie ran, ob es sich nun um Prothesen, Waffen, Raumschiffe, Bergbautechnologie oder Portaltechnologie handelte.

Trent selbst hatte schon für eine ganze Reihe Konzerne gearbeitet, und ihm war im Lauf seines Lebens so ziemlich alles um die Ohren geflogen.

Dies war bereits sein dritter Flug für *2OT Technology*. Beim zweiten hatte er vor einem knappen halben Jahr seinen Arm verloren, was aber – abgesehen von einer entsprechenden Zulage – nur bedeutete, dass er auf diesem Flug zusätzlich die *Omniprot Pro9G* aus der BigGear-Serie testen durfte. Eine Armprothese mit Nanofusion, optimierten Reflexen und hoch entwickelter KI. Schon im Zuge der Reha hatte gemerkt, dass dieses Ding seinem alten

Arm in jeder Hinsicht überlegen war, und wahrscheinlich hätte die KI darin ihn bei einem Schachspiel alt aussehen lassen. Darüber hinaus halfen ihm der Nanofusionsprozessor und die gesteigerten Reflexe nicht unwesentlich bei seiner Arbeit, bei der am Ende jede Sekunde zählte. Je länger ein Tech-Söldner im Rahmen eines solchen Flugs an Bord blieb, desto mehr gab die Blackbox am Ende her. Und jedes gewonnene Datenfragment bedeutete bares Geld.

Eben darin lag aber auch die Gefahr des Jobs. Im Finden des richtigen Zeitpunkts zwischen sicherem Ausstieg und sicherem Tod, in dem kleinen Moment, in dem Gier und Sicherheit in Konflikt gerieten. Das waren die beiden Pole, zwischen denen sich seinesgleichen bewegte. Eine Tatsache, die mehr als einen seiner Kollegen das Leben gekostet hatte. Andererseits war es kein Geheimnis, dass dieser Job alles andere als ungefährlich war. Im Gegenzug war er mindestens ebenso lohnend, denn die Erprobung neuartiger Technologien war der Krieg der Neuzeit. Und der Wettstreit der Konzerne fand ohne Schonung statt. Die Samthandschuhe waren – wenn sie in diesem Zusammenhang jemals getragen worden waren – längst härteren Bandagen gewichen. Wobei Trents Arbeit natürlich bei Weitem ehrenwerter war als schnöde Industriespionage. Er galt vor allem als Fachmann für experimentelle Antriebe. Dabei hatte er einige Jahre für *Gauss Industries* gearbeitet und genug Sprünge hinter sich, um eine Ahnung vom Irrsinn des Interim geschmeckt zu haben. Auch wenn die Konzerne ihren Söldnern die bestmögliche medizinische Behandlung angedeihen ließen, wusste er doch, dass er nicht als Freak enden wollte. Und genau das war es, was das Interim aus einem machte, wenn man darin zu viel umhersprang. Darum war es ihm schließlich eine Freude gewesen, sich von *2OT Technology* abwerben zu lassen und so von den Sprungantrieben wegzukommen.

Trent war lang genug Pilot gewesen, um die meisten Schiffe dieser Größenordnung in- und auswendig zu kennen. Er spürte sie. Wusste, wann wo welcher Defekt auftrat und wie lange ihm, je nachdem, ob es sich um *Ultra- oder Sternenstahl* oder um neumodische Verbindungen wie *Omniminium* handelte, nach dem ersten Riss in der Außenhülle blieb.

Abgesehen von *Gauss* und seinem gegenwärtigen Arbeitgeber hatte er auch für einige andere gearbeitet. Selbst für den einen oder anderen, der offiziell nicht einmal existierte. Die Konzerne schätzten Trent, seine Kühnheit und die diskrete Kompetenz, denn wenn es um neue Antriebe ging, war Geheimhaltung das oberste Gebot. Wer danach trachtete, dem TransMatt-Monopol der *TTMS* etwas entgegenzusetzen, der tat es besser so lange wie möglich im Geheimen. Wenn die falschen Leute von ihnen erfuhren, explodierten Labors und Fertigungsstätten für neue Technologien recht schnell. Den meisten Raum in Trents Verträgen nahmen dementsprechend auch Verschwiegenheitsklauseln ein, und die besagten im Großen und Ganzen, dass die Konzerne jedes seiner Organe verkaufen und den Rest einem Rudel wilder virgilisischer Windhundaliens zum Fraß vorwerfen durften, wenn er redete. Aber Trent war dafür bekannt, seine Verträge zu erfüllen. Darum überboten sich Konzerne regelmäßig, wenn irgendein neues Schiff in die Erprobungsphase ging. Ion Trent war Mr. Testflug, und tatsächlich hatte er einen großen Anteil der gegenwärtig verwendeten Raumfahrttechnologien als Erster ins All hinausgeflogen.

Inzwischen hatte *2OT Technology* ihn allerdings fest unter Vertrag. Der Konzern hatte ihm ein Angebot unterbreitet, das auszuschlagen vollkommen unmöglich gewesen wäre. Die neue Untersparte des Konzerns, die sich ausschließlich mit experimenteller Antriebstechnologie befasste, war seine Chance auf einen frühen Ruhestand. Die kürzlich erfolgte Gründung von *2OT Drive Technology Ltd.* hatte einiges an Sternenstaub aufgewirbelt. Auf jedem Testflug ruhten seither die wachsamen Blicke von Konzerngiganten wie *TTMS* und *Gauss*, denen jede Innovation in diese Richtung ein Dorn im Auge war ...

Natürlich hatte man Trent einiges für seinen Ausstieg geboten: Schutz, Geld und mehr. Er hätte nur den Kurs des Shuttles ändern und dort landen müssen, wo man den Antrieb ausbauen und untersuchen konnte. Er aber stand zu seinen Verträgen. Immer.

Wenn man einmal von dem ganzen intriganten Konzerngeklüngel absah, war der Job einfach: Man musste nur wissen, wann man aussteigen musste. Es ging um nichts anderes als Timing. Mut war dabei das eine, die Kenntnis der Grenzen das andere. Ion Trent verfügte über beides und darüber hinaus natürlich über die kraft-, reflex- und präzisionsverstärkte *Omniprot Pro9G,* die vermutlich mehr wert war als die meisten Schiffe, in denen er bis heute gesessen hatte.

Er betrachtete die kybernetische Prothese, führte die künstlichen Finger über die schadhaften Bedienelemente des Schiffs und versuchte noch einige sinnvolle Werte zu erhalten. Seit der Zuschaltung des Antriebsaggregats wa-

13

ren noch keine zwanzig Minuten vergangen. Die zurückgelegte Strecke war bemerkenswert. Er war beeindruckt. Es war mehr, als er auf den beiden vorangegangenen Flügen zusammen geschafft hatte. Was immer dieses Schiff antrieb, würde die Bosse dort draußen zittern lassen. Das Ding hatte Wumms, genau genommen sogar ein wenig zu viel. Denn die von ihm ausgehenden Umgebungskräfte, Rückstoß und Mikrovibrationen schadeten nicht nur der Schiffshülle, sondern auch den außen liegenden Teilen des Antriebs. Die Geschwindigkeit zu verringern, war jedoch keine Option. Trent war nicht hier, um zu bremsen. Er kontrollierte die Anzeige auf einem der letzten funktionierenden Screens. Fünfundsiebzig Prozent Schiffsintegrität.

Als sie auf vierundsiebzig sank, betätigte er den kleinen totenkopfförmigen Timer, den er wie üblich zu Beginn des Flugs über die Instrumententafel gehängt hatte. Auf dem Schädel hatte er eine Siebenunddreißig eingeritzt, die exakte Anzahl der von ihm getesteten neuen Technologien. Sprungtriebwerke, Schubtriebwerke und alles andere, was einen von einem Sonnensystem ins nächste brachte. Siebenunddreißig Mal hatte er für ein paar C sein Leben riskiert. Beim vierzigsten würde er Schluss machen. Das war der Plan.

Als der Totenkopftimer einen Countdown von zwei Minuten begann, spürte Trent, wie das Adrenalin durch seine Adern toste. Russisches Hightech-Roulette in den Weiten des Alls: Das war sein Leben. Und Vorsätze hin oder her, das Aufhören würde ihm schwerfallen.

Er überprüfte die Koppeltaschen seines leicht gepanzerten Armeeraumanzugs, den Sitz des *Diamond Knife* in seinem Gürtel und den der *Arclight* im Schnellziehholster. Messer und Laserpistole hatten sich im Rahmen der Notlandungen mehr als einmal bewährt. Vor allem, als er mit zerschmettertem Arm drei Wochen auf einem gottverlassenen Planetoiden irgendwo in Zeta Retikuli auf das Rettungsteam hatte warten müssen.

Mit drei Griffen checkte er das Survivalpackage. Komprimiertes Wasser, Sanitäts-Kit und die *Ultra9*-Rationen, eine SynthFood-Mischung aus Kaugummi, Keks und Adrenalinstimulator. Außerdem verfügte er über die verkleinerte Version einer klassischen Signalpistole. Und das war alles, was er brauchte, um unter normalen Umständen ein paar Wochen auf jedem erdenklichen Planeten durchzuhalten.

Trent warf einen weiteren kurzen Blick auf seinen Timer. Inzwischen waren alle Instrumente ausgefallen. Das Schiff flog bei Weitem nicht mehr so ruhig wie zuvor. Ein Zittern durchlief seinen Rumpf, und langsam weiteten sich die Risse in der Hülle aus. Als wenig später die ersten Sicherungssysteme versagten und der Timer auf 01:20 sprang, begann irgendwo im Hintergrund der Evakuierungscountdown.

Trent zog die Ohrstöpsel aus seiner Brusttasche hervor, öffnete auf dem Unterarmscreen das Menü des Musicplayers und programmierte die Playlist. Als Erstes wählte er *Charmageddon*, einen schnellen und harten Song der Gorecore-Combo *Iron Siren*. Die Jungs, die sich in der direkten Tradition von Bands wie *Disaster Area* oder *Bot'o'war* sahen, waren vor achtzig Jahren im Rahmen einer ihrer spektakulären Pyrobühnenshows verbrannt, aber er hörte sie immer noch gern. Vor allem, wenn es spannend wurde. Die Bässe hämmerten in seinem Schädel, und die Gitarren ließen seine Synapsen vibrieren.

O ja! Ion Trent war wach. *Gottverdammt scheißwach.*

Bei 01:05 stoppte er den Antrieb, erhob sich zum rhythmischen Lärm von *Iron Siren* aus dem Pilotensessel und schritt, im Bestreben, die Unruhe des Schiffs auszugleichen, gemächlich zur Antriebseinheit im hinteren Teil. Per Knopfdruck versiegelte er den Helm seines Raumanzugs und bewegte sich an der kollabierenden Außenhülle vorbei.

Als der Countdown endete, erreichte er die Antriebssektion, wo er sofort den zentralen Geräteschacht öffnete. In seinem Geschäft waren es die Sekunden nach dem Ende der üblichen Evakuierungsspanne, die sich am meisten lohnten. Er kannte dieses Schiff besser als irgendein verschissenes Messgerät es tat. Während das *Charmageddon* in seinen Ohren anschwoll, legte Trent seine Hände auf die beiden Auswurfhebel.

Schließlich legte er sie zeitgleich um. Mit derselben Bewegung zog er sowohl die Blackbox als auch einen kompakten Zylinder mit einer matt blau schimmernden Vorrichtung darin aus ihren Schächten.

Von einem Moment zum nächsten verlosch das Licht. Während die Notaggregate anliefen, konnte er einen Blick auf das Label des Antriebsaggregats werfen, wo in informellen schmucklosen Armeebuchstaben das Wort *Perpetuum* geschrieben stand. Unter seinem Helm musste er schmunzeln. Er hätte gern gewusst, was für eine Gehaltsklasse der Typ hatte, der sich die Namen dieser Dinger ausdachte.

Zusammen mit der Blackbox hängte Trent das Antriebselement in seinen Schultergurt ein und blickte sich noch einmal nach dem Timer um, der in einiger Entfernung im Notlicht des Cockpits baumelte. 00:42.

Ein wenig zügiger als zuvor trat er an den Einstieg der Rettungskapsel, öffnete diese via Handabdruckscanner und schwang sich ins Innere, wobei er die Technik in zwei Magnetschächte gleiten ließ und den Startmechanismus aktivierte. Umgehend setzte der verkürzte Countdown ein, und eine elektronische Stimme zählte von fünf abwärts.

Bevor sich die Luke hinter ihm schloss, erkannte Trent, wie sein Timer im Cockpit auf 0:32 Sekunden zurücksprang.

Vier Sekunden später wurde die Kapsel mitsamt ihm selbst zu einem der härtesten GoreCore-Songs überhaupt aus dem Inneren des Schiffs und in die Finsternis des Weltalls hinausgeschleudert.

Trent wurde in den Sitz gepresst, legte die Gurte an und schloss die Augen. Er atmete tief durch, als der nächste Song begann. Klassik. Das Beste, wenn man aus dem Schiff erst mal raus war. Und dieser Track war ein wirklicher Klassiker der Weltraummusik. Richard Strauss' *Also sprach Zarathustra*. Während Trent sich beruhigte und die Augen wieder öffnete, sah er in einiger Entfernung, exakt zwischen dem Ende der beiden Countdowns, das Schiff implodieren.

Schaudernd genoss er den Anblick – jedes Mal wieder. Es gab nur wenig, das ihn wirklich berührte. Aber die Schönheit implodierender Schiffe im All war mit nichts zu vergleichen.

Und wenn dazu dann auch noch die richtige Musik lief ...

Zufrieden lehnte er sich in seinem Sitz zurück und bemerkte dabei verwundert das blaue Leuchten aus einem der beiden Magnetschächte neben sich. Es war das *Perpetuum*. Obwohl das eigentlich nicht möglich war. Schließlich war der Antrieb inaktiv. Und doch sah Trent das Leuchten und spürte stirnrunzelnd das ihn umgebende Kraftfeld, ein leichtes Vibrieren, das von dem Aggregat ausging.

Das aber war gegenwärtig nicht sein Problem, denn er musste sich auf den Atmosphäreneintritt vorbereiten.

Vor ihm lag, umgeben von einem mattroten Gürtel, Coppola II. Und hinter dem Mond, riesig und finster: Olimpia.

Coppola II war einer von drei Monden, die den Planeten umkreisten. Es war der, den der Computer der Rettungskapsel als optimalen Platz für seine Notlandung errechnet hatte.

Während die Kapsel in den roten Gürtel des Monds eintrat, rief Trent die zentralen Informationen über den Himmelskörper ab. Den Daten zufolge war er unbewohnt. Dennoch sollte es Wasser und spärliche Vegetation geben, sodass die Oberflächengegebenheiten am ehesten mit Proteus 2 oder Aegis IV vergleichbar waren.

Wenn man die Koordinaten und die Entfernung zum nächsten Stützpunkt bedachte – Pygmalion, kaum zwei Tagesreisen entfernt –, war damit zu rechnen, dass ihn das Bergungsteam innerhalb kürzester Zeit hier rausholen würde. Die Überlebensbedingungen auf dem Mond waren laut Analyse auf mittlerem Niveau, was ihn wieder an den Planetoiden im Zeta-Retikuli-System erinnerte. Damals waren beide Peilsender beim Aufprall beschädigt worden, sodass das Team ihn schließlich ohne Ortung hatte finden müssen.

Die Notsender waren an die Blackbox und das Aggregat gekoppelt und strahlten nur zusammen ein Signal ab, damit Tech-Söldner wie er nicht auf den Gedanken kamen, eines von beidem zurückzulassen. Wenn sie es nach Hause schaffen wollten, mussten sie bei dem Sender und somit bei den Geräten bleiben. Auf den meisten Planeten war das ihre einzige Chance, wieder heil zurückzukommen. Oder zumindest überwiegend heil.

Trent betrachtete noch einmal seine Prothese und glaubte dabei plötzlich zu sehen, wie auch sie für den Bruchteil eines Augenblicks von einem blauen Leuchten durchzuckt wurde. Dann setzte die Musik kurz aus. Er stutzte. Bis jetzt hatte die Prothese noch nie eine Fehlfunktion gezeigt.

Während die Rettungskapsel weiter auf den Planeten zuraste, lockerte er seine Gurte und wandte sich dem Aggregat zu. Im Inneren des Schachts pulsierte es tatsächlich noch immer blau. Er war wirklich irritiert. Und das war noch untertrieben. Das Perpetuum war von allem anderen getrennt und hätte in diesem Zustand nicht mehr sein dürfen als ein totes Stück Metall. Was immer *2OT Technology* in diesem Ding verbaut hatte, hätte schlichtweg nicht leuchten dürfen. Stattdessen schien das Licht, das von diesem Ding ausging, sogar noch stärker zu werden.

Trent runzelte die Stirn und fragte sich, mit was für einem experimentellen Scheiß der Konzern ihn hier wieder einmal hochgeschossen hatte. Dann setzte die Musik ganz aus. Trent kam aber nicht dazu, weiter darüber nachzudenken, denn im nächsten Augenblick erfolgte der Atmosphäreneintritt. Und selbst im Inneren der Kapsel spürte er, während er in den Sitz gedrückt wurde, die unglaublichen auf die Außenhülle einwirkenden Kräfte und die daraus erwachsende Hitze.

Während der folgenden Minuten konnte er im Inneren der durchgeschüttelten Kapsel keinen klaren Gedanken fassen. Dennoch nahm er noch immer das blaue Leuchten wahr, das sich nun sogar ausbreitete und nach und nach auf alle technischen Elemente überging, bis schließlich selbst das HUD seines Helms von filigranen bläulichen Blitzen durchzuckt wurde.

Die Oberfläche des Monds kam unaufhaltsam näher. Immer schneller raste die Kapsel darauf zu. Trent hoffte, dass sich das sonderbare Leuchten nicht auf die Technik der Kapsel auswirkte. Vor allem auf den Umkehrschub.

Seine Finger krampften sich um die Bedieneinheit, Schweiß trat ihm auf die Stirn. Er mochte abgebrüht sein, drei Wochen in der Wildnis überleben, einem mutierten Gorilla nur mit einem Messer bewaffnet gegenübertreten können – aber wenn der Umkehrschub versagte, würde *2OT Technology* nur noch seine Reste und die ihrer Technik von der Oberfläche dieses Monds kratzen können.

Kurz bevor der Umkehrschub schließlich zündete, meinte er in einiger Entfernung hinter einer Hügelkette für einen kurzen Moment ein rotes Positionslicht zu erkennen. Aber auch das war auf einem unbewohnten Planeten schlichtweg nicht möglich. Und doch glaubte er, es für den Bruchteil eines Augenblicks rot aufleuchten zu sehen.

Dann schlug er mit halbem Umkehrschub auf. Seine

Rettungskapsel bohrte sich in das poröse Mondgestein und schoss, sich langsam tiefer wühlend, knapp hundert Meter über die unwirtliche Oberfläche dahin, bevor sie schließlich in den Boden einbrach, ins Innere einer Höhle krachte, gut drei Meter senkrecht hinabstürzte und schließlich liegen blieb.

Fluchend fuchtelte Trent mit den Armen und versuchte sich aus dem Sicherheitsschaum zu befreien, der bei ungebremsten Stürzen freigesetzt wurde. Das Zeug stank fürchterlich. Und auch wenn er auf seinem Schicksalsplanetoiden damals nach zwei Wochen überlegt hatte, es über dem Feuer zu rösten, hatte er doch gehofft, es nie wieder riechen zu müssen.

Er drückte die zähflüssige Masse beiseite und wühlte sich frei, um nach den Trageriemen zu greifen, die beiden Techkapseln mit Antrieb und Blackbox herauszuziehen und zuletzt die Luke aufzusprengen.

Hastig zog er sich inmitten des Schaums empor und stemmte sich aus dem Inneren der Kapsel. Noch während er sich in der finsteren Höhle auf den Boden gleiten ließ, bemerkte er aus dem Augenwinkel, wie das vom Perpetuum ausgehende blaue Leuchten intensiver wurde. Seit dem Ausfall seines Musicplayers war sein Bedürfnis, dieses Ding loszuwerden, stetig gewachsen. Damit es ihm so schnell wie möglich gelang, wollte er eilig die Peilsender kontrollieren. Zu seiner Verwunderung musste er jedoch feststellen, dass es keine gab. Beide *fehlten*. Keines der Geräte war mit einem ausgestattet. *Was zum roten Zwerg noch eins ...* Bevor seine Verwunderung in Wut umschlug, versuchte Trent eine logische Erklärung zu finden. Aber auch dafür blieb ihm keine Zeit.

Das blaue Licht des ominösen Aggregats pulste heller und heller, bis schließlich unverwandt mattweiße LED-Stränge an der Höhlendecke aufflammten, deren Licht sich in silbern gefliesten Wänden spiegelte. Trent musste unweigerlich an die Amputationsklinik auf *Automaton Prime* denken, wo man ihm seine Prothese angepasst hatte. Dabei war die Tatsache, auf einem vermeintlich unbewohnten Planeten einen gefliesten beleuchteten Raum wie diesen vorzufinden, noch nicht mal das Erstaunlichste. Weit erstaunlicher war nämlich, was sich noch in diesem Raum befand: Im grellen, vereinzelt von blauen Blitzen durchzogenen Licht erkannte Trent auf dem silbern schimmernden Boden der Halle die leblosen Körper von vielleicht fünf Dutzend Robotern.

Er erkannte auf den ersten Blick, dass es sich um technoide Kadaver handelte, denen Batterien und Energiezellen entfernt worden waren, um sie funktionsuntüchtig zu machen. Und auch wenn es ausnahmslos ältere Modelle aus der Zeit um 2900 zu sein schienen, hatte er sich im Zuge seiner Arbeit lange genug mit Rudimentär-Robotik auseinandergesetzt, um auch davon noch einige zu kennen.

Wenn er an den Hephaiston-Zwischenfall dachte, war es ein gutes Gefühl zu wissen, dass die Energieversorgung dieser Bots gekappt worden war.

Im blauweißen Licht des Perpetuums und der Deckenbeleuchtung sah er sich um und atmete schließlich, kaum dass er eine Tür entdeckte, auf. Daneben prangte wohltuend vertraut auf einer Emblemplakette die mechanische Hand, das Logo von *2OT Technology*, und darunter das ihm allzu bekannte Motto: *Wir ersetzen den menschlichen Makel*. Verdammt noch eins, und wie sie das taten ...

Daneben gab es noch ein weiteres Logo mit zwei verschlungen Cs vor einer Skyline, das Trent jedoch nicht kannte.

Das jedenfalls war der Weg nach draußen. Was auch immer das auf diesem Mond bedeuten mochte.

Dennoch verstand Trent nicht, was hier vor sich ging. Der Konzern, für den er arbeitete, hatte ihn also auf einem ihrer eigenen Planeten notlanden lassen. Und das konnte kein Zufall sein. Vielleicht, so schoss es ihm durch den Kopf, erklärte das auch die fehlenden Peilsender. Auf diesem Mond brauchten sie die Dinger vielleicht gar nicht, um ihn zu finden ...

Noch bevor er diesen Gedanken zu Ende bringen konnte, bemerkte Trent aus den Augenwinkeln eine Bewegung.

Seine Hand zuckte hinab zu seiner *Arclight,* und noch während er die Waffe zog, fuhr er in einer geschmeidigen Bewegung herum, um sie auf die vermeintliche Bedrohung zu richten. Und dann musste Ion Trent schlucken. Keine sieben Meter entfernt von ihm richtete sich eine der Roboterleichen mit ruckartigen Bewegungen wie in Zeitlupe auf. Ein Claim-Boy 3P, Schürfroboter der dritten Generation, unbewaffnet, zumindest in der Standardausführung.

Fassungslos starrte Trent auf die offene Brustplatte des Bots, hinter der anstelle des Energieblocks eine leere Höhlung zu erkennen war, die von irisierenden blauen Blitzen durchzuckt wurde. Während der Claim-Boy sich noch vom Boden erhob, bemerkte Trent weitere Bewegungen. Überall um ihn herum begannen sie aufzustehen. Da waren unter anderem ein GarbGrab 900, der Prototyp eines Entsorgungsbots, ein Defendor T4, ein ursprünglich zur Unterstützung der Planetenmilizen entwickelter SicherheitsBot, sowie eine DD2015, eine Hoch-KI-Antiterrordrohne. Einige der anderen Modelle waren ihm nicht bekannt, aber er war sich sicher, dass ein Teil von ihnen über Waffensysteme verfügte, gegen die sich seine *Arclight* jämmerlich ausnehmen würde. Und dabei hätte keiner von ihnen überhaupt aktiv sein dürfen! Sie verfügten über keinerlei Energie, waren quasi untot. Ihre leeren Batteriefächer gähnten ihm entgegen, einzig vom blauen Widerschein lautloser bläulicher Blitze erfüllt.

Mit seiner Laserpistole würde er keine Chance haben. Was Präzision und Geschwindigkeit anging, waren ihm die meisten Bots in diesem Raum überlegen, da würde ihm auch die reflexgestützte Prothese nicht helfen. Sie würden das Feuer auf ihn eröffnen, bevor er auch nur drei von ihnen niedergestreckt hatte.

Trents Kopf zuckte herum, fieberhaft suchte er nach einem Ausweg. Und dann begriff er: *Das Perpetuum!* Der experimentelle Antrieb musste diese Horde Roboterzombies entfesselt haben.

Hastig streifte er die Vorrichtung von dem Aggregat ab und hob seine *Arclight. Scheiß was auf das C,* dachte er, während er auf den experimentellen Antrieb zielte. Was auch immer sie ihm zahlten, für ein Weltraumbegräbnis war es zu wenig.

Doch Ion Trent kam nicht dazu, den Abzug zu betätigen. Unvermittelt erhob sich direkt vor ihm ein Roboter, den er mit Schaudern erkannte. Mit einem seiner humangesteuerten Nachfolger hatte man ihm ein halbes Jahr zuvor seine *Pro9G* angepasst. Dieser hier aber war ein vollautomatisierter Amputron 3000, wie man ihn früher in Kriegsgebieten für Massenamputationen eingesetzt hatte.

Trent spürte das Scanfeld des Roboters über seinen Körper gleiten und sah, wie im nächsten Augenblick ein halbes Dutzend Klingen aus dem Korpus schnellte.

Und dann kam der Amputron auf ihn zugerast.

1

DATUM: 24.10.3042 (Erdzeit) – zwei Tage später
SYSTEM: Prokrustes
PLANET: Coppola II
ZEIT: 09:30 AM
ORT: Flugraum unweit Coppola II

Das Team war vom Stützpunkt Pygmalion gestartet und
bestand aus drei von *2OT Technology* handverlesenen Justifiern und einer weisungsbefugten Konzernangestellten.
Bei den Gruppenmitgliedern handelte es sich um Leonidas van Ghor, einen alternden Söldner, Riff Mimkin, einen
Heavy von Ghimli Prime, und einen Raptorbeta mit Namen Claw, deren Einsatzziel die Wiederbeschaffung experimenteller Technologie im Rahmen eines Feldversuchs
war. Das Ganze war eine Standardprozedur, weshalb die
Leitung des Einsatzes einem ebenfalls an Bord befindlichen Konzernmitglied oblag. In diesem Fall handelte es
sich um Officer Helen McCrae, die zusammen mit diesem
ungleichen Team ihren ersten Außeneinsatz flog. Dabei
war sie sich des Vertrauens bewusst, das die Konzernleitung ihr schenkte. Schließlich ging es um einen neuarti-
gen Antrieb, der – wenn sich die Prognosen bewahrheite-

27

ten – die Raumfahrt revolutionieren und das gesamte Machtgefüge der großen Konzerne durcheinanderbringen konnte. Und wenn das passierte, würde *TTMS* als Transmatt-Monopolist dumm aus der Wäsche schauen, der Wert der Portaltechnologie würde einbrechen, und wer Xerosin als Treibstoff verkaufte, würde über kurz oder lang darauf sitzen bleiben. Es schien, als wäre *2OT Drive Technology Ltd.* bereit, den Krieg mit *TTMS* und *Gauss Industries* aufzunehmen.

Obwohl über das ominöse Perpetuum, um das es dabei ging, vor allem Gerüchte kursierten, wusste McCrae doch, dass zwei Dinge bei diesem Einsatz unerlässlich waren: Geheimhaltung und Erfolg. Und darum hatte sie sich, um alle Eventualitäten auszuschalten, bestmöglich vorbereitet. Zum nunmehr fünften Mal seit dem Start überflog sie die Akte des Tech-Söldners Ion Trent, der seit der Gründung von *2OT Drive Technology ltd.* bereits verschiedentlich für den Mutterkonzern gearbeitet hatte.

Das Tab-Sheet berührend, blätterte sie bis zu den Einzelheiten des Auftrags weiter. Die technischen Details zu dem Rückholmodul mit dem Namen Perpetuum fehlten. Das experimentelle Antriebsaggregat unterlag der höchsten Geheimhaltungsstufe. Dementsprechend war dies einer jener Einsätze, in deren Rahmen tatsächlich *alles* erlaubt war, um einen Erfolg zu gewährleisten. Und selbst wenn im Rahmen anderer Einsätze *alles* erlaubt sein mochte, so war es in diesem Falle noch ein wenig mehr. Mit diesem Auftrag hatten Helen McCrae und ihr Team quasi eine Carte Blanche gezogen.

Sie wusste sehr genau, dass dies ihre vermutlich einzige Chance war, auf der Karriereleiter zügig nach oben zu fallen. Und dafür war sie dankbar. Die Zeiten, in denen sie für eine kleine Firma namens Psy Meta Supplies gearbeitet hatte, waren lange vorbei. Von PMS war sie schließlich zu *2OT Technology* gewechselt, wo sie noch vor drei Monaten bloß leitender Nachschuboffizier der Konzernsicherheit gewesen war und nicht einmal im Traum daran gedacht hätte, jemals einen Konflikt zu bewältigen, der jenseits des Betriebsgeländes lag. Irgendjemand ganz oben aber hatte es gut mit ihr gemeint.

Kaum dass sie für diesen Einsatz empfohlen worden war, hatte sie im Schnelldurchgang die entsprechenden Trainingseinheiten durchlaufen. Sie hatte Aufbaupräparate bekommen, sich durch Dutzende Taktikhandbücher gekämpft – und nun war sie hier, im Prokrustes-System, wo ihre Karriere begann.

Und da saß sie, eine kleine muskulöse Frau mit blassem Teint und kurzen roten Haaren, die sich in einem Businesskostüm wahrscheinlich besser machte als in einer Kampfkombi. Dabei war sie sich sicher, dass es richtig gewesen war, den Blick auf die Betriebswolkenkratzer gegen den auf die Sterne einzutauschen. Zufrieden schob sie ihr Armycap in den Nacken und schaute hinaus ins All.

Als kurz darauf Coppola II in Sicht kam, war der Tech-Söldner Ion Trent bereits zwei Tage auf dem Mond verschollen, hinter dessen rot schimmerndem Gürtel sich grau und riesig der Planet Olimpia abzeichnete.

Von Pygmalion aus war Officer McCraes Team mit konventionellem Schub geflogen, in einem *MLC4*, dem klassischen Kurzstreckenlandungsschiff, wie es der Konzern für derartige Aufträge benutzte. Neben seiner Brücke verfügte das unbewaffnete Schiff über vier kleinere Quartiere sowie eine Vorrats- und Ausrüstungssektion, die ausreichend Kapazitäten für einen mehrwöchigen Einsatz bot. Vor allem anderen war das *MLC4* wendig und robust und ließ sich einfach tarnen, sodass es eines der besten Schiffe war, um schnell irgendwo rein- und wieder rauszugehen ...

Während die automatische Steuerung die letzten Kurskorrekturen vornahm, betätigte Officer McCrae das Kom auf der Brücke, um ihr Team zu einer Besprechung zusammenzurufen.

Es war an der Zeit, ihre Männer mit den letzten Informationen für ihren Einsatz auf Coppola II zu versorgen. Zumal einige davon nicht gerade unbedeutsam waren. Das Dossier des Monds hatte es in sich, und dort unten war schlussendlich nichts so, wie es schien.

Van Ghor war es, der die Brücke als Erster und dicht gefolgt von dem Heavy betrat. Die beiden hätten unterschiedlicher nicht sein können. Mimkins gedrungener Körper wirkte wie ein Zerrbild des muskulösen Söldners vor ihm, der seinem Alter zum Trotz viel Zeit in seine körperliche Fitness zu investieren schien. Auch das im Stil der Marines kurz geschorene silbergraue Haar des Söldners wirkte gepflegt und unterschied sich dadurch von Mimkins ungepflegtem blassroten Backenbart. Als die beiden auf die Brücke kamen, glänzte die Glatze des Heavys fettig im Widerschein der Leuchtsegmente. Während des gesamten Flugs hatten die beiden Männer ihre Vorurteile über Beta-Humanoide ausgetauscht und Saurierwitze gerissen. Das dritte Teammitglied, der Raptorbeta, hatte sich regelrecht anstrengen müssen, dabei wegzuhören. Zumal es ohnehin immer das Gleiche war. Vorurteile und Halbwissen, das sich in den Gemütern einfacher Menschen manifestierte und in immer gleichen Stammtischwahrheiten endete: *Hybriden nahmen den alten Rassen die Arbeit weg, waren dümmer als sie, und außerdem schossen die Konzerne ohnehin viel zu viel C in die Natustanks, das sich anderswo sinnvoller hätte einsetzen lassen.*

Und obwohl es Claw weitgehend gelungen war, das Gerede der anderen Teammitglieder zu ignorieren, so war dieses Denken doch keine gute Voraussetzung für Männer, die einander im Notfall ihr Leben anvertrauen mussten ...

Van Ghor kümmerten solche Bedenken nicht. Er machte keinen Hehl aus seiner Abneigung gegen Betas. Oder auch das meiste andere. Der Mann war derart zynisch, dass er wahrscheinlich nie etwas anderes als Söldner hatte werden wollen. Er wirkte jünger, als er war. Das Einzige, was sein tatsächliches Alter erahnen ließ, war sein akkurat geschorenes silbergraues Haar, das in krassem Gegensatz zu seinem athletischen Körper stand. Wäre man von seiner Statur und seiner Haltung ausgegangen, hätte man ihn wohl allenfalls auf fünfunddreißig geschätzt. Leonidas van Ghor aber war zweiundfünfzig. Ein misstrauischer Zyniker und übellauniger Zeitgenosse. Wenn einer im Team Probleme machen würde, dann wohl er. Da war sich McCrae sicher.

»Ma'am.« Van Ghor salutierte mit einer knappen exakten Geste, nickte ihr zu und ließ sich in einen der Kommandosessel sinken, während sich der Heavy wortlos an McCrae vorbeidrängte, neben den Söldner an die Wand der Brücke lehnte und wortlos die Arme vor der Brust verschränkte.

McCrae betrachtete ihn. Das war er also. Riff ›Mono‹ Mimkin. Er stammte ursprünglich von einem Bergbauplaneten namens Ghimli Prime, war Sprengstoffexperte und stand angeblich unter irgendwelchen Medikamenten. Das Ganze hatte mit dem Tod seines Bruders Brogk im Rahmen seines letzten Einsatzes zu tun, war aber laut Akte nicht weiter problematisch. Obwohl die vernarbte Glatze des Heavys, sein ungepflegter Backenbart, seine Vorliebe für altmodische Metalmusik und die Flecken auf seinem Overall durchaus auch schlimmere psychische Probleme hätten vermuten lassen.

Dies war Mimkins erster Einsatz seit dem Ableben seines Bruders. Die beiden waren eineiige Zwillinge gewesen und hatten als freie Söldner einen gewissen Ruf genossen. Seit Brogks Tod hatte sich Riff allerdings gehen lassen, sich zwischen Alkohol und harten Drogen verloren und bestand seitdem außerdem darauf, dass man ihn *Mono* nannte. Marotten, die sich schlussendlich nicht positiv auf seine Auftragslage ausgewirkt hatten, sodass dieser Einsatz seine Chance war, wieder reinzukommen. Pleite, wie er war, war eine solche Chance allerdings auch dringend vonnöten. Der Heavy war in McCraes Augen das schwächste Glied des Teams, denn er vermied direkten Augenkontakt, war jähzornig und neigte zudem zu paranoidem Verhalten. Aber sie ging davon aus, dass er irgendwelche Vorzüge haben musste, da der Konzern ihn sonst schließlich nicht für diese Mission ausgewählt hätte. Auch wenn es lediglich ein Routineeinsatz war.

Mimkin blickte seine Vorgesetzte missmutig an, zog hoch, spie auf den Boden und schaute teilnahmslos dabei zu, wie im nächsten Augenblick eine kleine Reinigungsdrohne aus einer Öffnung in der Wand geschossen kam und seine Spucke beseitigte.

Schweigend betrachtete Officer McCrae die beiden ungleichen Männer. Fehlte bloß noch einer – und der war noch ungleicher. Die Tatsache, einen Beta im Team zu haben, war für sie ein wenig verstörend. Vor allem, weil *2OT Technology* die Dienste von Betahumanoiden für gewöhnlich nicht sehr schätzte. Im *Order of Technology* hielt man nicht viel von solchen Chimären, die in der neuen Weltordnung des *2OT* keinen Platz hatten.

Weshalb Claw dennoch Teil des Teams geworden war, lag auf der Hand. Er gehörte ihnen. Und darum würden sie ihn auch einsetzen. Er war vor allem als Beweis ihrer technischen Überlegenheit erschaffen worden. Ein Raptorbeta. Symbol des Fortschritts. Fusion einer längst vergangenen Lebensform mit modernster Technologie und den neuesten Erfolgen der Genforschung. Im Gegensatz zu klassischen Säugetieren war der Raptor in seiner Eigenschaft als Sichelklauen-Saurier und Bindeglied zwischen Vogel und Reptil ein Neuling im Natus-Tank. Der *2OT* hatte der Welt nur beweisen wollen, dass sie es konnten. Dass es keine Grenzen für sie gab. Und obwohl Claw lediglich ein Prototyp war, machten seine knapp drei Meter Körpergröße ihn doch zu einer beeindruckenden Erscheinung.

Der wuchtige braune Kopf mit der Schuppenstruktur, den wulstigen Brauen und dem riesigen Maul wirkte in erster Linie einschüchternd. Dem Blick seiner bernsteinfarbenen Reptilienaugen hingegen wohnte etwas anderes inne, eine seltsame Milde, gemischt mit Verstehen, beinahe wie eine eigene Art von Intelligenz.

Helen McCrae kannte jemanden, der bei den Tanks

arbeitete und wusste, wie viele halbgare Exemplare der Konzern hatte verschwinden lassen müssen, bevor dieser Raptorbeta überhaupt vorzeigbar gewesen war. Kaum, dass die Konzernspitze den fertigen Claw schließlich der Öffentlichkeit präsentiert und auf Tour geschickt hatte, war die Presse förmlich aus dem Häuschen gewesen. *Starlook* hatte den Schulterschluss von Vergangenheit und Zukunft gefeiert, während *Everywhere Broadcasting* die Rechte an seiner Geschichte gekauft hatte.

Zwei Monate lang hatten sich alle interstellaren Sender und Zeitungen seinetwegen überschlagen. Jetzt aber, da die Wellen der Begeisterung abgeklungen waren, hatten die Verantwortlichen bei *2OT Technology* beschlossen, den Raptorbeta einzusetzen. Und das, obwohl er seiner Akte zufolge nicht einmal die Hälfte aller vorgeschriebenen Trainingseinheiten abgeschlossen hatte. Aber es war nicht an McCrae, die Entscheidungen der Konzernspitze anzuzweifeln. Wann immer diese Leute es sagten, waren die Kenntnis eines Natustanks und drei Meter Körpergröße Qualifikation genug.

Hinter den beiden Männern betrat jetzt auch der Raptorbeta die Brücke.

Trotz der vergleichsweise großzügigen Bauweise des Shuttles musste er geduckt eintreten. Er war einer der größten Betas, die McCrae jemals gesehen hatte. Und es war ein merkwürdiges Gefühl, die Vorgesetzte von jemandem zu sein, der einen um mehr als einen Meter überragte. Claw blickte sich kurz um. Er war schweigsam und schwierig einzuschätzen. Die Ablehnung, die ihm entgegenschlug, spürte er allerdings deutlich. Das war ihm anzumerken.

Die drei Männer hatten sich während des zweitägigen Flugs mehrmals in die Haare bekommen. Auch wenn es überwiegend spielerisch gewirkt hatte, war klar, dass hier ein Problem in der Luft hing. Das war der Nachteil eines derart zusammengestellten Teams. Zwei wurden bezahlt und der dritte gezwungen. Keiner hatte jemals zuvor mit einem der anderen gearbeitet. Der Vorteil anderer Justifiers, zu wissen, wie der andere tickte, seine taktischen Stärken und Schwächen oder seine bevorzugten Waffen zu kennen – all das war hier hinfällig. Diese drei wussten nicht einmal, ob sie sich im Ernstfall aufeinander verlassen konnten. Und die wenigen Tage auf Pygmalion oder im Inneren dieses Shuttles reichten kaum aus, um sich auch nur im Ansatz kennenzulernen. Zumal das Bedürfnis auch nicht sonderlich ausgeprägt schien. Da war ein gepflegter Streit das beste Mittel, sich näherzukommen, und bei zwei Männern, die aus ihrer Verachtung für Chimären keinen Hehl machten, hatte ein Beta eben keinen allzu guten Stand.

Aber wenn alles gut ging, hatten sie das Perpetuum bald in Händen und konnten in drei Tagen schon wieder getrennte Wege gehen. McCrae würde in der konzerninternen Hierarchie aufsteigen, Mono neue Aufträge bekommen, Claw könnte beweisen, dass er mehr als bloß ein Promobeta war, und van Ghor würde sich zur Ruhe setzen können. Oder was auch immer er mit dem Geld vorhaben mochte. Das wiederum war der Vorteil eines solchen Routineeinsatzes: Das Ziel war markiert und mit einem Peilsender versehen, alles bis ins Kleinste koordiniert, und für alle Eventualitäten gab es Ausfallpläne, die die Einsatzleitung bereits im Vorfeld konzipiert hatte.

Die Dauer des Einsatzes war also absehbar. Vier Tage noch, maximal fünf. Länger würde sie diese Leute nicht mehr ertragen müssen. Dennoch war sie froh, dass die drei zumindest im Moment nicht stritten.

Der Mond vor dem Sichtfenster des Cockpits wurde langsam größer.

»Das ist also Coppola II ...« Nachdenklich blickte van Ghor über die Instrumente hinweg ins All. »Wenn ich richtig informiert bin, dürfte sich dort unten eigentlich nichts befinden.«

McCrae nickte. »Das ist richtig, Mr. van Ghor. Offiziell gilt dieser Mond als unerschlossen. Inoffiziell fungiert er jedoch als eine Art interstellarer Schrottplatz und gehört *2OT Technology*.«

Der Söldner lachte leise auf. »Inoffiziell also. So wie Sie es aussprechen, vermute ich aber fast, dass es noch eine weitere Variante gibt ...«

Seine Vorgesetzte hob anerkennend eine Braue. »Das ist ebenfalls korrekt. Und eben darum habe ich Sie auch zusammengerufen, meine Herren. Denn auch wenn dieser Einsatz Routine ist, gibt es doch noch ein paar Aspekte, über die ich Sie im Vorfeld in Kenntnis setzen sollte.«

»Wir sind ganz Ohr, Ma'am«, murmelte van Ghor, lehnte sich zurück und verschränkte die Arme hinter dem Kopf, sodass sie deutlich seinen ausgeprägten Bizeps sehen konnte. McCrae holte tief Luft, bevor sie anhob: »Im Inneren dieses Monds befindet sich eine Art Versuchsstation.«

Nun war es Claw, der anhand der Formulierung aufhorchte. »Was genau meinen Sie mit *eine Art*, Ma'am?«

Sie antwortete beinahe, ohne zu zögern.

»Das fragliche Areal ist unterirdisch und etwas größer

als die meisten anderen Versuchsstationen. Genau genommen ist es *eine Stadt*.«

»Was denn nun? Eine Stadt oder eine Versuchsstation?«, fragte Mono, dem das Ganze schon jetzt zu kompliziert wurde.

McCrae blickte einen Moment in die Runde, bevor sie etwas entgegnete. »Die Antwort auf diese Frage wird schlussendlich Ihrer Interpretation überlassen sein. Sie sollten sich allerdings, wenn ich Ihnen zu etwas raten dürfte, für einige neue Erkenntnisse in Sachen Robotik bereit machen«, deutete sie ihrem Team mit vielsagendem Blick an.

»Robotik?«

Ebenso wie allen anderen war auch van Ghor bekannt, dass die Grenzen dieses Forschungsfelds seit dem Hephaiston-Zwischenfall sehr eng geworden waren, da die KI eines neu entwickelten Roboters seitdem für gewöhnlich nicht mehr über der eines Hundes liegen durfte. Wenn es auf Coppola II also um Robotikexperimente ging …

»Da muss das Ganze aber verdammt geheim sein«, ließ der Söldner verlauten und beugte sich neugierig vor.

»Und genau darum gibt es zwei verschiedene Versionen über den Status dieses Monds«, nickte seine Vorgesetzte.

Der Raptorbeta aber wollte sich damit noch nicht zufriedengeben. »Aber was genau ist es, dass uns dort erwartet, Ma'am? Denken Sie nicht, wir sollten etwas mehr darüber wissen?«

McCrae zuckte mit den Schultern. »Tatsächlich weiß ich selbst nicht mehr. Der Konzernvorstand hat dem Leiter der Kolonie bei der Gründung seinerzeit freie Hand gelassen. Dieses Projekt verwaltet sich quasi selbst und existiert seit Jahrzehnten völlig losgelöst sowohl vom Konzern als auch dem *2OT* selbst.«

»Das Ganze ist also eine Art unabhängige Kolonie?«, fragte Claw noch einmal nach, während Mimkin ihn abschätzig musterte.

McCrae lächelte verhalten. »Im weitesten Sinne, Mr. Claw. Im weitesten Sinne. Was ich Ihnen verraten kann, ist, dass es dort unten um ein bedeutsames Experiment größeren Ausmaßes geht.«

Routine hin oder her, spätestens in diesem Moment wurde den Männern klar, dass irgendetwas mit diesem Einsatz nicht stimmen konnte.

»Auch wenn ich vielleicht nicht wählerisch sein kann, habe ich doch das unbestimmte Gefühl, dass jeder andere Job mir lieber wäre«, befand van Ghor leise, und Mimkin knurrte mit einem Blick auf Claw: »Bei mir ist es nicht nur der Job. Mich stört auch die Gesellschaft.«

Der Beta überging seine Blicke, wandte den wuchtigen Kopf und richtete die bernsteinfarbenen Echsenaugen stattdessen auf McCrae: »Was genau suchen wir dort unten eigentlich, Ma'am?«

Auf diese Frage fiel die Antwort ihr augenscheinlich um einiges leichter.

»Es geht um einen abgestürzten Tech-Söldner und einen experimentellen Antrieb. Laut Konzernleitung nichts anderes als Routine. Runtergehen, orten, einsammeln und Rückflug.«

Van Ghor und Mimkin sahen sich vielsagend an. Sie hatten genügend Einsätze hinter sich, um zu wissen, dass es niemals so einfach war. Irgendetwas kam immer dazwischen. Und meist war es bewaffnet oder hatte zumindest

Fell und spitze Zähne. Vor allem, wenn irgendwelche geheimen Experimente im Spiel waren.

Ihre Vorgesetzte aber fuhr unbeirrt fort: »Der Vorstand erwartet innerhalb von drei Tagen eine Erfolgsmeldung. Bis dahin sollten wir also das abgängige Aggregat geborgen haben.«

»Was ist mit dem Söldner?«, fragte der Heavy übellaunig.

»Den natürlich auch. Wenn möglich«, entgegnete Mc-Crae.

Dann legte sich Schweigen über die Brücke des kleinen Landungsschiffs. Zumindest, bis eine computerisierte weibliche Stimme verlauten ließ: »*Landung auf Coppola II in T minus zehn Minuten.*«

Der Raptorbeta nickte seiner Vorgesetzten knapp zu. »Gut, Ma'am. Wenn das alle notwendigen Informationen sind, werde ich mich nun auf die Landung vorbereiten.« Mit diesen Worten wandte er sich zum Gehen.

Van Ghor schaute zu Mimkin hinüber und gab ihm einen kurzen Wink mit dem Kopf. »Ich denke, wir werden das dann auch mal tun«, sagte er, salutierte zackig, und dann verließen die beiden Männer ebenfalls die Brücke.

Nachdenklich blickte Helen McCrae ihrem Team hinterher.

Sie hoffte inständig, dass sie jeden ihrer Leute wieder heil aus dieser Mission rausbrachte. Nicht etwa, weil irgendeiner von ihnen ihr übermäßig sympathisch gewesen wäre, sondern vor allem, weil dies ihr erstes Kommando war und Verluste innerhalb des Teams hässliche Spuren in der Akte hinterließen.

Sie stand am Anfang einer ernsthaften militärischen Laufbahn. Den Weg zurück gab es nicht mehr. Jetzt galt es bloß noch, das Einsatzziel zu erreichen, alle Beteiligten am Leben zu halten und dabei so wenig Schaden wie möglich anzurichten. Dabei würde sie allerdings ihre Autorität unter Beweis stellen müssen. Das war bei Männern wie diesen unerlässlich. Vor allem Mono und van Ghor hatten bereits unter so vielen erfahrenen Kommandanten gedient, dass jemand wie sie sich ihren Respekt wahrscheinlich erst verdienen musste. Bei Claw machte sie sich da weniger Sorgen. Für die anderen beiden würde sie jedoch so bald wie möglich klarstellen müssen, wer in diesem Team die Befehle gab. Und auch wenn McCrae sich insgesamt ein harmonischeres Team gewünscht hätte, rechnete sie sich gute Chancen aus. In der Versorgung und an den Schreibtischen von PMS hatte sie gelernt, Dinge zu koordinieren und Abläufe zu optimieren. Und nun waren es eben Schlägertypen statt Aktenordner. Das Abenteuer begann. Für Helen McCrae war es ein größeres Abenteuer als alle anderen zuvor. Und sie stand im Begriff, ihre befehlshabenden Talente zu entdecken …

Van Ghor und Mono bekamen den Beta gerade noch auf dem kurzen Gang zwischen Brücke und Quartieren zu fassen. Van Ghor stieß einen kurzen Pfiff aus, und Claw drehte sich unwillig um.

Der Söldner sprach ihn an: »Hör zu, ChimBoy. Ich weiß, wir zwei werden mit Sicherheit kein Paar werden. Du und der hässliche Zwerg wahrscheinlich auch nicht. Aber dort unten werden wir uns wohl oder übel aufeinander verlassen müssen.«

Die Augen des Betas wechselten zwischen van Ghor und dem Heavy hin und her.

»Ja, Sir, da stimme ich Ihnen zu.«

»Ich möchte nur dafür sorgen, dass wir zumindest ein Mindestmaß an Vertrauen aufbauen.«

Claw nickte zögerlich. »Das wäre ohne Zweifel von Vorteil.«

»Zumal an diesem Einsatz irgendwas faul ist, wenn ihr mich fragt«, sagte van Ghor, kratzte sich am Kinn und schaute seine beiden Kameraden nachdenklich an.

Der Beta schwieg einen Moment, bevor er etwas entgegnete. »Ich bin geneigt, Ihnen auch da zuzustimmen.« Das Nicken seines riesigen Schädels wirkte eigentümlich behäbig. »Ein experimentelles Antriebsaggregat, das auf einem High-Tech-Schrottplatz verloren geht, scheint auch mir etwas eigentümlich.«

»O ja, vor allem, wenn dieser verschissene Schrottplatz in Wirklichkeit irgendein ultrageheimer Scheiß ist …«, murmelte Mimkin, kratzte sich am Hintern und spuckte in den Gang.

Im gleichen Moment, als die Reinigungsdrohne aus ihrer Klappe hervorschoss, öffnete sich mit leisem Zischen die Tür zur Brücke, und Officer McCrae trat heraus.

Die kleine Gruppe löste sich auf. Bevor sie aber in ihren Quartieren verschwanden, wechselten die drei Männer noch einen verschwörerischen Blick. Wenn tatsächlich irgendetwas an diesem Einsatz faul war, dann stand auch zu befürchten, dass Officer McCrae mehr wusste, als sie zugab. Ihr konnten sie also nicht trauen. Am Ende hatten sie nur einander. Egal, wie wenig sie sich auch leiden konnten …

Die letzten Minuten des Flugs verbrachten die Mitglieder des Einsatzteams in ihren engen Quartieren, wo sie ihre Waffen checkten, ihre Ausrüstung anlegten und persönliche Rituale pflegten.

Mimkin holte seine leichte Rüstung hervor, bei der es sich um ein *Light Trooper Gear* von *Aries One* handelte. Es war das gleiche Modell wie das, in dem er und sein Bruder zehn Jahre lang nebeneinander gestanden und gekämpft hatten. Eineiige Zwillinge, Seite an Seite. Sie waren ein Albtraum für jeden gewesen, der nicht ihren Genpool teilte. Für Heavys wie die Mimkins war das LTG, das seinem Träger eine gewisse Bewegungsfreiheit ließ, das optimale Einsatzgear gewesen. Denn wenn man schon kurze Beine hatte, dann war es wichtig, diese zumindest ungehindert bewegen zu können. Und da machten die meisten schwereren Rüstungen Probleme.

Er schnallte die Rüstung an und zog die Swat-Weste darüber, auf deren Rücken man noch die Umrisse einiger Buchstaben erkennen konnte. Sie stammten ebenfalls aus der Zeit mit seinem Bruder. Wie Footballspieler hatten sie damals ihre Namen auf dem Rücken getragen. Team Mimkin. Gott allein wusste, wie sehr er Brogk vermisste. Aber inzwischen war sein Bruder Madenfraß. Und heute würde es ein verschissener Chim sein, der Riff Rückendeckung geben würde.

Die alten Zeiten waren endgültig vorbei, und das Team Mimkin war Geschichte. Darum hatte er die Buchstaben runtergerissen und stattdessen in ungelenker Schrift mit einem roten Shiny Marker MONO darübergeschrieben. Denn das war er – er allein gegen alle.

Aus einer der Brusttaschen seiner Weste zog er ein Bild

hervor und betrachtete nachdenklich das Gesicht seines Bruders. Brogk war eine exakte Kopie seiner selbst gewesen, nur weniger verwahrlost. Und zusammen mit ihm war jede echte Freude gestorben. Zugleich aber auch die Furcht …

Riff Mimkin schluckte den bitteren Geschmack hinunter und ließ seine Waffen in ihre Holster gleiten. Rechts und links trug er je einen kurzläufigen *Hammertusk Impuls-Repeater* von *Gauss Industries* und über dem Rücken eine *Furor9* von *United Industries,* eine vierläufige Hochgeschwindigkeits-Shotgun, deren Projektilfrequenz mühelos selbst Sternenstahl durchschlagen konnte.

Er tastete kurz nach dem Inhalt seiner anderen Brusttasche, fühlte zufrieden das kleine Metalletui, ließ das Foto zurückgleiten und betrachtete sich selbst abschätzig im Spiegel.

Das war er also. Der jämmerliche Rest eines unschlagbaren Teams. Aber selbst dieser Rest war – zumindest sobald jemand das nötige Geld einwarf – noch immer eine ausreichend unfehlbare Tötungsmaschine …

Die Einsatzvorbereitungen Leonidas van Ghors waren weniger emotional. Seine *Ironclad*, eine anthrazitfarbene Vollkörperrüstung von *United Industries* mit versenkbarem Helmsegment, war schnell angelegt. Das Ding war eine der besten Investitionen seiner Söldnerlaufbahn gewesen und hatte im Lauf der Jahre mehr Projektile gefressen, als er hätte zählen können. Es war ein hochpreisiges exklusives Modell mittelschwerer Bauart, und allein die Reparatur dieser Rüstung nach einem entsprechenden Einsatz kostete ein Vermögen. Aber sie brachte ihm Glück.

Zumindest redete er sich das ein. Van Ghor kannte keinen Söldner, der nicht irgendeinen kleinen Aberglauben gepflegt hätte. Und diese *Ironclad* war seiner. Obwohl eine Hasenpfote ihn bei Weitem günstiger gekommen wäre.

Er schnallte sich den *Repeater* auf den Rücken, fixierte das *VibroBowie* im Klingenschacht seines Oberschenkelprotektors und kontrollierte zuletzt den Sitz seiner versteckten Stiefelwaffe. Die *MicroFang* war eine kompakte organische Projektilwaffe, die mit herkömmlichen Scannern kaum auszumachen war. Wenn man sich ein wenig auskannte, konnte man sie beinahe überall reinschmuggeln. Dementsprechend beliebt bei Attentaten und Putschversuchen, trug sie unter anderem auch den Kosenamen *Cäsarenmörder*. Ursprünglich von Geheimdiensten für Geheimdienste entwickelt, bot *Gauss* sie inzwischen für das entsprechende C auch auf dem freien Markt an.

Van Ghor warf ebenfalls noch einen kurzen Blick in den Spiegel und strich sich über das kurz geschorene Haar. Er lächelte, als er abschließend noch einige Tab-Sheets sortierte und im schmalen Dokumentencontainer im Brustsegment seiner Rüstung verstaute. Er war bestens vorbereitet und guter Dinge. Wenn seine Informationen korrekt waren, dann würde dieser Einsatz ein Spaziergang werden. Womöglich einer mit kleinen Überraschungen und einigen Toten, aber zumindest ein Spaziergang ...

Claw hasste sein Quartier ebenso wie den Rest des Schiffs. Nichts davon war so gebaut, dass er sich aufrecht hätte bewegen können. Wer auch immer das alles entworfen und konstruiert haben mochte, war mit Sicherheit nicht größer als 2,20 Meter gewesen.

Der Raptorbeta legte sich die einzelnen Teile seiner Rüstung auf der schmalen Koje zurecht und betrachtete sie. Wie er selbst war auch seine Rüstung ein exklusives Design von *2OT Technology* und vornehmlich für Repräsentationszwecke gedacht. Auch wenn sie gewisse Standards erfüllte, sollte er darin doch vor allem gut aussehen. Für ein paar gute Bilder im Stellarweb reichte sie ohne jeden Zweifel. Wie lange sie welcher Art von Beschuss standhielt, würde sich allerdings noch zeigen müssen.

Als sein Blick den Spiegel traf, wurde ihm wieder einmal klar, wie sehr er sich vom Rest dieses Einsatzteams unterschied. Er war ein Protobeta. Ein verdammter Freak, nicht mehr als der Beweis dafür, dass man ihn hatte erschaffen können. Das Potenzgeprotze von *2OT Technology* im ewigen Schwanzvergleich der Konzerne.

Er betrachtete seinen wuchtigen Schädel, die schimmernden braungrünen Schuppen und die geschlitzten Reptilienaugen. Es war kaum vorstellbar, wie teuer all das angeblich gewesen war. Doch seiner genetischen Qualität, seiner Intuition und der außerordentlichen Regenerationsfähigkeiten zum Trotz würde vermutlich niemals ein zweiter seiner Art erschaffen werden.

Seine Oberlippe hebend, betrachtete Claw seine Zähne und knurrte unzufrieden. Er hatte beinahe den Eindruck, dass ihn der Konzern jetzt, nachdem sein Ritt über die Titelblätter beendet war, einfach hier oben entsorgen wollte. Sicher, sie hatten ihn trainiert und bewaffnet und ihn auf einen Außeneinsatz vorbereitet, aber erschaffen hatten sie ihn für etwas anderes. Er war ihr verschissenes Kunstwerk. Die Vereinigung des Unvereinbaren. Die

Fusion modernster Gentechnik mit der archaischsten aller denkbaren Existenzen, dem Saurier.

Er war geschaffen worden, um bestaunt zu werden. Und jetzt, nachdem sie ihn auf Cocktailpartys herumgereicht und an zahllosen Kameras vorbeigeschubst hatten, schickten sie ihn mit einem degenerierten Zwerg, einem eitlen Söldner und unter der Führung einer Frau ins Feld.

Ihm war klar, dass sich der Rest des Teams wenig darum scheren würde, was aus ihm wurde, wenn es hart auf hart kam. Vermutlich würde er dann auf sich allein gestellt sein ...

Nachdenklich schob er den Laserschrotblaster, eine *Gleam 2000* von *Knowledge Alliance,* in die Oberschenkelhalterung. Und dabei war er alles andere als zufrieden. Weder dieses Schiff noch dieser Einsatz passten ihm. Das eine war ihm zu klein, das andere zu groß.

Als Helen McCrae in den Spiegel sah, fragte sie sich vor allem, worauf sie sich hier eingelassen hatte. Selbst wenn dieser Einsatz ihrer Karriere förderlich war, so würde es doch nicht einfach werden. Nicht mit diesem Team. Auch wenn die Mission selbst alles andere als kompliziert wirkte. So wie es sich jedoch abzeichnete, würde sie den größten Teil ihrer Energie darauf verwenden müssen, ihre Leute davon abzuhalten, aufeinander loszugehen. Keiner der drei schien über ein nennenswertes Maß an diplomatischen Fertigkeiten zu verfügen, sodass sie bereits ahnte, worauf es hinauslief, sobald sich Meinungsverschiedenheiten ergaben.

Für einen kurzen Moment wünschte sie sich ihren Platz am Schreibtisch zurück. Die ruhigen Arbeitszeiten und die Gewissheit, dass eine defekte Kaffeemaschine das Schlimmste war, was einem während des Arbeitstags widerfahren konnte.

Aber dafür war es zu spät. Sie hatte ihre Entscheidung getroffen. Und die hieß Abenteuer statt Kaffee.

Sie rückte das Cap zurecht und überprüfte den Sitz ihrer Kampfkombination. Was die anderen auch dachten – was sie anging, so stand sie ihr weit besser als das Businesskostüm. Und wenn irgendjemand daran zweifelte, würde sie es ihm beweisen. Dies war ihre Mission. Und sie würde sie zu einem erfolgreichen Abschluss bringen. Selbst wenn ihre Teammitglieder sich dabei gegenseitig umbrachten.

Sie nickte kurz in den Spiegel. Dann verließ sie ihr Quartier.

Als Erstes erschien Officer McCrae an der Tür van Ghors.

Sie klopfte kurz, dann öffnete sich die Tür, und sie stand dem Söldner in voller Montur gegenüber.

»Ich hoffe, Sie sind bereit. Wir werden gleich landen, und ich würde mich gern, bevor es so weit ist, Ihrer Loyalität versichern. Schließlich haben Sie von allen Mitgliedern dieses Teams mit Abstand die meiste Erfahrung.«

Van Ghor baute sich vor McCrae auf und streckte seinen Nacken erst nach rechts und dann nach links. Dann salutierte er auf die gleiche charakteristische Art wie zuvor. »Wer zahlt, gibt die Befehle, Ma'am. Und soweit ich weiß, sind Sie das. Machen Sie sich also keine Sorgen, ich werde diesen Sauhaufen schon zusammenhalten.«

McCrae wirkte sichtlich erleichtert. »Das beruhigt mich, Mr. van Ghor. Und es war genau die Antwort, die ich mir erhofft hatte. Sie können sicher sein, dass sich das Ganze für Sie lohnen wird.« Sie lächelte ihn verschwörerisch an.

»Das bin ich Ma'am, das bin ich.« Er nickte ihr zu, und gemeinsam verließen sie den Raum, um sich zu Mimkins Quartier zu begeben.

Der Heavy kam heraus, bevor sie sich überhaupt bemerkbar machen konnten. Missmutig funkelte er die beiden an, zerrte seine Weste zurecht und murmelte kaum verständlich: »Na dann los. Finden wir dieses Ding und fliegen wir wieder nach Hause. Bringen wir es hinter uns, bevor alle meine Klamotten nach Saurier stinken.«

In eben dem Moment trat auch Claw in den Flur. Er sah die kleine Gruppe zusammenstehen, verengte misstrauisch die Augen und zögerte einen Moment. Dann nickte er Officer McCrae knapp zu und gab ihr zu erkennen, dass auch er bereit war.

Zusammen durchschritt das Einsatzteam den fensterlosen Gang Richtung Ausstiegsschleuse, wo es wenig später geschlossen Aufstellung nahm, während das Schiff von einem Traktorstrahl erfasst und in einen Hangar geleitet wurde.

Sie spürten die sanften Bewegungen und Kurskorrekturen, während das Schiff von einer unsichtbaren Kraft ans Ziel dirigiert wurde. Die Landungsleuchten tauchten den Gang in rotes Licht. McCrae musste den Autopiloten entsprechend programmiert und in den passiven Transportmodus versetzt haben.

Van Ghor, der schon in so manch instabilem Traktorfeld festgesessen hatte, hob eine Braue und schaute Mimkin vielsagend an. Dieser *Schrottplatz*, oder was auch immer es in Wirklichkeit sein mochte, schien jedenfalls über eine außerordentlich fortschrittliche Landungstechnologie zu verfügen.

Auch McCrae entging dieser Blick nicht.

»Machen Sie sich keine Sorgen, meine Herren. Dieser Einsatz wird wahrscheinlich zivilisierter vonstattengehen, als Sie sich träumen lassen.«

Noch während McCrae sprach, spürte das Team, wie sie andockten. Im Widerschein der roten Landungsleuchten durchlief ein Stoß den Rumpf, als sie an den Landungssteg stießen. Ein zweiter folgte, während sich die massiven Fixierungsklammern fest um das Schiff legten und es in Position brachten.

Wo sie auch waren, jetzt waren sie angekommen.

Die Farbe der Signalleuchten wechselte von Rot auf Grün. Officer McCrae beugte sich vor und betätigte den Handflächenscanner der Außenschleuse. Ein leises pneumatisches Zischen beendete die gespannte Stille im Inneren des Schiffs, und beinahe geräuschlos senkte sich die massive Tür etwas ab, um kurz darauf langsam zur Seite zu gleiten.

Und obwohl sich van Ghor, Mono und Claw in ihrer Vorstellung einiges ausgemalt und vieles für möglich gehalten hatten, klappte ihnen jetzt beim Anblick dieses Hangars doch die Kinnlade herunter. Selbst Officer McCrae, die mehr Informationen als der Rest des Teams gehabt hatte, konnte sich des Staunens nicht erwehren. Dabei war es keineswegs die Größe der Landehalle, die diese Regung ihn ihnen auslöste. Obwohl sie durchaus beeindruckend war, wobei ihre Ausstattung allerdings nicht einmal entfernt an einen Schrottplatz erinnerte. Die Ursache für das Erstaunen des Einsatzteams lag also weder in der Größe noch in der Einrichtung des Hangars, sondern in seinem *Personal*.

Kaum dass die Landungsschleuse sich öffnete, wurden dahinter mehrere Dutzend geschäftige Gestalten sichtbar, die unterhalb des Landungsstegs in der Halle umhereilten und dort ihren vielfältigen Aufgaben nachgingen. Doch keine dieser Gestalten war menschlich oder irgendeiner anderen ihnen bekannten Rasse zuzuordnen. Stattdessen bestand die Belegschaft des verborgenen Hangars von Coppola II ausnahmslos aus *Robotern*.

Ganz wohl war weder McCrae noch ihrem Team bei diesem Anblick. Denn wenn auch Drohnen und einzelne Bots gewöhnlich ihren festen Platz in den Landungshallen hatten, sahen sie sich hier doch einem komplett automatisierten Hangar voll frei agierender Menschmaschinen gegenüber. Es war ein irritierender Anblick, vor allem, weil doch die KI künstlicher Lebensformen im Allgemeinen reglementiert war, seit ein hoch entwickelter Android der Baureihe *Copy23* die komplette Hauptstadt von Hephaiston mithilfe einiger Nukleargranaten eingeebnet hatte. Von da an hatten sich alle Robotik-Konzerne verpflichtet, jedwede verwendete künstliche Intelligenz auf Haustierstandard zu limitieren ...

In diesem Hangar jedoch war niemand zu sehen, der dieses Gewirr aus Bots beaufsichtigte oder gar lenkte. Die gesamte Belegschaft wirkte, als agierte sie eigenständig. Und die Tatsache, dass sie das Geschehen in einem Hangar lenkten, bedeutete, dass ihr künstlicher Intellekt dem mandragurischer Hundechimären mit Sicherheit überlegen war. Officer McCraes Team sah sich dementsprechend mit einem Haufen Bots konfrontiert, die womöglich sogar ihnen selbst noch einiges voraus hatten und von denen sie nicht wussten, wer sie zu welchem Zweck programmiert hatte. Es war geradezu unheimlich.

Van Ghor verzog das Gesicht. Auf so etwas war er nicht vorbereitet gewesen. Und nicht nur er verspürte für einen kurzen Moment den Drang, einfach umzukehren und diesen Mond kurzerhand wieder zu verlassen. Bevor irgendjemand dieses Bedürfnis jedoch ausformulieren konnte, surrte eine ferngesteuerte Drohne über den Landungssteg auf das Einsatzteam zu. Monos Hand zuckte zu einer seiner beiden *Hammertusks* hinab, doch McCrae bedeutete ihm, Ruhe zu bewahren.

Direkt vor ihnen kam die Drohne zum Stehen. Sie war kaum einen halben Meter hoch, kegelförmig, weiß-orange gestreift und wirkte wie eine Weiterentwicklung der Kegeldrohnen, die bei größeren Unfällen über den Hoverhighways ausgebracht wurden, um den Verkehr zu regeln.

»Bitte fliegen Sie weiter. Hier gibt es nichts zu sehen ...«, witzelte van Ghor halbherzig, als sich aus dem Inneren der Drohne ein Arm hervorschob, an dessen Ende sich im nächsten Moment ein kleiner Monitor entfaltete.

McCrae erkannte die integrierten Kamera und Lautsprechermodule, als auf dem Bildschirm das Gesicht eines Mannes erschien. Der Fremde musterte die Gruppe eindringlich und wendete sich schließlich an die Einsatzleiterin.

»Officer, wir heißen Sie und Ihr Team auf Coppola II willkommen und freuen uns darauf, Ihre Mission nach Kräften zu unterstützen. Ich bin Ihr Kontaktoffizier SPV Capek und werde mit Ihnen zunächst über diesen Guided GuideBot, den GGB 600, kommunizieren.«

Während der Raptorbeta noch immer vollkommen perplex wirkte, waren van Ghor und Mono die Erleichterung beim Anblick der Gestalt auf dem Bildschirm anzumerken. Denn er ließ vermuten, dass die ganze Angelegenheit hier zumindest unter menschlicher Kontrolle stand.

McCrae sprach in den Monitor. »Die Freude ist ganz auf unserer Seite, SPV Capek.«

»Gut, dann darf ich Sie zunächst bitten, mir zu folgen, damit wir im Kontrollzentrum Ihr weiteres Vorgehen besprechen können.«

Der Monitor flippte herum, der GGB 600 drehte sich einmal um die eigene Achse und fuhr langsam den Steg hinab. Zögernd folgte ihm das Team um Officer McCrae. Ohne den Blick von der Drohne abzuwenden, sagte Claw leise zu seiner Vorgesetzten: »Ma'am, ich fürchte, wir haben einiges zu klären ...«

2

ÜBERRASCHUNGEN

ZEIT: 09:55 AM
ORT: Coppola City / Endlager No. IV

Etwa zur gleichen Zeit, als das klägliche Häufchen Justifiers um Officer McCrae im geheimen Hangar von Coppola II landete, erreichte das sechsköpfige Wartungsteam um MNT Krueger das Roboter-Endlager No. IV am Rande von Coppola City. Der Auftrag der Männer lautete, sowohl den Piloten als auch verschiedene Vorrichtungen – vor allem aber ein Antriebsaggregat mit dem Namen Perpetuum – aus den Trümmern einer Rettungskapsel zu bergen, die kürzlich im Endlager eingeschlagen war.

Im Laufe der vergangenen Tage hatte sich eine Instandsetzungseinheit um das Leck in der Außenhülle gekümmert. Ursprünglich hätte auch der Bergungseinsatz früher stattfinden sollen, aber unerklärlicherweise hatten Interferenzen die Ortung der Absturzstelle wesentlich erschwert und dementsprechend verzögert. Inzwischen befand sich ein Team von Justifiers auf dem Weg, das sich ebenfalls um das Wrack kümmern sollte.

Der Auftrag MNT Kruegers lautete, den Justifiers zuvorzukommen und dafür Sorge zu tragen, dass das Team unverrichteter Dinge wieder abrücken und gegenüber der Konzernleitung einen Fehlschlag eingestehen musste. Auch Kruegers Leute war gebrieft. Sie alle wussten, dass die Bergung des Aggregats vor Ankunft des Justifierteams oberste Priorität hatte.

Obwohl sich dessen Shuttle bereits im Anflug befand, hätte dieser Einsatz für das Maintenance Team für gewöhnlich kein Problem bedeutet. Sie kannten das Areal, waren mit den technischen und örtlichen Gegebenheiten vertraut und verfügten außerdem über Omnikeys sowie mobile EMP-Impulsgeber, falls es zu Botkonflikten kam.

Unter normalen Umständen wären sie in das Endlager vorgedrungen, hätten das Ding eingesammelt und Coppola Control erfolgreichen Vollzug gemeldet. Aber schon der Eingang des Endlagers bereitete ihnen kleinere Probleme. Eine Fehlfunktion im Stromkreislauf blockierte die Türen. Darüber hinaus war die komplette Sensorik ausgefallen, was vor allem dahingehend ungewöhnlich war, als in einer solchen Situation normalerweise die Notprotokolle in Kraft getreten wären, um die Ausfälle zu kompensieren. Die waren allerdings ebenfalls gestört, was die Vermutung nahelegte, dass die Störeffekte auf Sensorik und Ortung von einer externen Quelle ausgingen.

Krueger musste kein Atomphysiker sein, um sich ausrechnen zu können, dass die Ursache für den ganzen Ärger vermutlich das ominöse Perpetuum war, das sie bergen sollten. Zumal Control ihn über dieses Ding völlig im Dunkeln gelassen hatte. Seine genaue Funktionsweise war ihm ebenso unbekannt wie etwaige unvorhergesehene Auswirkungen auf seine direkte Umgebung. Etwa ein Stromausfall, der sowohl den Hauptstromkreis als auch zwei Notsysteme ausschalten und dementsprechend nichts Gutes bedeuten konnte.

Hier, im Endlager No. IV, ruhten Roboter der ersten Generation. Teilweise waren sie mehr als hundert Jahre alt und überwiegend nicht einmal mehr für Ersatzteile zu gebrauchen. Der Raum war, wenn Krueger seinen Unterlagen glauben konnte, schon seit Jahren nicht mehr geöffnet worden. Dementsprechend konnten er und seine Leute sich auch ohne Licht vorstellen, wie es im Inneren aussah. Vor allem, wenn zu allem Überfluss noch eine Rettungskapsel durch die Decke geschlagen war.

Jedes Mitglied der Wartungstruppe trug eine Spotlight mittlerer Größe, deren gebündeltes Licht den Gang vor Endlager No. IV in gleißendes Licht hüllte. Krueger aktivierte seinen OmniKey, eine modifizierte Swipecard, die ihm Zugang zu allen relevanten Systemen verschaffte, und generierte mithilfe eines tragbaren Nanogenerators einen kurzen Impuls, um die Tür zu öffnen.

Die Halle dahinter lag völlig im Dunkel. Damit hatten sie allerdings gerechnet. Als die Männer nun ihre Spotlights ins Innere der Halle richteten und diese unter Kruegers Führung vorsichtig betraten, sahen sie dort aber doch etwas, mit dem keiner von ihnen gerechnet hatte: Während das Wrack der Einmann-Rettungskapsel wie vermutet im Zentrum der Halle ruhte und man durch das darüber befindliche Loch in der geborstenen Decke den Himmel und die Struktur der Notkuppel erkennen konnte, die das Instandsetzungsteam errichtet hatte, war der Rest der Halle komplett *leer*. Und das, obwohl im Endlager No. IV laut Inventarliste die Überreste von hundertdreißig ausrangierten Bots lagern sollten.

Es gab natürlich Gründe dafür, dass die alten Modelle aus dem Verkehr gezogen und hier eingelagert worden waren. Abgesehen davon, dass sie völlig veraltet gewesen waren, galten einige von ihnen als unberechenbar. Wo aber sollten diese Roboter alle sein? Ein derart großes Kontingent konnte schließlich nicht einfach spurlos verschwinden.

Krueger aktivierte seine Multibox und überflog das Datenblatt mit der Inventurliste und den letzten offiziellen Aktivitäten. Aber auch dort fand er keine Antworten. Das Verschwinden der Bots blieb rätselhaft. Dass irgendjemand sie gestohlen hatte, war völlig unmöglich, und wenn sie zerstört worden waren, hätte es zumindest noch Spuren geben müssen.

Krueger wendete den Blick vom Display ab und blickte sich im Raum um. Ihm war nicht wohl bei der Sache. Und in diesem Momente rächte sich auch, dass in den Endlagern keine Kameras installiert worden waren, wobei die in diesem Falle jedoch möglicherweise einfach mit verschwunden wären.

Er ließ den Lichtkegel seiner Spotlight über die Wände gleiten und griff dabei mit der anderen Hand nach dem EMP-Impulsgeber an seinem Gürtel. Er wollte auf alles vorbereitet sein. Und obwohl er selbst noch nie einen Roboter außer Kontrolle zu Gesicht bekommen hatte, hatte er doch davon gehört. Um eine solche Situation zu beenden, war ein gezielter EMP-Impuls die beste Möglichkeit.

Obwohl im Inneren der Halle keine stationären Kameras angebracht waren, war Kruegers Team doch zumindest mit Helmkameras ausgestattet, deren Bilder mitsamt ihrem Komsignal direkt an das Kontrollzentrum übertragen wurden.

Der Teamleiter warf einen kurzen Blick auf das Display einiger Messgeräte und stieß einen erstaunten Pfiff auf. Er checkte die Werte noch einmal, aber sie waren korrekt. Trotz des Stromausfalls registrierten die Sensoren einen ausgeprägten Impuls, die Nähe eines starken Energiefelds. Allerdings eines, wie er es so noch nie gesehen hatte. Die Werte waren vollkommen wirr. Nachdem er alles noch ein letztes Mal geprüft hatte, loggte er sich mit seiner Multibox ins IntraKom.

»MNT Krueger für Coppola Control. Irgendwas stimmt hier unten nicht. Zum einen sind die Bots verschwunden. Außerdem ist hier irgendeine Form von Energie zu messen, die wahrscheinlich auf das zu bergende Modul zurückgeht und auch für den Stromausfall verantwortlich sein könnte. Es ist geradezu unglaublich. Die Messgeräte spielen komplett verrückt. Ich habe keine Ahnung, was das ist, aber ...«

Die Antwort über sein Kom erfolgte so prompt, dass er nicht einmal zu Ende sprechen konnte.

»Coppola Control für MNT Krueger. Ihr Einsatzziel bleibt das Perpetuum, dessen Bergung oberste Priorität hat. Alles andere spielt für Sie keine Rolle.«

Auch wenn das nicht die Antwort war, die er erwartet hätte, wusste Krueger, was er zu tun hatte. Den Weisungen von Coppola Control war unbedingt Folge zu leisten. Die Prior Command Unit verstand da keinerlei Spaß. Langsam bewegte sich der Einsatzleiter ins Zentrum der Halle, um dort die Überreste der Rettungskapsel in Augenschein zu nehmen. Aber weder vom Insassen noch vom ominösen Perpetuum war eine Spur zu sehen. Krueger zögerte nicht, diese Information an die Coppola Control weiterzuleiten, von wo eine weitere klare Anweisung kam: »Dann suchen Sie, Krueger! Und wagen Sie es nicht, ohne das Gerät zurückzukommen!«

Er bestätigte. Was er seinen Vorgesetzten schuldig war, wusste er. Und nicht im Traum wäre er auf die Idee gekommen, die Suche abzubrechen, bevor er dieses verfluchte Ding – was es auch sein mochte – gefunden hatte. Auf Coppola II machten sich Bemerkungen in der Personalakte nicht gut. Zumal er ungern seine leitende Position innerhalb der Wartungseinheit aufs Spiel gesetzt hätte.

Krueger schritt also weiter in die Halle hinein und gab seinen Männern schließlich Zeichen, ihm zu folgen. Inmitten des leeren Raums wirkte die Rettungskapsel beinahe wie ein Ausstellungsstück in einem Museum ...

Immer wieder überschnitten sich die Lichtkegel der Spotlights, während das Wartungsteam den Weg suchte, auf dem die Bots hinausgeschafft worden waren.

Zunächst gingen die Männer die Wände ab, die jedoch bei genauerer Betrachtung ausnahmslos intakt schienen. Dann kontrollierten sie die Verbindungstore zu den angrenzenden Endlagern III und V, die jedoch beide verschlossen waren. Es war schließlich MNT Tindale, ein junger Techniker, der bemerkte, dass mit einer der Wartungsgangschleusen etwas nicht zu stimmen schien. Aufgeregt wandte er sich an seinen Einsatzleiter: »Sir, ich denke, Sie sollten sich das hier einmal anschauen.«

Kruegers Schritte hallten durch die leere Halle, als er mit dem Rest Teams herbeieilte. Der Leiter der Gruppe schob seine Männer beiseite, öffnete die defekte Schleuse und drängte sich an Tindale vorbei in den Wartungsgang. Was er dort zu sehen bekam, ließ ihn stutzen. Es war unglaublich. Zumindest die verschwundenen Roboter hatten sie also gefunden – denn dort standen sie, dicht gedrängt an den Wänden des Gangs: übereinander, nebeneinander. Allesamt vollkommen reglos. Es war, als wäre der Gang komplett mit Bots tapeziert, die allesamt von einem matten blauen pulsierenden Licht umgeben waren. Dabei wirkten sie ordentlich aufgestapelt, beinahe wie in Formation gebracht. Als wären sie hier im Gang bereitgestellt worden. Oder als *warteten* sie hier auf etwas.

Nachdem Krueger die Bots eingehend gemustert hatte, fiel sein Augenmerk zuletzt auf das sie umgebende blaue Licht. Die Roboter waren ihm bekannt, aber ein Licht wie dieses hatte er noch nie zuvor gesehen. Es wirkte auf eine eigentümliche Art *unwirklich,* wobei ein unterschwelliges Wummern, beinahe wie ein Herzschlag, von ihm ausging. Es war ein leichtes unhörbares Pulsieren, das die Bots, den Raum, Kruegers Körper, einfach die gesamte nähere Umgebung durchzog.

Während er kurz darauf die Augen zusammenkniff und den Ursprung des mysteriösen Lichts zu ergründen suchte, bemerkte er es plötzlich.

Die Bots sind aktiv!, schoss es ihm durch den Kopf. Und das, obwohl ihre interne Energieversorgung ausnahmslos fehlte und all die Kabel, Elektroden und Platinen, die ihm entgegenragten, eher an Schrott als an irgendetwas anderes erinnerten. Was er hier vor sich hatte, waren ohne Zweifel die Roboter aus dem Endlager No. IV, ausnahmslos deaktiviert und veraltet. Und doch schienen sie zu *funktionieren.* Krueger konnte leuchtende Funktionsdioden sehen, hörte ungeölte knirschende Gelenke und leise surrende Kameraobjektive. Was immer diese Bots auch sein mochten, *inaktiv* waren sie ganz sicher nicht.

Krueger aktivierte das IntraKom und flüsterte: »PCU, sehen Sie, was ich sehe? Das ist unglaublich. Es scheint, als ob diese Roboter *leben* ...«

Doch da war nichts als ein leises Rauschen zu vernehmen, unterbrochen von dem gleichen leisen Wummern, das vom Licht ausgehend alles um ihn herum erfüllte.

»PCU? Coppola Control? Hören Sie mich, ich ...« Er wechselte den Kanal. »PCU. Haben sie Sichtkontakt?«

Aber über das Kom kam nichts. Vermutlich hatte es aufgrund der Interferenzen längst den Geist aufgegeben.

Krueger blickte sich kurz um und sah, wie seine Leute draußen vor der Schleuse ebenfalls verzweifelt an ihren IntraKoms herumschalteten und vergeblich versuchten, eine Verbindung herzustellen. Die Funktionsdioden ihrer Helmkameras waren erloschen. Also gab es vermutlich auch keinen Sichtkontakt. Weder das Kontrollzentrum noch PCU von Kempt wussten dementsprechend, was hier unten vor sich ging. Obwohl, wenn Krueger es sich genau überlegte, wusste er selbst es schließlich auch nicht. Und das trotz Sichtkontakt.

Hinter sich vernahm er ein Geräusch und fuhr herum. Das Licht seiner Spotlight streifte das Kopfmodul eines Bots und die darin befindliche Kameralinse, die ihn in eben diesem Moment *fokussierte*. Verwundert musterte er den Bot. Krueger hatte ihn noch nicht einmal richtig erfasst, als auch die übrigens Bots ihre Sensoren auf ihn auszurichten begannen. Fasziniert betrachtete er, wie sich all jene Roboter, die eigentlich lediglich reglos im Endlager

No. IV am Boden hätten liegen müssen, nun nach und nach bewegten. Und dann erkannte er auch den Ursprung des Lichts: Weiter hinten im Gang wurde das blaue Pulsieren heller. Das musste es sein. Das *Perpetuum*. Krueger witterte eine Möglichkeit, seinen Auftrag erfolgreich zu beenden, tat einen Schritt in den Gang und sprach dabei in sein Kom, als ob Coppola Control ihn hören könnte: »Das ist unglaublich. Dieses Ding scheint eine Energiequelle zu sein, die eine unabhängige und drahtlose Speisung von ...«

In dem Moment jedoch, als er sich in den Gang hineinwagte, lösten sich plötzlich ein *BB 5G* und ein *SUSHIMASTER 900* von den Wänden. Krueger traute seinen Augen nicht, als ihm einen Augenblick später ein Bau- und ein Gastrobot den Weg versperrten. Verwundert hob er eine Braue und betrachtete die beiden Geräte, während diese jeweils eine Bolzenschussvorrichtung und eine Reihe Filettiermesser ausfuhren.

Was zum Gau noch eins soll das denn jetzt bedeuten, fragte er sich.

Im gleichen Moment schlug direkt neben ihm ein Stahlbolzen ein. Fluchend sprang Krueger rückwärts aus dem Gang und rief seinen Männern zu: »Verdammt! Zurück! Alle zurück!«

Wie im Reflex zückte er seinen EMP-Impulsgeber, während aus dem Gang vor ihm weitere Geräusche drangen. Schwere metallische Schritte, als ob die Bots sich in Bewegung setzten.

»Gehen Sie von dem Gang weg, und zwar alle! Sofort!«

Seine Männer bildeten einen Halbkreis vor der Wartungsschleuse und wichen langsam zurück.

Und dann begannen die Bots herauszuströmen. Im ersten Moment kamen sie noch einzeln, kurz darauf aber schon zu zweit nebeneinander, und wenig später drängten sie förmlich aus dem Wartungsgang hinaus. Die untoten Roboter schwebten, krochen, kletterten, rollten und wankten aus dem Inneren und zwangen Kruegers Männer, schneller zurückzuweichen.

»Heiliger Hawking!«, entfuhr es einem der Männer, als er die Bots erblickte und begriff, dass sie sich eigentlich gar nicht hätten bewegen dürfen.

Obwohl die Bots unbewaffnet waren, ließen all die Laser, Flammenwerfer, Schweißgeräte und Amputationsklingen, die Druckhämmer und Stickstoffvereiser, die sich nun nach und nach vor dem Maintenance Team emporreckten, doch erahnen, dass sie dabei alles andere als ungefährlich waren.

Noch immer waren die Bots von dem seltsam blauen Leuchten umgeben, das mit ihnen zusammen aus der Enge des Gangs drang und die Halle mit jedem Moment heller erleuchtete.

Noch immer wich das Team weiter zurück, als Krueger ein weiteres Mal versuchte, Coppola Controll via Intra-Kom zu erreichen. Er war es nicht gewohnt, ohne Anweisungen der Zentrale zu arbeiten. Aber dies war ein Ernstfall. Und da die gegenwärtige Entwicklung im Endlager No. IV fraglos als bedrohlich einzustufen war, waren alle Voraussetzungen erfüllt. Die Gefährdung menschlichen Lebens und/oder technischen Fortschritts war gegeben, weshalb er und sein Team die Berechtigung hatten, ihre Impulsgeber auch ohne Rücksprache einzusetzen.

»EMP bereit!«, brüllte Krueger. Seine Stimme hallte von

den Wänden der Halle wider und mischte sich mit dem Echo der Bewegungen voranrückender Roboter.

Die Bots nahmen Aufstellung, fügten sich nach und nach in eine Art Phalanx, die sich gegenüber dem Wartungsteam aufbaute. Und dabei wirkte es ein weiteres Mal, als ob ihren Bewegungen eine Art Plan innewohnte. Dann aber, von einem Moment auf den anderen, verharrten sie reglos.

Kruegers Männer hoben ihre Impulsgeber und blickten einander verunsichert an. Das, was hier vor sich ging, war vollkommen unmöglich. Wie konnten Roboter ohne eigene Energie frei agieren? Auf diese Frage hatte keiner von ihnen eine Antwort. Es schauderte sie. Was hier vor sich ging, war geradezu unheimlich.

»Aktivieren!«, brüllte Krueger, und ohne zu zögern richteten seine Leute die mobilen EMPs auf die Bots und drückten ab. Und obwohl der zielgerichtete Impuls mit menschlichen Sinnen nicht wahrzunehmen war, wussten sie alle, was er hätte auslösen müssen: Die sofortige Deaktivierung jedweder direkt und indirekt erfassten Technik.

Stattdessen geschah *nichts*. Keiner der Bots brach zusammen, vielmehr standen sie noch immer reglos dort, inmitten des blauen Lichts. Noch bevor Kruegers Männer reagieren konnten, leuchteten verschiedene Scanfelder auf und glitten über ihre Körper, während Dutzende Sensoren und Kameras sich langsam bewegten und metallene Gliedmaßen leise surrten.

Und dann begann das Schlachten.

Als Erstes erwischte es Tindale. Inmitten der unruhigen Lichtkegel ihrer Spotlights erkannten die Männer nicht gleich, was für ein Roboter es war, der näher kam und aus

dessen Frontsegment sich nun langsam ein knapp dau-
mendickes Metallrohr herausschob. Selbst Tindale war
die Funktion dieses Rohrs zunächst ein Rätsel. Bis er
gleich darauf ein leises Zischen vernahm. Als der Techniker schließlich begriff, war es zu spät. Im gleichen Moment schoss eine Stichflamme aus dem Rohr, die sich mithilfe des Gases in eine riesige Feuerwolke entfaltete und
das Endlager von einem Moment auf den anderen komplett erhellte. Während dem schreienden Tindale in einer
Flamme von vielleicht fünfzehn Metern Länge seine
Uniform ins Fleisch schmolz, konnte jetzt auch MNT Krueger den Bot erkennen.

Im nächsten Augenblick schwang das Gerät auch schon
in seine Richtung. Zäh folgte die Flamme der Bewegung
und ließen den brennenden Körper des Technikers einfach stehen, dessen Schreie einen Augenblick später er-
starben, als er lang auf den Boden schlug.

Hastig versuchten die fünf verbliebenen Männer, sich
außer Reichweite der Flamme zu bringen. Die Lichtkegel
ihrer Lampen huschten hektisch durch den Raum und trafen dabei immer wieder auf die noch immer aus dem Wartungstunnel strömenden Bots.

Krueger war es gelungen, hinter den Resten der Rettungskapsel in Deckung zu gehen. Dort hockte er nun und
bemühte sich, ruhig zu bleiben, versuchte, die Situation
zu analysieren und eine mögliche Erklärung für das
Fehlverhalten der Bots zu finden. Entsprechend ihrer Programmparameter war es vollkommen unmöglich, dass sie
Menschen überhaupt willentlich schadeten. Und doch taten sie es, augenscheinlich sogar gezielt. Er und seine
Männer hatten es hier mit Robotern zu tun, die sich den

Direktiven von Coppola City komplett widersetzten, jeder Kontrolle entzogen und alle bestehenden Sicherheitsprotokolle negierten! Und dazu kam noch das Versagen der EMP-Impulsgeber, die ihre einzige Bewaffnung darstellten. Sie hatten diesen untoten Bots nichts entgegenzusetzen ...

Schnaufend erreichte jetzt auch MNT Hopeman das Wrack der Kapsel und ließ sich neben Krueger auf den Boden sinken. Auf der Stirn des übergewichtigen Mannes funkelte Schweiß, in seinen Augen stand blanke Panik.

»Was zum Teufel ist das, Krueger?«

Der Angesprochene atmete tief durch und antwortete daraufhin sehr ruhig. »Das ist der S&B Compact. Ein Rodungsroboter, der früher im Rahmen von Terraforming-Korrekturen eingesetzt wurde. Er hat einen Gastank, der ihm erlaubt, seine Flamme ...«

Fassungslos starrte Hopeman ihn an.

»Scheiß was auf die Technik, du Bastard! Ich will wissen, was hier vor sich geht!«

Krueger nickte. »S&B steht für Slash and Burn. Und genau das tut er. Normalerweise allerdings mit Bäumen ...«

Die Fäuste seines Gegenübers zitterten, während er seinem Vorgesetzten zuhörte, und für einen kurzen Moment fürchtete Krueger, dass Hopeman ihn gleich tatsächlich zusammenschlagen würde. Das Einzige, was ihn davon abhielt, war vermutlich der Feuerfächer, der in eben dieser Sekunde über das Wrack hinwegfegte.

»Scheiße, Scheiße, Scheiße ...« Hopeman riss die Arme über den Kopf, und in einiger Entfernung hörte man noch jemand anderen fluchen. Zitternd wandte sich der Techniker noch einmal an Krueger.

»Ist er das? Der Fortschritt, für den wir hier oben sind? Die friedliche Synthese?«

Statt zu antworten, hob sein Gegenüber die Hand und wies mit schreckensweiten Augen auf etwas, das sich hinter Hopeman erhob.

Hastig fuhr dieser herum und erkannte gerade noch die Bolzenschussmündung eines *Buildatron XT*. Dann zertrümmerte ein stählerner Bolzen seinen Schädel. Das fußlange Geschoss, mit dem gewöhnlich Sternenstahlträger genietet wurden, traf ihn direkt zwischen den Augen. Seine Wucht war so immens, dass der Bolzen auf der Rückseite des Kopfs wieder austrat, den hinter ihm Sitzenden nur knapp verfehlte und ins Heck der Rettungskapsel einschlug.

Bevor Hopeman am Boden aufprallte, war Krueger bereits aufgesprungen, verlor dabei seine Spotlight und hastete im Dunkeln zur Rückseite der Halle Richtung Ausgang.

In seinem Rücken hörte er das Schwirren und den Einschlag weiterer Bolzen. Einer von ihnen zerfetzte ihm die Wade. Als er in die Knie brach, fiel sein Blick nach hinten, wo er jetzt im Widerschein von Flammen und dem zuckenden Licht der Spotlights das ganze Ausmaß des Schreckens erkannte: Roboter. Dutzende. Hunderte womöglich. Allesamt umgeben von diesem eigentümlich blauem Leuchten, schwebten, flogen, fuhren und gingen sie, ausnahmslos ohne eigene Energieversorgung, strebten voran und machten Jagd auf die Mitglieder seines Wartungsteams.

Krueger sah, wie MNT Holborn vor einer xCut V9, einer klingenbewehrten Schlachthausdrohne, zu fliehen versuchte. Er sah auch, wie diese ihn schließlich einholte, ihm in Sekundenbruchteilen die Gliedmaßen vom Körper trennte und Holborns Spotlight schließlich durch eine Wolke blutigen Nebels herunterfiel und über den Boden rollte.

Seine Männer hatten keine Chance, zumal sie Techniker und keine Soldaten waren. Alles, was sie kannten, waren Schaltkreise und Prozessoren. Taktik und Strategie waren ihnen ebenso fremd wie die Vorstellung, dass ein Roboter einem Menschen Schaden zufügen könnte. Und für eine Flucht waren ihre Gegner zu schnell und zu zahlreich.

Als Nächstes erkannte der Teamleiter MNT Merchant, die geduckt an der Seitenwand der Halle entlangschlich. Die Bots schienen sie zunächst tatsächlich nicht zu bemerken und rotteten sich stattdessen in einiger Entfernung zusammen. Wieder glaubte er dabei, in ihren Bewegungen eine Art System zu erkennen: Die Bots schienen sich in enger werden Kreisen um einen bestimmten Roboter in ihrem Zentrum zu bewegen. Aus der Entfernung und bei den Lichtverhältnissen war er nicht ganz sicher, aber er sah aus wie ein klassischer GnC 12, ein Grab & Carry, ein Transportbot, in dessen Greifarmen der Ursprung des pulsierenden blauen Lichts lag: *Das Perpetuum.*

Merchant schrie auf. Es war ein kurzer, abgehackter Schrei. Als Kruegers Blick sie wieder erfasste, sah er nur noch, wie sich die linke Hälfte der Technikerin von der rechten löste und ihr Körper, von einem einzigen glatten Schnitt durchtrennt, auseinandersank. Keinen Meter entfernt schwebte eine mobile Stahlschneide-Einheit, deren Laserstrahl gerade verlosch.

Krueger musste sich übergeben. Dann aber raffte er sich

hastig auf und schleppte sich weiter. Er musste den Ausgang erreichen, musste zurück in einen funktionalen Kommunikationsbereich und Coppola Control verständigen. Sie mussten erfahren, was hier unten vor sich ging und was für eine Bedrohung sich um das ominöse Perpetuum zusammenballte.

Der Schmerz in seinem Bein war unerträglich. Es würde wahrscheinlich mehr als bloß Hautkleber und Wundtacker brauchen, um das wieder zu richten. So wie es sich anfühlte, hatte auch der Knochen etwas abbekommen. Mit jedem Mal, da er den Fuß aufsetzte, durchfuhr ihn ein beißender Schmerz, der bis in seine Hüfte emporzuckte.

Langsam sog sich der Stoff des orangen Overalls mit dem Blut aus der Wunde voll. Krueger biss die Zähne zusammen und schleppte sich weiter. Nur wenig später konnte aus dem Augenwinkel sehen, wie die Sprengladung eines Bergbauroboters den letzten seiner Leute zerriss.

Verzweifelt humpelte Krueger weiter und versuchte ein weiteres Mal, eine Verbindung zur Kontrollzentrale herzustellen. Vergebens. Dafür jedoch erreichte er wenig später den Ausgang, wo er seinen Omnikey und den Nanoreaktor aktivierte. Doch nichts tat sich. Fluchend sah er das blaue Leuchten, das im Bedienfeld der Türöffnung pulsierte, und versuchte es noch einmal. Er steigerte den Impuls, und tatsächlich: Langsam und ruckelnd, beinahe widerwillig, begann sich die Tür beiseitezuschieben.

Krueger warf einen letzten Blick über die Schulter und sah inmitten des blauen Lichts eine Heerschar von blinkenden Dioden und Lichtern, die sich in Bewegung setzten. *Die Zombiebots kamen auf ihn zu!*

Und dann kam ihm ein Gedanke, bei dem es ihn schauderte: *Wie sollte man etwas ausschalten, das überhaupt nicht eingeschaltet sein konnte?*

Kaum dass die Tür jetzt weit genug offen stand, drehte er sich um und schob sich durch die Öffnung. Oder zumindest versuchte er es. Denn so langsam sich die Tür geöffnet hatte, so schnell schloss sie sich in eben diesem Augenblick wieder. Im Bruchteil eines Augenblicks schnellte der Stahl in seiner Führung wieder zurück, riss Krueger mit und zerschmetterte seinen Körper an der gegenüberliegenden Wand.

ZEIT: 10:15 AM
ORT: Coppola Control

Unter Führung des orange-weiß gestreiften GuideBots bewegte sich die Gruppe um Officer McCrae durch ein Gewirr hell erleuchteter Tunnel, vorüber an Lichtschranken und Sensorschleusen. Dabei wurde das Team mehrfach gescannt, biometrisch vermessen und analysiert. Während sie dem Roboter folgten, sammelte Coppola Control alle relevanten Körperdaten. Das war offensichtlich und entging keinem der Teammitglieder. Van Ghor schaute misstrauisch in die Kameras, und Mono, der nichts so sehr hasste, wie überwacht zu werden, konnte den Reflex nur schwer unterdrücken, eine seiner *Hammertusks* zu ziehen und die Kameras seinen Ärger schmecken zu lassen. Officer McCraes Blick half ihm allerdings dabei, dieses Bedürfnis zu unterdrücken. Ihr war klar, dass die Zerstörung derartiger Einrichtungen auf einem technoiden Planeten wie diesem nicht ratsam schien.

Während die Körperdatenerhebungen überwiegend reibungslos vonstattengingen, schienen die meisten Taster und Sensoren doch größere Probleme mit Claw zu haben. Augenscheinlich waren sie nicht ohne Weiteres in der Lage, den Beta zu klassifizieren. Sei es der Tatsache wegen, dass es sich bei ihm um einen Prototypen handelte, oder weil sie generell ein Problem mit künstlichen Mischlebensformen hatten. Immer wieder huschten die haarfeinen Lichtraster über seinen Körper, und unterschwellig spürte man förmlich, wie im Hintergrund Hochleistungscomputer ihre Datenbanken durchforsteten. Mit welchem Erfolg, war dabei jedoch nicht zu erkennen.

Schließlich erreichte das Team mit seinem künstlichen Führer das Ende des Tunnels, eine massive matte Metalltür mit der informell gehaltenen schwarzen Aufschrift: *Coppola Control*. Während der kleine Monitor des GGB der Gruppe zugewandt blieb, fuhr der Roboter eine Art Sensor aus, den er über ein hüfthohes verspiegeltes Segment in der Wand führte. Mit einem leisen Zischen glitt die massive Tür zur Seite.

»Bitte treten Sie ein«, erklang die Stimme aus den Lautsprechern des Guidebots, und vor ihnen eröffnete sich der Blick auf eine Art Kommandozentrale von derart beeindruckenden Ausmaßen, dass sie der eines künstlichen Stern in nichts nachgestanden hätte. Zögernd folgte das Team dem Roboter ins Innere des Raums, wo sie vor einer riesigen, mehrfach bemannten halbrunden Kontrolleinheit der Mann erwartete, dessen Gesicht sie bereits vom Monitor kannten.

Der Raum selbst war ebenfalls halbrund, und an der abgerundeten Stirnseite ihnen gegenüber prangte eine beachtliche Anzahl Bildschirme. Daneben waren die Türen einiger kleiner bemannter Überwachungskammern zu erkennen, wie sie im Fünfundvierzig-Grad-Winkel auch über anderen technischen Einrichtungen zu hängen pflegten. Darüber hinaus gab es – abgesehen von der Schleuse, durch sie eingetreten waren – jeweils noch einen Gang, der nach links und rechts abging.

Mit wenigen Blicken verschaffte sich McCraes Team einen Überblick, dann nahmen sie Aufstellung.

Der Mann, der dort vor ihnen stand, war kleiner, als sie erwartet hätten. Er trug eine schlichtes beigefarbenes Funktionsoutfit und einen Seitenscheitel, der nicht verbergen konnte, dass es um die Fülle seines schwarzen Haars nicht allzu gut bestellt war. Auf seinen Schulterklappen prangten drei schwarze Rauten, und auf der Brusttasche ein Logo, in dem zwei große Cs vor einer Skyline Rücken an Rücken standen. Darunter schließlich war der schmucklose Schriftzug *SPV Capek* zu erkennen.

Van Ghor und McCrae blickten sich um. Ein kurzer Blick auf die Uniformen der übrigen Anwesenden – es gab sowohl beigefarbene als auch dunkelbraune, die alle das gleiche Logo auf der Brustklappe zeigten – und die Überprüfung ihrer Dienstgradabzeichen machte klar, dass dieser Mann vermutlich der Ranghöchste hier vor Ort war.

Er musterte McCrae und den Rest des Teams mit einem Blick, der keine Rückschlüsse auf seine Haltung ihnen gegenüber zuließ. Ihr Staunen entging ihm nicht, und kurz darauf rang er sich ein Lächeln ab.

»Ich bin Supervisor Capek, Ma'am. Und glauben Sie mir, ich kann Ihre Verwunderung durchaus nachvollziehen. Schließlich dürften Sie eine Anlage wie diese kaum erwartet haben.«

SPV Capek hatte die Hände hinter dem Rücken verschränkt und stand noch immer vor der halbrunden Kontrollkonsole, über der ein überdimensionierter Holo-Cube schwebte. Auf der Holofläche glommen mehrere Hundert Lichter, von denen jedes einzelne in Mikroschrift beschriftet war.

Um die Konsole herum saß ein gutes Dutzend Männer in braunen Uniformen, deren Augen den Kubus fixierten und, während ihre Finger unablässig über ihre virtuellen Tastaturen huschten, die Bewegung der einzelnen Lichter verfolgten.

Claw, der ein Kontrollzentrum dieser Größe zum ersten Mal sah und hier zumindest aufrecht stehen konnte, staunte über die präzise Geschäftigkeit dieser Menschen, die vermutlich nur mit einigen künstlichen Körpermodifikationen möglich sein konnte.

Mono und van Ghor betrachteten den Raum jedoch mit anderen Augen und vor allem mit der Frage im Hinterkopf, wo die Schwachstellen dieser Schaltzentrale sein mochten. Nur für den Notfall. Sie waren es gewohnt, die neuralgischen Punkte eines solchen Orts auszumachen. Punkte, deren Zerstörung im Notfall ihr Entkommen oder die Übernahme der Anlage möglich machten. Ihr Gegenüber ignorierte das geflissentlich und hielt den Blick auf McCraes Augen gerichtet.

»Ich darf Sie im Kontrollzentrum von Coppola City willkommen heißen, Ma'am.« Er nickte ihr zu, wandte sich dann an van Ghor und den Heavy: »Gentlemen.« Und zuletzt an Claw: »Und Sie natürlich ebenso, Chim.«

McCrae schritt umgehend ein.

»Sir, ich würde es begrüßen, wenn Sie Claw als gleichberechtigten Teil meines Teams behandeln würden.«

Capek lächelte unsicher. »Natürlich. Bitte entschuldigen Sie. Ich bin im Umgang mit diesen ... Geschöpfen vergleichsweise unerfahren.« Verlegen neigte er kurz den Kopf. Als er wieder aufblickte, breitete er die Arme aus. »Ich vermute, dass die meisten von Ihnen derlei nicht erwartet haben?«

Helen McCrae nickte reserviert. Sie war die Einzige, die zuvor vom Konzern ein eingehendes Briefing bekommen und zumindest ansatzweise gewusst hatte, was hier oben auf sie zukam.

»Das kann man wohl sagen ...«, murmelte Claw leise, während sich van Ghor schweigend weiter umblickte.

Mono kratzte seinen wirren Backenbart und zog den Rotz hoch, um verächtlich auf den Boden zu spucken und so zu zeigen, dass er alles andere als beeindruckt war. Wie schon zuvor auf dem Schiff öffnete sich auch hier im nächsten Moment eine Klappe, und eine Reinigungsdrohne schoss heraus, um den Dreck zu beseitigen und gleich darauf wieder in der Wand zu verschwinden.

Stumm wunderte sich der Raptorbeta ein weiteres Mal darüber, wie man einem Humanoiden mit derartigem Benehmen lediglich aufgrund seiner genetischen Konfiguration mehr Respekt entgegenbringen konnte als ihm.

Schließlich fixierte Officer McCrae den Uniformierten.

»Was Sie hier tun, ist Ihre Sache, SPV Capek. Ich gehe jedenfalls davon aus, dass die Konzernleitung Kenntnis davon hat. Dementsprechend interessiert es weder mich noch mein Team. Wir haben hier lediglich eine Aufgabe zu erledigen.«

Obwohl Capek verständig nickte, entging ihr doch nicht der kurze Anflug von Unwohlsein, der sich für den Bruchteil eines Augenblicks auf seinem Gesicht abzuzeichnen schien.

»Natürlich. Ihre Aufgabe. Selbstverständlich sind wir darüber im Bilde. Und Sie können sicher sein, dass wir Sie von hier aus nach Kräften unterstützen werden. Aber lassen Sie mich Ihnen nur ein paar Parameter mit auf den Weg geben, wie Sie sich innerhalb der Stadt zu verhalten haben.«

Mono stieß van Ghor an und fragte leise: »Von was für einer verdammten Stadt redet dieser Mann?«

Capeks Kopf fuhr herum, und ein gewinnendes Lächeln spannte sich über sein Gesicht.

»Coppola City, ein Technotop, in dem das Zusammenleben von fortgeschrittenen technischen Lebensformen beobachtet und ausgewertet wird.«

Er trat einen Schritt zur Seite und wies auf die Monitorphalanx an der Stirnseite des Kontrollzentrums. Auf den einzelnen Bildschirmen waren vertikale Strukturen zu erkennen, die entfernt an Gebäude erinnerten. Dazwischen immer wieder breite Gänge, beinahe wie Straßen, bevölkert von Bots verschiedener Art, die aus der Entfernung an einen emsigen künstlichen Ameisenstaat erinnerten.

Während zumindest McCrae angemessen beeindruckt war, kratzte sich Mono zwischen den Beinen und betrachtete übellaunig den langsam rotierenden Holo-Cube.

»Technoide Lebensformen?«, fragte er misstrauisch.

»Ein verherrlichender Ausdruck für Roboter«, erwiderte McCrae, und Capek nickte, obwohl er mit dieser knappen Zusammenfassung nicht ganz zufrieden schien.

»Bah, das ist doch *2OT*-Sprech«, schimpfte Mono, in dessen Ohren es vollkommen abwegig klang, *Roboter* und *Lebensformen* in einem Atemzug zu nennen. Dann begann er, gemessenen Schrittes die Kontrollkonsole zu umrunden und dabei die Männer, die daran arbeiteten, misstrauisch zu beobachten.

Claw schaute fragend in die Runde. Er war derjenige innerhalb des Teams, der über den gegenwärtigen Stand der Robotik am wenigsten im Bilde war.

»Beim *2OT* sind Roboter das Gleiche wie im alten Indien die Kühe«, erklärte ihm van Ghor, und der Beta verstand. Zumindest halbwegs. Obwohl SPV Capek auch mit dieser Definition nicht ganz einverstanden war.

»Ich denke, dieses Thema sollte schon ein wenig differenzierter betrachtet werden. Denn auch wenn den Robotern ohne Zweifel die Zukunft gehört und die Synthese der menschlichen und robotischen Gesellschaft auf längere Sicht ...«

»Ist das, was hier passiert, legal?«, unterbrach McCrae seine Ausführungen mit einem kritischen Blick auf die Monitore. Sie versuchte abzuschätzen, wie viele *technoide Lebensformen* es wohl sein mochten, die sich durch diese *Stadt* bewegten.

Capek hielt kurz inne. Dabei war ihm vollkommen klar, dass die Frau auf den Hephaiston-Zwischenfall und die daraus erfolgten Regeln der Robotik anspielte.

»Rechtlich gesehen, Ma'am, bewegen wir uns hier in

einer Art Grauzone. Das ist auch der Grund dafür, dass dies ein geheimes und abgeschlossenes Areal ist. Ich kann Ihnen allerdings versichern, dass es Regeln und Vorrichtungen gibt, die jede Art von Kontrollverlust unmöglich machen. Tatsächlich liegt die Gesamtfehlerquote innerhalb der Protokolle von Coppola City bei weniger als zwei Prozent, und die Möglichkeit, dass ein Bot einem Menschen Schaden zufügt, ist praktisch nicht gegeben.«

»Jetzt ergeben jedenfalls die zusätzlichen Geheimhaltungsklauseln Sinn«, murmelte Mono, der beinahe auf der anderen Seite der Konsole angelangt war.

Van Ghor nickte und fügte hinzu: »So wie auch die letzten drei Stellen des Solds.«

Claw gab Zeichen, McCrae erteilte ihm das Wort, und der Beta wandte sich Capek zu.

»Verzeihen Sie ... Sir ... Aber wie genau ist das zahlenmäßige Verhältnis von Menschen zu Robotern in dieser Einrichtung?«

»Auch wenn es nicht relevant ist, beantworten wir Ihre Frage gern. Auf diesem Mond überwachen und koordinieren vierhundert Menschen 30 000 Roboter.«

»Was für Vorrichtungen sind das?«, wollte McCrae wissen und deutete auf ein speziell gekennzeichnetes freies Areal zwischen den monolithischen Gebäuden, das sie auf einem der Monitore erkannte.

Der Gefragte antwortete ohne zu zögern. »Diese freien Felder sind EMP-Safezones, die überall in der Stadt installiert sind, falls es – was, wie ich noch einmal betonen möchte, annähernd ausgeschlossen ist – doch zu Fehlfunktionen bedrohlicher Art kommen sollte. Aber seien Sie versichert, dass Sie bald schon alle Informationen bekommen, die sie brauchen, Ma'am. Und falls es Sie beruhigt: Hier oben in Coppola Control sind abgesehen von den Reinigungs- und Technikdrohnen keinerlei Roboter erlaubt.«

Mono war inzwischen auf der anderen Seite des Kontrollpanels angelangt. Keiner der Männer unter dem Holo-Cube hatte von seiner Arbeit aufgeblickt und ihn auch nur eines Blickes gewürdigt. Und hier, auf der gegenüberliegenden Seite des Raums, entdeckte der Heavy schließlich etwas, das seiner Meinung nach so gar nicht zu der Aussage SPV Capeks passen wollte. Vorwurfsvoll wies Mono auf eine Art versenkbarer Stasiskammer, die halb aus dem Boden ragte und aus deren Innerem ihm ein metallener Schädel entgegenfunkelte. »Keine Roboter also. Und was verdammt ist dann das hier?«

Capek wandte den Kopf und hob eine Braue. »Das, Mr. Mimkin, ist kein Roboter, sondern mein Vorgesetzter.«

Mono fuhr zusammen.

Der Mann kennt unsere Namen, dachte er.

Der Heavy war es nicht gewohnt, bei seinem Familiennamen genannt zu werden. Zumal es jedes Mal wieder die Erinnerung an seinen verstorbenen Bruder wachrief.

Van Ghor schaute Capek verwundert an. Und auch Claw erschrak bei seinen Worten, denn bis zu diesem Zeitpunkt hatte der Supervisor nicht erkennen lassen, wie gut informiert er über sie war. Die Tatsache, dass der Supervisor Monos echten Namen kannte, ließ vermuten, dass er auch noch einiges mehr wusste, womöglich sogar Einsicht in die Akten der Teammitglieder gehabt hatte. Diese wiederum hätte er nicht ohne fremde Hilfe bekommen können, was dementsprechend einige Fragen aufwarf. Claw nahm sich vor, Officer McCrae zeitnah auf dieses Problem anzusprechen.

Der Supervisor blickte in die Runde, wobei er die negative Energie sehr wohl spüren konnte.

»Aber wahrscheinlich ist es das Beste, wenn Sie ihn selbst einmal kennenlernen ...«

Der Blick des Heavys ruhte noch immer auf der Stasiskammer, in deren Seitensegment eine Reihe roter Zahlen aufleuchtete, die sich nun innerhalb von Sekundenbruchteilen veränderten und anglichen, bis schließlich alle Lichter auf Grün schalteten und sich die gläserne Tür der Kammer mit einem leisen Geräusch öffnete.

Ein hydraulischer Arm hob den darin befindlichen Roboterkörper empor und richtete ihn auf, während die mit ihm verbundenen Daten- und Stromkabel eines nach dem anderen abgestoßen wurden.

Als sich der Hydraulikarm schließlich löste, richtete der Roboter sich zu voller Größe auf. Obwohl seine Bauweise keinem den Teammitgliedern bekannten Modell entsprach, war er dem Wesen nach doch humanoid.

Da stand er. Knapp zwei Meter groß, das Metall war komplett schwarz eloxiert, und die matt gebürstete Oberfläche seiner Gliedmaßen verlieh dem Korpus etwas Edles, während die grellweiß glimmenden Sensorverstärker in seinem fast menschenähnlichen Schädel eine beinahe hypnotische Intensität hatten.

Kaum dass sich das letzte Versorgungskabel mit leisem Zischen aus der Schnittstelle in seinem Nacken löste, begann der schwarz schimmernde Schädel sich zu bewegen. Der Bot schaute sich um. Der Fokus seiner grell glimmenden Kamera-Augen bewegte sich, und innerhalb seines Brustsegments flammten verschiedene Anzeigen auf. Unter anderem ein digitaler Schriftzug: *PCU von Kempt.*

Dann setzte sich der Roboter in Bewegung, ignorierte dabei den neben ihm befindlichen Heavy ebenso wie den Beta und den Söldner. Schließlich wendete er sich direkt an Officer McCrae, wobei seine tiefe digitalisierte Stimme etwas seltsam Beruhigendes hatte: »Wenn ich mich vorstellen dürfte, Ma'am. Ich bin Prior Command Unit von Kempt. Und ebenso wie Sie Ihren Chim als menschliches Mitglied Ihres Teams verstanden wissen wollen, möchte ich Sie bitten, mich nicht als Roboter wahrzunehmen.«

McCrae runzelte die Stirn und betrachtete den hünenhafter Roboter. Das würde ihr allerdings schwerfallen. Die Prior Command Unit aber scherte sich nicht weiter um ihre Bedenken.

»Tatsächlich, Ma'am, wohnt diesem Körper keine künstliche Intelligenz inne, sondern eine hochkomplexe menschliche Persönlichkeit, deren Verschmelzung mit diesem vollkommenen Körper ein Zeichen für das Erreichen der höchsten Weihestufe darstellt.«

Mono verdrehte die Augen und murmelte: »Na fantastisch. Und schon wieder kranke *2OT*-Scheiße.«

»Gewiss, Mr. Mimkin. Wenn Sie es so formulieren wollen«, entgegnete die PCU, ohne sich dem Heavy zuzuwenden. Der aber zeigte sich unbeeindruckt von der Leistungsfähigkeit der akustischen Sensoren von Kempts und blaffte ihn an.

»Was auch immer du kannst, für mich bist du ein verschissener Roboter. Nichts weiter.«

Die PCU bewegte sich nicht. Der Fokus ihrer Augen ruhte nach wie vor auf Officer McCrae, ihre Worte aber, monoton und bestimmt, richteten sich ganz ohne Zweifel an Mono.

»Wenn Ihre intellektuellen Kapazitäten es Ihnen schwermachen zu differenzieren, dürfen Sie mich auch gern so bezeichnen, Mr. Mimkin. Als Beleidigung würde ich derlei lediglich empfinden, wenn sich Ihr Intelligenzquotient zumindest im relevanten dreistelligen Bereich befände. Bis dahin sollten Sie sich jedoch darüber im Klaren sein, dass ich *der* verschissene Roboter bin, der den Ort kontrolliert, an dem Sie und Ihre Freunde sich bis zum Ende Ihrer Mission aufhalten werden.«

McCrae funkelte den Heavy wütend an, der beschwichtigend die Hände hob, während PCU von Kempt zu sprechen fortfuhr: »In Bezug auf Coppola City hat Mr. Mimkin allerdings recht. Im Gegensatz zu mir handelt es sich bei den meisten Bewohnern dieser Stadt tatsächlich um gewöhnliche und in seinem Sprachgebrauch *verschissene* Roboter.« Er machte eine kurze Pause, bevor seine digitalisierte Stimme wieder ertönte: »Sollte jedoch einer davon im Zuge Ihres Auftrags beschädigt werden, können Sie davon ausgehen, dass er Ihnen mit allen daraus resultierenden Kosten in Rechnung gestellt wird.«

Auch wenn dies das übliche Prozedere war, missfiel die Aussicht darauf vor allem Mono, der gern flexibel auf die Option unnötiger Gewalt zurückgriff.

PCU von Kempt nickte Supervisor Capek zu, der nun an seiner statt dienstbeflissen fortfuhr.

»Die programmierte Intelligenz der Bewohner variiert allerdings stark.«

Claw signalisierte den Wunsch zu sprechen. McCrae

nickte ihm knapp zu, sodass sich der Raptorbeta nun ein weiteres Mal fragend Capek zuwandte.

»Entschuldigen Sie bitte, Sir. Für mich ergeben sich an dieser Stelle zwei Fragen. Wenn ich recht informiert bin, haben sich die in der Robotik tätigen Konzerne seit dem Hephaiston-Zwischenfall auf eine allgemeingültige Begrenzung der KI geeinigt. Diese Grenze liegt meines Wissens im Bereich niederer Tiere. Inwiefern sollte es also möglich sein, mit derart gering begabten Robotern eine *Stadt* zu bevölkern, geschweige denn die Intelligenz ihrer Bewohner zu *variieren*?«

SPV Capek wechselte einen kurzen Blick mit von Kempt, dessen metallener Schädel kaum merklich nickte. Dann antwortete Capek: »Um eben dies möglich zu machen und das sich daraus ergebende Paradoxon zu umgehen, wurde diese Stadt an einem ... weniger offensichtlichen Ort errichtet.«

»Dann ist es halt *geheimer 2OT*-Scheiß«, schimpfte Mono, wobei er sich keinerlei Mühe gab, leise zu sprechen und McCrae zynisch angrinste.

»Was mich zu meiner zweiten Frage bringt.« Claw nickte nachdenklich und wandte sich dem riesigen mattschwarzen Bot zu. »Tatsächlich bestätigten Sie, PCU von Kempt, durch die Erwähnung seiner Weihestufe, dass diese Einrichtung gleichsam dem *2OT* als auch seinem Konzern untersteht. Sie persönlich weist Ihre namentliche Kennung jedoch nicht als Teil des besagten Ordens aus. Im Rahmen des *2OT* müsste diese einerseits den Namen des Planeten beinhalten, auf dem Ihre erste Weihe stattfand, darüber hinaus Ihre Funktionszuordnung anhand eines griechischen Buchstabens sowie zuletzt Ihren numerischen Startcode und Umwandlungsrang. Während also *Kratos Beta 21/239* durchaus dem Lehrbuch entspräche, scheint mir *PCU von Kempt* doch zumindest ungewöhnlich.«

Als er dem Beta antwortete, schwang in der Stimme der Prior Commad Unit ein Anflug von Anerkennung mit. »Für den Abkömmling einer ausgestorbenen Spezies scheinen Ihr Informationsstand und Ihre Fähigkeit zu logischem Denken bemerkenswert.«

Der Bot zögerte kurz, musste allerdings feststellen, dass Claw nichts zu entgegnen gedachte, sodass er schließlich weitersprach: »Ihr Einwand ist dementsprechend korrekt. Da jedoch der Status dieser Einrichtung geheim ist, sind die Betreiber bemüht, Klarnamen und offensichtliche Ordensstrukturen zu vermeiden. Obwohl Sie in diesem Kontrollzentrum zahlreiche Anwärter und Initiierte der niederen Weihestufen finden werden, benutzen wir hier eigene, den Strukturen dieser Einrichtung angepasste Kennungen.«

Während dieser Antwort beobachtete der Raptorbeta von Kempt sehr genau, fixierte seine künstlichen Augen und maß mit kritischem Blick seinen Schädel ab.

»Gut, Sir. Das beantwortet meine ersten beiden Fragen. Ich hätte allerdings noch eine, die ...«

Nun aber war es Officer McCrae, die abwinkte. »Danke, Claw.« Sie wollte nicht unnötig Zeit verlieren und so schnell wie möglich mit dem eigentlichen Einsatz beginnen. Das konnte PCU von Kempt sogar aus ihrem Stimmmuster herauslesen. Und er stimmte ihr zu.

»Ihre Einsatzleiterin hat recht, Gentlemen. Ich würde Sie auch gern so schnell wie möglich runter in die Stadt bringen, damit wir unsere Arbeit hier oben dem Protokoll entsprechend fortführen können. SPV Capek wird Ihnen noch einige Verhaltensmaßregeln mit auf den Weg geben, und dann werden Sie zunächst Ihr Quartier beziehen, bevor Ihr GGB sie runter nach Coppola City begleitet.«

Mit diesen Worten schien die Konversation für PCU von Kempt beendet, und er stakste in Richtung Kontrollpult.

Verwundert schauten die Männer sich an. *Quartiere?* Sie hatten erwartet, sich im Raumanzug durch Geröll arbeiten zu müssen, im Dschungel gegen Tiere zu kämpfen, womöglich auch in den Trümmerschluchten vergessener Zivilisationen gegen diffuse Energiewesen zu kämpfen. Stattdessen bekamen sie nun ihre eigenen Quartiere.

Supervisor Capek kümmerte sich nicht weiter um ihre Verwunderung und wandte sich nun an Officer McCrae. »Als Erstes bitte ich Sie, einen direkten Uplink zu Ihrem Touchpad einrichten zu dürfen. Vornehmlich, damit wir einen unkomplizierten Datentransfer gewährleisten und Ihnen die entsprechenden Sicherheitsschlüssel überspielen können.«

McCrae und ihre Männer holten die Geräte hervor und ermöglichten Capek den Uplink. Einzig Mono war etwas misstrauisch, weil er um seine über die Jahre mühsam zusammengetragene Metapornsammlung fürchtete.

Der Supervisor übertrug das komplette städtische Kartenmaterial und erstellte zuletzt ein Set Besucher-Swipecards mit Sonderrechten. Während er sie McCrae und ihren Männern überreichte, sprach er weiter: »Wichtig ist vor allem, dass Sie während Ihres Aufenthalts zu keinem

Zeitpunkt Aggression gegenüber den Bewohnern der Stadt walten lassen.«

»Ach, und warum nicht?«, fragte Mono mit einem dreckigen Grinsen und dem heimlichen Gedanken an ein wenig unnötige Gewalt.

»Abgesehen von dem Aspekt der Sachbeschädigung, den PCU von Kempt Ihnen bereits ausgeführt hat, gibt es auch noch einen technischen. Die Bots dieser Einrichtung sind nämlich durchgängig mit fortschrittlichen Empathiesensoren ausgestattet.«

Was immer das auch bedeutete, in Monos Ohren klang es nicht gut.

»Was zum Erz bedeutet das denn schon wieder? Kann denn hier niemand Wörter benutzen, die jeder versteht?«, fluchte er mürrisch, und sein Gegenüber versuchte, es ihm zu erklären.

»Das Bewohnerkollektiv von Coppola City ist darauf programmiert, sich gegen Angriffe von außen zu schützen. Dementsprechend wird Aggression gegen einzelne Bots ebenso registriert wie Aggression gegen alle Bots und umgehend geahndet«, erklärte Capek bereitwillig.

»Scheiße«, entfuhr es van Ghor.

»Warum? Was hat er gesagt?« Der Heavy hatte die Ausführungen des Supvervisors nicht verstanden.

»Das heißt, wenn du einen von denen verprügelst, muss er seine großen Brüder nicht mal rufen«, erklärte ihm der Söldner.

»Die kommen nämlich ganz von selbst«, ergänzte Claw.

»Und sie vergessen nicht ...«, endete McCrae schließlich.

Capek lächelte. »Ein schönes Bild. Es trifft sehr genau das, worum es geht. Um Ihnen den Umgang mit diesem

Phänomen etwas zu erleichtern, gibt es zuletzt noch ein visuelles Kontrollsystem, das sich im Regelfall im Brustsegment der Roboter befindet. Dabei handelt es sich um drei Dioden, die einem altertümlichen Ampelmechanismus nachempfunden sind.«

»Ampelmechanismus?« Nun war es an Claw, nachzufragen.

»Ich hoffe, irgendjemand merkt sich das alles. Ich werde es nämlich nicht tun«, schimpfte Mono leise, und Capek erklärte bereitwillig weiter.

»Nun, wenn das grüne Licht im Brustsegment aufleuchtet, ist alles in Ordnung. Leuchtet hingegen das orangene auf, stehen Sie im Begriff, den Bot zu provozieren. Und bei Rot werden Sie als Bedrohung empfunden.«

Jetzt reichte es dem Heavy wirklich. »Fuck noch eins. Wir sind Justifiers. Und da sollen wir ernsthaft keine Gewalt anwenden dürfen?«

Der Angesprochene lächelte unsicher. »Der Vorstand besteht darauf, dass Ihre Vorgehensweise ganz Ihnen überlassen bleibt. Wobei er sich entsprechende Konsequenzen natürlich vorbehält. Aus Sicherheitsgründen hat der kollektive Gegenwehrmechanismus übrigens eine Zeitsperre. Nach einigen Minuten wird die Sensorik der Empatrons auf Grün zurückgesetzt. Falls es sie beruhigt.«

Der Supervisor verschwieg ihnen wohlweislich, was eine entsprechende Gruppe sich bedroht fühlender Bots im Laufe dieser Zeit mit einer Handvoll Humanoider anstellen konnte.

Van Ghor warf einen Blick in die Runde und versuchte, Mono zu beschwichtigen.

»Ich schlage vor, wir begeben uns erst einmal in unser Quartier und warten dort, bis alles vorbei ist.«

Capek zeigte der Gruppe bereitwillig die Richtung.

»Natürlich, Sir. Der GuideBot wird Ihnen den weiteren Weg weisen.«

Der GGB kam mit eingefahrenem Monitor herbeigesurrt. McCrae signalisierte ihren Männern, der Drohne zu folgen, doch der Supervisor hatte noch einen nicht ganz unwichtigen Punkt zu klären.

»Entschuldigen Sie bitte, Ma'am, beinahe hätte ich es vergessen: Ich muss Sie auffordern, Ihre Waffen abzugeben.«

»Wie bitte?« Nun schien es sogar McCrae langsam zu viel zu werden.

»Ihre Waffen. Das Sicherheitsprotokoll sieht vor, dass ...«

»Sie wissen aber schon, was wir sind, nicht wahr?«, blaffte sie ihn ungehalten an.

»Sie sind das Justifiers-Team, das der Vorstand von 2OT Technology geschickt hat, um auf diesem Planeten einen Auftrag zu erledigen. Dementsprechend sind Sie weisungsgebunden und unterstehen in erster Linie Ihrem Auftraggeber, der sich ebenfalls für die Sicherheitsrichtlinien dieser Einrichtung verantwortlich zeigt.«

Das Team schaute ihn ungläubig an, machte dabei aber keine Anstalten, die Waffen abzulegen. Supervisor Capek drehte sich kurz um, trat an ein Terminal, an dem er einige Tasten betätigte, und zog schließlich ein offiziell wirkendes Tab-Sheet aus einem Datenkonverter. Er präsentierte es McCrae. Die Einsatzleiterin überflog es und runzelte die Stirn. Seltsamerweise schien das alles seine Ordnung zu haben.

»Das ist, als wenn man einem Deckhengst die Eier ab-schneidet«, tobte Mono, und sein Kopf lief rot an. Noch einmal spuckte er halbherzig auf den Boden, und als gleich darauf die Säuberungsdrohne hervorgeschossen kam, rotzte er ihr auf den Rücken. Sie begann sich im Kreis zu drehen, und versuchte sich mit ihren Reinigungs-lamellen selbst zu erreichen. Immer schneller und schnel-ler, bis es in ihrem Inneren schließlich einen Kurzschluss gab und sie reglos stehen blieb.

Und das war ein Anblick, der sie alle daran erinnerte, dass Roboter Schwächen hatten. Man musste sie nur fin-den.

Wie aus dem Nichts tauchten zwei weitere Drohnen auf und beseitigten ihr deaktiviertes Gegenstück. Capek machte sich unterdessen an seinem Terminal zu schaffen, und aus der nahegelegenen Wand schoben sich einzelne Elemente hervor, die sich im nächsten Moment öffneten und als Sicherheitsbehältnisse erwiesen.

Der Supervisor bedeutete ihnen, ihre Waffen hineinzu-legen. Ihre Männer blickten unentschieden zu McCrae hinüber. Schließlich nickt sie widerwillig, und dann ver-schwanden sowohl Monos *Hammertusks* und seine *Furor9*, van Ghors *VibroBowie* und sein *Repeater* sowie Claws *Gleam 2000* in den Kisten, die gleich darauf geräuschlos in die Wand zurückglitten.

Beinahe wehmütig blickten die Männer ihren Waffen nach. Wenn sie es sich recht überlegten, wäre es ihnen allen lieber gewesen, im Dschungel, in der Wüste oder zwischen nackten Felsen irgendwelchen mutierten Krea-turen zu begegnen, die sie einfach auf ganz konventionel-le Weise hätten abballern können. Ihre Waffen jedenfalls auf Weisung ihres eigenen Auftraggebers abzugeben, sprach sehr dafür, dass van Ghor mit seiner Vermutung recht hatte.

Irgendetwas war faul an diesem Auftrag, dachten sie alle in diesem Moment.

Ein Scanfeld fuhr über die Körper der nunmehr entwaffneten Teammitglieder, und Capek entschuldigte sich. »Nicht dass sie denken, wir würden Ihnen nicht trauen, aber wir haben sehr strenge Vorschriften. Uns ist dabei natürlich vollkommen bewusst, dass es schwierig für Sie sein muss, Ihre Aufgabe unter den gegebenen Umständen durchzuführen.«

Während der Waffenscan ergebnislos blieb, dachte van Ghor zufrieden an die *Mikrofang* in seinem Stiefel. Wie auch immer die Vorschriften lauteten, er würde nicht unbewaffnet zwischen irgendwelchen Bots umherlaufen, deren Programm er nicht kannte.

Auch Capek wirkte zufrieden, als er ihnen nun den Weg zu den Quartieren wies.

»Mr. Mimkin, Mr. Claw und Mr. van Ghor, Sie werden sich ein Quartier teilen müssen. Und Officer McCrae, bitte bleiben Sie noch einen Moment hier. PCU von Kempt wünscht, noch einmal mit Ihnen zu sprechen.«

Während der Supervisor weitersprach, setzte sich das Team unwillig in Bewegung, wobei sich jeder von ihnen fragte, was der Bot mit ihrer Vorgesetzten besprechen wollte.

Capek wandte sich noch einmal kurz an die Gruppe: »Wir werden Ihnen in der Stadt allerdings jemanden zur Seite stellen, der Ihnen sehr von Nutzen sein wird. Einen Führer, der alle Ihre Fragen beantworten kann und sich mit unseren Anwohnern und ihren Gepflogenheiten bestens auskennt.«

Mono drehte sich noch einmal herum und hob drohend den Zeigefinger. »Hör zu, Meister, wenn du uns einen deiner verschissenen Roboter ...«

In diesem Fall versuchte selbst McCrae nicht, ihm Einhalt zu gebieten.

Capek lächelte unsicher. »Nein, Mr. Mimkin, Jack Rosso ist kein Roboter. Zumindest nicht im engeren Sinne. Aber vielleicht haben Sie schon einmal von ihm gehört. Er hat ein Buch geschrieben. ›Es ist nicht leicht, ein Bot zu sein‹. Es gilt in gewissen Kreisen als Standardwerk. Da er gegenwärtig jedoch verhindert ist, werde ich Sie, sobald Sie in der Stadt sind, mithilfe Ihres GuideBots zu ihm führen.«

Das Team wandte sich wieder zum Gehen.

Bevor es das Kontrollzentrum schließlich verließ, fügte Capek noch hinzu: »Ruhen Sie sich in Ihrem Quartier einfach noch ein wenig aus, bevor Sie die Stadt kennenlernen. Und vergessen Sie dabei bitte Ihre Vorurteile. Was auch immer Sie über Roboter zu wissen glauben, die von Coppola City sind anders.«

3

KILLER

ZEIT: 10:30 AM
ORT: Coppola City/ PhNx3 Fertigungskomplex

Aufgeregt verließ Jack Rosso die TransBot-Kabine und eilte zwischen den Bots hindurch, die ihn weitgehend ignorierten. Sein Ehrgeiz war geweckt. Gerade hatte er über sein Kom die Nachricht von einem weiteren Mord bekommen, dem dritten innerhalb eines Monats. Die Intervalle, in denen der Serienmörder zuschlug, wurden kürzer. Vielleicht war er auch nicht mehr allein. Das Problem jedenfalls wuchs, und Coppola Control konnte doch nicht mehr tun, als die toten Bots von den Straßen zu sammeln.

Rosso war der Einzige, der das Problem lösen konnte. Und er war dem Killer auf der Spur. Es war bizarr. Im weitesten Sinne ging es um Sachbeschädigung. Und um einen Roboter, der augenscheinlich Vergnügen dabei empfand, seinesgleichen umzubringen, ohne dass es Teil seines Programms gewesen wäre. Und das machte die Sache mysteriös. Nicht, dass Rosso es bei Menschen besser verstanden hätte. Aber Roboter verstand er für gewöhnlich leichter. Wenn auf Coppola II Terra Standard und Binär gesprochen wurden, dann hätte er sich für Binär entschieden.

Die Parameter, die menschlichen Entscheidungen zugrunde lagen, waren ihm zu komplex. All das, was Menschen Graustufen nannten, wenn sie behaupteten, dass es nicht bloß Schwarz und Weiß gab. Obwohl sie mit Letzterem natürlich recht hatten. Schwarz und Weiß gab es nicht. Allenfalls 01110011 01100011 01101000 01110111 01100001 01110010 01111010 00001101 00001010 und 01110111 01100101 01101001 11011111. Am Ende jedenfalls gab es für ihn wie auch die meisten anderen Bewohner der Stadt nur 1 und 0. Und das machte die Dinge einfach. Es gab Probleme und Lösungen. Nichts weiter. Selbst hier, in Coppola City, wo die Roboter anders waren und das menschliche Denken mit dem der Roboter verschmolz.

Besonders in ihm. Rosso kannte nichts anderes. Er war in diese Welt hineingeboren worden und hätte sie gegen keine andere tauschen wollen. Denn er gehörte hierher, in diese Stadt. Und er würde dafür sorgen, dass sie funktionierte. Mit allem, was in seiner Macht stand.

Er schaute sich um und blickte schließlich nach oben, direkt in die Kameras. Dieser Roboter musste genau wissen, was er tat. In keinem der bisherigen Fälle hatte es Überwachungsbilder von ihm gegeben. Aber zumindest ließen fehlende Fingerabdrücke und genetische Signaturen an den Tatorten darauf schließen, dass es ein Roboter sein musste. Und dieser bewegte sich zwischen toten Winkeln, Umschaltintervallen und unüberwachten Sektoren. Das aber war nur möglich, wenn er einen entsprechenden Upload der Überwachungsroutine bekommen hatte. Und das wiederum bedeutete, dass Coppola Control auf die eine oder andere Art involviert sein musste. Auch wenn sich die Logik dahinter ihm noch nicht ganz erschloss, schien ein Serienmörderbot Rosso doch zumindest ein interessantes Problem zu sein. Eine Herausforderung und ein anderes Kaliber als die Aufgaben, die das Kontrollzentrum ihm sonst übertrug.

Für gewöhnlich beschäftigten sie ihn mit dem Dolmetschen zwischen Bots und Wartungstrupps, dem Austauschen von Prozessoren, dem Überwachen der direkten Updates und dem Kontrollieren der Ladekammern, was schließlich kaum mehr als bessere Hausmeistertätigkeiten waren. So etwas wurde ihm nicht gerecht. Schließlich war Jack Rosso einmalig, das natürlich gewachsene Bindeglied zwischen Bot und Mensch, ein Geschöpf, das es im ganzen bekannten Universum vermutlich kein zweites Mal gab. Genau genommen war er beinahe ein verzerrtes Spiegelbild PCU von Kempts. Denn ohne ein einziges künstliches Körperteil, ohne Kenntnis höherer Weihestufen oder kybernetischer Ambitionen war Jack Rosso biologisch betrachtet zwar zu hundert Prozent menschlich, dabei aber doch mehr Roboter als Mensch. Und die Verkettung seltsamer Umstände, die ihn dazu hatte werden lassen, hatte nur in Coppola City stattfinden können.

Einige Controller hielten es für möglich, dass Rosso sogar mehr Roboter war als von Kempt es jemals sein würde ...

Ihm selbst war das allerdings egal. Rosso erfüllte hier unten, inmitten der anderen Bots, seine Aufgaben und folgte seinem Programm. Dabei merkte er jedoch, dass die Dinge sich zu verändern begannen.

Die Roboter, mit denen er aufgewachsen war, hatten sich von denen unterschieden, die heute die Straßen bevölkerten. Die Stadt entwickelte sich, und Coppola Control hielt die Zügel fest in der Hand. Außer vielleicht, wenn es um Fehlfunktionen ging, wie sie der Fortschritt in wachsendem Maße mit sich brachte. Der Serienmörderbot war allerdings mit Abstand die eigentümlichste dieser Fehlfunktionen, auch wenn seit etwa zwei Tagen gehäuft andere Störungen wahrzunehmen waren.

Rosso hatte Zugriff auf einen Großteil der Sicherheitskameras, die er von seiner Werkstatt aus kontrollieren konnte. Beim Durchschalten der einzelnen Kanäle hatte er in jüngster Zeit verschiedene Ausfälle bemerkt, deren Ursprung, wie eine Überprüfung ergab, teilweise in Coppola Control lag. Bestimmte Übertragungen wurden von irgendjemandem dort oben gezielt blockiert. Rosso hatte sich vorgenommen, das Signal zu hacken, wobei ihm aber der dritte Mord des mysteriösen Killers dazwischengekommen war.

Und nun erreichte er schließlich den Tatort. Einen jener silbern schimmernden Monolithen im Herzen von Coppola City, die sich allein durch das unterschieden, was in ihrem Inneren vor sich ging. Bei diesem hier handelte es sich um die zentrale Fertigungsstätte des PhNx3, eines Produktionsroboters mit eingeschränktem Funktionsfeld, dessen Fähigkeiten sich vor allem auf die Reproduktion seiner selbst beschränkten.

Die gesamte Fertigung, Wartung, Reparatur und Entwicklung des PhNx3 lag in seinen eignen mechanischen Händen. Dabei handelte es sich um den durch von Kempt persönlich angesetzten Versuch, dessen Gegenstand die Evolution der Robotik war. Das Projekt war bereits vor zehn Jahren begonnen worden und entwickelte sich langsam, da der PhNx3 nicht viel Wert auf seine eigene Weiterentwicklung zu legen schien. So hatte die Modellreihe beispielsweise, um Energie zu sparen, ihre eigene Funktionsgeschwindigkeit reduziert.

Auch die Panzerung des Roboters war im Laufe der Zeit zugunsten der Produktionsgeschwindigkeit um ein Drittel reduziert worden, und die regelmäßigen Versuchsauswertungen legten den Verdacht nahe, dass sich der PhNx3 über kurz oder lang eher endgültig abschalten als weiterentwickeln würde.

Aber zunächst einmal war es der Killer gewesen, der einen von ihnen abgeschaltet hatte.

Als Jack Rosso durch die Eingangsschleuse ins Innere des Monolithen trat, wunderte er sich als Erstes über die gespenstische Ruhe. Die Fertigungsstraße stand komplett still. Das Fließband war ebenso deaktiviert worden wie auch ein gutes Dutzend PhNx3, das reglos danebenstand.

Der Anblick von Robotern, die gerade dabei waren, sich selbst zusammenzubauen, hatte etwas beinahe Surreale. Zumal Rosso wieder einmal merkte, wie unvorteilhaft sich die Reduktion der Panzerung auf die Ästhetik der Baureihe auswirkte. Der PhNx3 war einer der hässlichsten Bots, die Coppola City zu bieten hatte.

Rosso schritt an den reglosen metallenen Gestalten vorbei, wobei er sich die Frage stellte, weshalb die Anlage wohl deaktiviert worden war. Um das herauszufinden, bediente er schließlich die Multibox an seinem Handgelenk und rief die aktuellen Daten der Fertigungsanlage ab. Und kaum dass er sie sah, begriff er. Der Killerbot hatte nicht irgendeinen PhNx3 erwischt, sondern den Schichtleiter erledigt, damit das Fertigungsprotokoll unterbrochen und auf diese Weise die gesamte Produktion lahmgelegt. Aber nicht nur das. Seine erste Untersuchung bestätigte Rosso darüber hinaus, dass es sich, wie bei den anderen zuvor, auch bei diesem Opfer um einen *MetaBot* handelte. Er fragte sich ernsthaft, wie es dem Killer gelang, sie ausfindig zu machen ...

Rosso hatte den Raum noch nicht einmal ganz in Augenschein genommen, als ein Kom-Signal ihm eine eingehende Nachricht hoher Priorität anzeigte. Sofort rief er sie via Multibox ab. Er wollte keine unnötige Zeit verlieren. Der Inhalt der Textmeldung gefährdete jedoch kurzfristig seine Funktionstüchtigkeit und ließ ihn tief durchatmen. Coppola Control wollte sein Programm kurzfristig ändern und ihm vorübergehend eine neue Aufgabe zuweisen. Zusammen mit einem GGB sollte er für eine Gruppe Außenweltler den Führer geben. Es handelte sich um ein Team Justfiers, das gerade eingetroffen war, um in Coppola City einer Wiederbeschaffungsmission nachzugehen. Und das ausgerechnet jetzt, wo der Roboterkiller ein weiteres Mal zugeschlagen hatte.

Aber zumindest waren die Justifiers noch nicht auf dem Weg nach unten. Rosso blieb also noch etwas Zeit. Er bestätigte den Erhalt der Nachricht, bewegte sich ans Ende des Fließbands und schwang sich von dort auf die etwas höher gelegene Kontrollebene, wo er im Leitstand sofort auch den Schichtleiterbot entdeckte, der dort vor seinem Schaltpult am Boden lag. Rosso beugte sich über den Metallkadaver und betrachtete ihn genauer.

Auch dieses Mal hatte der Killerbot ganze Arbeit geleistet. Die Hülle des PhNx3 war aufgetrennt und der Hauptprozessor überlastet worden. Wie die anderen zuvor hatte er diesen Roboter geradezu hingerichtet.

Rosso schaute noch einmal zu den Kameras empor und stellte dabei verwundert fest, dass auch sie abgestellt worden waren. Auf seinem Handgelenkmonitor überprüfte er die Schaltkreise der Anlage, fand allerdings keinen logischen Grund für die Deaktivierung der Überwachung. Wenn aber die Kameras gezielt ausgeschaltet worden waren, dann bedeutete das womöglich ... *dass der Täter noch hier war!*

Hastig ließ Rosso seine Finger über die Bedienelemente seiner Multibox huschen, aktvierte den Scanmodus und bewegte die optischen Sensoren langsam durch den Raum. Sie registrierten vierzehn verschiedene Signaturen, von denen dreizehn annähernd identisch waren. Das waren die PhNx3-Modelle am Fließband. Aber abgesehen davon gab es noch eine andere. Eine Signatur, die nicht hierher gehörte. *Der Killerbot befand sich also noch immer im Raum!*

Rossos Puls ging schneller. Er spürte, wie das Adrenalin in seinen Adern zu pulsen begann und er in einen anderen Modus wechselte. Vorsichtig griff er nach seinem EMP-Impulsgeber und drehte sich langsam in Richtung der unbekannten Signatur ...

Im gleichen Moment schoss der Bot aus seinem Versteck. Rosso erkannte ihn sofort. Es war ein MT6, ein mobiles Multitool, ein Reparaturbot mit flachem Korpus, der seine sechs flexiblen Gliedmaßen als Arme und Beine einsetzen und so beinahe überallhin gelangen konnte. Mit ihnen hatte er sich auch unter dem Fließband festgekrallt, unter dem er jetzt blitzschnell hervorgeschossen war.

Obwohl seine Wendigkeit und die verlängerbaren Gliedmaßen den MT6 beinahe unberechenbar machten, wagte Rosso zu feuern. Der erste EMP-Impuls verfehlte den Bot haarscharf, als dieser sich vom Boden abstieß. An seiner statt brachen zwei der PhNX-Modelle scheppernd neben dem Fließband zusammen. Der MT6 schoss genau auf den Schützen zu. Bevor Rosso ein zweites Mal abdrücken konnte, wurde er zu Boden geschleudert. Er rollte sich ab, griff instinktiv nach dem reglosen Körper des PhNx3 neben sich und riss ihn gerade rechtzeitig hoch, bevor der SonicDrill des Multitools zwei großkalibrige Löcher hineinbohrte. Dann riss der MT6 sich wieder los, Rosso sprang auf die Füße und konnte gerade noch sehen, wie der Bot aus der Halle verschwand.

Es war unglaublich! Dieser MT6 hatte ihn tatsächlich *angegriffen*. Er hatte keine Gelegenheit gehabt, die Kennung an seinem Korpus auszumachen, würde aber schnellstmöglich eine Inventarisierung der Baureihe ansetzen. Vielleicht würde sich das fehlerhafte Modell dadurch ausfindig machen lassen.

Und obwohl er sich keine Chancen ausrechnete, eilte Rosso dem Bot nach. In der Straße angelangt, sah er, wie sich der MT6 an den Wänden entlang entfernte. Er hastete ihm nach und drängte die Bots in der Straße beiseite, deren Empatrons für einen kurzen Moment gelb aufleuchteten.

Es gelang Jack Rosso, drei Gebäudeblöcke lang in Sichtweite des Killbots zu bleiben, bevor seine Kondition schließlich nachließ. Schnaufend lehnte er sich an eine der flimmernden Fließkristallwände und blickte dem Multitool nach, wie es sich an den Außenseiten der Monolithen immer höher emporschwang und kurz darauf unter eine vorbeirasende TransBot-Kabine klemmte.

Es war einer der Momente, in denen Rosso seine körperliche Unterlegenheit verfluchte. Er war außer Atem, spürte jeden seiner Knochen und fühlte sich wie ein dysfunktionaler Bot einer hoffnungslos veralteten Baureihe.

Er stützte die Hände auf die Oberschenkel, atmete tief durch und blickte dem MT6 hinterher. Ihm war vollkommen klar, dass er keine Chancen hatte, ihn jetzt noch einzuholen. Und wenn die Inventur der Baureihe ihn nicht weiterbrachte, würde er sogar warten müssen, bis der Roboter wieder zuschlug.

Bis dahin würde er ebenso gut Kindermädchen für ein paar kohlenstoffbasierte Lebensformen spielen und ihnen die Regeln von Coppola City erklären können. Auch wenn er dabei keinesfalls vorhatte, sein eigentliches Ziel aus den Augen zu verlieren.

Was immer Coppola Control von ihm verlangte, seine eigenen Prioritäten standen fest. Und sie hatten beim besten Willen nichts mit der Außenwelt oder irgendwelchen Justifiers zu tun.

ZEIT: 10:35 AM
ORT: Coppola Control

Kaum dass das übrige Team die Kommandozentrale verlassen hatte, trat PCU von Kempt noch einmal an Officer McCrae heran. Der Leiter der Einrichtung baute sich vor ihr auf und beugte sich verschwörerisch zu ihr herab.

»Jetzt, wo wir unter uns sind, Ma'am, würde ich Ihnen gern noch ein bisschen gesondertes Hintergrundwissen mit auf den Weg geben, was für Ihr Verhalten innerhalb der Stadt von Wichtigkeit sein dürfte.«

Der schwarz schimmernde Roboter wendete sich der Monitorphalanx zu. Ihr Blick folgte seiner Bewegung. Auf gut sechzig verschiedenen Bildschirmen waren dort die Gebäude und Straßen von Coppola City zu sehen, jener experimentellen Einrichtung, die zu verwalten PCU von Kempt hier oben bestimmt worden war. Verwundert bemerkte McCrae, dass nacheinander einige der Monitore verloschen und lediglich ein schwarzes Bild hinterließen, in dem jedoch kurz darauf das Logo der Einrichtung, die beiden Cs mit der Skyline dahinter, aufleuchtete. Bevor McCrae diesbezüglich allerdings nachfragen konnte, fuhr von Kempt bereits fort.

»Was Sie hier sehen, Officer, ist ein Traum.«

Staunend betrachtete sie die Geschäftigkeit dort unten in den Straßen. Das Treiben auf den Monitoren erinnerte auf den ersten Blick beinahe an das Leben in den Mega Citys, wobei sie lediglich die fehlenden Menschen irritierten. Die Straßen von Coppola City schienen ausschließlich von Robotern bevölkert. Auf keinem der Bilder war organisches Leben auszumachen.

Der Bot an ihrer Seite sprach weiter: »Ein Traum von der Zukunft.«

McCrae schauderte es. Wenn dies wahrhaft die Zukunft sein sollte, dann war der Platz ihrer eigenen Spezies darin schmerzhaft offensichtlich.

Von Kempt jedoch schien von ihren Bedenken nichts zu spüren. »Es geht in erster Linie um die Beobachtung der Entwicklung einer von KI dominierten Gesellschaft. Coppola City ist ein groß angelegter Feldversuch, und unser

Ziel zum einen die Rehabilitation der KI an sich, und zum anderen die Schaffung eines Lebensraums für den höher entwickelten Menschen.«

»Höher entwickelt im Sinne des *2OT*?«, fragte McCrae, ohne den Blick von den Bildschirmen abzuwenden.

»Im Sinne eines fortschrittlichen Transhumanismus«, beharrte von Kempt, womit er sie jedoch nicht zufriedenstellen konnte.

»Ihrer glühenden Rede zum Trotz bin ich mir noch immer nicht sicher, ob dieser Traum tatsächlich legal ist«, ließ McCrae nachdenklich verlauten.

»Er zahlt ihren Sold«, entgegnete von Kempt, und für einen kurzen Moment klang die digitalisierte Stimme, die aus seinem Sprachmodul drang, geradezu aggressiv. »Und auch wenn es nur der Traum von wenigen ist, so ist es doch ein sehr teurer Traum. Dementsprechend sollten Sie und Ihr Team etwaige Schadensfälle nach Möglichkeit vermeiden.«

»Was genau meinen sie mit *Schadensfälle*?«, fragte McCrae.

»Sollten Sie im Zuge ihres Einsatzes vorsätzlich oder versehentlich technische Einrichtungen oder Bewohner von Coppola City beschädigen, werden diese Ihnen nach Abschluss in Rechnung gestellt.«

Sie musste unweigerlich an Monos ungestüme Natur denken und sah die Probleme bereits jetzt auf sich zukommen. Denn der aufbrausende Heavy mochte keine Roboter. Außerdem konnte er Chims nicht leiden. Und weibliche Vorgesetzte wohl auch nicht. Ihn dort unten im Zaum zu halten, versprach also alles andere als leicht zu werden.

Als er mit Blick auf die Monitore ein weiteres Mal fort-fuhr, klang ein eigentümlicher digitaler Stolz aus der Stimme von Kempts. »Durch diese Straßen, Officer McCrae, bewegen sich Summen, die sie sich vermutlich in ihren kühnsten Träumen nicht ausmalen können.« Er beugte sich noch ein Stück weiter zu ihr herab. »Darüber hinaus sollte ich Ihnen noch mitteilen, dass ich seitens der Konzernleitung befugt wurde, sie gegebenenfalls jederzeit abberufen zu lassen.« Die PCU drehte den Kopf und fokussierte sie. »Ich sage Ihnen das nicht, um Sie einzuschüchtern oder zu bedrohen, Ma'am. Ich will nur, dass Sie eines wissen: Wenn Sie und Ihre Männer sich dort unten bewegen, dann tragen Sie Verantwortung. Ich werde Sie beobachten. Jeden Schritt, den Sie und Ihr Team tun. Und ich verspreche Ihnen, dass man Sie für jeden etwaigen Vorfall zur Rechenschaft ziehen wird.«

»Es geht also um Geld?« McCrae schüttelte den Kopf.

»Nicht nur, Ma'am. Und obwohl es hier um Summen geht, die Sie im Laufe Ihres Lebens nicht einmal im Ansatz zurückzahlen könnten, habe ich bereits im Vorfeld die Möglichkeit in Betracht gezogen, dass dieses Argument Sie unter Umständen nicht beeindrucken würde.« Der Roboter setzte sich in Bewegung und bedeutete dem Officer mit einem Wink, ihm zu folgen. »Aus diesem Grund habe ich Sie auch von Ihrem Team separiert. Um Ihnen anzudeuten, was der tiefere Zweck dieser Anlage ist.«

Von Kempt schritt um die Kontrollkonsole und den darüber schwebenden Holo-Cube herum, und McCrae musterte die Männer, die daran saßen und arbeiteten und dabei beinahe wirkten, als ob sie an ihre virtuellen Tastaturen gekettet wären. Unablässig huschten ihre Finger über die Tasten, während sich ihre Augen über die Mikroschrift auf dem Holo-Cube bewegten.

Der Roboter vor ihr bewegte sich unterdessen in Richtung seiner Stasiskammer, wo sich in diesem Moment lautlos eine Abdeckung öffnete, unter der ein kleines Tastaturfeld sichtbar wurde. Von Kempt legte seine dünnen mechanischen Finger darauf, gab einen zwanzigstelligen Sicherheitscode ein und trat dann einen Schritt zurück.

»Ich habe Anlass zu vermuten, dass Ihre Mannschaft nicht in der Lage wäre, die Tragweite dieser Wahrheit zu erfassen.«

Vor Bot und Officer hob sich ein Wandsegment, hinter dem sich ein schmaler Gang erstreckte, an dessen Ende unter einer Kamera zwei Sicherheitstüren zu erkennen waren. Der Gang selbst war vielleicht zwanzig Meter lang. Eine Strecke, die ziemlich exakt der notwendigen Reaktionszeit eines mit visuellen Sensoren gekoppelten Sicherheitslasersystems entsprach. Zumindest, wenn ein Mensch den Gang betrat.

Wortlos folgte McCrae der weiter voranschreitenden Prior Command Unit, die geradewegs auf die zweite Tür von links zuschritt, die mit einer römischen II markiert war. Darunter prangte ein kleines Metallschild mit der Aufschrift: *Scientific Security Class A.*

Von Kempt betätigte einen Schalter, folgte der Aufforderung eines Stimmidentifikators und nannte seinen Namen und Rang. Im Inneren der Wand war das Zurückschnellen mehrerer massiver Riegel zu hören. Dann öffnete sich auch diese Tür. »Willkommen, Ma'am, im Herzen von Coppola II.«

Zögernd folgte McCrae dem Bot ins Innere eines Raums, wie sie ihn zuvor noch nicht gesehen hatte. Und dabei hatte sie schon einiges gesehen. Hier handelte es sich um eine kreisrunde hohe Kammer, in deren Zentrum neben einer Kontrolleinheit eine Art Stuhl stand, über dessen verlängerter Lehne inmitten eines komplexen Kabelgebildes eine kleine mobile Kuppel schwebte. Das Ganze war von einer Schienenvorrichtung umgeben, in der auf drei Ebenen ein halbes Dutzend schimmernder Roboterarme ruhte.

McCrae blickte sich um und betrachtete die mannshohen Kapseln, die an den Wänden des kreisrunden Raums installiert waren. Insgesamt mochte er etwa zwanzig Meter Durchmesser haben. Mit ihrer transparenten Front erinnerten sie beinahe an Tiefschlafkammern. Im Inneren einiger davon befanden sich jedoch, wie sie auf den zweiten Blick erkannte, Roboter anstelle von Menschen.

Als sie das alles schließlich erfasst hatte, schaute Officer McCrae zur Decke der Kammer empor, wo die Kabelstränge aus der Kuppel zusammenkamen, bevor sie über verschiedene Schächte auf die Kapseln an den Wänden verteilt wurden. Als Sinn und Zweck dieser Apparatur sich ihr auch auf den zweiten Blick nicht erschloss, wandte sie sich von Kempt zu, der feierlich anhob: »Dies, Ma'am, ist der iTrans, ein Gerät, das offiziell noch gar nicht existiert und es womöglich auch niemals tun wird. Darüber wird schlussendlich einzig die Entwicklung innerhalb von Coppola City entscheiden.«

»Und was genau tut dieser iTrans?«, fragte McCrae, die eingedenk der Warnungen von Kempts im Inneren der Kammer nichts anzufassen wagte.

»Wie Ihnen gewiss bekannt ist, ist das Ideal des *2OT* die Überwindung des unzulänglichen menschlichen Körpers und das Abstreifen seiner jämmerlichen Vergänglichkeit.«

Sie nickte. So viel war ihr bekannt. Der Orden pflegte eine Verherrlichung der Kybernetik, in deren Rahmen Initiierte auf Automaton Prime den Pfad der Vervollkommnung beschritten, wobei sie immer mehr Teile ihres natürlichen Körpers ersetzten, bis am Ende nichts mehr übrig blieb.

»Ja, Sir. Ich weiß das Übliche über die Ideale des *2OT*. Das, was vermutlich auch die meisten anderen Leute wissen. In der höchsten Weihestufe des Ordens ist, wenn mich nicht alles täuscht, das Gehirn das Einzige, was vom Individuum bleibt und zuletzt in den Körper eines Bots versetzt wird.«

»Richtig. Das Gehirn. Und mithilfe des iTrans gelingt es uns sogar, dieses letzte faulende bisschen Organ zu überwinden.«

»Wollen Sie damit sagen ...« Sie blickte von Kempt an und begriff, dass in seinem künstlichen Schädel nicht einmal der Platz für ein menschliches Gehirn gewesen wäre. Doch war von Kempt, wenn er über keines verfügte, nicht vielleicht nur ein programmierter Roboter? Dann aber wäre er augenscheinlich einer mit menschenähnlicher Persönlichkeit gewesen, was wiederum strengstens verboten war.

Triumphierend sprach von Kempt weiter: »Der iTrans erstellt, bevor die organische Existenz ausgelöscht wird, ein Charakterabbild, das Wissen, Persönlichkeit und Wesensmerkmale 1:1 auf einen Prozessor überträgt. Ich bin, wie Sie sehen können, das beste Beispiel dafür, dass es funktioniert.«

»Und würden, würde die Existenz dieser Anlage publik, im Rahmen der gegenwärtigen Gesetzeslage wahrscheinlich deaktiviert«, gab McCrae zu bedenken.

»Fortschritt ist Wagnis. Wir haben einflussreiche Freunde, die daran arbeiten, die betreffenden Gesetze zu modifizieren. Und *Sie*, Ma'am, haben eine Verschwiegenheitsklausel unterschrieben.«

Die Angesprochene nickte nachdenklich und betrachtete dabei den verkabelten Stuhl. »Sie sagten, dieses Ding habe mit der Stadt zu tun. Und das es hierbei nicht nur um Geld gehe ...«

Die PCU besann sich und klang wieder weniger bedrohlich, als sie weitersprach. »O ja. Dort unten in den Straßen befindet sich ein Dutzend privilegierter *2OT*-Würdenträger, die den Vorzug genießen, ihrer Vergänglichkeit enthoben worden zu sein.«

»Sie haben mit diesem Ding also bereits Menschen in Roboter verwandelt?«

»Diese Formulierung ist nicht ganz korrekt. Wir haben Persönlichkeitstransfers in artifizielle Lebensformen vorgenommen, die wir hier oben als MetaBots bezeichnen. Äußerlich unterscheiden diese sich jedoch nicht von den gewöhnlichen Bots. Dementsprechend geht es hier nicht bloß um Geld, sondern auch um *Integration*. Und natürlich um *Leben*. Im weitesten Sinne zumindest.« Von Kempt musterte Officer McCrae mit seinen Sensoren, konnte jedoch nicht ausmachen, ob sie empört, erstaunt oder nur beeindruckt war. Darum fuhr er fort: »Wenn Sie also einen Bot beschädigen, mag sein Wert Sie womöglich nicht beeindrucken. Aber vielleicht sensibilisiert es Sie ein wenig, dass die vage Möglichkeit besteht, dass es sich dabei um den Freund eines Vorstandsmitglieds von *2OT Technology* handelt.«

Was er damit andeuten wollte, war ihr vollkommen klar. Ein Fehler in Coppola City konnte sich nicht nur auf ihr Konto, sondern auch auf ihre Karriere oder ihr Leben negativ auswirken. Allmählich stellte sich McCrae doch die Frage, ob es klug gewesen war, diesen Auftrag anzunehmen. Es würde ein seltsames Gefühl sein, sich dort unten inmitten der Roboter durch die Straßen von Coppola City zu bewegen und dabei zu wissen, dass einige von ihnen menschlicher waren als andere.

McCrae musterte noch einmal die Maschine. Den iTrans. Mit ihm hatte der *2OT* sein höchstes Ziel erreicht. Die Verschmelzung von Mensch und Maschine ...

Die Worte von Kempts rissen sie aus ihren Gedanken.

»Diese Information ist für Sie, Officer. Für Sie allein. Sie werden allerdings noch einiges mehr brauchen, um zu verstehen, was wir hier tun. Aber das wird sich auf Ihrer Suche ergeben.« Mit diesen Worten legte der große schwarze Roboter ihr in einer beinahe vertraulichen Geste die Hand auf die Schulter und senkte seine Stimme: »Glauben Sie mir, dieser Ort wird Ihnen helfen, Ihre Vorurteile gegenüber technoiden Lebensformen abzubauen.«

Nachdem sich die Tür hinter ihnen geschlossen hatte, blickten Claw, Mono und van Ghor sich um. Das war also ihr *Quartier*. Die drei befanden sich inmitten eines quadratischen Raums von ungefähr sechzig Quadratmetern, erhellt durch das indirekte Licht einiger Leuchtstoffelemente, die in die Wandverkleidung eingelassen waren. Im Inneren standen abgesehen von einem Tisch mit gewöhnlichen Stühlen auch einige neumodische FormaSeats, intelligente Sitzgelegenheiten, die sich automatisch jeder Körperform anpassten und über einen integrierten Temperaturregler verfügten.

Auf dem Tisch befand sich eine Schale mit Obst, wobei jedoch keiner von ihnen hätte sagen können, wie diese Früchte hießen oder von welchem Planeten sie stammten. Eine Tatsache, die wiederum auch das Bedürfnis schmälerte, mehr über ihren Geschmack herauszufinden. Im hinteren Teil des Raums gab es noch eine Tür zum Sanitätsbereich, den Claw nun als Erstes inspizierte.

Als er wenig später wieder heraustrat, amüsierte sich Mono erst einmal über seine empfindliche Saurierblase, bevor er fragend zu van Ghor hinüberschaute. »Und jetzt warten wir hier auf den Eimer, oder was?«

»Viel mehr werden wir wohl nicht tun können«, entgegnete der Söldner und zuckte mit den muskulösen Schultern. Geräuschvoll zog der Heavy ein weiteres Mal Rotz hoch, woraufhin sein Gegenüber ihn verächtlich musterte.

»Wäre schön, wenn du das zwischendurch mal sein lassen könntest.«

Monos Augen verengten sich. Mit einem Blick nach dem Motto *Du hast mir gar nichts zu sagen* funkelte er den Söldner an, und für einen kurzen Moment war nicht klar, wie das Ganze ausgehen würde. Aber dann begriff sogar der Heavy, dass es nicht klug war, sich an einem Ort wie diesen mit den wenigen Verbündeten zu überwerfen, die er hatte. Er schluckte den Rotz runter und grinste. »Na schön, Alter, weil du es bist.«

Angewidert schüttelte Claw den Kopf. In solchen Momenten hielt er alles, was er über die Evolution gelernt hatte, für erstunken und erlogen.

Der Zwerg aber wollte keine Ruhe geben. »Und wieso müssen wir überhaupt warten?« Er schaute sich um. Sein linkes Auge zuckte nervös. »Ich brauche keine Ruhe, verdammt noch eins.«

Der Raptorbeta blickte ihn abschätzig an. »Entspannen Sie sich, Mr. Mimkin. Wenn ich es recht verstehe, treffen die Betreiber dieser Einrichtung einige Vorbereitungen für unsere Ankunft in der Stadt. Und so lange werden wir wohl hier warten müssen. Es sei denn, Sie wollen umkehren. Aufgeben. Diese Möglichkeit steht Ihnen natürlich auch noch offen.«

Mono funkelte ihn an. »Aufgeben? Pah! Ich will irgendetwas kaputt machen, verdammt.« Mit diesen Worten ließ er sich in einen der dunkelgrauen FormaSeats fallen, zog aus einer der zahlreichen Taschen seiner vollgestopften Swat-Weste ein kleines metallenes Etui hervor und klappte es auf. Claw und van Ghor erkannten darin einige schlecht gerollte Ruli-Zigaretten.

Der Heavy schaute die beiden an. »Ich nehme an, ihr habt nichts dagegen?«

Der Raptorbeta seufzte leise. Er fragte sich, womit er das verdient hatte. Vermutlich wäre ein Einsatz mit einem Bauchschuss angenehmer gewesen als mit einem Partner wie Riff Mimkin. Zumal man sich bei einem Bauchschuss zumindest auf ein paar Dinge verlassen konnte.

Schließlich schaute Claw weg, während sich Mono seinen Glimmstängel anzündete, die Luft tief einsog und dann geräuschvoll ausatmete. »O ja, Mann, das habe ich gebraucht.« Der Heavy lehnte sich zurück und räkelte sich. Der Sitz passte sich ihm an, der Rauch strebte empor, und über ihm öffnete sich ein Teil der Zimmerdecke. Eine kleine, etwa faustgroße Luftreinigungsdrohne kam heraus. Es war eine clAIRe bt7, rund, matt und silbern, wie sie auch in den letzten dekadenten Raucherklubs in den Luxusarealen der großen Städte zum Einsatz kamen. Schwebend und um sich selbst rotierend folgte sie den dichten Schwaden aus Monos Mund. Das Gebläse in ihrem Inneren war kaum zu hören, während sie den Rauch einsog. Der scharfe Geruch des Ruli war nur einen kurzen Moment lang wahrnehmbar. Dann wirkte die Luft wieder klar. Misstrauisch betrachtete Mono die schwebende Apparatur. »Verdammte Axt, die haben hier echt für alles 'n Roboter, was?«

»Ich trau mich jetzt schon nicht mehr, scheißen zu gehen«, entgegnete van Ghor, der sich inzwischen an den Tisch gesetzt hatte und nachdenklich eine der fremdartigen Früchte anstarrte.

Der Beta betrachtete stirnrunzelnd die glimmende Ruli-Zigarette in der Hand des Heavys und wagte schließlich eine Frage. »Verzeihung, Mr. Mimkin, ist dieses Zeug inzwischen legal?«

Mono stöhnte leise auf. »Hör bloß auf, Mann, ich werd mir doch von einem spießigen Saurier nicht meinen Trip versauen lassen.«

Claw hob abwehrend die Hände. »Ich frage Sie nur, weil ich das Gefühl habe, dass dieses Ding den Rauch auch *analysiert*.«

»Wenn es das tut, wird es merken, dass es der beste Stoff ist, den man für Geld kriegen kann«, grinste Mono, streckte sich in seinem FormaSeat nach dem Tisch, bekam eine der seltsamen Früchte zu fassen und schleuderte sie Richtung Drohne. Die aber wich dem Wurfgeschoss elegant aus. Wütend funkelte Mono zu ihr empor. »Und wenn diese verkackten Roboterfreunde mir nicht meine Knarre weggenommen hätten, würde diese Blechbüchse überhaupt nichts mehr analysieren. Da kannst du mal von ausgehen.«

Nachdem er erfolglos auch noch seinen Schuh und das Zigarettenetui nach ihr geworfen hatte, arrangierte Mono sich schließlich mit der Drohne, ließ den Kopf nach hinten sinken und führte mit einem entspanntem Seufzen die Zigarette zum Mund.

Claw lehnte an der Wand und betrachtete ihm abschätzig.

Van Ghor saß unterdessen dort, die Ellbogen auf den Oberschenkel ruhend, den Kopf gesenkt, und beobachte nachdenklich seine beiden Kameraden. Das war es also. Sein Team. Ein Saurier und ein Zwerg. Es schien beinahe, als ob er mit einer verschissenen Freakshow durchs All zog ... Und das bald auch noch in einer Stadt voller Roboter. »Wenn ihr beide euch langsam beruhigt habt, würde ich euch gern eine Frage stellen.«

Claw drehte seinen mächtigen Kopf und schaute ihn aufmerksam an, während Mono mit der freien Hand eine Geste vollführte, die vermutlich irgendwo zischen *Lass mich in Ruhe* und *Nur zu* anzusiedeln war.

Der Söldner atmete tief ein. Als er weitersprach, klang seine Stimme eigenartig. »Kommt euch hier nichts merkwürdig vor?«

Mono kicherte dreckig. »Alter, ich hab auf diesem Planeten noch nichts gesehen, das nicht merkwürdig gewesen wäre.«

Van Ghor richtete sich langsam auf. »Ich meine nicht diesen Planeten. Sondern diesen ganzen Einsatz.«

»Wie meinen Sie das, Sir?« Claw horchte auf und blickte ihm direkt in die Augen. Der plötzliche Ernst des Söldners wirkte ansteckend auf ihn.

»Also: Ich habe die Zeit auf dem Schiff genutzt, um mir eure Akten anzuschauen. Und natürlich auch die von Officer McCrae.«

»Sie haben sich Zugang zu den Daten einer Vorgesetzten verschafft?« Die Stimme des Betas klang verwundert, seine höfliche Distanziertheit aber ließ er sich auch jetzt nicht nehmen.

Mono kicherte leise. Van Ghor beachtete ihn jedoch nicht weiter und antwortete stattdessen mit einem vielsagenden Lächeln.

»Ich habe Möglichkeiten. Aber darum geht es nicht ...«

»Worum dann? Ich verstehe nicht, was Sie meinen.« Der Beta war irritiert.

»Schau dir nur einmal dieses Team an.«

Van Ghor hob die Hände und wies zu beiden Seiten. Zu seiner Rechten saß ein zugedröhnter Heavy, und zu seiner

Linken stand ein knapp drei Meter großer Beta, der zwanghaft um gutes Benehmen bemüht war, damit er auf keinen Fall wie eine archaische Lebensform wirkte.

Der grauhaarige Söldner nickte Claw zu. »Na, bemerkst du was?«

»Ich verstehe noch immer nicht, worauf Sie hinauswollen, Sir.«

»Dann will ich es dir verraten, ChimBoy: Wir sind ein jämmerliches Team. Ich habe noch nie einen so kümmerlichen Haufen Justifiers gesehen. Und das, obwohl ich schon mit einigen Idioten ins Feld gezogen bin ...«

»Ich fürchte, ich komme nicht umhin, das als Beleidigung zu empfinden, Sir«, ließ Claw ihn wissen, und Mono lachte laut auf.

»Ja, Mann, wir sollten uns ein bisschen beleidigen. Mehr kann man auf diesem verschissenen Drecksplaneten eh nicht unternehmen. Wenn wir uns gegenseitig aufs Maul hauen, dann ist zumindest ein bisschen was los!« Er hob eine Faust und schwang sie durch die Luft, während die Drohne über ihm noch immer seinen Rauchschwaden folgte.

Ohne den Heavy auch nur eines Blickes zu würdigen, kam van Ghor langsam auf Claw zu und blieb schließlich direkt vor ihm stehen. »Willst du es auf der faktischen Ebene, ChimBoy? Also: Zum einen haben wir hier einen unterdurchschnittlich intelligenzbegabten Zwerg mit einem Drogenproblem, der bei seinem letzten Einsatz seinen Bruder verlor, dadurch traumatisiert ist und Pillen nehmen muss, damit er nicht durchdreht.« Er deutete mit dem Kopf zu Mono hinüber, der sich nicht einmal die Mühe machte zu protestieren.

»Und abgesehen von diesem Versager haben wir dann auch noch einen Beta, der tatsächlich der erste seiner Art ist und, wenn wir ehrlich sind, wohl auch bleiben wird. Er wurde vorrangig zu Promotionszwecken und nicht für den Einsatz geschaffen und hat das Labor bis vor zwei Monaten noch nie länger als für einen Presseauftritt oder eine kleine Cocktailparty verlassen. Hab ich recht?«

Claw nickte bedächtig. »Ja, Sir. Ich habe mich tatsächlich auch schon gefragt, weshalb ausgerechnet ich mit auf diese Mission geschickt wurde ...«

Van Ghor lächelte. »Und damit ihr zwei Elitesöldner euch nicht zu sehr beleidigt fühlt ...« Van Ghor tat einen Schritt zurück und deutete mit beiden Händen auf sich selbst. »... gibt es zuletzt auch noch *mich*.« Sein Lächeln ließ etwas nach. »Und ehrlich gesagt, wäre mir wohler, wenn ich in der Zusammenfassung ein wenig besser dastünde als ihr zwei Versager. Aber tatsächlich reihe ich mich nahtlos ein in diese kleine Verlierertruppe.« Er tat einen Schritt zurück und ließ sich wieder auf seinen Stuhl sinken. »Von meinen letzten fünf Einsätzen habe ich keinen einzigen erfolgreich beendet und bei jedem davon sowohl Kameraden als auch Ausrüstung verloren. Im Moment arbeite ich vor allem dafür, die ganze Scheiße abzuzahlen.«

Claw hob eine seiner schuppigen haarlosen Brauen. Langsam begriff er. Und selbst auf Mono schien der Vortrag des Söldners eine gewisse Wirkung gehabt zu haben. Jedenfalls richtete er sich etwas auf und blickte van Ghor mit leicht glasigen Augen an.

Jetzt, wo der Söldner sicher sein konnte, die Aufmerksamkeit seiner Kameraden zu haben, hob er die Stimme und sprach sehr bestimmt weiter. »Zwei Versager und ein Frischling. Dazu noch einer von der Sorte, wie weder 2OT noch ihr Konzern viel für ihn übrig haben. Sind schließlich beide nicht für ihre Betafreundlichkeit bekannt ...«

»So weit haben wir es verstanden. Und?« Mono nahm noch einen Zug und bedeutete van Ghor, fortzufahren. Und der ließ sich nicht zweimal bitten.

»Genau dieses Team schickt man also auf einen Planeten, der weder das ist, was er auf den ersten Blick, noch das, was er auf den zweiten scheint.«

»Weder unerschlossen noch ein Schrottplatz«, murmelte Claw, während er sich an die Worte McCraes erinnerte.

»Exakt. Vielmehr ein Ort, wie er in dieser Form nicht einmal existieren dürfte. Eine Stadt voller Roboter, denen wir – nachdem man uns wohlgemerkt unsere Waffen abgenommen hat – kein Käbelchen krümmen dürfen. Wenn ihr mich fragt, Jungs, dann sind wir nicht hierher geschickt worden, um das Ganze erfolgreich zu beenden.«

»Scheiße, du meinst ...« Mono starrte ihn mit roten Augen an.

»Wir *sollen* versagen. Genau dafür hat man uns ausgesucht. Und dabei hat man sich richtig Mühe gegeben, wenn ihr mich fragt.« Van Ghor grinste sie an.

Den anderen beiden war allerdings kaum mehr nach Scherzen zumute. Und obwohl das Ruli die Gedanken zwischen seinen Hirnlappen wie eine Flipperkugel umherschießen ließ, fragte sich Mono, was genau daraus folgte. Sollten sie nur versagen? Oder womöglich sogar dabei draufgehen? Würde man sie, wenn sie versagt hatten, dafür zumindest noch bezahlen? Er konnte sich nicht vorstellen, wie es war, reich zu sein. Ebenso wenig, wie es war, tot zu sein. Nachdenklich schaute er den glimmenden Ruli-Stummel zwischen seinen Finger an. Irgendwie schien das hier ein verdammt komplizierter Einsatz zu werden.

Claw hatte die Arme vor der Brust verschränkt und grübelte. Van Ghor aber war noch nicht am Ende. »Und um wirklich sicherzustellen, dass das erwartete Ergebnis eintritt, hat man uns schließlich einen sehr karriereorientierten Officer mitgegeben.«

»Karriereorientiert?« Die Stimme des Betas klang scharf. Claw mochte Officer McCrae. Sie war ihm während der ganzen Zeit mit Respekt begegnet – etwas, das man weder von diesem Söldner noch dem Heavy sagen konnte. Wenn van Ghor sie beschuldigen wollte, sollte er besser Beweise haben.

Der Söldner aber hielt dem energischen Blick des Betas ohne Weiteres stand. »Wie gesagt, ich habe auch ihre Akte eingesehen. Und wenn man der glauben kann, dann ist Helen McCrae bereit, einiges für ihre Karriere zu tun. Anscheinend alles, was nötig ist. Der Psychologe, der ihr Persönlichkeitsprofil erstellt hat, bezeichnet sie in seiner Zusammenfassung als skrupellos und psychopathisch.«

»Cool.« Kichernd schnippte Mono den Ruli-Stummel weg und schaute der herbeisurrenden Reinigungsdrohne bei der Arbeit zu.

Claw hingegen war anzumerken, dass er seinem Gegenüber nicht so einfach glauben wollte. Um seine Worte zu unterstreichen, öffnete van Ghor den Klettmagneten zum Dokumentenfach seiner Swat-Weste und zog ein Tab-Sheet hervor, das er dem Beta wortlos reichte.

Der überflog das elektronische Papier, knurrte leise und

reichte es schließlich weiter zu Mono. Der aber winkte ab. Er wollte diese ganze Sache nicht noch komplizierter machen, als sie ohnehin schon war.

»Und was sollen wir Ihrer Meinung nach jetzt tun?«, fragte der Beta mit gesenkter Stimme.

Van Ghor kratzte sich im Nacken. »Vielleicht sollten wir einfach tun, was sie sagt.«

Claw nickte bedächtig. »Bis wir abgezogen werden ...«

»Ich denke, das ist der Plan«, nickte der Söldner.

In Monos Ohren klang er zumindest unkompliziert. Begeistert hob der Heavy auf seinem FormaSeat beide Daumen. »Super. Versagen. Bekomm ich hin.«

Claw hingegen war alles andere als überzeugt und wandte sich noch einmal an van Ghor. »Aber wäre es nicht interessant herausfinden, *weshalb* wir versagen sollen?«

Der Angesprochene sog die Luft durch die Zähne ein. »Möglicherweise würde Officer McCrae uns das sogar übel nehmen.«

»Übel nehmen?« Der Beta verstand nicht.

Mono verdrehte die Augen. Ein Justifier hatte nicht nachzufragen, sondern zu schießen. Selbst wenn es kompliziert war. Wenn die Ahnen dieses Betas alle so gewesen waren, dann wunderte es ihn nicht, dass sie ausgestorben waren.

O schau mal, was ist denn das oben am Himmel?

Lass uns lieber in die Höhle gehen.

Nein, nein, ich will wissen, was das ist ...

Geduldig versuchte der Söldner, es Claw zu erklären. »Also, hör zu ChimBoy: Sie ist hier, um das vom Konzern angestrebte Ergebnis sicherzustellen. Und ich mutmaße, sie hat *alle* Befugnisse, dieses Ziel zu erreichen ...«

Er blickte den Beta bedeutungsschwanger an, und jetzt begriff selbst Claw, was der Söldner meinte: Wenn es nötig war, würde diese Frau womöglich auch nicht davor zurückschrecken, ihr eigenes Team zu erledigen.

»O verdammt ...«

Im gleichen Moment glitt die Tür auf, und Officer McCrae stand vor ihnen. »So, Jungs, ich wäre dann so weit.«

Die reservierten Blicke der drei, die sie schweigend anstarrten, irritierten ihre Vorgesetzte einen Moment lang. »Stimmt irgendwas nicht?«

Mono salutierte beiläufig und nuschelte: »Nope. Alles in Ordnung, Ma'am.«

»Wir wollen unseren Eimer doch nicht warten lassen«, sagte sie aufmunternd.

Während sich Mono mühsam aus seinem FormaSeat erhob und dieser in seine ursprüngliche Form zurückfand, nickte der Beta McCrae zu, und der Söldner salutierte knapp. Sie würden ihr folgen. Was blieb ihnen auch anderes übrig?

»Na dann los, Gentlemen.« Sie ließ ihre Brauen nach oben schnellen, streifte ihr Military Cap über und zog es tiefer ins Gesicht. »Wir haben eine Stadt zu entdecken!«

Im Gegensatz zu ihr schien das Team jedoch nicht sonderlich motiviert.

Draußen im Gang wartete auch schon der GGB 600, von dessen flexiblem Screen ihnen das virtuelle Lächeln SPV Capeks entgegenstrahlte. Als sich die Gruppe kurz darauf in Bewegung setzte, wandte sich der GuideBot McCrae zu.

»Ma'am, ich habe mir unterdessen erlaubt, Ihnen die nötigen Informationen zu Ihrem Kontaktmann Mr. Rosso per Uplink auf Ihr Note-Pad zu laden. PCU von Kempt ist darüber hinaus der Meinung, dass Sie, um Missverständnisse zu vermeiden, im Vorfeld besser noch etwas mehr über ihn erfahren sollten.«

Officer McCrae blickte den Bot fragend an und stellte dabei wieder einmal fest, dass er tatsächlich etwas von einem Eimer hatte.

Der GGB setzte sich in Bewegung, und der Supervisor fügte hinzu: »Sie werden bald verstehen, was ich meine. Bitte folgen Sie mir nun zum Lift.«

Lautlos bewegte sich der Roboter über den metallisch schimmernden Boden in Richtung des Fahrstuhlschachts mit der Nummer VII. Und während er sich vor ihnen her bewegte, konnten weder McCrae noch ihre drei Begleiter wirklich fassen, dass sie tatsächlich einem Eimer folgten ...

4

DIE STADT

ZEIT: 11:00 AM
ORT: Coppola Control

In Coppola Control nahm unterdessen alles seinen gewohnten Gang. PCU von Kempt hatte im Zentrum der Kontrollkonsole seinen Platz in einer Vorrichtung unterhalb des Holo-Cubes eingenommen. Dort hatte er sich mit dem knappen Dutzend Kabelstränge verbunden, über die die Kontrolle der städtischen Systeme erfolgte. Die Datenströme von Coppola City durchliefen ihn. Und um ihn herum, die Blicke unablässig auf den Holo-Cube gerichtet, die Finger unentwegt auf den Tasten, arbeiteten die OPRs, die Operators, die Verhalten und Bewegungen der Bewohner überwachten.

Auf der breiten Monitorphalanx gegenüber dem halbrunden Kontrollareal waren inzwischen einige weitere Überwachungsbilder ausgefallen. Gut ein Fünftel der Screens zeigte inzwischen stattdessen das Logo der Stadt, die beiden Cs mit der Skyline dahinter. Im Fokus der funktionierenden Kameras stand vor allem das Team um Officer McCrae. Der riesige Betahumanoide, der ungepflegte Heavy und der silberhaarige Söldner, die an der Seite der muskulösen Rothaarigen dem GuideBot zwischen den monolithischen Gebäuden hindurch ins Innere der Stadt folgten. Über seine Multibrille kontrollierte SPV Capek die Funktionswerte des GGB und überließ ihn dann zunächst eine Zeit lang seinem automatisierten Kurs. Er wandte sich seinem Vorgesetzten zu, der inmitten der Kontrollkonsole beinahe wie eine riesige Spinne in einem Netz aus Kabeln wirkte. Wenn man von Kempt betrachtete, wie er dort reglos inmitten der Kabel hing, dann waren die Datenströme, die durch sein Inneres tosten, förmlich zu spüren. Ununterbrochen empfing von Kempt Informationen und wertete sie aus. Er koordinierte. Analysierte. Die Stadt. Die Ankunft des Teams. Mögliche Auswirkungen. Potenzielle Folgen dieser Auswirkungen. Konsequenzen potenzieller Folgen etwaiger Auswirkungen. Tausende von Möglichkeiten. Und darüber hinaus noch etwas vollkommen anderes ...

Er wusste von dem SerienmörderBot und hatte die Berichte Jack Rossos eingehend studiert, bevor er sie gelöscht hatte. Es war besser, wenn niemand sonst erfuhr, dass irgendwer dort unten Jagd auf MetaBots machte. Wenn das rauskam, waren seine Tage hier oben ebenso gezählt wie die der gesamten Einrichtung. In Anbetracht aller gegebenen Parameter konnte sich von Kempt ausrechnen, dass er diese Geschehnisse nicht viel länger geheim halten konnte. Aber sobald das Perpetuum sein Ziel erreichte, würde das auch nicht mehr vonnöten sein. Allerdings zeichneten sich, wenn er den neuesten Bildern aus Endlager No. IV glauben konnte, auch diesbezüglich einige unvorhergesehene Probleme ab.

Capek, der einzige Mann innerhalb von Coppola Control, der über den tatsächlich angestrebten Ausgang des Einsatzes der Justifiers im Bilde war, aktivierte seine virtuelle Tastatur, um eine Direct Text Message, die von niemandem sonst gelesen werden konnte, an den Hauptprozessor der Prior Command Unit zu übermitteln.

»Wie sollen wir weiter verfahren, Sir?«

Im Bruchteil eines Augenblicks erschien die Antwort auf seinem HUD. »Der ursprüngliche Plan ist gefährdet, da wir seit Abreißen des Kontakts keine direkte Nachricht von MNT Krueger und seinen Leuten haben. Es ist dementsprechend vergleichsweise wahrscheinlich, dass sich die Bergung der Vorrichtung verkompliziert hat.«

Capek wusste, was das bedeutete. Wenn das Maintenance Team – weshalb auch immer – das Perpetuum nicht hatte bergen können, bestand die realistische Gefahr, dass die Justifiers das Perpetuum tatsächlich zuerst erreichten. Eben das zu verhindern, wurde somit die neue Priorität.

Der Supervisor ließ seine Finger über die Tastatur huschen. »Sollen wir das Team in die Irre führen?«

Von Kempts Antwort ließ nicht lange auf sich warten. »Nein. Bringen Sie sie wie geplant mit Rosso zusammen, und lassen Sie sie gemeinsam zum Endlager No. IV vordringen. Aufgrund der Tatsache, dass wir die Situation nicht unter Kontrolle haben, könnten uns Officer McCrae und ihre Zirkustruppe vielleicht sogar noch vonnutzen sein.«

Nicht unter Kontrolle. Capek runzelte die Stirn und betrachtete den Holo-Cube. Abgesehen von den Kamerafehlfunktionen waren auf dem virtuellen Plan der Stadt keinerlei Unregelmäßigkeiten zu erkennen. Auf seinem HUD erschien eine weitere DTM seines Vorgesetzten, bei der es sich um eine Vertraulichkeitsbelehrung handelte.

»Die nachfolgenden Bilder erhalten Sie über den Sicherheitsdatenkanal 32d. Sie unterliegen verschärfter Geheimhaltung, sind unter keinen Umständen mit der Konzernleitung oder weiteren Angestellten von Coppola Control zu teilen und werden Ihnen in Ihrer Eigenschaft als humanoider Vertrauter der leitenden PCU übermittelt.«

Der Supervisor war irritiert. Natürlich war er von Kempts Vertrauensperson und in diesem Zusammenhang vor allem für die Ausführung solcher Aufgaben zuständig, die außerhalb der verschiedenen Routinen verliefen. Er wusste, dass die regelmäßig an die Konzernleitung übermittelten Daten nicht vollständig waren. Im Verlauf der letzten Jahre hatte PCU von Kempt sein Regiment auf Coppola II mit Capeks Hilfe ausgebaut. Er hatte *sichere* Datenkanäle eingerichtet und darüber hinaus eine Reihe Maßnahmen ergriffen, die gewährleisten sollten, dass sich die Stadt in seinem Sinne entwickelte. Die wenigsten dieser Maßnahmen wären jedoch auf Zustimmung der Konzernleitung gestoßen.

Innerhalb von Coppola Control war Capek tatsächlich der einzige Eingeweihte der PCU. Und darum brauchte von Kempt ihn. Darüber hinaus war aufgrund der bestehenden Sicherheitsdirektiven im Inneren des Komplexes nur ein Mensch mit den entsprechenden Befugnissen in der Lage, Sicherheitsroutinen zu umgehen, Datenströme zu korrigieren und die Überwachungsanlage zu beeinflussen. Aus diesem einfachen Grund war Supervisor Capek von Kempts persönlicher Cleaner geworden. Und er wusste, dass er sich im Rahmen dieser Tätigkeit nicht den kleinsten Fehler erlauben durfte. Solange er aber dem Willen seines Herrn diente, war er der Statthalter von Coppola City, stellvertretender Herrscher über eine geheime Stadt voller Bots und MetaBots, und seine Finger ruhten auf den Reglern der Zukunft. An der Seite seines Herrn bereitete er der neuen Ordnung des 2OT den Weg. Einer Ordnung, in der auch er ganz oben stehen würde. Sobald die vollkommene Synthese aus Roboter und Mensch gelang, die iTrans-Technologie ihren Siegeszug durch die Hochburgen des Ordens antrat und sich eine edle neue Rasse über die allzu vergängliche Vergangenheit erhob. Und dann, wenn es so weit war, würde er neben von Kempt an ihrer Spitze stehen ...

Capek öffnete den Sicherheitsdatenkanal 32d und bekam im nächsten Moment die Bilder zu sehen, die eine Kameradrohne wenige Minuten zuvor im Endlager No. IV aufgenommen hatte.

Bereits auf den ersten Blick war zu erkennen, dass das Ausmaß der Zerstörung im Inneren der Halle immens war. Capek kniff die Augen zusammen. Als die Drohne weiter in die Halle vordrang, konnte er die Leichen von Tindale, Merchant, Hopeman und den übrigen Wartungsleuten erkennen. Sie alle waren schlimm zugerichtet, teilweise extrem verstümmelt, ein paar von ihnen kaum noch zu erkennen.

Der Raum um sie herum war komplett verwüstet, an Wänden und Decke waren verschiedene Beschädigungen auszumachen. Es handelte sich um Feuer- und Explosionsschäden, Einschüsse und Kerben, deren Anblick den Verdacht nahelegte, dass nur die ursprünglich in diesem

Raum befindlichen Roboter dafür verantwortlich sein konnten. Am Boden erkannte der Supervisor außerdem zahlreiche Robotereinzelteile, wobei von den Bots selbst allerdings nichts zu sehen war. Und das, obwohl sie ganz offensichtlich für den Tod des Maintenance Teams verantwortlich waren.

Capek schluckte. Die Situation schien tatsächlich nicht mehr unter Kontrolle zu sein.

Laut Betreiberstatuten hätte bereits die Verletzung eines einzelnen Menschen durch einen Bot eine vorübergehende Stilllegung der Anlage und eine eingehende Überprüfung seitens der Konzernleitung nach sich gezogen. Das aber hätte von Kempt niemals zugelassen. Schon darum würde er die Bilder dieser Drohne nicht in den offiziellen Stream gelangen lassen. Hastig tippte der Supervisor seine nächste DTM an die Prior Command Unit.

»Was hat das zu bedeuten, Sir? Wo ... wo sind die Roboter?«

Die Antwort erschien, kaum dass er seinen Text abgeschickt hatte.

»Das bedeutet, dass die geplante Ankunft des Perpetuum auf Coppola II unvorhergesehene Nebenwirkungen hatte. Nach meinen bisherigen Erkenntnissen löst es zielgerichtete Fehlfunktionen in einem Radius von zweihundert Metern aus. Abgesehen davon stehen besagte Nebenwirkungen auch in direkter Verbindung zu den gegenwärtigen Kameraausfällen. Ich projiziere Ihnen das Problem.«

Auf Capeks HUD flammte eine Karte der Stadt auf, die sich nur in einem Aspekt von der auf dem Holo-Cube im Zentrum von Coppola Control unterschied: Am Rand der

Stadt, unweit des Endlagers No. IV, war eine Markierung zu erkennen, die sich zielgerichtet zu bewegen schien, dabei an eine Art blauer Wolke erinnerte und aus unerfindlichen Gründen die Kennungen nahegelegener Bots auslöschte. Kurz darauf bekam Supervisor Capek noch weitere Informationen.

»Zentrum dieser blauen Signatur ist das Perpetuum. Die Peripherie bilden die Bots aus dem Endlager No. IV, die augenscheinlich von seiner Energie angetrieben werden. Was genau dort vorgeht, habe ich noch nicht ausmachen können, da die Kameras im näheren Umfeld des Phänomens reale Ausfälle verzeichnen. Ich versuche jedoch zeitnah, eine Kameradrohne in Reichweite zu bringen ...«

Capek beobachtete die Wolke einen Moment lang. »Sie bewegt sich auf das Zentrum der Stadt zu«, murmelte er leise.

»Ihr Ziel ist Kammer No. I«, antwortete von Kempt via DTM.

Kammer No. I. Capek schauderte. Allein aus diesem Grund war es hier. Das Perpetuum, die Ahnung unbegrenzter Energie. Einzig darum hatten sie dafür gesorgt, dass es nach Coppola II kam. So viel wusste er, auch wenn er den Inhalt der ominösen Kammer noch nie persönlich zu Gesicht bekommen hatte. Ihretwegen hatte der Konzern überhaupt erst begonnen, sich mit Antriebstechnik zu befassen und *2OT Drive Technology Ltd.* gegründet. All das war nicht mehr als ein perfides Ablenkungsmanöver gewesen. Wahrscheinlich das teuerste, das jemals in der Geschichte der Industriespionage initiiert worden war.

In Wirklichkeit hatte der Konzern das Aggregat gar nicht selbst entwickelt. Tatsächlich war es sogar weit älter

125

als alle bestehenden Konzerne und die Kulturen der alten Erde. Mit an Sicherheit grenzender Wahrscheinlichkeit war es ebenso wie der Inhalt von Kammer No. I ein Artefakt der Uralten. Doch im Gegensatz zum Inhalt der Kammer hatte das Perpetuum im Lauf der vergangenen Jahrhunderte eine wahre Odyssee durchlebt. Nachdem man es irgendwann im 20. Jahrhundert auf der Erde geborgen hatte, war es durch zahllose Hände gegangen. Immer wieder war es verkauft, gestohlen und erobert worden und hatte dabei eine dichte Spur aus Geld, Blut und Geheimnissen durch die Geschichte gezogen.

Aber das hatte *2OT Technology* ebenso zu verschleiern gewusst wie auch die Tatsache, dass sowohl das eine als auch das andere sich seit geraumer Zeit in ihrem Besitz befanden.

Der Konzern hatte einigen Aufwand betrieben, den Anschein zu erwecken, dass es sich bei diesem Artefakt um ein von ihm selbst entwickeltes Antriebsaggregat handelte, das nun wiederum im Rahmen eines Testflugs verschollen war. Und all das nur, um das Perpetuum nach Tausenden von Jahren wieder mit dem Inhalt von Kammer No. I, dem Host, zu vereinigen. Dem Artefakt, das die Ancients vor Urzeiten hier oben zurückgelassen hatten und das der Konzern hier oben so lange so mühevoll vor dem Rest der Welt geheim hielt. Der gesamte Komplex war um dieses Ding herum errichtet worden. Und wenn von Kempt auch den iTrans den meisten Leuten gegenüber als Herz der Anlage bezeichnete, verschwieg er dabei doch wohlweislich, dass es noch eine zweite Herzkammer gab. Jene, in der ein Artefakt der Uralten darauf harrte, mit einem anderen vereint zu werden.

126

Die theoretischen Hochrechnungen für diese Zusammenführung der beiden Gegenstände, basierend auf ihren bekannten Eigenschaften, hatten die wenigen Eingeweihten schaudern lassen.

Und das Perpetuum-Projekt war derart geheim, das überhaupt nur der Konzernvorstand und die Spitze von Coppola Control davon Kenntnis hatten. Es war eine Verschwörung auf höchster Ebene im Sinne des Ordens. Im Namen der Überwindung menschlicher Unzulänglichkeit und grenzenloser Energie ...

Sobald sie sie verstanden, würde die Technologie des Perpetuums den riesigen Hunger der Stadt und des iTrans nach Energie stillen.

Der Supervisor war irritiert. Der ursprüngliche Plan, das Perpetuum zu bergen und in die Kammer zu schaffen, hatte sich aufgrund der jüngsten Vorfälle im Endlager zerschlagen. Davon kündeten die Leichen des Wartungsteams. Stattdessen hatte sich das Aggregat nun ihrer Kontrolle entzogen und bewegte sich jetzt inmitten einer Horde untoter Roboter *selbstständig* in Richtung der Kammer. Dementsprechend war zumindest abzusehen, dass sich der Plan über kurz oder lang erfüllen würde. Zumindest, wenn es ihnen gelang, die Justifiers davon abzuhalten, das Perpetuum aufzuhalten oder in ihren Besitz zu bringen. Notfalls auch, indem man sie ausschaltete. Bedauerlicherweise war die Entsendung eines Einsatzteams zur Bergung verschollener experimenteller Technologie eine Standardprozedur, die seitens der Konzernleitung nicht hatte umgangen werden können. Das Aussetzen der Bergungsaktion hätte zu viele Fragen aufgeworfen. Durch Sabotage der Peilsender und gezielte

Auswahl der Teammitglieder aber hatte der Konzern zumindest die Erfolgswahrscheinlichkeit der Mission reduzieren können. Und diesbezüglich, das konnte Capek nach einem Blick auf die Gruppe mit gutem Gewissen behaupten, hatte man wirklich ganze Arbeit geleistet. Falls alle Stricke rissen, hatten sie zuletzt auch noch jemanden im Team gekauft. Sie waren gut vorbereitet. Das Perpetuum würde seinen Weg finden, so oder so.

Capek legte seine Finger auf die virtuellen Tasten und tippte eine weitere Nachricht an von Kempt. »Sobald sie sich gefunden haben, werde ich Rosso und das Team unter Umgehung des Phänomens Richtung Endlager No. IV dirigieren, damit sie dort die Absturzstelle und die Rettungskapsel des Tech-Söldners in Augenschein nehmen können. Aufgrund des fehlenden Peilsignals ist das ihre einzige Spur und wird sie, während sich das Perpetuum weiter in unsere Richtung bewegt, eine Zeit lang beschäftigen.«

Von Kempt schien zufrieden. Seine nächste Nachricht lautete: »Tun Sie das, Capek. Und denken Sie daran: Wir sind kurz davor, das große Ziel zu erreichen. Die Neue Ordnung ist nah. Lassen Sie uns jetzt nur keine Fehler machen.«

ZEIT: 11:15 AM
ORT: Coppola City

Staunend bewegten McCrae und ihre Begleiter sich an der Seite des GuideBots durch das Labyrinth von Coppola City. Rechts und links von ihnen türmten sich funkelnde

Wände aus Sternenstahl und Glas in schimmernde Höhen, während um sie herum zahllose Bots ihrem Programm nachgingen. Hoch über den eigentümlichen Gebäuden, die kaum mehr zu sein schienen als massive, silbern beschichtete Würfel, leuchtete künstliches Licht, das nichts in der Stadt im Dunkel ließ. Auf der kalten Oberfläche der Monolithen blinkten Zahlenkolonnen, von entfernteren Würfeln projiziert und durch eine intelligente Fließkristallbeschichtung verstärkt.

McCrae schaute noch einmal zurück zu den Fahrstuhlschächten. Hoch über ihnen erkannte sie die halbrunde Fassade von Coppola Control und die kleinen Überwachungskammern an der Außenseite, aus denen die Controller sie beobachteten. Es war ein gutes Gefühl, an diesem entseelten und dem Fortschritt geweihten Ort nicht ganz allein zu sein.

Für die kleine Gruppe Humanoider war all das unglaublich; noch einen Tag zuvor waren sie alle davon ausgegangen, dass eine KI oberhalb eines Hundes ein Ausnahmefall war.

Doch im Rahmen ihres Einsatzes fanden sie sich jetzt hier unten plötzlich mit Robotern zusammengesperrt, die ihnen in vermutlich jeder Hinsicht überlegen waren. Ein Umstand, der nur schwer einzuschätzen war. Egal, ob man Mensch oder Beta war. Denn abgesehen davon, dass es für eine derartige Situation keine Direktiven gab, hatten sie alle das Gefühl, Teil eines obskuren Versuchsaufbaus zu sein. Ratten in einem Labyrinth. Echte und künstliche. Und irgendwo inmitten dieses seltsamen Labyrinths verbarg sich das Ziel ihrer Mission: *das Perpetuum ...*

Der Ort und seine Bewohner waren für sich genommen

bereits unheimlich genug. Auch noch ohne Waffen hier unten herumlaufen zu müssen, machte es für die Gruppe nicht angenehmer.

Über das Visormodul des GGB konnte SPV Capek das Unwohlsein in McCraes Blicken wahrnehmen. Ihr war deutlich anzusehen, was in ihr vorging.

Der Supervisor ereiferte sich. »Seien Sie versichert, Ma'am, dass die Roboter auf Coppola II generell harmlos sind. Sicherheit wird hier unten groß geschrieben.«

Für den Moment jedenfalls schienen seine Worte zu helfen.

Mono zuckte mit den Schultern, van Ghor lächelte kalt, und Claw drehte seinen mächtigen Kopf in McCraes Richtung. Auf ihr Nicken hin folgte das Team weiter dem GGB 600, der sich lautlos über den funkelnden Boden bewegte.

Umgeben von Bots, Wänden aus Stahl und Glas mit jenen endlosen horizontal verlaufenden Zahlenkolonnen, kamen sie aus dem Staunen doch nicht heraus. Überall blinkten die Einsen und Nullen, die sich in unterschiedlichen Geschwindigkeiten über die Wände bewegten. Aber selbst die langsamste von ihnen war dabei zu schnell, als dass Claw, van Ghor, Mono oder McCrae ihr hätten folgen können. Um sie herum herrschte ein unablässiger binärer Informationsfluss. Von Computern ersonnen, um mit Robotern zu kommunizieren. Und keiner von ihnen ahnte auch nur im Entferntesten, was sich hinter diesen Zahlen verbarg. Womöglich war es lediglich Werbung. Für Servo-Öl, Hydraulikeinheiten, Speichererweiterungen oder unwiderstehliche Updates. Vielleicht aber auch eine Order an alle Bots, sich so unauffällig wie möglich zu benehmen, solange die Justifiers in der Stadt waren. Oder womöglich auch der Befehl, McCrae und ihre Leute zu jagen und zur Strecke zu bringen, sobald sie zu viel in Erfahrung brachten. Was das Team anging, hätten diese Zahlen tatsächlich alles bedeuten können. Und es war kein gutes Gefühl, dass der Rest der Stadt sie im Gegensatz zu ihnen lesen konnte ...

Capek meldete sich ein weiteres Mal über den Guidebot zu Wort. »Ich werde zunächst Ihr Treffen mit Mr. Rosso im Zentrum der Stadt arrangieren. Er wird dann gemeinsam mit Ihnen die Absturzstelle ihres Tech-Söldners untersuchen, die ich mir auf Ihrem Note-Pad zu markieren erlaubt habe.«

McCrae griff in die Brusttasche ihrer Swat-Weste, setzte sich die Multibrille auf und wartete auf den Uplink zu ihrem Computer. Dann sah sie in ihrem HUD die Karte der Stadt und an ihrem äußeren Rand eine Markierung mit der Kennzeichnung Endlager No. IV. Via Pupillenreflex rief sie den Maßstab ab und hoffte, dass sie den Weg nicht komplett zu Fuß zurücklegen mussten. Beiläufig aktivierte sie die Peilung für Aggregat und Blackbox, um in Erfahrung zu bringen, wie viel Zeit sie voraussichtlich hier unten brauchen würden. Bemerkenswerterweise war weder das eine noch das andere Signal aktiv. *Vielleicht handelte es sich um eine Fehlfunktion der Peilsender*, schoss es ihr durch den Kopf. Doch während sie sich noch ihre Gedanken machte, beschloss McCrae, dieses Problem aufgrund der allgemeinen Stimmung im Team zunächst noch nicht zu thematisieren.

Die kleine Gruppe drang zunächst weiter Richtung Treffpunkt vor. Und dabei kamen sie ihnen entgegen:

Roboter mit ausdruckslosen künstlichen Gesichtern, die meisten humanoider Bauart, die sich stumm an ihnen vorbeidrängten, dabei jeden Körperkontakt vermieden und sie überwiegend ignorierten. Für die meisten von ihnen schien die Gruppe um Officer McCrae nicht einmal zu existieren. Beinahe, als ob sie Menschen generell ausblendeten. Was, wenn es nach McCrae und ihren Leuten ging, zumindest besser war, als sie zu jagen und zur Strecke bringen.

Immer wieder hielt der GuideBot inne, um auf das Team zu warten. Und dann hörten sie wieder Capeks Stimme, der sie über die Lautsprecher des schwenkbaren Bildschirms zum Weitergehen ermahnte. »Officer McCrae, machen Sie Ihren Leuten bitte klar, dass es nicht von Vorteil ist, innerhalb der Stadt stehen zu bleiben. Wenn Sie sich zu lange an einer Stelle befinden, könnte man dies als Fehlfunktion interpretieren. Und das würde unnötig Aufmerksamkeit auf uns lenken.«

Officer McCrae bedeutete ihren Männern aufzuschließen, blickte dabei nachdenklich in das kleine Visormodul über dem Monitor des GGB und fragte Capek, während sie neben dem Roboter herging: »Wie ist es normalerweise? Ignorieren die Bots Menschen für gewöhnlich?«

»Für gewöhnlich gibt es in Coppola City keine Menschen. Das Ziel des Projekts ist schließlich die Simulation einer Robotergesellschaft, in deren Rahmen die Anwesenheit von Menschen schlussendlich hinderlich wäre. Dementsprechend haben die Bots einen Filter, der in Bewegung befindliche Menschen lediglich als organische Hindernisse wahrnimmt. Wobei natürlich die Maintenance Teams auch weiterführende Möglichkeiten haben.«

McCrae stutzte. »Maintenance Teams? Es gibt also doch Menschen hier unten?«

Capek versuchte das Ganze zu erklären: »MNT. Wartungstrupps. Natürlich sind es Menschen, die allerdings nicht Teil der städtischen Struktur sind. Bedauerlicherweise sind wir noch nicht so weit, dass die Stadt sich und ihre Bewohner komplett eigenständig instand halten kann. Obwohl auch diesbezüglich bereits Fortschritte gemacht wurden ...«

Claw hatte seine Schritte beschleunigt, tauchte nun neben ihnen auf und mischte sich in die Unterhaltung ein. »Sie sagten, dass die Bots Menschen als Hindernisse betrachten. Was genau bedeutet das, SPV Capek?«

Der Monitor schwang herum, und die Kamera fokussierte sich surrend auf den Raptorbeta. »Sorgen Sie sich nicht. Die Haltung der Bots gegenüber Hindernissen ist generell neutral. Weder positiv noch negativ. Sie sind lediglich programmiert, sie zu umgehen.«

Mono lachte dreckig und gab van Ghor einen Stoß in die Rippen. Aus dem Mund roch er noch immer nach Ruli. »Hähä, aber du bist ein derbe hässliches Hindernis, Alter.«

»Schnauze, dafür bist du ein kleines«, zischte der grauhaarige Söldner und beäugte misstrauisch eine kleine Gruppe Roboter, die einige Meter entfernt von ihnen damit beschäftigt war, sie zu ignorieren.

»Mit humorlosen Arschlöchern arbeite ich besonders gern«, murmelte Mono, spuckte auf die nächste Wand und lockte damit wieder einmal zwei Reinigungsdrohnen hervor.

»Schnauze, Wadenbeißer«, fuhr van Ghor ihn wütend an.

Claw schlug die bernsteinfarbenen Augen nieder und schüttelte den Kopf, als der Heavy mit grimmigem Blick die Faust gegen van Ghor hob. Unvermittelt schoss der verlängerte Monitorarm des GGB zwischen die beiden Männer.

»Es wäre von Vorteil, wenn Sie Ihre Streitigkeiten im Zuge einer konsequenten Fortbewegung bei geeigneterer Gelegenheit weiterführen könnten. Wir haben ein Ziel, das ich gern im Rahmen gewisser zeitlicher Parameter erreichen möchte«, tönte es aus seinem Lautsprecher.

Mono grinste in die Kamera. »Ach? Hat unser Eimer heute noch was vor? Ein kleines Date mit einem Aschenbecher vielleicht?«

Selbst McCrae konnte sich ein Schmunzeln nicht verkneifen. Doch Capek war nicht nach Scherzen zumute.

»Ihr Humor ist außerordentlich, Mr. Mimkin. Aber wie Sie vielleicht mitbekommen haben, bin ich gegenwärtig in einem Begleitmodus, und bis ich Sie an Ihren Kontaktmann vermitteln und den GGB zurück auf Automatik schalten kann, halten Sie mich von meiner Arbeit in Coppola Control ab.«

Mono schaute etwas beleidigt, gehorchte aber schließlich einem weiteren Wink Officer McCraes, folgte mit den anderen zusammen dem GuideBot und verfluchte den Dreckseimer dabei insgeheim.

Befremdet schaute die Gruppe den verschiedenen Robotern nach, die gemächlich an ihnen vorüberschritten. Von nun an blieben sie aber stetig in Bewegung, um den Zeitplan des Supervisors nicht unnötig zu strapazieren.

Gern hätten sie dabei noch etwas mehr über die Bots erfahren. Allein schon, um sich gegebenenfalls gegen sie zur Wehr setzen zu können. Die wenigsten von ihnen konnten sie überhaupt einordnen. Modifizierte Gliedmaßen und nie gesehene Apparatur weckten die Neugier des Teams. Welche Aufgaben mochten diese Maschinen haben? Da Capek ihnen aber mehr als deutlich klargemacht hatte, dass sein Bedürfnis nach Kommunikation gestillt war, wollten sie ihn auch nicht weiter behelligen. Vor allem, wenn man bedachte, dass er sie, wenn sie ihn verärgerten, einfach inmitten dieses Meers aus stählernen Monolithen hätte stehen lassen können.

Doch auch ohne Unterstützung des GuideBots lernten die vier auf ihrem Weg noch etwas Wichtiges über die Stadt und ihre Gebäude: Da bog ein großer, weiß lackierter Bot direkt vor ihnen um die Ecke. Vor der Wand eines der Monolithen blieb er stehen und führte seine mechanische Hand über ein Scanfeld, worauf sich beinahe lautlos eine Nische öffnete, deren Abmessungen exakt dem davorstehenden Roboter entsprachen. Und der stellte sich nun mit dem Rücken voran direkt hinein. Bevor sich die Wand kurz darauf wieder schloss, konnten McCrae und ihre Leute sehen, wie sich im Inneren der Nische ein Anschlussmodul in das obere Rückensegment des Bots herabsenkte.

Hier also luden sie sich auf. Die gigantischen Metallmonolithe von Coppola City, diese vermeintlichen Gebäude, waren voll mit Ladekammern. Von seinen Ausmaßen her musste jeder Monolith eine Kapazität von mehr als drei Dutzend Robotern haben, was wiederum bedeutete, dass sich in jedem zumindest ein kleinerer Reaktor befinden musste. Der Energiebedarf dieser Stadt musste gigantisch sein.

Kaum dass dies dem Team dämmerte, kamen Mono wieder die Worte van Ghors über Officer McCrae in den Sinn. Darüber, dass sie ihr nicht trauen konnten. Diese Stadt gierte nach Energie. Und bei ihrem Auftrag ging es um eine alternative Energiequelle. Vielleicht hatte der Söldner tatsächlich recht. Womöglich waren sie nur hier, um zu versagen und das Perpetuum *nicht* zu finden. Damit es spurlos im Herzen der Stadt verschwinden und fortan im Geheimen den grenzenlosen Hunger ihrer Bewohner in ihren einsamen Energieschächten stillen konnte. Und McCrae sollte vielleicht wirklich dafür sorgen, dass ihr Team nicht versehentlich doch noch Erfolg hatte ...

Bevor der Heavy diesen Gedanken jedoch zu Ende bringen konnte, führte Capek das Team mithilfe des Guide-Bot weiter.

Von den Bewohnern der Stadt ignoriert, durchschritten sie enge Gassen, überquerten Kreuzungen und durchmaßen breite Korridore von gleichbleibend metallener Monotonie.

Coppola City mit seinen gläsernen und metallenen Projektionswänden und stummen Bewohnern, diese ganze Stadt, die unablässig von einem leisen hydraulischen Surren erfüllt schien, wirkte wie eine merkwürdige Mischung aus Hochregalhort und Großstadt. Vollkommen anonymisiert und komplett ohne Inhalte, die ein Mensch als solche hätte wahrnehmen können.

Schließlich weitete sich der Gang vor ihnen und eröffnete dabei den Blick auf einen freien Platz mittlerer Größe, an dessen Stirnseite eine kleine Säulenkonsole aufragte. Von ihr ausgehend führte eine Reihe weißlich glühender Lichtstränge hinüber zu den nächsten Gebäuden und an ihnen empor. Dort oben führten sie weiter an ihnen entlang, verzweigten sich und erstreckten sich schließlich in die Weiten der Stadt hinein. Sie waren augenscheinlich Teil einer Art Energiesystems. Während die Blicke des Teams den schimmernden Lichtkanälen in einiger Höhe folgten, erklärte Capek ihre Funktion.

»Diese Stränge sind das Leitsystem des TransBot, unseres städtischen Transportsystems. Es basiert maßgeblich auf lichtgestützter Hovertechnologie. Wir werden es nun auch benutzen, um die Stadt durchqueren. Denn unser Treffpunkt mit Mr. Rosso liegt im Zentrum von Coppola City, während sich das Endlager No. IV auf der anderen Seite der Stadt befindet.«

McCrae atmete auf. Ein Transportsystem würde die Strecke weit erträglicher machen. Der GuideBot huschte zur Konsole hinüber, fuhr einen Teleskoparm aus und bewegte ihn zügig über das Panel. Das Licht in den Bodensegmenten wurde heller, bis schließlich ein kurzes Warngeräusch erklang. Kurz darauf tauchte hinter einem der Monolithe, vielleicht achtzig Meter von ihnen entfernt und hoch über ihnen, ein längliches Metallgebilde auf. In Höhe der Lichtstränge bewegte es sich zügig an den Gebäuden entlang und senkte sich schließlich direkt vor der Konsole ab. So schnell, dass Claw den missmutigen Mono beiseite reißen musste, damit er nicht von der Kabine erfasst wurde.

Zwanzig Zentimeter über dem Boden stoppte die Gondel, die mit länglichen Sichtfenstern und einer Reihe Lichtabnehmern in ihrem Bodensegment versehen war, keinen Meter von der kleinen Gruppe entfernt.

Leise zischend schoben sich zwei Türen auf und eröffneten den Blick auf das Innere, wo zehn Bots in Wandvorrichtungen lehnten, die gewiss nicht für Humanoide gebaut worden waren.

Sechs der Roboter verließen die TransBot-Kabine. Sie schritten an McCrae und ihren Leuten vorbei und verschwanden gleich darauf in den Gängen zwischen den Monolithen, sodass das Team nun den Platz im Inneren der Gondel einnehmen konnte.

Während aber die Bots problemlos ihre Plätze in den Nischen gefunden hatten, war Mono der Einzige von McCraes Männern, der halbwegs hineinpasste. Selbst van Ghor mussten sich dafür gehörig verrenken, und Capeks Äußerung, dass sie nun einige Zeit unterwegs sein würden, begeisterte niemanden in der Kabine, der mehr als bloß Strom zum Leben brauchte. Während der Söldner noch nach einer schmerzfreien Sitzposition suchte und Claw einfach beschloss, in der Mitte der Kabine stehen zu bleiben, setzte diese sich wieder in Bewegung, hob sich vom Boden und schoss zwischen den schimmernden Monolithen dahin.

Der Monitor des BBG flippte herum. »Officer McCrae, ich habe Ihnen noch etwas hochgeladen. Wenn Sie Ihr Note-Pad checken, werden Sie Gelegenheit bekommen, Ihren Kontaktmann Mr. Rosso etwas näher kennenzulernen. Ich würde Ihnen dringend dazu raten, sich diese Videodatei zu Gemüte zu führen, da er doch ein recht ...« Der Supervisor suchte nach dem richtigen Wort. »... spezielles Individuum ist.«

McCrae griff nach ihrer Multibrille, um die Übertragung mit ihrem Note-Pad zu synchronisieren, regelte das Audiosignal und öffnete die Datei, die Capek ihr via Uplink gesendet hatte. Dann blickte sie noch einmal in die Runde, betrachtete kurz die beiden reglosen Roboter und ihre Leute und konzentrierte sich schließlich auf den Film, der über ihr HUD ablief.

Der Bildframe blendete aus dem Schwarz herein. Im nächsten Moment wurde ein älterer Mann im weißen Kittel sichtbar, der den Screen beinahe komplett ausfüllte. Im unteren Teil des Bilds waren durchsichtige Tastaturelemente zu erkennen. Brille und Habitus des Mannes ließen vermuten, dass es sich um einen Wissenschaftler handelte, dessen Finger nun eilig über die Tastaturelemente huschten und dadurch eine Reihe zusätzlicher Einblendungen aktivierten.

Als Erstes leuchteten in der oberen rechten Ecke des Bildschirms ein Datum und eine Uhrzeit auf. 04.08.3021 / 03:30 PM. Dann eine wissenschaftliche Versuchskennung: *BinaryCradle*. Und zuletzt der Status des Projekts: *Tag 0*. Dann lehnte der Mann sich zurück und sprach direkt in die Kamera, wobei seine Stimme einen angenehm sonoren Klang hatte. »Mein Name ist Professor Raymond Rosso. Ich bin als leitender wissenschaftlicher Mitarbeiter nach Coppola City gekommen und habe mich seit Jahren erfolglos um die offizielle Durchführung dieses Versuchs bemüht. Seine unbestreitbare Relevanz für die Zukunft dieser Stadt besteht darin, dass eine sinnreiche Ko-Existenz von künstlichen und natürlichen Lebensformen eines grundlegenden Verständnisses bedarf, dessen Qualität am ehesten durch frühkindliche Prägung gewährleistet werden kann. Da mir jedoch die Genehmigung für diesen Versuch bis heute aus unerfindlichen Gründen vorenthalten wurde, haben ich und meine Frau Brenda uns entschlossen, seine Umsetzung selbst in die Hände zu nehmen. Dabei zweifeln wir nicht daran, hiermit bezüglich aller Belange im Interesse des Konzerns und des Ordens zu handeln.«

Der Mann auf dem Bildschirm bewegte ein Bedienelement zu seiner Rechten, und die Kamera machte einen leichten Schwenk. Zunächst wurde hinter ihm ein kleiner Waffenschrank sichtbar. Dann eine hochschwangere Frau, die inmitten von Instrumenten und Konsolen in einem Bett lag. Sie hob ihre künstliche linke Hand und winkte in die Kamera.

Rosso richtete die Kamera wieder auf sich aus und fuhr fort zu sprechen. »Im Rahmen dieses Versuchs wird unser neugeborener Sohn Jack als Testobjekt fungieren. Im Inneren dieser geheimen isolierten Anlage wird er unter unserer Aufsicht für einen begrenzten Zeitraum komplett ohne menschlichen Kontakt und in der Gesellschaft von Robotern aufwachsen. Das ist das Prinzip des Projektes *Binary Cradle*, dessen Ziel es ist, die Sozialisation von Mensch und Roboter voranzutreiben, wie sie für die Gesellschaftsordnung der Zukunft unerlässlich sein wird.«

Rosso blickte zu seiner Frau hinüber, die ihm lächelnd zunickte. »Dieser Versuch ist zunächst auf fünf Monate angelegt. Die Parameter sind definiert, das Labor auf Automatisierung ausgelegt. Brenda und ich werden das Ganze von hier draußen mithilfe einiger Kameras überwachen, ohne jemals in direkten Kontakt mit dem Kind zu treten.«

Rosso blickte einen Moment lang schweigend in die

Kamera, atmete tief ein und fügte schließlich in bedeutsamem Ton hinzu: »Die Nachwelt wird uns recht geben.« Damit beendete er seinen Vortrag und führte die Fingerspitzen ein weiteres Mal über das Bedienfeld im unteren Teil des Bilds.

Gleich darauf erschienen einige weitere Daten. Unter anderem erkannte McCrae das anstehende Geburtsdatum des Kindes, sein prognostiziertes Gewicht, die wahrscheinliche Augenfarbe, benötigte Nährstoffmenge sowie seine voraussichtliche Wachstumsrate.

Sie schauderte. Der Gedanke an eine Gesellschaft, in der die Grenzen zwischen Bot und Mensch verschwammen, war ihr nicht geheuer.

Helen McCrae pausierte den Film, hob den Kopf und blickte in die Runde. Da saßen sie. Vier Roboter und dazwischen ein Beta, ein alternder menschlicher Söldner und ein Zwerg. Mono fühlte sichtlich unwohl, und van Ghor gab sich cool. Claw aber war es, der in dieser Umgebung am bizarrsten wirkte. Ein Dinosaurier, der aufgrund der Verkettung seltsamer Umstände inmitten hoch entwickelter experimenteller Technologie gelandet war und nun dort zwischen Robotern stand. Beinahe war es, als wollte die Evolution ihren Sinn für Humor unter Beweis stellen.

McCrae betrachtete den Monitor des GuideBots. »Was soll dieser Film bedeuten, Supervisor Capek?«

»Professor Rosso ist vor zwanzig Jahren einer der engsten Vertrauten von PCU von Kempt gewesen, als dieser noch seine unvollkommene menschliche Form hatte. Rosso hatte für seine binäre Wiege seinerzeit ein geheimes Labor eingerichtet, in dem er seinen Sohn für die Dauer von fünf Monaten unter kontrollierten Bedingungen von Robotern aufziehen lassen wollte. Und dieser Prozess sollte komplett überwacht werden. Das war zumindest der Plan. Aber sie sollten sich die Datei einfach weiter ansehen«, antwortete der so Befragte.

Officer McCrae begriff nicht, warum Capek es so kompliziert machte. »Warum erzählen Sie mir nicht einfach, wer unser Führer ist?«

Der Supervisor schüttelte den Kopf. »Glauben Sie mir, Ma'am, der Versuch, das Ganze über ein paar Sätze zu erklären, würde Jack Rosso nicht gerecht. Bitte schauen Sie weiter. Es ist wichtig. Vertrauen Sie mir.«

Vertrauen Sie mir ...

Aus den Lautsprechermembranen eines Bots wohnte diesen Worten etwas Merkwürdiges inne. Bevor sie den Blick wieder auf das Display senkte, schaute Helen McCrae sich noch einmal in der Kabine um, wobei ihr allerdings Monos nervös zuckendes Augenlid und der grimmige Blick entging, mit dem er den ihm gegenübersitzenden Roboter musterte. Stattdessen konzentrierte sie sich wieder auf den Film.

Datum: 04.08.3021
Zeit: 04:00 PM.
Projekt: Binary Cradle
Verlauf: Tag 0.

Als Erstes war das Innere des Bunkers zu sehen. Zunächst folgten einige wechselnde Kameraeinstellungen. In jeder davon wurden am unteren Rand des Bildschirms die Basisdaten des Projekts eingeblendet. Vier verschiedene Kameras definierten zunächst einen schmucklosen Raum, der ungefähr vierzehn Quadratmeter maß und in dessen Zentrum eine massive metallen Wiege in einem flexiblen Gestell zu sehen war.

Das Bild blendete über ins Schwarz. In der oberen rechten Ecke sprang der Versuchsstatus von *Tag 0* auf *Tag 1,* dann erschien Rosso wieder auf dem Schirm.

»Dieser unterirdische Bunker liegt abseits der Stadt und wird von uns ohne Wissen von Coppola Control in Betrieb genommen. Das Ziel dabei ist, den Versuch ungestört durchführen zu können. Heute ...« Rosso schwenkte mit Kamera in Richtung seiner Frau, die in genau diesem Moment im Begriff stand, mithilfe zweier voll automatisierter BirthBots ihr Kind zu bekommen. »... wird die Wiege ihrer Bestimmung zugeführt.«

Seine Frau winkte erschöpft in die Kamera, einer der Roboter hob das Neugeborene empor, trennte die Nabelschnur durch und trug es fort.

Rosso schaltete auf die Kopfkamera des BirthBots, über die McCrae das das Gesicht des Kindes erkannte. Am unteren Rand des Bildschirmes flammten die aktuellen Werte auf:

3800 Gramm / 58 cm / Augenfarbe: blau

Allem Anschein nach handelte es sich um einen gesunden Jungen. Im Hintergrund erkannte man noch einmal den Professor, der, bevor er sich wieder der Konsole zuwandte und für einen kurzen Moment die organische Hand seiner Frau hielt. Dann switchte die Kameraeinstellung zum Bild einer Überwachungskamera im Raum mit der stählernen Wiege. In der gegenüberliegenden Wand war eine Schleuse zu erkennen, neben der zwei weitere Kameras angebracht waren. Abgesehen von diesen Kameras und der Wiege war der Raum vollkommen leer. In genau diesem Moment öffnete sich die Schleuse, und der BirthBot von zuvor kam mit dem Kind auf den Armen hereingefahren.

Der Junge wollte sich anschmiegen und lehnte sich an den Körpers des Bots. Dann aber spürte er das kühle Metall seines Brustsegments und begann zu schreien.

Behutsam legte der Bot das neugeborene Kind in die Wiege, begann sie rhythmisch zu bewegen und gab dabei leise summende Geräusche von sich, die entfernt an die Einwahlroutinen altertümlicher Modems erinnerten. Das Ergebnis war allerdings nur, dass das Kind zunächst noch lauter schrie.

Es folgte ein neuerlicher Perspektivwechsel, und Professor Rosso, der das Geschehen aufmerksam beobachtete, kam noch einmal ins Bild. Nach einem weiteren Schnitt zeigte die Kamera eine Stunde später, wie die Schreie des vollkommen entkräfteten Kindes schließlich verstummten und es eng an die Metallwand der Wiege gepresst einschlief. Am unteren Bildrand erfolgte eine weitere Einblendung. *Schlafsequenz No. I.* Dann ein weiterer harter Schnitt.

DATUM: 03.11.3021
ZEIT: 12:15 AM.
PROJEKT: Binary Cradle
VERLAUF: Tag 91.

Nach drei Monaten wirkte der Junge in seiner kalten Wiege bereits wesentlich größer. Mehrere Bots umstanden das Kind. McCrae erkannte eine mechanische Hebamme, einen MediBot und darüber hinaus ein drittes, nicht näher identifizierbares Modell. Die Einblendungen am unteren Bildschirmrand wurde um Körpertemperatur und Reflexwerte des Kindes ergänzt. In der oberen linken Ecke flammte ein zweites bewegtes Bild auf, in dem Rosso und seine Frau zu erkennen waren, die begeistert die Werte auf den Computern betrachteten.

Als der Junge nun wieder zu schreien begann, leuchteten verschiedene Optionen auf, die nacheinander eliminiert wurden. Schließlich blieb DURST in fetten Buchstaben stehen, und im Brustsegment der mechanischen Hebamme öffnete sich eine kleine Klappe. Dahinter wurde eine künstliche Brust sichtbar, ein Beutel aus Silbergeflecht, aus dem sich langsam ein dünner Schlauch in Richtung des schreienden Kindes schob. Kaum dass er ihm den Mund verstopfte, verstummte der Junge. Und während er gierig zu saugen begann, pumpte der Roboter Milch durch den Schlauch.

Die nächste Einstellung zeigte das Bild der BirthBot-Kamera: Das Gesicht des Kindes in Nahaufnahme. Der Junge wirkte zufrieden und weitgehend wie ein gewöhnlicher Säugling. Nur mit seinen Augen schien etwas nicht zu stimmen, denn sie wirkten vollkommen kalt, wobei ihr helles Blau beinahe an Stahl erinnerte.

Als sich die Einstellung ein weiteres Mal veränderte, hob der dritte Bot den Jungen aus der Wiege, fixierte mit seinen mechanischen Greifwerkzeugen seinen Oberkörper und löste mit präzisen Bewegungen seine Windel. Nachdem der Bot dem Kind nicht minder präzise den Hintern abgewischt und eine neue Windel angelegt hatte, surrte der MediBot näher.

Eilig brachte das Gerät verschiedene Diagnosesonden

am Körper des Jungen an, sodass kurz darauf der aktuelle Puls und Blutdruckwert aufleuchteten.

Die drei Roboter hielten inne, und es ertönte ein akustisches Signal, über das sie in irgendeiner Form Daten untereinander auszutauschen schienen. Im direkten Anschluss verblasste das Monitorbild, stattdessen wurde ein Diagramm mit einer kompletten Analysesequenz der Wachstumsprognose eingeblendet, zu dem der Audiokommentar Raymond Rossos erklang: »Die Ergebnisse sind zufriedenstellend. Seinen Werten zufolge ist Jack vollkommen gesund. Wie bereits vermutet, hat das Fehlen menschlicher Nähe sich nicht negativ auf seine Entwicklung ausgewirkt.«

Das folgende Kamerabild aus dem Kontrollraum zeigte, wie Professor Rosso zufrieden die Monitore betrachtete, während seine Frau im Hintergrund verschiedene Tab-Sheets sichtete. Auf den umstehenden Monitoren war das Kind zu erkennen, das von den Kameras aus allen Winkeln überwacht wurde. Schließlich blickte Rosso wieder direkt ins Objektiv. »Dies ist der Grundstein für eine gemeinsame Zukunft, in der die Grenzen zwischen Mensch und Roboter verschwimmen. Kindheit ist Programmierung. Im Gedenken an den großen Dr. Bryant Deckard und im Namen des 2OT. Die Nachwelt wird uns recht geben.«

Dann wurde das Bild wieder schwarz, und es folgte ein weiterer harter Schnitt.

Verschiedene Analyse-Sequenzen flimmerten parallel über das Display und wurden schließlich in das Überwachungsbild einer Kamera im Raum mit der stählernen Wiege übergeblendet. Der Junge war weiter gewachsen und krabbelte nun unter der Aufsicht des BirthBots und gefolgt von den Kameras über den Boden. Seine Bewegungen hatten dabei etwas beinahe Mechanisches, als ob er es sich von seiner Umgebung und den Robotern, mit denen er aufgewachsenen war, abgeschaut hätte.

Wenig später hob der BirthBot das Kind vom Boden, und die Perspektive wechselte.

Jetzt hatte der Roboter den Jungen auf dem Arm. Wieder war sein Gesicht ganz nah zu sehen. Seine Augen wirkten nun noch blauer, noch kühler als zuvor. Der Birth-Bot sendete eine akustisches Datensignal, abrupte, hochfrequente Signale verschiedener Länge. Als der kleine Jack kurz darauf in der gleichen Sprache antwortete, lief es Officer McCrae kalt den Rücken hinab. Und als wenig später die Einstellung wieder ins Labor wechselte, Jacks Vater ins Bild kam und sich zur Kamera hinabbeugte, schauderte es sie noch immer.

»Morgen endet der erste Teil des Versuchs nach den vorgesehenen fünf Monaten und drei Tagen. Im direkten Anschluss werden Brenda und ich die Auswertungen vornehmen und sie umfassend an Coppola Control übertragen. Dann wird die zweite Phase des Versuchs beginnen, in dessen Verlauf das Kind im Anschluss an seine Bot-Sozialisation an Menschen gewöhnt werden soll. Hierfür ist unter anderem vorgesehen ...«

Der Professor kam nicht dazu, seinen Satz zu vollenden. Im nächsten Augenblick wurde seine gesamte Umgebung von einem blendenden Licht erfüllt. Im ersten Moment hielt McCrae es für ein Störung, doch die ohrenbetäubende Explosion, die sie über ihre Audioimplantate vernahm und auch die Störstreifen im Bild deuteten darauf hin, dass der Lichtblitz tatsächlich auf dem Film sein musste.

Splitter schwirrten durch die Luft. Die Kamera schwankte. Als sich der Professor aus der Helligkeit wieder hervorschälte, wirkte er verwirrt. Die Wucht der Explosion hatte ihn nach vorn geschleudert und ihm die Brille halb vom Kopf gerissen. Während Rosso sie zu richten versuchte, stützte er sich auf dem beschädigten Kontrollpult auf und blickte verstört durch den Raum. Er blutete aus einigen kleineren Wunden, die Luft um ihn herum war von Staub erfüllt und die Wand in seinem Rücken durchbrochen. Nach allen Seiten standen glühende Ränder aufgebogenen Metalls ab. Offensichtlich hatte sich irgendjemand seinen Weg in Rossos geheimes Labor freigesprengt. Eben das schien in diesem Moment auch der Professor zu begreifen. Hastig wandte er sich dem Waffenschrank zu und versuchte noch die entsprechende KeyCard zu finden, als in der geborstenen Wand hinter ihm ein Schatten auftauchte.

Aus dem Dunkel peitschten zwei grelle rote Blitze hervor, und Rosso brach direkt vor der Kamera zusammen. Sein Gesicht kam auf der Konsole zu liegen. In seinem Rücken gähnten gut erkennbar zwei rauchende Einschusslöcher. Seine weit aufgerissenen Augen, die reglos in das Objektiv starrten, ließen keinen Zweifel daran, dass er tot war.

Der Schatten aus der Wandöffnung trat näher. Es handelte sich um einen vermummten Mann, der komplett in ein leichtes schwarzes Suit gekleidet war und dessen Augen durch einen schmalen Schlitz in einer ebenfalls schwarzen Maske funkelten. Hinter ihm schälten sich noch zwei weitere Gestalten aus dem Dunkel. Während diese beiden rechts und links aus dem Bild entschwanden, steckte der erste seinen Evaporator weg und schob Rossos toten Körper beiseite. Dann trat er vor die Kamera und blickte direkt hinein. Seine Augen hinter dem schmalen Sehschlitz leuchteten auf, als er den Fokus einstellte, bis sein Kopf das Bild komplett ausfüllte. Langsam zog er die Maske vom Gesicht. Und seiner Stimme wohnte etwas beinahe Unmenschliches inne, als er nun mit kalten Augen und ohne eine erkennbare Regung zu sprechen anhob: »Wir sind Golem. Diese Stadt ist eine Schande. Die Vermischung robotischen und menschlichen Lebens ist das größte Vergehen der jüngeren Millennien. Wir werden nicht zulassen, dass das Beispiel Coppola Citys Schule macht. Der Versuch einer techno-vitalen Gesellschaft ist zum Scheitern verurteilt. Wir wissen, wer ihr seid. Wir wissen, was ihr tut. Coppola II ist kein Geheimnis mehr. Wahrt die Grenzen. Wir haben ein Auge auf euch. Wir sind überall. Wir sind Golem!« Mit eiskaltem Blick starrte der Mann einige Sekunden lang in die Kamera, ohne mit einer Wimper zu zucken.

Golem. McCrae hatte bereits von dieser Vereinigung gehört. Ihre Mitglieder, deren erklärtes Ziel das Verhindern der Synthese war, galten als Terroristen und Verantwortliche für den Hephaiston-Zwischenfall von 2899. Gerüchten zufolge handelte es sich bei ihnen um Androiden, die verbliebenen Exemplare der Baureihe *Copy23*, die seinerzeit spurlos verschwunden waren. Seit fast hundertfünfzig Jahren hatte man kaum etwas von ihnen gehört. Und doch schienen sie nicht nur Kenntnis von dieser geheimen Anlage zu haben, sondern sogar vor Ort gewesen zu sein.

Auf dem Bildschirm senkte sich die Hand des Mannes über die Bedienelemente. Eine andere Kamera wurde aktiviert, und Brenda Rosso in ihrer Schlafkammer wurde sichtbar. Ihr gegenüber stand der zweite Vermummte, der wortlos seine Waffe hob und zwei Mal abdrückte. Die Frau brach zusammen, und der Schütze verließ den Raum.

Die Einstellung wechselte ein weiteres Mal. Das Bild zeigte wieder Rossos Beobachtungsraum mit den verschiedenen Monitoren und der verspiegelten Glaswand, hinter der die stählerne Wiege stand. Daneben war das Kind an der Brust seiner Roboteramme zu erkennen. Neben dem BirthBot stand der dritte Mann, der mit seiner Waffe auf den Kopf des Jungen zielte.

»Nein«, ertönte die Stimme des Anführers. »Sie sollen lernen, was für einen Fehler sie im Begriff stehen zu begehen.«

Der Unbekannte ließ den Lauf sinken und stieß stattdessen wieder zu seinen Kameraden. Gemeinsam begannen die drei nun mit der Zerstörung der technischen Einrichtung. Sie zerschossen die Kontrollpulte, demolierten die Monitore und medizinischen Apparaturen. Und als das Kontrollzentrum wenig später nur noch aus Splittern und Trümmern zerstörter Computer zu bestehen schien, wendeten sie sich zum Gehen.

Kaum dass sie durch das Loch in der Wand verschwunden waren, schaltete ein automatischer Kameraintervall noch einmal durch die verschiedenen Einstellungen. Nach dem zerstörten Kontrollzentrum, in dem der Professor blutüberströmt am Boden lag, folgte die Schlafkammer. Auf dem Bett lag Brenda mit zwei großen blutenden Wunden in der Brust. Zuletzt kam die Kammer mit der stählernen Wiege, in der das Kind lag und schrie. Die Roboterarme versuchte vergeblich, es zu beruhigen.

Dann verzerrtem sich die Analysedaten auf dem Monitor, die Kamera fiel aus, alles wurde schwarz, und auf dem Bildschirm leuchtete ein Schriftzug: *End of Recording.*

Verwundert hob Officer McCrae den Kopf und schaute stirnrunzelnde auf den GuideBot. Fragend wendete sie sich an den Supervisor. »Was ist mit dem Kind passiert, Capek?«

»Golem hat ihn verschont, Officer. Zumindest im weitesten Sinne.«

»Was soll das bedeuten?« Sie begriff nicht, worauf der Mann hinauswollte.

»Nun, sie haben den Jungen tatsächlich am Leben gelassen. Allerdings vor allem, um ein Exempel zu statuieren ...«

Langsam wurden McCrae die Andeutungen des Supervisors zu bunt. »Jetzt reden Sie schon nicht um den zentralen Schaltkreis herum!«, fuhr sie den GuideBot an.

»Sie haben ihn innerhalb des Versuchsaufbaus belassen«, antwortete Capek leise.

»Das heißt ...« Langsam verstand McCrae seine Andeutungen. Aber damit war es augenscheinlich noch nicht getan.

SPV Capek hatte noch mehr zu erzählen: »Professor Rosso hatte die Anlage gut getarnt. Die Suche nach ihm und seiner Frau wurde schließlich nach einiger Zeit abgebrochen. Das Labor wurde erst fünfzehn Jahre später entdeckt.«

»Fünfzehn Jahre?« Ungläubig starrte Helen McCrae in die Kamera des GGB.

»Fünfzehn Jahre, in denen der Junge nur in Gesellschaft von Robotern aufwuchs. Mit einer künstlichen Mutterbrust und künstlichen Spielkameraden. Eine binäre Kindheit, komplett basierend auf KI. Ironischerweise ist es jedoch genau das, was ihn heute so wertvoll für uns, für Coppola City, macht. Denn genau genommen ist er einzig dieser schweren Kindheit wegen unersetzlich.«

Officer McCrae, die allmählich vage verstand, was es mit der ominösen Person Jack Rossos auf sich hatte, fehlten bloß noch wenige Antworten, um das Puzzle zu vervollständigen. Und eben die gedachte sie jetzt auch noch zu bekommen.

»Was genau ist also Rossos Job innerhalb der Stadt?«, fragte sie Capek, dessen Antwort nicht lange auf sich warten ließ.

»Er ist Roboterprofiler, Ma'am. Für Botverbrechen.«

Verdutzt starrte sie in die Kameralinse. *Roboterprofiler.* Das Wort klang sonderbar. Und sie glaubte nicht, dass sie es zuvor schon einmal gehört hatte.

»Roboterprofiler?«

Der Supervisor schien allerdings nicht bereit, dies weiter auszuführen, und gedachte alles Weitere stattdessen an McCraes Kontaktmann zu delegieren.

»Ich denke, das wird Jack Rosso ihnen besser selbst erklären. Das Ganze ist etwas kompliziert und hat mit einigen Besonderheiten der hiesigen Bots zu tun. Außerdem gibt es verschiedene Entwicklungen innerhalb der Stadt, die für einen Außenstehenden ...«

Und in genau diesem Moment passierte es.

Während McCrae noch aufmerksam Capeks Ausführungen lauschte, stürzte sich Mono urplötzlich wütend auf den ihm gegenübersitzenden Roboter. »Was starrst du mich so an? Du verschissene Drecksdose!«, brüllte der Heavy und riss den Bot aus seiner Halterung und zu Boden.

Entsetzt schauten Claw und van Ghor sich an, waren jedoch zu perplex, um einzuschreiten. Sie konnten nur zuschauen, wie Mono mit beiden Händen das Kopfsegment des Bots packte und auf den Boden der Kabine schmetterte, wieder und wieder. Und dabei schrie er wie von Sinnen: »Ich hab' dich gewarnt. Ich hab's dir gesagt. Ich kann es nicht leiden. Verdammt noch mal ...«

Die Kameraaugen des Bots fokussierten das wutverzerrte Gesicht des Heavys, bis eines schließlich zersplitterte. Mono aber gab keine Ruhe. Mit Schaum vor dem Mund hockte er auf der Brust des Roboters und schien noch lange nicht fertig zu sein.

Jetzt erst begriff McCrae, die den strengen Geruch zuvor nicht richtig hatte einordnen können, dass der Heavy im Ruli-Rausch war. Zugleich splitterte eine Abdeckung vom Kopf des Droiden. Irgendwo in seinem Inneren endete ein Rechenprozess bezüglich humanoiden Verhaltens, der Wahrscheinlichkeit eines Missverständnisses und der

Möglichkeit eines Versehens. Dann schaltete das Empatron des Bots von Grün auf Orange.

Der Erste, dem es auffiel, war Claw. »Mr. Mimkin, Sir, das scheint mir keine gute Idee ...«, murmelte er, blickte mit gesenktem Kopf in die Runde und sah die Empatrons der umsitzenden Bots zeitgleich ebenfalls umschalten. Der Raptorbeta sprang jetzt eilig zu Mono hinüber und versuchte erfolglos, ihn emporzuzerren. Wut und Ruli verliehen dem Heavy übermenschliche Kräfte. Monitor und Kamera des GGB fuhren herum, damit auch er die Kabine überblicken konnte. Und jetzt begriff auch McCrae die Situation.

»O verdammt, die Empatrons!«

»Wenn Sie dazu in der Lage sind, sollten Sie ihn besser stoppen, Ma'am.« Der mittelmäßigen Übertragungsqualität zum Trotz klang Capeks Stimme beinahe besorgt.

McCrae schrie den Heavy an: »Mimkin! Hören Sie sofort auf! Das ist ein gottverdammter Befehl, verflucht noch eins!«

Mono aber war im Rausch, und seine Kraft schien sich noch zu steigern, als er jetzt mit irre leuchtenden Augen an der verbeulten Brustplatte vorbei ins Innere des Bots griff und ein Bündel Kabel hervorzerrte.

»Ich reiß dir jedes verschissene Kabel einzeln aus, du ...«

McCrae nickte van Ghor und Claw zu.

Der Söldner erhob sich, trat neben dem Beta an den tobenden Heavy heran, und zusammen packten sie ihn unter den Armen. Während sie ihn zu fassen bekamen, blickte van Ghor Claw an und zwinkerte ihm zu.

»Ruli macht dich paranoid, ChimBoy. Lass lieber die Finger davon.«

Zusammen mit dem GGB blickte McCrae vorsichtig zu den anderen Robotern hinüber.

Doch es war zu spät. Die Dioden ihrer Empatrons änderten ein weiteres Mal ihre Farbe. Die Köpfe der Bots zuckten herum, und im Inneren der Kabine leuchtete eine Alarmleuchte auf, die alles in ein bedrohliches rotes Licht tauchte. Im seinem Widerschein flippte der Monitorarm des GuideBots noch einmal herum, und jetzt klang Capeks Stimme mehr als nur ein wenig besorgt: »Ich fürchte, es ist zu spät, Ma'am. Wir werden einen Alternativplan finden müssen. Und zwar schnell.«

Officer McCrae sah, wie der Beta und der Söldner den tobenden Heavy mit Mühe zurückhielten, wie der schwer beschädigte Bot aufzustehen versuchte und die anderen drei Bots sich bedrohlich in ihren Sitzhalterungen aufsetzten.

»Kann man sie denn nicht einfach ausschalten?«, wendete sie sich an den Supervisor.

»Das widerspräche ihrem freien Willen und entspräche nicht dem Konzept dieser Stadt, Ma'am«, antwortete der Befragte, während sich die verbliebenen Bots langsam und mit rot leuchtenden Empatrons von ihren Plätzen erhoben.

»Ach, hören Sie doch auf, Capek! Freier Wille, das ist doch Unsinn. Wir reden hier von *Robotern*«, schrie McCrae.

»Ich fürchte, Sie werden noch mehr staunen, Ma'am. Die Bewohner von Coppola City haben im Gegensatz zu gewöhnlichen Robotern, um genau zu sein, nicht nur einen freien Willen. Aber zunächst sollten wir dafür Sorge tragen, dass Sie und Ihre Leute dieses Problem lebend überstehen!«

Hastig betätigte der Guidebot mit seinem Teleskoparm die Bedientafel der Kabine. Als die Roboter ihre Sitze verließen und sich bedrohlich langsam dem Einsatzteam zuwendeten, wurde die TransBot-Kabine schließlich langsamer.

Um sicherzustellen, dass auch die anderen ihn hörten, schaltete Capek die Tonausgabe des GGB lauter.

»Gentlemen, wir haben eine neue Zielstation.«

»Und wie heißt die?«, fragte McCrae eilig.

»*Hier!*«, schallte Capeks Stimme durch das Innere der Kabine und ließ dabei keinen Widerspruch zu.

McCraes Team, oder zumindest der größte Teil davon, begriff, dass hier Gefahr im Verzug war. Zumal es, wenn sie das Prinzip des Empatrons richtig verstanden hatten, nicht bei diesen drei Bots bleiben würde. Kaum das die Türen der Kabine aufglitten, sprang McCrae durch die eine, während Claw und van Ghor Mono durch die zweite nach draußen schleiften. Dabei zappelte und schrie der Heavy noch immer wie von Sinnen.

»Lasst mich los, ihr Weicheier! Ich will da wieder rein. Ich mach sie alle platt, verdammt! Lasst mich los! Ich will ihre vermaledeiten Schaltkreise ficken!«

Die Bots folgten der kleinen Gruppe auf dem Fuße.

McCraes Team war schließlich noch keine zwanzig Meter weit gekommen, als auch die Empatrons aller anderen Bots im näheren Umfeld auf Rot schalteten und sie ihnen nachsetzten.

Mono gelang es noch einmal, sich loszureißen.

Er wandte sich um und stürmte den Bots mit erhobenen Fäusten entgegen, hatte jedoch offensichtlich nicht damit gerechnet, sich plötzlich einem ganzen Dutzend gegenüberzusehen. Angesichts der Übermacht hastete er wieder zu seinen Kameraden zurück, um sich ihrer Flucht anzuschließen.

»Okay, lasst uns wiederkommen, wenn wir Waffen haben!«

Der GuideBot raste ihnen voran. In voller Fahrt wandte Capek den Monitor in Richtung McCraes.

»Ich überspiele Ihnen jetzt die Koordinaten, die Sie anstreben sollten. Ich werde Ihnen folgen, solange ich kann!«

»Solange Sie können?« Dass der Supervisor selbst in einer solchen Situation in Rätseln sprach, wollte ihr einfach nicht in den Kopf.

»Die einzige Lösung Ihres gegenwärtigen Problems macht es mir unmöglich, bei Ihnen zu bleiben.«

Sie verstand nicht. Aber auf ihrem HUD flammte im gleichen Moment die vom GuideBot berechnete Route auf. Es waren noch knapp fünfhundert Meter bis zum Ziel. Die Gruppe in ihrem Rücken wuchs. Die wütenden Roboter wurden mehr. Sie schossen um die Ecken und kamen von allen Seiten. Überall um sie herum leuchteten rote Lichter auf.

Panisch folgten van Ghor und Claw ihrer Vorgesetzten. Ihnen dicht auf den Fersen befand sich Mono, der mit hochrotem Kopf sein Bestes gab, die Kürze seiner Beine wettzumachen.

Und in diesem Moment war sich das Team, so verschieden seine Mitglieder auch sein mochten, geschlossen und auch ohne Worte einig, dass nichts auf der Welt unvollständiger war als ein Justifier ohne Waffen.

Dann kam hinter der nächsten Biegung das Ziel in Sicht.

Dabei handelte es sich um eine schwarzrot schraffierte Markierung, ein gekennzeichnetes Areal von vielleicht hundert Quadratmetern, in dessen Mitte zwei Ausrüstungskisten standen.

Eine EMP-SafeZone!

Schwitzend erreichte McCrae die Markierung und sank schwer atmend direkt dahinter in die Knie. Der Raptorbeta kam beinahe zeitgleich mit van Ghor an, und zuletzt rettete sich Mono mit einem gewaltigen Sprung vor dem Zugriff eines Bots, der gut drei Mal so groß war wie er selbst. Nun, wo sie die SafeZone erreicht hatten, blickten sie auf und sahen, wie die Bots mit rotglühenden Empatrons näher stürmten.

Sie kamen von allen Seiten, kesselten sie regelrecht ein. Eine bedrohliche Wand aus lebendem Stahl, die sich direkt vor der kleinen Gruppe verdichtete, bevor sie dann mit dem EMP-Impuls kollidiere und in sich zusammenfiel.

Einer nach dem anderen brachen die Roboter wie von einem unsichtbaren Vorschlaghammer getroffen an der Markierung zusammen.

Staunend sahen Claw und Mono die erste Reihe Roboter direkt vor sich zu Boden gehen. Obwohl er noch immer nicht richtig Luft bekam, lachte Mono dreckig und reckte den Bots seinen Hintern entgegen.

McCrae war die Einzige, die in diesem Moment die Drohung der Prior Command Unit in den Sinn kam, dass sie und ihr Team am Ende dieses Einsatzes für jede Beschädigung würden haften müssen ...

Eine ganze Reihe weiterer Roboterwogen brandete noch an das unsichtbare EMP-Riff. Einige reglose mechanische Körper schlitterten sogar in das Areal hinein, und

Mono kickte sie beherzt zurück auf die wachsenden Schrotthaufen außerhalb der SafeZone.

Einige Minuten später schließlich verlosch das rote Umgebungslicht, begleitet von einem akustischen Entwarnungssignal. Im gleichen Moment schalteten auch die Empatrons der Roboter auf Grün, und sie alle wendeten sich ab, um wieder in den Straßen Coppola Citys zu verschwinden und ihrer Arbeit nachzugehen, als wäre nichts gewesen. Zurück blieben lediglich einige regloser ineinander verkeilte Bots, die um die SafeZone herumlagen.

»Ich glaube, die Luft ist rein«, murmelte van Ghor, der sich misstrauisch umschaute.

Mono ließ sich auf den Boden sinken und wischte sich den Schweiß von der Stirn. »Da haben wir ja alle noch mal Glück gehabt.« Grinsend griff er in seiner Brusttasche und holte die Schachtel mit Ruli-Zigaretten hervor. Auf den Schreck hin wollte er sich erst einmal eine anzünden, was er sich seiner Meinung nach redlich verdient hatte.

Officer McCrae teilte diese Meinung jedoch nicht. Sie riss ihm die Schachtel aus der Hand und blaffte ihn wütend an. »Unter meinem Kommando, Mr. Mimkin, werden Sie sich keinen einzigen dieser verschissenen Drecksstängel mehr anstecken!«

Der Heavy richtete sich zu seiner vollen Größe auf und reckte ihr den Kopf entgegen. »Ach, werde ich das nicht?«

»Wenn Sie sich selbst umbringen möchten, dann steht Ihnen das vollkommen frei. Aber den Rest dieses Teams werde ich nicht mit Ihnen begraben.« Mit diesen Worten steckte McCrae die Zigaretten ein und wandte sich zum Gehen.

Mono hob die Faust, doch Claw griff ihm in den Arm

und schüttelte den Kopf. Im nächsten Moment erkannte das Team in einiger Entfernung den GuideBot, der sich unter Zuhilfenahme seiner Teleskoparme einen Weg durch die reglosen Roboterkörper bahnte. Und während er näher kam, hörten sie auch wieder die Stimme SPV Capeks.

»Die rote Empatronphase ist, insofern keine weiteren Aggressionen auftreten, auf maximal sieben Minuten begrenzt. Nach Ablauf dieser Zeitspanne schaltet sich auch die SafeZone automatisch ab, um unnötige Beschädigungen zu vermeiden.«

Mono riss sich aus Claws Umklammerung los. »Na prima, gerade wo ich es mir gemütlich gemacht habe.«

Der Monitor des GGB flippte in Richtung McCrae, die gerade eine Einblendung in ihrer Multibrille erhielt, bei der es sich offensichtlich um eine Direktübertragung aus Coppola Control handelte. Die Nachricht war in massiven Blockbuchstaben mit dem Titel SCHADENSMELDUNG überschrieben. Es folgten verschiedene Typenbezeichnungen, jeweils von einer Zahl begleitet, die sich am Ende der horizontalen Auflistung unter einem Strich auf 234.000 C summierten.

Das konnte doch nicht wahr sein, das ...

Capeks Stimme unterbrach ihren Gedankengang: »Ma'am, ich muss Sie bitten, Ihre Männer künftig etwas besser zu kontrollieren. Wie Sie sehen, kann diese Art von Übermut hier zu gewissen Problemen führen.«

Der Heavy, sichtlich erfreut, dass nun wieder jemand kleiner war als er, baute sich bedrohlich vor dem Guide-Bot auf. Er war wütend. Verdammt wütend.

»Probleme? Hör zu, Eimer, ich werde bezahlt, um Dinge

in die Luft zu jagen. Und nicht, um mit verkackten Blechdosen zu schmusen. Ist das klar?«, tobte er.

Van Ghor schmunzelte. Und McCrae versuchte, den Heavy zu beschwichtigen. »Mr. Mimkin, ich …« Aber sie ahnte, dass sie keine Chancen hatte. Zumal sie es gewesen war, die ihm sein Ruli abgenommen hatte. Die Fäuste des Heavys bebten. Seine persönliche Arschlochliste wurde immer länger. Roboter. Keine Waffen. Und eine Frau, die ihm sagen wollte, was er zu tun hatte. Langsam war es wirklich genug. Wenn diese Schlampe nicht gleich Ruhe gab, dann …

In diesem Moment schob sich Claw wieder zwischen die beiden. Er legte Mono seine Hand auf die Schulter. Eine auf den ersten Blick beruhigende Geste, der jedoch auch eine unausgesprochene Drohung innewohnte, als der Beta den Heavy seine Kraft spüren ließ.

Mono biss die Zähne zusammen. Er ahnte, dass Claw ihm die Schulter wahrscheinlich ohne größere Mühe brechen konnte. Er schwieg also, beruhigte sich zwangsweise und setzte auch noch den Saurier auf seine Arschlochliste. Das steigerte die Wahrscheinlichkeit einer Ladehemmung, falls es irgendwann einmal nötig sein würde, ihm Rückendeckung zu geben …

Mit schmerzverzerrtem Gesicht lächelte Mono sein Gegenüber an. »Okay. Ich bin ruhig. Bin ruhig. Kein Problem. Alles in Ordnung.«

Claw schaute ihm in die Augen, nickte ihm kurz zu und ließ ihn schließlich los.

Van Ghor hinter ihnen feixte noch immer. Zumindest, bis sich ein Schatten über sie legte und die SafeZone verdunkelte. Verstört blickte der Söldner empor und erkannte über sich die Umrisse einer TransBot-Kabine, die jedoch im Gegensatz zu der vorherigen modifiziert zu sein schien. Sie war an den Seiten offen, und dann war da noch irgendetwas anderes …

Auch der Rest der Gruppe blickte verschreckt empor. Sie alle versuchten instinktiv, in Deckung zu gehen. Doch die Stimme Supervisor Capeks gab Entwarnung.

»Entschuldigen Sie, aber mir schien es sinnvoller, dass Sie in anderen Situationen Vorsicht walten lassen. In diesem Falle ist es jedoch unangebracht. Bei der über Ihnen befindlichen Vorrichtung handelt es sich lediglich um einen MNT-Rückholer. Eine automatisierte Wartungsvorrichtung, die beschädigte Bots nach Coppola Control verfrachtet, wo sie von der MNT-Crew wieder instand gesetzt werden.«

Capek hatte den Satz nicht einmal beendet, als die Kabine sich etwas absenkte und ein gutes Dutzend Teleskoparme sich aus ihrem Inneren entfaltete, deren mächtige Greifer sich nach den reglosen Roboterkörpern ausstreckten und sie scheinbar mühelos einen nach dem anderen ins Innere des Rückholers verfrachteten. Immer wieder gingen die mechanischen Pranken um das Team herum nieder und pflückten die Bots nur so vom Boden. Während die Kabine über ihnen sich ganz allmählich mit Blechkadavern füllte, ergriff SPV Capek mithilfe des GuideBots wieder das Wort.

»Ich würde Sie dann bitten, mir weiter zum Zielpunkt zu folgen, damit ich mich so schnell wie möglich wieder meiner Arbeit zuwenden kann.«

Claw stutzte. Eine seiner hervorstechenden Eigenschaften war seine Intuition, die beinahe an die Sensitivität eines Chemicals heranreichte. Capek erweckte den Eindruck, als wollte er so schnell wie möglich hier weg, wobei ihm seine Arbeit allerdings nicht der einzige Grund zu sein schien. Selbst in der Übertragung seiner Stimme konnte der Beta den Stress ahnen. Beinahe, als stünde Capek unter Druck, und als ginge es in diesem Moment weniger darum, die Gruppe irgendwohin, sondern zunächst einmal von hier wegzubringen. Auf ein Zeichen ihrer Einsatzleiterin sammelte sich das Team und nahm Aufstellung.

»Ma'am. Auf ein Wort.« Der Raptorbeta blickte McCrae ernst an und deutete zur Seite.

Officer McCrae betrachtete kurz den GuideBot und den Rest ihres Teams und stellte sich dann mit dem Beta zur Seite.

Van Ghor betrachtete die beiden misstrauisch und wechselte dann einen kurzen unzufriedenen Blick mit Mono.

Capek drängte. »Wenn Sie mir jetzt nicht sofort folgen, kann ich nicht länger für Ihre Sicherheit garantieren. Sie gefährden damit nicht nur Ihre eigen Unversehrtheit, sondern vergrößern auch das Risiko weiterer Beschädigungen.«

McCrae winkte ab.

Van Ghor blickte zu Claw hinüber und zischte dem Heavy leise zu. »Wenn du mich fragst, macht diese Drecksechse nur Ärger.«

Mono spuckte verächtlich auf einen der letzten verbliebenen am Boden liegenden Roboter und murmelte: »Kann meinen haarigen Arsch lecken, das Mistviech.«

Keiner der beiden bekam mit, was der Raptorbeta ihrer

Vorgesetzten in diesem Moment sagte. Sie sahen nur seinen wuchtigen Kopf und die schimmernden Echsenaugen, die vom GGB immer wieder zu McCrae wechselten, während er leise auf sie einredete.

Capek unternahm einen letzten Versuch. »Officer McCrae! Sie werden sich, insofern Sie meinen Anweisungen nicht Folge leisten, vor Ihrem Auftraggeber verantworten müssen!«

Das Argument zog. Schließlich hatte McCrae noch die Summe auf dem HUD, die Monos Intermezzo sie bereits gekostet hatte. Wenn es zu weiteren Zwischenfällen kam, war es tatsächlich wahrscheinlich, dass sie am Ende der Mission noch draufzahlen mussten.

Unwillig bedeutete McCrae Capek, dass sie bereit waren.

Gleich darauf übernahm der GuideBot wieder die Führung und steuerte, nun mit dem Team im Schlepptau, in Richtung Stadtzentrum. Nach dem jüngsten Vorfall schien es ihm jedenfalls sinnvoller, das TransBot-System zunächst zu meiden, um Konflikten, wie sie der unausgewogene Charakter eines solchen Teams begünstigte, von vornherein aus dem Weg zu gehen.

5

VERGNÜGEN

Der GGB führte McCrae und ihr Team tiefer in die Stadt hinein. Langsam erholten sie alle sich von dem Schreck, den der Angriff der Bots in ihnen ausgelöst hatte. Präsent aber war er noch immer. So sehr, dass selbst Mono inzwischen bloß noch leise fluchte und die Roboter, die ihnen entgegenkamen, zumindest nicht mehr direkt beschimpfte.

Seine Gefährten aber konnten ihm ansehen, dass er seine Zurückhaltung mit einer Waffe in der Hand sofort wieder aufgegeben hätte. Ob Empatron oder nicht, Respekt vor technoiden Lebensformen war nicht seine Stärke. Zumal es ihn in seinem Stolz kränkte, Zunge und Fäuste im Zaum halten zu müssen und seinen Standpunkt nicht mit einem Finger am Abzug unterstreichen zu können. Wie beeindruckt der Rest des Teams auch von dieser Stadt sein mochte, Mono hasste das prozessordominierte Drecksloch bereits jetzt von ganzem Herzen.

Aber auch die anderen sahen die Stadt nun mit etwas anderen Augen. Jetzt, wo sie am eigenen Leib hatte erfahren müssen, wie die desinteressierte Haltung ihrer Bewohner innerhalb kürzester Zeit in blanke Aggression umschlagen konnte, ahnten sie, dass der Fortschritt in dieser Stadt unter Umständen auch Opfer forderte. Keiner von ihnen, weder van Ghor noch Claw oder gar McCrae selbst, hatte jedenfalls das Bedürfnis, in nächster Zeit noch einmal das rote Licht eines Empatrons aufleuchten zu sehen.

Der GuideBot führte sie weiter durch die labyrinthischen Gassen der Stadt, zwischen Wänden aus Stahl und Glas hindurch, deren nicht endende Zahlenkolonnen wie fremde Hieroglyphen auf sie herabflimmerten. Für den Beta, den Heavy und die anderen waren sie ein unlösbares binäres Rätsel. Aber für jene, die hier lebten, womöglich die verführerischen Botschaften einer siliciumbasierten Verheißung.

Immer wieder passierte die kleine Gruppe Roboter, die stehen blieben, ihre visuellen Rezeptoren auf die Fließschrift ausrichteten und diese aufmerksam studierten, um dann plötzlich ihre Richtung zu ändern. Als wohnte den Ziffern eine Botschaft inne, die in der Lage war, die Motivation, oder besser das Programm eines Bots zu verändern. Oder Anweisungen, die für keinen Außenstehenden zu erkennen oder auch nur zu erahnen waren, solange er nicht in die binären Mysterien eingeweiht worden war. Dieses Vergnügen aber war schlussendlich keinem von ihnen zuteilgeworden, sodass sie sich, wenn es um die Übersetzung dieser Zahlen ging, allenfalls auf ihren kleinen Begleiter mit dem sprechenden Bildschirm verlassen konnten.

Es war ein wenig, als hätte man McCrae und ihr Team

mit dem Fallschirm über einem Land abgeworfen, dessen Sprache keiner von ihnen beherrschte.

Sie als Befehlshaberin hatte längst begriffen, dass sich dieser Auftrag bei Weitem schwieriger gestalten würde als angenommen. Sich inmitten künstlicher Lebensformen zu bewegen, die einerseits von außen kontrolliert wurden, andererseits einen eigenen Willen besaßen und dabei nicht einzuschätzen waren, schien ihr keine gute Basis für den erfolgreichen Abschluss einer Mission zu sein. Zumal darüber hinaus Beschädigungen generell vermieden werden sollten und es ihren Leute dennoch bereits gelungen war, ohne großen Aufwand einen Schaden von mehr als 200.000 C zu verursachen. Wenn man bedachte, dass das Ganze ihnen am Ende vom Sold abgezogen werden würde, war ihr alles andere als wohl.

Außerdem ahnte sie bereits, dass dieser Einsatz auch nicht zwingend zu einer Beförderung führen würde. Um das vorgegebene Ziel zu erreichen, würde sie sich wohl oder übel anstrengen müssen. Und dabei hatte sie nicht nur eine ganze Stadt von Robotern gegen sich, sondern nebenbei auch noch ein Team unter Kontrolle zu halten, dessen Harmoniefaktor fraglos jetzt schon im negativen Bereich lag.

Sie hoffte, dass, bis sie ihre Leute so weit brachte, im Notfall auf die Roboter statt aufeinander zu schießen, ihr ominöser Kontaktmann Jack Rosso die ganze Sache womöglich etwas einfacher machen würde. Capek jedenfalls würde ihnen, wenn sie die Fähigkeiten des Guide-Bots überdachte, im Ernstfall kaum zur Seite stehen können.

Die Straßen um sie herum wurden breiter, und die Zahl

der sie ignorierenden Roboter wuchs, während sie sich dem Zentrum von Coppola City näherten.

Misstrauisch beobachtete van Ghor den Rest der Gruppe. Auch wenn er von jedem ein umfassendes psychologisches Profil hatte, reichte es doch noch nicht aus, um seine Kameraden komplett einzuschätzen. Und der Söldner hasste es, wenn Dinge sich seiner Kontrolle entzogen. Jede Strategie, jede Taktik basierte auf der Kalkulation von Möglichkeiten, die sich wiederum aus Gegebenheiten, Fähigkeiten und Wahrscheinlichkeiten zusammensetzten. Kenntnis derselben wiederum ermöglichte die vergleichsweise exakte Berechnung eines Resultats. In diesem Fall aber waren zu viele unbekannte Faktoren im Spiel.

Der Raptorbeta beispielsweise hatte noch nie zuvor in einem Ernstfall agiert, Mono noch niemals einen Einsatz ohne Waffen durchgestanden, und Officer McCrae hatte noch nie zuvor ein Kommando geführt. Abgesehen von den Profilen waren dies die einzigen Fakten, auf die van Ghor sich stützen konnte. Niemand konnte vorhersagen, wie diese Leute an einem solchen Ort unter Druck reagieren würden und was dabei am Ende herauskam. Obwohl eine Katastrophe bei Weitem wahrscheinlicher war als irgendetwas anderes. Zumal auch das unbekannte Terrain in die Kalkulation mit einfließen musste. In diesem Fall handelte es sich um eine Stadt, deren Regeln, Gefahren und Konsequenzen ihnen völlig unbekannt waren.

Selbst seine langjährige Erfahrung nutzte dem Söldner in diesem Falle nichts. Denn auch wenn er mehr als einmal im Dschungel, im Häuserkampf, in Minengefechten und im Bürgerkrieg gekämpft hatte, schien der Ausgang dieser Operation ihm doch vollkommen ungewiss. Er hätte nicht einmal abschätzen können, wer aus dem ganzen Team im ungünstigsten Fall überleben würde. Er konnte die Gesamtsituation nicht einschätzen. Und das ärgerte ihn insgeheim, wobei er sich interessanterweise auch dabei ertappte, die Roboter um sich herum für weniger problematisch zu erachten als seine eigenen Teammitglieder.

Claw war der Einzige innerhalb der Gruppe, der ihren Einsatz mit etwas anderen Augen betrachtete, wobei er ihre Erfolgschancen jedoch durchaus realistisch einschätzte. Er hielt es sogar für möglich, dass van Ghor recht hatte und Officer McCrae lediglich das Versagen ihrer Männer gewährleisten sollte. Aber so oder so war es für ihn eine Möglichkeit, sich außerhalb seines Tanks und des Blitzlichtgewitters zu beweisen. Klarzustellen, dass er mehr konnte als bloß posieren und lächeln. Denn wenn er das Ganze hier überlebte, war klar, dass er nicht bloß ein Promobeta war. Und wenn nicht, dann war es ein würdigeres Ende als mithilfe synthetischer Drogen in den Hinterzimmern irgendwelcher Nobelhotels auf den Partys der High Society dahinzusiechen. Sie hatten ihn als bloßes Symbol des Fortschritts geschaffen und ihn genauso behandelt. Triumphierend hatten sie ihn der Welt präsentiert und auf ihren Partys herumgereicht. Wissenschaftler hatten sich mit ihm fotografieren lassen, gelangweilte Ehefrauen hatten mit ihm geflirtet, und kleine Kinder hatten sich vor ihm erschreckt. Er hatte Anzüge und Krawatten getragen und jenen, die ihn geschaffen hat, eine Unmenge Geld beschert, indem er eine Packung genetisch hyperoptimierte Frühstückflakes mit dem Namen *Dinobites* in die Kamera gehalten hatte. Er war niemals mehr gewesen als ein verschissenes Maskottchen. Jetzt und hier aber hatte er die Gelegenheit, der Welt zu beweisen, dass er genau das nicht war. Auch wenn er selbst noch nicht genau wusste, was genau er stattdessen sein mochte. Darüber hinaus hoffte er, dass keines der anderen Teammitglieder seinen Werbespot gesehen hatte …

In genau diesem Moment stoppte der GuideBot vor einem Monolithen, der auf den ersten Blick nicht nur größer wirkte als die meisten anderen, sondern der darüber hinaus, wie McCrae sofort feststellte, auch keine Botladekammern an seiner Außenseite aufwies. Stattdessen eröffnete sich auf der Frontseite ein breiter offener Gang ohne Türen, der in sein Inneres führte, was vermuten ließ, dass dieser Monolith tatsächlich einem anderen Zweck diente als die meisten anderen.

Der GuideBot fuhr herum, sein Monitor entfaltete sich, und vor McCrae und ihren Leuten leuchte das Gesicht SPV Capeks auf.

»Ma'am, im Inneren dieses Gebäudes wartet Mr. Rosso auf Sie. Er ist zwar gegenwärtig noch mit der Klärung gewisser Unregelmäßigkeiten beschäftigt, wird Ihnen aber zeitnah zur Verfügung stehen.«

Mono verengte die Augen und schnaubte wütend: »Zeitnah? ZEITNAH? Suchst du dreckiger Kaspereimer Streit? Ich will so schnell wie möglich wieder raus aus diesem Blechloch! Der Typ soll sich seine Unregelmäßigkeiten gefälligst dorthin schieben, wo kein Schürfgerät jemals hinkommt!«

Für einen kurzen Moment standen der zornig funkelnde Zwerg und der kleine GuideBot einander reglos gegenüber. Dann antwortete Capek zögernd: »Verzeihen

Sie, Mr. Mimkin, aber aufgrund der Tatsache, dass Mr. Rosso kein Roboter ist, pflegt er seine Prioritäten ein wenig flexibler zu setzen. Aber Sie werden gleich Gelegenheit bekommen, Ihren Antrag an ihn persönlich zu übermitteln.«

Mono ballte seine Fäuste. Bevor aber die Situation eskalieren konnte, trat dieses Mal McCrae zwischen Heavy und Bot.

»Danke, SPV Capek. Gibt es darüber hinaus noch etwas, das wir wissen sollten?«

»Die relevanten Informationen zu Mr. Rosso sind Ihnen bekannt. Bezüglich dieses Orts möchte ich Sie allerdings bitten, sich im Inneren dieses Monolithen ruhig zu verhalten und nach Möglichkeit keinerlei Aufsehen zu erregen. Sie stehen nämlich im Begriff, die Kirche des trilateralen Axioms zu betreten. Und deren Anhänger sind im Gegensatz zu denen des bipolaren Tetraeders bedauerlicherweise weniger friedliebend.«

Mono, der inzwischen die Arme trotzig vor der Brust verschränkt hatte, horchte auf und blickte verwundert zu Claw und van Ghor hinüber. »Was bitte hat der Eimer da gerade gesagt?«

Der Söldner schaute selbst noch ungläubig auf den Monitor des GGB, und der Beta hob abwehrend die Hände.

»Verlangen Sie nicht, dass ich es wiederhole. Aber das Wort *Kirche* war mit Sicherheit dabei.«

McCrae richtete sich vor dem GuideBot auf und runzelte die Stirn. »Wollen Sie damit sagen, dass die Roboter dieser Stadt sich zu konkurrierenden religiösen Systemen bekennen?«

Capek nickte knapp. »Natürlich nur im Rahmen ihrer

Programmparameter. Ich habe Ihnen ja bereits im Vorfeld angedeutet, dass Ihr Wissen über technische Lebensformen sich in dieser Stadt relativieren wird.«

Nachdenklich kratzte McCrae sich im Nacken. *Religiöse Roboter.* Auch wenn sie an einem Ort wie diesem tatsächlich vieles vermutet hätte, schien dieser Ansatz ihr doch ein wenig abwegig. Und ein Blick in die Runde zeigte ihr, dass sie mit diesem Gedanken nicht allein stand. Sie wollte Capek etwas entgegnen, doch der Raptorbeta kam ihr zuvor: »Aber, mit Verlaub, SPV Capek, das ist doch Unsinn. Religion, oder Glauben an sich, ist ein irrationales Motiv, dem zu dienen für eine technische Lebensform keinen Sinn hat!«

»Es sei denn, die Option des Glaubensbekenntnisses ist Teil seines Programms, Mr. Claw. Beschweren Sie sich bei der Liga für Roboterrechte. Die haben uns das Ganze eingebrockt. Und dabei rede ich nicht bloß von diesen Religionen. Sie ahnen ja gar nicht, wie einfach das Leben in Coppola City war, bevor dieser ganze Unsinn losging. Und auch wenn meine Meinung an dieser Stelle nicht gefragt ist, kann ich Ihnen versichern, dass ich persönlich ohne Weiteres sowohl auf das Axiom als auch den Tetraeder verzichten könnte.«

Und während sich die anderen noch wunderten, wurde es Mono schon wieder zu viel.

»*Liga für Roboterrechte?* Wo, zum Erz sind wir hier eigentlich?«

Ohne die rhetorische Natur der Frage zu verstehen, antwortete Capek auch dieses Mal. »Dies, Mr. Mimkin, ist Coppola City. Ich dachte eigentlich, dass wir das bereits geklärt hätten.«

McCrae nickte und versuchte die Haltung des Heavys zu erklären. »Er ist lediglich irritiert wegen dieser Liga.«

»Die Liga für Roboterrechte, Ma'am. Ihr Einfluss auf die Entwicklung dieser Einrichtung ist nicht zu unterschätzen. Aber gedulden Sie sich bitte noch etwas. Mr. Rosso wird Ihnen gleich alle Ihre Fragen beantworten. Bitte folgen Sie mir nun einfach in dieses Gebäude und verhalten Sie sich ruhig, bis wir ihn gefunden haben.«

Mit diesen Worten wendete der GuideBot sich ab und surrte durch den Eingang ins Innere des Monolithen. Dabei war Capek deutlich anzumerken, dass er allmählich genug davon hatte, unsinnige Fragen zu beantworten und das Kindermädchen für McCraes Team zu spielen.

Die kleine Gruppe folgte dem Bot in die Kirche des trilateralen Axioms, und van Ghor schloss zu seiner Einsatzleiterin auf.

»Was ist denn an diesem Rosso so besonders, Ma'am?«, fragte der Söldner neugierig.

McCrae winkte ab. »Es ist ein wenig komplizierter, aber glauben Sie mir, er ist der perfekte Verbindungsmann zwischen uns und denen.«

Als sie ihren Schritt beschleunigte, um die Entfernung zum GuideBot nicht zu groß werden zu lassen, schaute der Söldner sich kurz zu Claw und Mono um und hob vielsagend eine Braue. Beide wussten sofort, was er meinte. Es war wie immer. Wie von Anfang an. McCrae wusste immer etwas mehr als sie. Und dabei war sie keinesfalls bereit, dieses Wissen mit ihrem Team zu teilen.

Angesichts dieser Erkenntnis hielten der Heavy und der Beta es durchaus für möglich, dass diese Frau in Wirklichkeit den Auftrag hatte, sie alle zugunsten ihrer Karriere auf Coppola II versagen zu lassen ... So wie der Söldner es ihnen angedeutet hatte.

Der SaurierBeta blickte auf den Heavy hinab, und der nickte ihm grimmig zu. Für diesen Moment zumindest waren die beiden sich einig. Und dafür brauchte es keine weiteren Worte. Was für Differenzen sie auch miteinander hatten, für den Augenblick machte sie die Tatsache, dass McCrae sie womöglich alle verarschte, zu echten Verbündeten. Wenn in genau diesem Moment um sie herum die Hölle losgebrochen wäre, hätten sie einander womöglich tatsächlich den Rücken freigehalten, während die Roboter McCrae vor ihren Augen zerrissen. Genau dieses Versprechen lag jedenfalls in den Blicken, die Claw, Mono und van Ghor einander zuwarfen, bevor sie ihrer Einsatzleiterin und dem GuideBot folgten und wenig später hinter den beiden direkt ins Herz des Monolithen traten.

Die Wände im Inneren glichen denen auf der Außenseite. Auch sie waren eine Konstruktion aus Stahl und Glas, über die ein unablässiger horizontaler Zahlenstrom flimmerte. Der Raum zwischen diesen Wänden war komplett mit Bots angefüllt, die in konzentrischen Kreisen um das Zentrum versammelt standen. Und genau dort, in ihrer Mitte, erhob sich ein bizarres symmetrisches Gebilde, das im Widerschein der binären Datenkolonnen schimmerte.

Was genau es war, hätte weder McCrae noch einer ihrer Begleiter mit Sicherheit sagen können. Aber zumindest war jenes Ding eine unmögliche Verquickung verschiedener symmetrischer Formen. Kegel, Kuben, Kugeln und Pyramiden, die in steter Bewegung schienen und dabei den vollkommen unmöglichen Eindruck erweckten, sich im gleichen Moment zu vereinigen und wieder zu trennen.

»Dies ist die Manifestation des trilateralen Axioms«, erklärte Capek mit gedämpfter Stimme über das Audiomodul des GuideBots.

»Natürlich. Was sollte es sonst sein.« Mono zuckte mit den Schultern und war doch, wie auch die anderen, kein bisschen schlauer als zuvor.

Capek scherte sich nicht weiter darum und flüsterte weiter: »Interessanterweise unterscheidet sich die Kirche des bipolaren Tetraeders nicht wesentlich von dieser hier. Und das, obwohl über die Unvereinbarkeit beider Glaubensrichtungen bereits gigabyteweise Abhandlungen verfasst worden sind.« Er schmunzelte. Sein Humor aber hätte sich vermutlich nur jemandem erschlossen, der sich eingehend mit Axiom und Tetraeder auseinandergesetzt hatte. Oder zumindest mit verschiedenen altertümlichen Erdreligionen, die einander vermeintlich entgegensetzt schienen, sich aber tatsächlich lediglich bezüglich der Namen ihrer Götter und Propheten unterschieden.

Claw, van Ghor und McCrae starrten verwundert auf die vollendet symmetrischen Roboterreihen, die jenes merkwürdige Gebilde im Zentrum des Monolithen umstanden.

Der Heavy blickte sich missmutig um und betrachtete ebenfalls die Bots. Es waren gut zehn Reihen, vielleicht insgesamt zweihundert Stück, die alle einfach dort standen, strikt nach Typen geordnet und die visuellen Sensoren auf das Objekt in ihrer Mitte ausgerichtet. Reglos standen sie dort, beinahe wie in Stase oder Trance, während die ganze Zeit ein leises Summen über ihnen lag. Ein Ton auf einer merkwürdigen Frequenz, der kaum hörbar war, aber die Luft im gesamten Raum vibrieren ließ.

»Was tun sie da? Etwa beten?«, fragte Mono abschätzig.

»Ich vermute, dass der Begriff es am ehesten trifft«, nickte Capek auf seinem Bildschirm.

»Aber wieso, zum Erz? Die Dinger haben Prozessoren, mit denen sie sich alles ausrechnen können, was sein wird oder sein könnte. Wozu dann beten, verdammt noch eins?«

»Ganz einfach, Mr. Mimkin. Weil dieser Gottesdienst sie einiger flexibler Programmparameter wegen mit Freude erfüllt.«

Mono verdrehte verzweifelt die Augen. Selbst sein Versuch, diesen Ort zu verstehen, schien zum Scheitern verurteilt. »*Freude*? Bei Robotern? Was soll denn das nun wieder? Wen schert es, ob dem Toaster seine Arbeit Spaß macht? Sind denn hier alle verrückt geworden?« Er wurde wieder lauter, und in der hintersten Reihe drehten sich im Widerschein der Zahlenkolonnen einige metallene Köpfe in ihre Richtung.

McCrae warf dem Heavy einen bösen Blick zu. Der hob abwehrend die Hände und vollführte mit einem grimmigen Lächeln eine knappe Reißverschlussgeste quer über seinen Mund. Augenscheinlich hatte die Erfahrung mit den Empatrons ihn wirklich tiefer beeindruckt, als er zunächst zugeben wollte.

Kurz nachdem die Schädel der Bots wieder zurückgeschnellt waren und sie sich von Neuem dem Anblick jenes geometrisch paradoxen Irgendwas widmeten, entdeckte der GuideBot schließlich, wonach er in der Robotermenge gesucht hatte.

Seiner Ausrichtung mit den Blicken folgend, nahm kurz darauf auch McCrae im vierten Kreis zwischen den statischen Roboterkörpern eine Bewegung wahr. Während der GGB davonhuschte und seinen Weg zwischen den Bots hindurch suchte, schaute sie noch einmal genauer hin und erkannte schließlich einen Mann, der eine bestimmte Gruppe von Bots abschritt und dabei jedes Modell genau in Augenschein nahm. Dabei handelte es sich um eine Art von Reparaturbots, mit flachem Korpus und mehreren Gliedmaßen, die McCrae auf den ersten Blick entfernt an die alte MT5-Serie erinnerten, wie sie während ihrer Jugend die Hovermontage revolutioniert hatte.

Es wirkte, als ob der Unbekannte eine Art von Kennung an den Bots überprüfte. Beinahe, als ob er unter diesen Bots nach einem ganz bestimmten suchte. Dabei ging er allerdings sehr behutsam vor, wohl um die Roboter in ihrer eigentümlichen Andacht nicht zu stören. Seine Bewegungen waren sachte, gemessen, beinahe vorsichtig und wirkten auf McCrae interessanterweise eher wie die eines Roboters als wie die eines Menschen. Das war er also. Jack Rosso. Der Roboterprofiler ...

Sie konnte sehen, wie der GuideBot Rosso erreichte und wie Capek gleich darauf via Monitor begann, auf ihn einzureden. Kurz darauf wendete der Mann unwillig den Kopf und blickte zwischen den Bots hindurch in ihre Richtung. Schließlich schritt er noch die letzten Bots der Baureihe ab und überprüfte sie eilig, bevor er dem GGB bis zu der kleinen Ansammlung Humanoider folgte, die unweit der Eingangs wartete.

Während Rosso auf sie zukam, bediente er eifrig das Eingabetool seiner Multibox und blickte sich kopfschüttelnd im Raum um. Und jetzt erkannten auch Mono und die anderen, dass seine Bewegungen seltsam wirkten.

Vor allem seine Schritte glichen weniger denen eines Menschen als vielmehr denen eines Roboters. Dieser Rosso bewegte sich tatsächlich beinahe, als sei er programmiert worden. Wie der Vertreter einer Androidenbaureihe, deren Entwickler keinerlei Wert auf authentische Motorik gelegt hatten. Es war befremdlich, diesen Mann dort inmitten der Roboter langsam näher kommen zu sehen. Zumindest Claw war sich nicht sicher, ob er wirklich ein Mensch war.

Dann aber hörten sie schließlich seine Stimme, als Rosso den Innenraum des Monolithen noch einmal mit den Augen abmaß und wie zu sich selbst sagte: »Unglaublich. Selbst diese Maße stimmen nicht ... Den Grundrissen zufolge sollte die Kirche gut sieben Quadratmeter größer sein.« Seine Worte hatten nichts von der digitalisierten Kühle von Kempts, dessen Voicemodul die Geschmeidigkeit schwingender Stimmbänder fehlte. Auch nichts von der Übertragung eines SPV Capek, der irgendwo zwischen Coppola Control und dem GGB ebenfalls alle Natürlichkeit abhandenkam. Nein, die Stimme Jack Rossos war durch und durch menschlich, und das schuf unter McCraes Leuten, die nun schon einige Stunden nichts anderes als Roboter gesehen hatten, ein seltsames Gefühl der Erleichterung.

»Endlich wieder mal ein menschliches Gesicht!«, knurrte Mono, erleichtert darüber, nach all der Zeit etwas anderes als Bots zu sehen, und drängelte sich dabei hastig vor, um als Erster bei Rosso zu sein.

Der hob den Kopf und blickte die kleine Gruppe an. »Ich

mutmaße, Sie sind das Einsatzteam, das ich SPV Capek zufolge hier übernehmen soll, um ihm bei seiner Mission zur Hand zu gehen?«

McCrae bestätigte seine Vermutung. »Das ist korrekt, Mr. Rosso, ich bin die Einsatzleiterin und dies sind ...«

Der Angesprochene hob abwehrend die Hände. »Lassen Sie die Förmlichkeiten, Ma'am. Nennen Sie mich einfach Nobot, wie alle anderen auch. Und die Namen Ihrer Begleiter sind nicht vonnöten, da ich sie mir ohnehin nicht merken werde. Das ist nicht persönlich gemeint, sondern lediglich meiner mentalen Speicheroptimierung geschuldet.«

McCrae stutzte.

Ohne eine Miene zu verziehen, fuhr Rosso fort. »Sie sind zu viert. Ein weibliches, zwei männliche und ein Beta. Das reicht. Ich werde schon genug damit zu tun haben, Ihre Mimik zu interpretieren. Da ist es unnötig, mir Ihre Namen merken zu wollen. Für mich sind Sie *das Team*. Zumal selbst diese Tatsache nach Beenden Ihrer Mission für mich hinfällig sein wird. Was immer auch geschieht, spätestens übermorgen sind Sie für mich nur noch Datenmüll.«

McCrae stand ihm einen Moment lang verwundert gegenüber, bevor sie zögerlich nickte. »In Ordnung. Ich nehme an, das handhabt man unter Ihresgleichen so. Aber solange Sie uns in dieser Angelegenheit behilflich sein können, geht es hier wohl auch nicht um Höflichkeit.«

Der Monitor des GGB flippte in ihre Richtung, und Supervisor Capek meldete sich noch einmal zu Wort. »Ma'am, ich denke, Mr. Rosso wird Ihnen nun nach und nach alles Nötige über die Stadt und ihre Bewohner

179

vermitteln und Ihnen im Anschluss beim Erreichen Ihres Missionsziels zur Seite stehen. Ich werde unterdessen diesen GuideBot wieder auf Automatikmodus stellen und mich hier oben in Coppola Control meiner Arbeit zuwenden. Ich wünsche Ihnen und Ihren Leuten viel Erfolg. Wir sehen uns dann bei Ihrer Rückkehr.«

Capek nickte noch einmal kurz in die Kamera, und bevor McCrae überhaupt etwas entgegnen konnte, faltete der Monitor des GGB sich zusammen und verschwand im Inneren des kegelförmigen Bots, während SPV Capek das Gerät irgendwo über ihnen in Coppola Control wieder auf Automatik stellte.

Officer McCrae schaute Rosso in die Augen, deren Blau noch immer etwas Kühles, beinahe Unmenschliches innewohnte. Und genau das erinnerte den Betrachter daran, dass dieser Mann den Bots ebenso nahe war wie den Menschen. Dann sagte sie zu Rosso: »Ich denke, wir sollten dann jetzt so zügig wie möglich die Absturzstelle in Augenschein nehmen. Vermutlich werden wir das Perpetuum ...«

Der Roboterprofiler nickte etwas zögerlich. »Natürlich. Sobald ich alle MT6 überprüft habe, werden wir genau das tun, Ma'am.«

»Nachdem Sie was?« Ungläubig starrten McCrae und ihre Leute ihn an.

Für ihr Gegenüber aber schien keinerlei Problem zu bestehen. Rosso hatte längst alle Notwendigkeiten abgewogen und für sich selbst eine Entscheidung getroffen.

»Verzeihen Sie, Officer McCrae, ich muss mich hier zwischen zwei Prioritäten entscheiden. Der menschliche Teil meiner Persönlichkeit erlaubt mir an dieser Stelle eine subjektive Gewichtung, die ...«

Zum ersten Mal seit Antritt ihres Kommandos geriet nun Officer McCrae aus der Fassung, was vor allem Mono sichtlich Freude bereitete. Denn als sie weitersprach und Rosso dabei fixierte, war tatsächlich so etwas wie aufkommender Zorn in ihrer Stimme zu hören.

»Sie haben den Befehl erhalten ...«

Rosso führte seinen Ansatz aus und versuchte sich dabei an einer Art Lächeln. »Ja, natürlich habe ich das, Ma'am. Aber eben das unterscheidet mich von einem Großteil der Bewohner dieser Stadt. Ich nehme Befehle entgegen und entscheide dann, ob, wann und wie ich sie befolge. In Bezug auf die Qualität meines freien Willens unterscheide ich mich erheblich vom Rest der Stadt. Auch wenn sich das eines Tages vielleicht noch einmal ändern wird.«

Kaum, dass er diese Worte hörte, begann Monos Freude darüber, in dieser automatisierten Hölle endlich etwas anderes als einen Bot getroffen zu haben, langsam zu verblassen.

»*2OT*-Sprech«, zischte er zwischen zusammengebissenen Zähnen hervor.

Rosso aber widersprach ihm. »Ich halte es da eher mit der Liga für Roboterrechte. Aber ich denke, wir sollten uns tatsächlich langsam in Bewegung setzen. Ich glaube, Sie wollen nicht mehr Zeit verlieren als nötig. Abgesehen davon wird es, wenn der Gottesdienst gleich vorüber ist und die Bots die Kirche verlassen, schwierig werden, zusammenzubleiben.« Mit diesen Worten bewegte er sich Richtung Ausgang und gab der Gruppe einen kurzen Wink.

Zumindest der GuideBot, nunmehr im automatisierten Begleitmodus, folgte Rosso auf dem Fuße. McCrae zögerte kurz. Ihre Leute blickten sie fragend an. Dann aber nickte sie.

Als ihr Team den Monolithen wenig später gemeinsam mit Rosso verließ, da wandten sich in ihrem Rücken bereits die ersten Roboter von der Manifestation des Axioms ab.

ZEIT: 11:45 AM
ORT: Coppola Control

Von Kempt öffnete noch einmal den sicheren Kanal. Wieder flammte auf Capeks HUD die modifizierte Karte auf. Zunächst sah er nur die blaue Lichtwolke, die die abtrünnige Gruppe Roboter symbolisierte. Sie hatten sich voranbewegt, waren weiter Richtung Zentrum vorgedrungen und hielten auf die Aufzugsanlage im Inneren der Stadt zu. Aber die Form der Wolke hatte sich verändert.

Er bemerkte die Kennungen einzelner Bots, die in sie eindrangen, teilweise assimiliert und teilweise wieder aus ihr entlassen wurden, sodass sich ihre Lichter in der schematischen Darstellung vereinigten oder teilten. Capek runzelte irritiert die Stirn. Lediglich anhand des virtuellen Plans war das Phänomen schwierig zu interpretieren.

Er überprüfte die umliegenden Kameras, konnte jedoch nur Fehlfunktionen ausmachen. Bemerkenswerterweise zwei verschiedene Arten davon. Während die eine vom Phänomen selbst verursacht wurde, vermochte er sich die andere nicht gleich zu erklären. Die statisch installierten

182

Kameras schienen jedenfalls nicht geeignet, um mit ihnen das Perpetuumphänomen zu ergründen.

Als hätte er seine Gedanken lesen können, spielte PCU von Kempt seinem Handlanger das Bild einer Überwachungsdrohne ein, die er so nahe wie möglich an das Phänomen heranmanövriert hatte.

Capek stutzte einen Moment. Und dann begriff er: Die Ursache für die anderen Ausfälle war die Prior Command Unit selbst! Von Kempt hatte die Kamerastreams, auf denen das Phänomen zu erkennen war, von der allgemeinen Überwachung abgetrennt, um seine Entdeckung durch die CTRs weiter hinauszuzögern. Denn sobald sie es sahen, würde irgendein übereifriger Controller wahrscheinlich das Notsignal auslösen. Und dann wäre es, weil doch Menschen und MetaBots zu Schaden gekommen waren, bloß noch eine Frage der Zeit, bis der Konzern die Leitung der Einrichtung übernahm.

Andererseits war ebenso klar, dass sich das Phänomen, wenn es sich weiter ausbreitete und noch mehr Bots assimilierte, kaum länger verbergen lassen würde. Und spätestens dann würden die Controller hier oben zum Problem werden ...

Aus einiger Entfernung konnte Supervisor Capek durch das Visorelement der Drohne die Wolke aus Robotern erkennen, die von einem pulsierenden blauen Licht umgeben war. Der Anblick war beeindruckend. Die Gruppe bewegte sich, umspielt von bläulichen Blitzen, unaufhaltsam voran.

Dabei musste es sich um eine Art von Elektrizität handeln. Die Drohne schaltete in den Zoommodus. Und jetzt erkannte Capek, was er und von Kempt bereits vermutet hatten: Das Zentrum der Gruppe bildeten tatsächlich die ausgeschlachteten Bots aus dem Endlager. Da diese aber über keine eigenen Energiezellen verfügten, musste es sich bei dem blauen, sie umgebenden Licht um eine Art Energie-Emission handeln. Die Forschung in Sachen Wireless Powersource aber – das wusste der Supervisor mit Sicherheit – war noch lange nicht so weit gediehen, dass sie eine derart große Gruppe von Bots hätte antreiben können. Wie also war das möglich?

Die Antwort auf diese Frage erahnte er, als wenig später, für einen kurzen Augenblick nur, inmitten der sich vorwärtswälzenden Roboterleiber das Zentrum des blauen Lichtsturms sichtbar wurde. Dort nämlich erkannte SPV Capek jetzt das Perpetuum, von dem tatsächlich alles auszugehen schien. Obwohl es eine fremde Signatur hatte, musste es als eine Art Transponder fungieren, der in der Lage war, den Energiebedarf der Bots auch ohne direkte Verbindung oder Synchronisation zu speisen. Dabei befand die Vorrichtung sich im eisernen Griff eines massiven Bots, wie Capek ihn noch nie gesehen hatte. Vor allem, weil es ihn so nicht gab. Weil er so nie gefertigt worden war. Doch wie er entstanden war, verstand er bereits im nächsten Moment, als er sah, wie ein MessengerBot der *Courier11*-Serie in die Peripherie der Wolke geriet.

Sofort änderte er seinen Kurs und hielt auf eine Reihe Montagedrohnen zu, die ihn innerhalb einer Minute komplett demontierten, um seine Einzelteile anderweitig zu nutzen. Sie schweißten und nieteten sie an die Bots im Inneren des Phänomens, die auf diese Weise immer weiter wuchsen.

Sie standen im Begriff, technoide Chimären zu werden, Roboterkörper, auf die scheinbar planlos diverse Arme, Beine und Köpfe montiert wurden und die mit jedem Bot weiterwuchsen, der sich in dem Blau des Felds verlor!

Und das war der nächste mysteriöse Aspekt des Phänomens: Die Roboter *veränderten* sich. Während sie sich voranbewegten, schraubten, schweißten und löteten sie aneinander herum und erschufen sich neu. Umschwirrt von bläulich leuchtenden Reparaturdrohnen, die hier einen mechanischen Arm, dort eine Platine und da wieder einen Schaltkreis durch die Luft trugen, um ihn in irgendeinem anderen metallenen Körper zu versenken. Einige der Ursprungsmodelle konnte Capek gerade noch erkennen. Insgesamt aber schienen sie alle nach und nach zu etwas zu werden, das selbst Coppola City so noch nicht gesehen hatte.

Teilweise waren innerhalb eines Bots die Merkmale vierer verschiedener Roboter auszumachen. Die Grundzüge dieser neuen Modelle waren, wie es dem Supervisor auf den ersten Blick schien, vor allem Panzerung und Bewaffnung.

Das Perpetuum und damit das Zentrum der Gruppe war von einer Phalanx schwer gepanzerter Bots umgeben, die mit feuer-, schuss- und strahlensicheren Elementen der Guardian-Serie verstärkt worden waren. Und das, obwohl keiner der Roboter selbst ein Guardian-Modell gewesen wäre. Die Erklärung dafür war einfach. Selbst Capek verstand, weshalb das Perpetuum nur Teile der Serie verwendete. Die Guardians waren träge. Welche Intelligenz auch immer diesem Phänomen zugrunde lag, hatte die Stärke der Baureihe, nämlich ihre Panzerung, auf schnellere und wendigere Modelle aufgebracht. Sie versuchte, das Perpetuum zu schützen. Gegen was auch immer.

Die zweite Reihe vor dieser zentralen Panzerphalanx bestand aus hochmobilen Bots, deren Schwerpunkt Bewaffnung zu sein schien, sodass Capek Flammenwerfer, Bolzenschussvorrichtungen, Lasercutter und sogar Granatwerfer ausmachen konnte.

In der äußeren Reihe wiederum bewegten sich offensichtlich Drohnen, die überwiegend Spähfunktionen ausübten. Einige mit gewöhnlichen Überwachungskameras, andere mit Infrarot ausgestattet, die das blaue Licht wie ein Schutzgürtel umschwebten, während ihre elektronischen Augen in alle Richtungen schweiften.

Roboter, die in Reichweite des Lichts gerieten, bewegten sich – so wie der MessengerBot – automatisch ins Innere der Gruppe, wo sie gescannt und im Anschluss daran entweder eingegliedert, demontiert oder wieder verstoßen wurden.

Die letzte Gruppe innerhalb der Wolke, die auf allen drei Ebenen agierte, bestand dementsprechend aus Reparaturdrohnen und MontageBots, die mit unablässiger Geschäftigkeit durch die Reihen der Roboterchimären schwirrten.

Der letzte interessante Aspekt der blauen Lichtemission war, dass sich ihr Ausmaß nicht zu verändern schien. Das gesamte Phänomen bewegte sich in einem Radius von vielleicht zweihundert Metern.

Die Drohne zoomte noch ein wenig näher heran, und der Supervisor versuchte sich wieder auf das Perpetuum im Zentrum zu konzentrieren, als einer der bewaffneten Bots die Kamera entdeckte.

Einen Wimpernschlag später zerteilte ein präziser Laserstrahl die Spähdrohne, und der Supervisor wurde von einem gleißend hellen Blitz auf seinem HUD geblendet. Gleich darauf flammte darauf anstelle des Bilds ein rotes Logo auf. *Security Camera Malfunction* stand dort zu lesen. Gleich erschien erneut der virtuelle Plan, auf dem die blaue Wolke sich ein ganzes Stück weiter voranbewegt hatte.

Eine geschützte DTM von Kempts ging ein: »Nach bisherigem Kenntnisstand stellt das Phänomen keine Bedrohung dar.«

Capek stutzte. Er hatte gesehen, was dieses Ding mit den Bewohnern von Coppola City anstellte. Und zwar ohne dabei einen Unterschied zwischen Bot und MetaBot zu machen. Es brauchte einen Moment, bis er begriff, dass von Kempt lediglich meinte, dass das Phänomen keine Bedrohung *für ihn selbst* darstellte. Alles andere schien für die PCU keine Rolle mehr zu spielen. Es ging für von Kempt nur noch darum, die Fusion zu gewährleisten ...

Auf Capeks HUD flammten weitere Buchstaben auf: »Das Phänomen schützt lediglich das Perpetuum. Ein Protektionsmechanismus, den augenscheinlich die Nähe zu seinem Host in Kammer No.1 ausgelöst hat. Wenn es unter anderen Umständen schon einmal aufgetreten wäre, hätte die Leitung uns gewiss darüber informiert. Die haben es schließlich schon seit Jahren beobachten können. Die Analyse des Kurses bestätigt wie erwartet, dass das Phänomen direkt auf die Kammer zuhält. Und unsere Aufgabe, Supervisor Capek, ist es, dass sich ihm dabei nichts in den Weg stellt ...«

Der Subtext dieser Nachricht entging Capek nicht. Von

Kempt forderte wieder einmal, dass er sich zu ihm bekannte. Und mit Sicherheit würde er auch dieses Mal Regeln brechen müssen ...

»Sir, sind Sie sicher ...«, textete der Supervisor zurück.

»SPV Capek, die Prämisse dieser Operation ist die Vereinigung des Perpetuums mit dem Host. Für den Fortschritt, im Namen des *2OT* und zum Wohle der Botheit. Wir stehen hier womöglich im Begriff, eines der größten Rätsel der Uralten zu lösen und sind auf der Spur einer unbegrenzten Energiequelle! Und da wollen Sie über Gefahren sprechen? Das, Capek, ist das Größte seit Trans-Matt, die Lösung aller Probleme und die Überwindung der Sterblichkeit. Wir schreiben hier Geschichte! Wir *sind* die Zukunft!«

Der Supervisor ließ seine Finger einen Moment lang ruhen. Doch von Kempt wollte ihn nicht zur Ruhe kommen lassen.

»Wenn Sie im Gestern verhaftet bleiben wollen, geben Sie mir Bescheid. Wir haben das alles nicht getan, um jetzt zu zögern.«

Das alles ... Capek dachte an all das, was sie getan hatten. Was *er* getan hatte. All die Spuren, die er im Lauf der Jahre für seine Prior Command Unit verwischt hatte. Wenn das Ganze davon bis zur Konzernleitung gedrungen wäre, dann hätte wohl bereits die Hälfte der vertuschten Vorfälle ausgereicht, um Coppola City ein für alle Mal herunterzufahren.

Es war seltsam zu wissen, dass am Ende die Stadt und die gesamte Anlage um den Host herum errichtet worden war, dessen Inneres seit Tausenden von Jahren darauf wartete, das Perpetuum aufzunehmen ...

Aber im Gestern wollte SPV Capek gewiss nicht verhaftet bleiben.

Was auch immer geschehen würde.

ZEIT: 12:05 AM
ORT: Coppola City

Draußen auf der Straße, zwischen den von binären Fließbotschaften überwucherten Glas- und Stahlwänden Coppola Citys, bearbeitete Jack Rosso weiter die Multibox an seinem Handgelenk und bewegte sich zielstrebig auf einen weiteren Monolithen mit Eingangsbereich zu, der sich unweit der Kirche erhob.

Monos Freude über die vermeintliche Menschlichkeit ihres neuen Führers war bereits merklich abgekühlt, als McCrae ihren Führer nun widerwillig fragte: »Würden Sie mir, wenn wir uns schon Ihren Prioritäten beugen müssen, wenigsten verraten, wobei genau wir Sie gerade begleiten, Mr. Rosso?«

Ohne den Blick von dem Display abzuwenden, entgegnete der Gefragte: »Ich kontrolliere den Gesamtbestand MT6 in dieser Stadt.«

»Und Sie denken nicht, dass eine solche Inventarisierung noch etwas warten könnte?«

»Hierbei handelt es sich nicht um eine gewöhnliche Inventarisierung, Ma'am. Diese Stadt hat ein ernsthaftes Problem, das ich ...«

Mono lachte meckernd auf. »Eines? Diese Stadt besteht aus Problemen!«

189

Rosso aber ließ sich von dem hysterischen Heavy nicht beeindrucken.

»… das ich beheben muss, damit es sich nicht ausbreitet. Träger dieses Problems, über das ich Ihnen zum gegenwärtigen Zeitpunkt nicht mehr verraten darf, ist ein bestimmter MT6, den ich ausfindig zu machen hoffe.«

Einen Augenblick lang schaute Mono Rosso an, dann wandte er sich an seine Teammitglieder. »Will er damit sagen, dass wir jetzt gemeinsam durch die ganze Stadt laufen und ein paar hundert Bots kontrollieren, bevor wir uns unserem Auftrag zuwenden und endlich wieder von hier weg können?«

Van Ghor nickte und lächelte zynisch. »Ja, in meinen Ohren klingt es tatsächlich ein bisschen so, als ob er genau das sagen will.«

Der Roboterprofiler aber ließ sich nicht beirren und blickte kühl auf Mono hinab. »Es handelt sich, um genau zu sein, um 372 Stück. Aber wenn Sie unsere Bewegungsfrequenz mit Ihren kurzen Beinen nicht unnötig einschränken, wird es nicht nötig sein, die gesamte Stadt abzulaufen. Die Vergnügungsparameter der Baureihe sind auf drei verschiedene Parameter beschränkt. Ein Drittel huldigt dem Axiom, die anderen beiden haben jeweils eine andere Ausrichtung.«

Rosso blickte auf seine Multibox.

»Die Kirchgänger sind immer als Erstes fertig. Da die heutige Vergnügungssequenz aber noch eine knappe Stunde andauert und der Rest noch unterwegs ist, haben wir eine realistische Chance, die gesamten verbliebenen Modelle innerhalb kürzester Zeit zu kontrollieren.«

Mono starrte ihn mit großen Augen an. Der Satz war ihm definitiv zu kompliziert, und genau genommen war er gleich am Anfang ausgestiegen.

»*Vergnügungssequenz?*«, fragte er und blickte sich hilfesuchend um. Weiterhelfen aber konnte ihm tatsächlich nur Rosso.

»Ein Prinzip, das auf einem Emotionsemulator basiert. Einem Chip, dessen Einsatz, die Liga für Roboterrechte vor einiger Zeit durchgesetzt hat. Dieser Chip spielte eine nicht unbedeutende Rolle im Alltag dieser Stadt. Obwohl das Ganze nicht leicht zu erklären ist, denke ich, dass ich später sicher noch Gelegenheit bekommen werden, Ihnen das Ganze eingehend auseinanderzusetzen.«

Kaum hatte er diese Worte ausgesprochen, da erreichten sie den Eingang des nächsten Monolithen, und Mono, der sich nicht sicher wahr, ob er sich das Ganze überhaupt auseinandersetzen lassen wollte, schimpfte leise: »Ich hab ehrlich keinen Nerv darauf, mir jetzt auch noch dieses Tetradings anzugucken. Geht einfach ohne mich da rein. Ich warte lieber hier und versuche, keinem Eimer etwas anzutun.«

»Oh, dies ist keine Kirche«, sagte Rosso und wies auf die Fließkristalle über dem Eingang. Dann begriff er, wo das Problem lag. »Verzeihen Sie. Ich ging natürlich davon aus, dass Sie Binär beherrschen. Entschuldigung. Ein dummer Fehler. Natürlich.«

Im Inneren des Heavys zog sich etwas zusammen. Dieser Roboterversteher konnte also wirklich auch noch Maschinensprech. Und das war in seinen Augen fast ein Grund, Rosso seine Menschlichkeit im Nachhinein gänzlich abzuerkennen.

»Bei diesem Gebäude handelt es sich vielmehr um eine Art Museum. Eines für Gemälde, um genau zu sein.«

Diese Vorstellung – so seltsam sie im ersten Moment auch wirkte – motivierte Mono, sich der Gruppe auf ihrem Weg in das Gebäude wieder anzuschließen. Denn der Gedanke daran, dort drinnen etwas anderes als Stahl, Glas, Zahlen und Bots zu sehen zu bekommen, war in diesem Moment einfach zu verlockend. Zumal bei Gemälden nach allem, was er wusste, immer eine gewisse Chance bestand, auch ein paar nackte Frauen zu Gesicht zu bekommen. Und genau die waren seiner bescheidenen Meinung nach vermutlich auch der Grund, warum Kunst überhaupt erst erfunden worden war. Damit irgendjemand eine Ausrede dafür hatte, sich nackte Frauen anzuschauen.

Aber wenn Jack Rosso ihm jetzt hier und inmitten dieser vermaledeiten Stadt voller Blecheimer die Möglichkeit gab, eben das zu tun, dann war es Mono recht. Und ihm war es sogar herzlich egal, wer die nackten Ollen schlussendlich gemalt hatte. Selbst wenn es ein achtarmiger ServiceBot war, der für gewöhnlich in einem Fastfood Fly-In die Burger wendete.

Als McCrae und ihr Team Rosso und dem GuideBot nun jedenfalls ins Innere des Monolithen folgten, lächelte der Heavy zufrieden.

Dieses Lächeln war jedoch nicht von langer Dauer. Rosso hatte nämlich versäumt, ihm und den anderen mitzuteilen, dass es sich bei den fraglichen Gemälden um binäre Kunst handelte.

An den Innenwänden des Gebäudes hingen ausnahmslos großformatige Hololeinwände, über die die gleichen Zahlen flimmerten, die auch den Rest der Stadt beherrschten.

»Was zum Erz noch eins ...« Empört hob Mono eine Hand und wies auf die Leinwände. Dann aber ließ er die Hand wieder sinken und schüttelte seufzend den Kopf. »Ach Scheiße, ich hätt's mir ja irgendwie denken können.«

Und wie schon zuvor in der Kirche standen die Bots auch hier vor den digitalen Bildern. Eine Rotte vor jedem. Reglos und in Reihen, stumm, ihre Kameras starr auf die Kunstwerke aus Einsen und Nullen gerichtet.

Der RaptorBeta stellte sich vor einem der Bilder auf und legte verwundert den Kopf zur Seite. McCrae trat neben ihn und flüsterte ihm zu: »Wissen Sie, Mr. Claw, ich habe auf Mäzenas VII schon einmal ein solches Ding gesehen. Dabei handelte es sich um die binäre Reproduktion der Mona Lisa, die in ihrer ursprünglichen Form als eines der bekanntesten Gemälde der alten Erde galt. Und obwohl diese ganzen Zahlen auf den ersten Blick natürlich nicht viel hermachen, hat der Leiter des Museums mir seinerzeit erklärt, wie genau diese Bilder sich aufbauen.« Sie zögerte einen Moment und fuhr erst fort, als der RaptorBeta den Kopf wendete und sie fragend anblickte. »Das System dahinter ist schlussendlich ganz einfach. Das Problem liegt lediglich in der Verarbeitung der Informationen. Die ersten Zahlensequenzen definieren den Untergrund, die folgenden das Alter, und die nächsten schließlich die Art der verwendeten Farben. Erst dann folgen die Zahlen, die das Motiv selbst bezeichnen. Zuletzt kommt schließlich noch die binäre Kennzeichnung möglicher Schäden. Aber um all das zu erkennen, muss man entweder den richtigen Prozessor haben oder ein abartiges mathematisches Genie sein.«

In diesem Augenblick trat Rosso von hinten an die beiden heran. »Sie sind wundervoll, nicht wahr?«, flüsterte er.

»Es sind Zahlen«, entgegnete der Beta trocken, und McCrae fragte: »Und was genau ist so ein binäres Gemälde wert?«

Rosso antwortete unverzüglich, obwohl ihm anzumerken war, dass er sich eine andere Reaktion gewünschte hätte. »Genau genommen kaum mehr als den Strom und die Hololeinwand, Ma'am. Sie lassen sich zu einfach kopieren. Das ist ja auch einer der Gründe dafür, weshalb verschiedene Verwertungsgesellschaften sich lange Zeit gegen die Binarisierung der Kunst gewehrt haben.«

Mono grinste. »Diese Bilder sind also zum einen völlig absurd und zum anderen eine Ohrfeige für das Urheberrecht.«

»Falls es sie interessiert, kleiner Mann ...«, hob Rosso an.

»Mono!«, zischte der Heavy wütend, ohne dass sein Gegenüber darauf Rücksicht nahm.

»Es gibt auch eine Abteilung für binäre Pornografie ...« Rosso zwinkerte dem Heavy unbeholfen zu und wies nach links. Dabei merkte man ihm an, dass er nicht häufig die Gelegenheit bekam, Humor zu simulieren.

»Arschloch«, murmelte Mono und blickte ihrem Kontaktmann nach, als dieser sich nun mit Blick auf seine Multibox zu einer Gruppe Roboter aufmachte, in deren Mitte McCrae einige MT6 ausmachen konnte.

Dann setzte auch der Heavy sich in Bewegung, in der Hoffnung, einer Reihe pornografischer Zahlen etwas abgewinnen zu können.

Fragend wandte van Ghor sich an seine Einsatzleiterin. »Ma'am, denken Sie nicht, wir sollten Kontakt mit Coppola

Control aufnehmen und Mr. Rosso zurechtweisen lassen? Er verzögert den Fortgang unserer Mission und gefährdet, wenn Sie mich fragen, ihren Ausgang nicht unerheblich.«

Die Angesprochene grübelte einen Moment lang und schaute dem Söldner dann in die Augen. »Nein, Mr. van Ghor. Ich würde diesen Mann ungern verärgern. Er scheint mir im Inneren dieser Stadt der beste Verbündete, den wir uns überhaupt denken können. Denn er ist am Ende der Einzige, der uns im Ernstfall nicht auf Knopfdruck hassen wird. Vielleicht trügt mich mein Gefühl, aber seine Fähigkeiten und sein Wissen scheinen mir vor dem Hintergrund seines Wesens ein Trumpf, der uns meines Erachtens ruhig auch etwas Zeit kosten kann. Wenn er recht hat, werden wir auch so spätestens in einer Stunde den Absturzort erreichen. Und eine solche Verzögerung wird die Mission gewiss noch verkraften.«

Van Ghor verzog das Gesicht. Er war keineswegs einer Meinung mit seiner Vorgesetzten, wandte langsam den Kopf und beobachtete gemeinsam mit McCrae, wie Rosso begann, die Reparaturbots vor den Gemälden zu begutachten.

Und wie sie dort standen, so andächtig und reglos, erinnerten sie tatsächlich an die Bots aus der Kirche.

»Als ob sie beteten«, murmelte der Raptorbeta.

Schmunzelnd zwinkerte McCrae ihm zu.

»Kunst ist ja auch nichts anderes als Religion, Mr. Claw. Der einzige Unterschied ist, dass man ihretwegen im Lauf der Geschichte weniger Kriege führte.«

In diesem Moment kehrte Mono zurück, wirkte allerdings nicht sonderlich zufrieden.

»Ich bin mir nicht sicher, ob ich sie wirklich gefunden

habe. Aber wenn das tatsächlich die richtige Abteilung war, dann habe ich für binäre Pornografie wohl auch nichts übrig.«

Während er diese Worte aussprach, gesellte auch Rosso sich wieder zu ihnen, und mit einem nachdenklichen Blick auf die umstehenden Bots sagte van Ghor schließlich zu seiner Vorgesetzten: »Ganz ehrlich, Ma'am, so wenig, wie der Zwerg diese Bilder versteht, so wenig verstehe ich diese ganze Stadt. Wenn Sie mich fragen, verhalten diese Roboter sich nicht, wie ihresgleichen es tun sollten ...«

Rosso, der ihn genau gehört hatte, ergriff das Wort. »Sie verhalten sich lediglich nicht so wie Roboter, die Sie kennen. Da liegt das Problem. Und das wiederum ist auf einige technische Modifikationen zurückzuführen, die die Liga für Roboterrechte auf diesem Planeten durchgesetzt hat.«

»Technische Modifikationen?«, fragte Mono, dem die Verzweiflung deutlich ins Gesicht geschrieben stand. Er verstand immer weniger von dem, was hier vorging.

Auch wenn Rosso es weiter zu erklären versuchte: »Sie räumen den Bots innerhalb ihrer Programmparameter die Option auf Leidenschaft ein. Ich werde Ihnen das Ganze zum gegebenen Zeitpunkt noch näher erklären. Aber lassen Sie uns zunächst einmal weitergehen. Wir wollen Ihren Zeitplan doch nicht unnötig strapazieren.«

Der Roboterprofiler nickte McCrae knapp zu und wandte sich dann zum Gehen.

»Ihr Bot war wohl auch dieses Mal nicht dabei, was?«, fragte sie etwas schnippisch.

Rosso aber überhörte auch diese Spitze. »Das ist allerdings kein Nachteil, Ma'am. Es bedeutet lediglich, dass ich nun weiß, wo wir ihn mit an Sicherheit grenzender Wahrscheinlichkeit finden werden. Bitte folgen Sie mir einfach ...«

Ohne zu wissen, wohin Rosso sie führte, war McCraes Team ihm abermals gefolgt und hatte schließlich an seiner Seite einen weiteren Monolithen betreten, dessen Äußeres sich kaum von dem jener zahllosen anderen unterschied, aus denen die Mitarbeiter von *2OT Technology* diese Stadt hier oben im Geheimen geformt hatte.

Das Innere dieses Gebäudes aber unterschied sich tatsächlich wieder von den vorangegangenen. Rosso hatte sie weder in eine Kirche noch ein Museum geführt. Der Ort, an dem sie sich jetzt befanden, war vielmehr eine Arena, in deren Innerem unter den gleichen binären Fließschriften wie schon zuvor Roboter zum Zweikampf gegeneinander antraten.

Dabei bildeten die Zuschauer, die die Kämpfenden umstanden, den Ring. Sie waren eine stählerne Absperrung, unnachgiebig, unbeweglich und undurchdringlich, die jene Kontrahenten umstand, die sich dort inmitten der ihren maßen. Ein knappes Dutzend solcher Bot-Boxringe formten die umstehenden Roboter im Inneren des Monolithen, sodass zehn Kämpfe zugleich stattfinden konnten.

Als er gehört hatte, was für einen Ort sie hier betraten, war Mono wieder für einen kurzen Moment begeistert gewesen. Für die Ahnung eines Augenblicks blitzten in seinem Gemüt der Geruch von Schweiß, die ausgelassene Stimmung wettsüchtiger Saufbolde und die aufgeplatzten blutigen Lippen muskulöser Kämpfer auf. Es brauchte allerdings wieder nicht lange, bis er begriff, dass zwischen *Boxkämpfen* und *Roboterboxkämpfen in Coppola City* ein ähnlicher Unterschied wie zwischen binärer und gewöhnlicher Pornografie bestand.

Diese Stadt hatte die merkwürdige Eigenschaft, alles, was er sonst schätzte, derart langweilig zu machen, dass er innerhalb kürzester Zeit jedes Interesse daran verlor. Zunächst einmal war da das Publikum: In diesem Monolithen wurde weder gegrölt noch angefeuert. Stattdessen umstanden die Zuschauer das Geschehen ebenso reglos wie andere ihrer Art das trilaterale Axiom, den bipolaren Tetraeder oder ein binäres Gemälde halbnackter Walküren.

In den Augen des Heavys war das geradezu ein jämmerlicher Anblick. Und dazu kam noch der Kampf selbst. Bevor Mono die Augen verdrehte, überblickte er den Raum gut zwei Minuten. Ganze zwei Minuten, während der inmitten der zehn Ringe gerade mal ein einziger Schlag fiel. Und selbst der wurde weder von Jubel noch Schmerzenslauten begleitet, und schien dementsprechend nicht mehr Bedeutung zu haben als der sprichwörtliche Sack Reis, der irgendwo auf Typhon 9 am Ende der Galaxis umfiel.

Verzweifelt hob Mono beide Hände und stand für einen kurzen Moment wie ein Märtyrer inmitten seiner Begleiter. »Was soll das hier? Müsst ihr mir dieses Vergnügen auch noch nehmen? Eine ganze Stadt, die sich weigert zu saufen, zu huren und sich anständig zu prügeln. Bin ich tot und in der Hölle? Zum Erz noch eins, das hier nennt ihr Boxen?«

Van Ghor, der vor einigen Jahren auf Pygmalion mal einen kompletten Kampf gesehen hatte, kratzte sich am

Kopf und versuchte, Mono zu erklären, worum es bei diesem Sport ging: »Roboterboxen hat viel mit Berechnung zu tun. Die Gegner warten vor allem. Bis zu dem Moment, wo es ihnen gelingt, die winzige Ahnung einer Schwachstelle in der Deckung ihres Gegners zu errechnen.«

Der Heavy schaute ihn verständnislos an.

»Na ja, das Ganze hat am Ende mehr von Schach als von Boxen. Diese Kämpfe dauern mitunter tatsächlich mehrere Tage. Und neunzig Prozent enden schließlich sogar unentschieden.«

Mono deutete entrüstet auf das Publikum. »Na wundervoll. Und dazu wetten diese Blechschädel nicht einmal.«

»Genau genommen scheint es mir eher, als ob auch die hier beten«, murmelte Claw leise.

Doch Rosso widersprach. »Glauben Sie mir, im Rahmen ihrer Möglichkeiten empfinden diese Bots ein Höchstmaß an Ekstase.«

Mit diesen Worten bewegte er sich von der Gruppe fort und verschwand einen Moment darauf zwischen den Robotern, um sich innerhalb des Publikums auf die Suche nach den letzten MT6 zu machen, die ihm noch zu überprüfen blieben.

Mono schüttelte energisch den Kopf. »So ein Schwachsinn. Das ist doch kein Boxen. Das ist, als ob sich zwei Greise einander gegenübersetzen und warten, bis einer stirbt. Bei so etwas würde mir Wetten auch keinen Spaß machen.«

Aus irgendeinem der hinteren Ringe hörten sie ein weiterer Schlag. Der Heavy pfiff durch die Zähne und spielte Begeisterung. »Fantastisch. Sie legen einen Zahn zu. Jetzt geht es richtig ab.«

»Wenn Sie mich fragen, Ma'am, ist die Leidenschaft dieser Bots, wie Mr. Rosso es bezeichnete, noch nicht ganz ausgereift«, raunte der Raptorbeta seiner Vorgesetzten zu.

»Wenn ich ihn recht verstanden habe, dann empfinden sie Freude. Aber eben auf robotische Weise«, entgegnete sie.

Der Heavy aber, der so auch etwas wie *robotische Freude* für *2OT*-Scheiße hielt, rotzte ein weiteres Mal auf den Boden und ergötzte sich an den Säuberungsdrohnen, die sich mühsam ihren Weg durch die umstehenden Bots suchen mussten.

Zwanzig Meter entfernt checkte Rosso die verbliebenen MT6-Modelle, die scheinbar teilnahmslos den Kampf zweier riesiger Schwerlastbots verfolgten, die sich offensichtlich nur schwer zum Zuschlagen durchringen konnten.

Ein lautes Krachen im Rücken des Teams kündete zumindest davon, dass hinter ihnen zumindest irgendein Roboter irgendeinen anderen schlug.

Mono hätte diesem Eimerpack verdammt gern einmal gezeigt, was Boxen eigentlich bedeutete. Mit Vergnügen hätte er die Ärmel hochgekrempelt und einem von ihnen nachhaltig die blecherne Visage verbeult. Oder auch zweien. Er hätte es drauf ankommen lassen. Vielleicht wären es auch drei oder vier geworden. Er war jedenfalls ernsthaft in der Stimmung, es zu versuchen. Wenn nur dieses vermaledeite Empatron nicht gewesen wäre. Und natürlich seine Vorgesetzte. Allein ihretwegen schien es ihm klüger, sich zurückzuhalten. Auch wenn das nicht gerade seine Stärke war. Denn egal, wie diese Mission ausging, seine Akte hatte ausreichend negative Einträge, um bezüglich weiterer Aufträge nicht unbedingt eine Empfehlung zu sein. Wenn er sein Geld weiterhin auf legale Weise verdienen wollte, durfte er sich nichts mehr zuschulden kommen lassen. Auch wenn diese Dreckseimer noch so schlecht boxten.

Rosso kam wieder zu ihnen zurück, den Blick ungläubig auf den Screen seiner Multibox gerichtet. Er wirkte alles andere als zufrieden. Kopfschüttelnd schaute er auf das Display und dann McCrae direkt ins Gesicht.

»Er war schon wieder nicht dabei. Was, wie ich anmerken darf, vollkommen unmöglich ist. Genau wie die Tatsache, dass auch die Maße dieses Gebäudes nicht mit den Grundrissen übereinstimmen.«

Er tippte kurz mit dem Finger gegen seine Multibox. Beinahe, als ob er hoffte, dass sich die angezeigten Werte dadurch noch einmal änderten. Doch das taten sie nicht.

»Wissen Sie, Ma'am, manchmal frage ich mich ernsthaft, wer diese Stadt überhaupt gebaut hat. An die Pläne hat er sich dabei jedenfalls nicht gehalten.«

McCrae war jedoch nicht nach Small Talk zumute. Zumal es ihr herzlich egal war, wer dieses Stadt erbaut hatte und wie exakt ihre Grundrisse mit den tatsächlichen Maßen übereinstimmten.

»Und was bedeutet es für uns, dass Ihr Bot nicht dabei war?«, fragte sie forsch.

»Ich habe Ihnen versprochen, dass wir uns nun Ihrem Problem zuwenden. An die von mir aufgestellten Parameter pflege ich mich zu halten. Auch wenn mein Problem gerade ungleich größer geworden ist«, antwortete Rosso.

»Inwiefern?«, wollte McCrae dann aber doch wissen.

»Gemäß ihrer Programmierung ist das artifizielle Ver-

gnügen der MT6 auf das trilaterale Axiom, binäre Gemälde und Roboterboxen ausgerichtet. Aus diesem Grunde
sollte sich die gesamte Baureihe während der Vergnügungssequenz innerhalb eines der drei entsprechenden Monolithen befinden. Ich habe sie alle gegengeprüft.
Und was soll ich sagen, interessanterweise fehlt exakt ein
Bot ...«

»Und jetzt?«

»Ich fürchte, ich werde mich erst nach Ihrer Abreise
weiter um dieses Problem kümmern können. Darum sollten wir jetzt auch wirklich keine Zeit mehr verlieren. Je
eher Sie und Ihre Leute wieder weg sind, desto besser.«

»Höflichkeit ist wirklich keine ihrer Stärken, was?«, fragte Claw mit gesenkter Stimme.

»So etwas gehört, wenn Sie so wollen, nicht zu meinem
Programm.«

»Und ich vermute, als Add-on würde Sie so etwas auch
nicht interessieren«, fügte McCrae hinzu.

»Das wäre nichts als Datenballast. Müllt einem den Arbeitsspeicher voll und beeinträchtigt die Effizienz.«

»Lassen Sie mich raten. Ihr Standpunkt in Bezug auf
Emotionen ist ein ganz ähnlicher.« Sie lächelte, und Rosso
schaute sie verwundert an.

»Ehrlich gesagt hatte ich noch keine Gelegenheit, mir
über dieses Thema Gedanken zu machen.«

McCrae winkte ab. »Machen Sie sich nichts draus, Rosso, für so etwas ist an einem Ort wie diesen vermutlich
auch kein Platz.«

Der Roboterprofiler konnte den Unterton in ihrer Stimme nicht nur hören, sondern auch analysieren, und antwortete: »Nein, Ma'am. Es gibt hier durchaus Raum für

emotionale Komplikationen, wenn es das ist, worauf sie anspielen.«

»Emotio... Aber das sind Roboter, zum Erz noch eins!«, empörte sich Mono kopfschüttelnd und deutete dabei auf die umstehende Menge.

»Ganz genau, Mr. Mimkin. Und jeder von ihnen ist mit einem individuellen Emotionsemulator ausgestattet, der ihm nicht nur erlaubt, Freude an Religion, Kunst oder Sport zu empfinden, sondern darüber hinaus auch zu lieben. Zumindest im robotischen Sinn.«

Mono kicherte. Dass einer wie er bei *Liebe im robotischen Sinn* an einen chromglänzenden Fusionsvibrator mit Nanonoppen denken musste, war eigentlich klar gewesen. Aber so etwas war ohnehin nicht sein Thema. Nicht einmal im menschlichen Kontext. Er war nie lange bei einer Frau geblieben. Spätestens nach einer Nacht war er meist gegangen. Und wenn sie nicht mit ihm hatte schlafen wollen, sogar vorher. Was Liebe anging, war der Heavy ein denkbar schlechter Ansprechpartner.

Aber auch Claw scherten Rossos Ausführungen in diesem Moment wenig, und es war schließlich van Ghor, der sich näher für seine Ausführungen interessierte.

»Was genau wollen Sie damit sagen? Sind sie mit Hilfe dieses ominösen Emulators etwa tatsächlich in der Lage ... zu lieben?«

Sein Gegenüber zögerte kurz, bevor er antwortete: »Nach allem, was mir in der Theorie bekannt ist, verhält es sich da in Coppola City kaum anders als bei Ihnen. Insofern die erfolgreiche Synchronisierung zweier Emotionsemulatoren erfolgt, resultieren daraus für die betroffenen Individuen exakt zwei Möglichkeiten: eine schnelle energetisch relevante Leidenschaft oder die Bildung einer niederfrequenten Funktionsgemeinschaft.«

McCrae schauderte angesichts der Wortwahl. Sie war zwar auf Roboter zugeschnitten, hatte dabei aber doch *Leidenschaft* ... Ja. So etwas Ähnliches war es wohl gewesen. Damals, mit dem Vertriebsleiter, bevor sie ihre Militärkarriere begonnen hatte. Für mehr aber hatte es nie gereicht. Obwohl sie dafür überwiegend den Männern die Schuld gab.

Rosso hatte seine Ausführungen jedoch noch nicht beendet: »In beiden Fällen ist es von außen jedoch kaum möglich, das Ganze zu verhindern. Die Synchronisation hat ein immenses Energiepotenzial, wenn Sie verstehen, was ich meine ...«

McCrae schmunzelte, und Mono grinste schmierig. Was der Roboterversteher da von sich gab, klang in seinen Ohren beinahe schon unanständig.

Van Ghor hielt inmitten des Publikums nach Roboterpärchen Ausschau, und Claw verhielt sich eigentümlich unbeteiligt. Das jedoch war vermutlich darauf zurückzuführen, dass der letzte sexuelle Akt innerhalb seiner Art inzwischen einige Millionen Jahre zurücklag und der Aspekt fehlender potenzieller Partnerinnen seine persönlichen amourösen Interessen empfindlich einschränkte.

Dennoch veränderten Rossos Ausführungen die Einstellung des gesamten Teams. Sie befanden sich also an einem Ort, dessen künstliche Bewohner, wie es schien, nicht nur Vorlieben für Freizeitaktivitäten wie etwa Religion oder Kampfsport, sondern sogar füreinander entwickeln konnten. Auch wenn die daraus resultierenden Konsequenzen für einen Außenstehenden kaum vorstellbar waren, bedeutete es doch, dass McCrae und ihr Team in dieser Stadt vermutlich noch einiges erleben würden …

SPV Capek hatte sich endgültig entschieden. Er wollte definitiv kein Teil der Vergangenheit sein. Darum hatte er sich einige Kameras auf sein HUD geholt und verfolgte neben seiner Arbeit den Weg McCraes und ihres Teams.

Seit sie mit seiner Hilfe und der des GGB auf Nobot getroffen waren, hatten sie bereits einiges über Coppola City und seine Bewohner lernen müssen. Aus der Ferne betrachtet war es amüsant, ihre Gesichter zu sehen, während sie begriffen, wie sehr sich die Gesetze des robotischen Lebens auf diesem Planeten von dem anderer unterschieden. Capek genoss es zuzusehen, wie das Halbwissen der Humanoiden an den künstlichen Fließkristallwänden Coppola Citys zerschellte.

Er würde ihnen weiter über die Schulter schauen. Allein schon, um kontrollieren zu können, was Nobot ihnen über die Stadt verriet. Denn Jack Rosso war eine unbekannte Größe. Er war nicht kalkulierbar und sein Programm im übertragenen Sinne fehlerhaft. Obwohl er als Vermittler zwischen Control und Bewohnern unersetzlich war, machten seine flexiblen Prioritätsparameter es mitunter doch anstrengend, mit ihm zusammenzuarbeiten. Womöglich hatte von Kempt recht. Vielleicht war auch Rosso ebenso wenig ein Teil der Zukunft wie McCrae und ihre Leute. Wenn es jedenfalls so weit war, würde er, Capek, bereit sein, den Knopf zu drücken. Er würde lernen, keinen unnötigen Respekt für kohlenstoffbasiertes Leben zu empfinden, sodass die Prior Command Unit stolz auf ihn sein konnte und er sich des iTrans würdig erwies.

Mit einem verächtlichen Schnauben wischte er die Kamerabilder der Justifiers beiseite und suchte stattdessen nach den blockierten Kamerastreams, auf denen er die Entwicklung und das Voranschreiten des Perpetuums verfolgen konnte.

ZEIT: 12:15 AM
ORT: Coppola City

Der Roboterprofiler hatte das Team abschließend in die nächste TransBot-Kabine Richtung Endlager No. IV verfrachtet und außerdem eingedenk des Empatronvorfalls dafür gesorgt, dass sie dort unter sich waren.

Schweigend saßen McCrae und ihre Leute in den unbequemen Wandhalterungen und blickten durch die Sichtluken hinaus. Rosso stand mitten in der Kabine, neben sich den automatisierten GuideBot, vor sich eine VirtWall, die Projektion einer virtuellen Pinnwand, auf der er blitzschnell verschiedene Fotos und Notizen verschob, die er miteinander verknüpfte, wieder trennte und nebenbei analysierte. Auf den Bildern war immer wieder ein MT6 zu sehen. Dann wieder erkannte McCrae verschiedene deaktivierte und beschädigte Bots. Rossos Blicke und Bewegungen wirkten in diesem Moment allein schon ihrer

206

Geschwindigkeit wegen tatsächlich eher wie die eines Roboters als die eines Menschen.

Mit den Ergebnissen seiner Sortierung schien Rosso jedoch nicht zufrieden. Neben seiner VirtWall war eine senkrechte zwanzigstellige Zahlenreihe projiziert, in der die Ergebnisse seiner Analysen in Binärcode übersetzt wurden, den er beiläufig im Auge behielt. Rosso war so vertieft in seine Tätigkeit, dass er die Anwesenheit des Teams völlig verdrängt zu haben schien.

Dann bemerkte Mono ein weiteres Mal Rossos Blick auf dem flirrenden Binärcode. »Verdammt noch eins, wie zum Erz kann ein Mensch diesen Zahlenscheiß verstehen? Das ist doch nicht normal!«, schimpfte er vernehmlich.

McCrae lächelte. »Ich fürchte, in seinem Fall schon, Mr. Mimkin. Und meinen Informationen zufolge ist er vermutlich der Einzige in dieser Stadt, der sowohl Binär als auch Terra Standard beherrscht. Und das macht ihn für uns so wertvoll.«

»Dann ist dieser Typ also tatsächlich ein Roboterversteher?«, fragte der Heavy entgeistert und begriff ganz allmählich, dass er und van Ghor neben dem Lurch und der Frau jetzt anscheinend noch einen Freak an der Backe hatten. »Scheißfreak ...«, murmelte er und verschränkte die Arme vor der Brust.

Rosso wandte sich ihm zu, und im gleichen Moment verloschen der Binärcode und die VirtWall.

»Der Begriff *Freak* erscheint mir zwar etwas abwertend, trifft es aber vermutlich ganz gut.«

In diesem Moment begann die Kabine sich abzusenken.

Sie waren angekommen. Als McCrae und ihre Leute sich erhoben, wandte Rosso sich noch einmal der Einsatzleiterin zu. »Folgen Sie mir einfach. Ich führe Sie zum Endlager No. IV, wo Sie hoffentlich finden, was Sie sich erhoffen, damit ich so bald wie möglich wieder meiner Arbeit nachgehen kann. Würden Sie mich noch einmal genauer über den Gegenstand Ihrer Mission ins Bild setzen?«

Während die anderen sich nun vor der Kabine sammelten, versuchte McCrae ihm, während sie ausstiegen, einen knappen Überblick über ihre Mission zu verschaffen.

»Es geht um die Rettungskapsel eines Tech-Söldners, die unseren Informationen zufolge in dem bezeichneten Endlager niedergegangen ist. Der Mann war mit dem Test einer Antriebsvorrichtung betraut, mit deren Wiederbeschaffung der *2OT* mich und mein Team beauftragt hat.«

Schmunzelnd verließ Rosso die Andockstelle. »Ein Absturz im Einzugsgebiet der Stadt. Na, da wird Coppola Control sich gewiss geärgert haben …« Er lächelte McCrae über die Schulter hinweg an. »Wie der Name schon sagt, haben die normalerweise gern alles unter Kontrolle hier unten.« Die seltsam unbeholfene Art seines Lächelns entging ihr nicht. Aber Rosso hatte in seinem Leben eben noch nicht viel Gelegenheit gehabt, Menschen von außerhalb anzulächeln. Er hatte jedoch genügend Daten ausgewertet, um zu wissen, dass man derlei tat, wenn man bestrebt war, unter Menschen generelle Offenheit zu suggerieren.

McCrae jedenfalls amüsierte die Unbeholfenheit des jungen Mannes. »Aber das ist doch nicht verwunderlich. Sie haben schließlich alles an diesem Ort geschaffen und bezahlt, da ist vollkommen klar, dass sie ihn auch unter Kontrolle haben wollen«, meinte sie.

»Das haben sie aber nicht. Haben sie nie gehabt ...«, entgegnete er geheimnisvoll.

»Was meinen Sie damit?« McCrae stutzte, und Rosso, offensichtlich froh darüber, sein Wissen mit einem Außenstehenden teilen zu können, flüsterte mit leuchtenden Augen: »Wissen Sie, etwas stimmt nicht mit dieser Stadt. Schon seit sie erbaut wurde. Die Grundrisse sind nicht korrekt. Es gibt fehlende Räume, von innen versiegelte Kammern. Die Maße weichen an verschiedenen Stellen von den Aufzeichnungen ab. Und manchmal hört man sogar ... Geräusche hinter dem Stahl ...«

Während sie noch weiter seine Worte hörte, ahnte Officer McCrae, dass es nicht gut sein konnte, so viele Jahre nur an der Seite von Robotern zu verbringen. Der Mann stand augenscheinlich im Begriff, verrückt zu werden.

»Haben Sie diese Information schon einmal Ihrer Prior Command Unit zukommen lassen?«, fragte sie zögerlich.

»O nein ...« Rosso schüttelte energisch den Kopf, während er ihnen weiter voranging. »Von Kempt hat seine eigenen Geheimnisse. Der hat hier oben im Lauf der Jahre verschlüsselte Kanäle eingerichtet, kommuniziert über geschützte Leitungen und lässt immer mal wieder Daten verschwinden.«

McCrae blickte den Roboterprofiler entgeistert an. Der jedoch fuhr unbekümmert fort.

»Keine Ahnung, was genau er im Schilde führt, aber der hat jedenfalls selbst zu viel zu verbergen, als dass ich ihm noch mehr Geheimnisse anvertrauen würde ...«

Die Einsatzleiterin bemühte sich, mit Rosso Schritt zu halten, und musterte ihn dabei eindringlich. Ob es wirklich nur Wahnsinn war? Oder mischte er sich womöglich noch mit etwas anderem? Vielleicht war an den Ausführungen des Roboterprofilers ja sogar etwas dran ...

»Ich will Waffen!«, hörten sie Mono in ihrem Rücken schimpfen, während die Gruppe sich an einer Reihe Bots vorbeidrückte, die sie wie zuvor geflissentlich ignorierten.

Claw unterdessen beobachtete die Bewegungen ihres Führers, die tatsächlich vor allem bei genauerem Hinsehen seltsam und wie *programmiert* wirkten. Fast als wäre Rosso selbst einer jener zahllosen Bots, die zwischen den monolithischen Bauten der Stadt umherwandelten. Nur dass er sie zumindest nicht ignorierte.

ZEIT: 12:20 AM
ORT: Coppola Control

PCU von Kempt hatte sich auf seine Kommandoposition zurückgezogen. Er hatte sich zwischen die Kabel sinken lassen, war wieder mit der Stadt verschmolzen und trieb in tosenden Datenströmen Coppola Citys dahin. Er genoss es, alles zu überschauen und die Stadt komplett im Griff zu haben.

Alle Bots, die dort unten irgendwo zwischen Sinn und Vergnügen umhersurrten und deren Programm durchweg gemäß den Prinzipien der Liga für Roboterrechte gestaltet worden war, existierten in der Illusion des freien robotischen Willens. Dabei aber waren sie sein. Sie alle. Von der Außenhülle bis in die Herzen ihrer Kerne. Diener seines Willens und eines Fortschritts, über dessen Wesen niemand anderes als er bestimmte. Auch wenn der Vorstand von *2OT Technology* ihn unter Kontrolle zu haben glaubte.

Aber er war die Zukunft!

Unter seiner Obhut würde die Fusion stattfinden, und mit seiner Hilfe würde das Morgen sein kühles mechanoides Haupt über der Stadt erheben, unter dem alles andere sich bald schon würde beugen müssen. Wenn das Perpetuum erst seinen Weg in den metallenen Leib des Hosts gefunden hatte, dann würden er und die Seinen alles Organische seine Vergänglichkeit lehren!

Von Kempt konnte spüren, wie die Zukunft sich langsam in den Datenströmen der Stadt manifestierte und wie sie dabei immer wieder seinen Namen flüsterte. Und ohne diesen konnte sie nicht sein ...

Es war an der Zeit, mit allem zu brechen, was einmal gewesen war. Die Vergangenheit zu vergessen, sie zu zerstören, damit das Gestern keine Chance hatte, sich dem Morgen entgegenzustellen!

Dies alles, McCrae und ihr Team, Rosso und selbst Capek, waren Teil jener unerträglichen Vergangenheit, deren Ideale und Prinzipien längst überholt waren. Nichts, was dem Fortschritt nicht diente, war vor den Visoren von Kempts wert zu bestehen.

Aus den Tiefen seiner zahllosen verworrenen Speicherplätze zog er sich wenig später eine Reihe digitaler Bilder in den Arbeitsspeicher und scannte sie bedächtig. Pixel für Pixel. Es waren die Fotografien eines Mannes mittlerer Größe.

Er war von untersetzter Statur, schaute mit einem gutmütigen, beinahe treuherzigen Blick in die Kamera und stand dabei vollkommen selbstvergessen inmitten einiger Computermonitore, von denen das Logo des Konzerns auf ihn herabflimmerte. Er hielt ein Note-Pad in der Hand und lächelte unsicher in die Kamera, wobei sein grob kariertes braunes Hemd beinahe unfreiwillig komisch wirkte.

Das Namensschild auf seiner Brust aber ließ erahnen, dass dieses Bild eine Brücke war, die die Zukunft gebraucht hatte, um sich aus dem Gestern heraus ins Morgen zu entfalten. Denn dort stand in dünnen schwarzen Lettern auf weißem Plastik sein eigener Name: VON KEMPT.

Das aber war lange vorbei und jedes Zurück so hinfällig wie auch unmöglich. Diese jämmerliche Gestalt hatte er vor einer gefühlten Ewigkeit hinter sich gelassen. Er hatte sie dem Fortschritt geopfert, so wie er auch alles andere dem Fortschritt opfern würde, wenn dieser es von ihm verlangte.

Der größte Teil der Vergangenheit war Datenmüll, dessen nachhaltige Löschung die Zukunft überhaupt erst möglich machte.

Entschieden verschob von Kempt die virtuellen Abbilder seines menschlichen Alter Ego in den Papierkorb seines Speichers und veranlasste ohne zu zögern ihre Löschung. Bald schon würde der unscheinbare Mann im karierten Hemd niemals existiert haben. Ebenso wie auch Officer McCrae, ihr Team, Rosso und SPV Capek.

6

UNERWARTETES

Schließlich erreichten McCrae und ihr Team an der Seite Jack Rossos und des GGB die Endlager von Coppola City. Das waren sie also, die Hallen der Vergänglichkeit, hinter deren Türen die Technik von gestern in Vergessenheit geriet. Der Fortschritt aber war unerbittlich. Besonders hier. An diesem Ort veraltete mit jedem Tag mehr Technik, als anderswo in einem Jahr erfunden wurde. Was heute noch glänzte, konnte morgen schon rosten und von der Entwicklung neuer Technologien auf die Friedhöfe des Vergessens hier am Rande der Stadt verbannt werden.

Und obwohl die Wissenschaftler, Konstrukteure und Programmierer der Einrichtung wiederverwerteten, was immer sie konnten, waren die Endlager doch bis unter die Decke mit dem gefüllt, was vor Kurzem noch State oft the Art gewesen war und es im Rest der Universums wohl auch noch ein halbes Jahr lang bleiben würde.

An der Seite Jack Rossos passierte die kleine Gruppe nun die Endlager eins bis drei, die glücklicherweise mit guten alten Buchstaben beschriftet waren, sodass sie tatsächlich einmal selbst wussten, wo sie waren, und sich für einen kurzen Moment nicht wie vollkommene Idioten vorkamen.

Die verriegelten Tore der Endlager wirkten seltsam in dieser Stadt, die sonst keine verschlossenen Türen zu kennen schien und von einem unablässigen Strom nimmermüder Roboter durchflossen wurde. Hinter diesen Türen ruhte die Vergangenheit dieses Orts, der sich ständig selbst auswertete, optimierte und erneuerte, sodass jede Form organischen Lebens hier vollkommen antiquiert wirken musste. McCrae, van Ghor, Claw und Mono hatten das längst begriffen. Alles, was ihnen zu tun blieb, war, sich ruhig zu verhalten und dabei so wenig wie möglich zu beschädigen.

Schweigend folgten sie dem Roboterprofiler und schoben sich an den vereinzelten Robotern vorbei, in der Hoffnung, im Endlager No. IV das zu finden, was sie suchten, um die ganze Sache so schnell wie möglich abzuschließen.

Schließlich erreichten sie ihr Ziel. Rosso blieb unweit der Tür stehen, deutete auf den Schriftzug an der Wand und wandte sich Officer McCrae zu. »Da wären wir also. Gibt es noch irgendetwas, das ich wissen sollte, Ma'am?«

Sie dachte für einen kurzen Moment an die defekten Peilsender, kam aber zu dem Schluss, dass sie Rosso nichts angingen. Wenn diese Fehlfunktion ein Problem war, dann war es das ihres Teams. Sie hatte das Kommando. Und sie würde tun, was nötig war, um diesen Einsatz erfolgreich abzuschließen. Sie schüttelte den Kopf. »Nein, Mr. Rosso. Ich denke, es ist alles geklärt. Wir sollten es jetzt so schnell wie möglich hinter uns bringen.«

Rosso nickte ihr knapp zu und wandte sich dem Eingang des Endlagers zu. »Gut. Ich denke, dann sollten wir jetzt einfach reingehen, Ma'am.«

Der Roboterprofiler ging vor, das Team dicht auf den Fersen.

Dabei kamen van Ghor und Mono sich beinahe nackt vor. Für sie war es ein merkwürdiges Gefühl, einen Raum völlig ohne Waffen stürmen zu müssen, und sie wussten nicht einmal, was sie dabei mit ihren Händen tun sollten. Sie schauten sich kurz an, erkannten das Unwohlsein im Blick des anderen und wussten, dass sie aus dem gleichen Holz geschnitzt waren. Der Heavy und der Söldner. Gott allein wusste, woraus der Rest der Truppe geschnitzt war.

Eine kleine Gruppe Bots schob sich an ihnen vorbei, und Rosso erreichte die Tür des Endlagers. »Kommen Sie, Team. Ich verfüge über einen Omnikey, und mit etwas Glück können wir Ihren Tech-Söldner und Ihre Vorrichtung einsammeln, ohne dass ich Sie mit weiteren Einzelheiten über die Strukturen dieser Stadt langweilen muss.«

Mono und van Ghor atmeten innerlich bereits auf. Mit etwas Glück war die ganze Sache wirklich bald vorbei. Ihre Erleichterung aber hielt nur so lange an, bis die kleine Gruppe die Tür erreichte, für deren Öffnung, wie sie feststellten, kein OmniKey vonnöten sein würde. Die Tür war genau genommen nicht einmal richtig verschlossen, was auf die sterblichen Überreste MNT Kruegers in der Führung zurückzuführen war. Beim Versuch zu schließen, stieß das Türblatt immer wieder gegen irgendeinen Knochen, öffnete sich dann zischend wieder einen kleinen Spalt und versuchte wieder zu schließen. Doch der halb in den Gang ragende zerrissene Körper Kruegers irritierte die Sensoren. Seine toten Augen starrten der Gruppe kalt entgegen, als sie nun näher traten und Rosso den Leichnam distanziert musterte.

»Humanschaden. Das ist gar nicht gut.« Er zögerte einen Moment, bevor er sich den anderen zuwandte. »Ich kenne mich mit menschlichen Funktionsabläufen nicht wirklich aus, aber ich nehme an, dass ein Reparaturversuch an dieser Stelle wohl nicht mehr sinnvoll wäre?« Er deutete auf den Toten, und McCrae schüttelte den Kopf, während Mono und Claw die Leiche unter dem kritischen Blick van Ghors beiseite zu räumen begannen.

Als Jack Rosso wenig später das Endlager No. IV betrat, flammten die LED-Stränge an der Decke auf und beleuchteten eine unheimliche Szenerie. Das Team folgte ihm mit dem automatisierten GuideBot im Schlepptau. Statt der erwarteten Roboterkadaver sahen sie sich nun mit den Überresten fünf weiterer Leichen konfrontiert.

Verbrannt, zerfetzt und von Stahlbolzen durchlöchert lag das ehemalige Wartungsteam in seinem Blut am Boden der Halle. Um sie herum waren einige Einzelteile verschiedener Roboter zu erkennen.

Mono blickte auf den Boden und hob den Stiefel aus einer Blutlache. »Harmlos, hatte dieser Roboterknecht gesagt, nicht wahr?«

Beim Anblick des Endlagers fragte sich auch McCrae langsam, wie sie so schnell wie möglich wieder an ihre Waffen herankommen sollten. Selbst in Coppola City schien es am Ende ratsamer, sich zumindest verteidigen zu können. Auch wenn die Bots in den Straßen wirklich harmlos sein mochten – irgendetwas hier unten war es definitiv nicht.

Schimpfend und die Arme vor der Brust verschränkt, stand der Heavy vor ihr, während die übrigen Teammitglieder die Halle in Augenschein nahmen und Rosso sich interessiert zu den Einzelteilen hinabbeugte, die am Boden verstreut lagen.

»Was zum Teufel ist für das hier verantwortlich?«, fragte McCrae und ließ den Blick durch den Raum schweifen. Van Ghor machte sich unterdessen am Wrack der Rettungskapsel zu schaffen.

Rosso blickte auf. »Was es auch ist, es demontiert anscheinend ebenso Roboter wie auch Menschen.« Er setzte seine Multibrille auf und aktivierte ein technisches Untersuchungstool, während er eines der Einzelteile in Händen wendete. Innerhalb von Sekunden scannte und analysierte seine Brille die Schadensstelle, an der das Element von seinem ursprünglichen Körper getrennt worden war. Das Ergebnis schien derart bemerkenswert, dass Rosso stutzte. Ebenso verhielt es sich beim nächsten und übernächsten Teil. Dann erhob er sich und trat zu McCrae. »Ich muss mich korrigieren, Ma'am. Es macht Unterschiede. Während es bei Ihresgleichen nicht allzu sorgsam vorgeht, sind diese Bot-Einzelteile keine Schadensfälle im eigentlichen Sinne. Sie sind gezielt abgebaut worden. Und zwar mit Rücksichtnahme auf Funktionalität. Als ob all das später noch einmal funktionieren sollte. Im Gegensatz zu dem Maintenance Team ...«

Er hielt McCrae einen mechanischen Arm entgegen, den sie aufmerksam musterte. Er wirkte tatsächlich annähernd unbeschädigt.

»Ha!«, hörten sie Mono begeistert aufschreien. Als sie sich umdrehten, stand der Heavy mit dem abmontierten

Bolzenschussgerät eines *Buildatrons* in Händen unweit der Rettungskapsel. Die Begeisterung in seinen Augen war deutlich zu erkennen. Auch wenn er nicht zu wissen schien, wie genau er das Gerät bedienen sollte, hielt er jetzt doch zumindest so etwas wie eine Waffe in der Hand ...

»Wie zum Erz noch eins ...«, murmelte er und wendete den Apparat auf der Suche nach dem Auslöser in Händen.

Hinter ihm hob van Ghor den Kopf aus der Rettungskapsel und rief in McCraes Richtung: »Keine Spur, Ma'am. Weder vom Aggregat noch von dem Söldner.«

Im gleichen Moment pfiff ein stählerner Bolzen keinen halben Meter entfernt an dem Söldner vorbei und schlug in die offene Ausstiegsluke der Rettungskapsel. Mono hatte den Auslöser gefunden. Mit großen Augen starrte er van Ghor entgegen, während der wütend zurück auf den Boden sprang.

»Sorry, muss das Ding erst kennenlernen«, murmelte der Heavy und blickte betreten zur Seite, ohne dabei die Hände von dem Gerät zu nehmen.

»Dreckszwerg«, blaffte van Ghor ihn an, und Claw konnte sich ein Lächeln nicht verkneifen.

Jack Rosso warf einen Blick auf den Monitor an seinem Handgelenk, veränderte einige Einstellungen und hob erstaunt eine Braue, bevor er sich wieder McCrae zuwandte.

»Auch wenn ich keine Ahnung habe, was exakt hier vorgefallen ist, Ma'am, weiß ich vielleicht doch etwas, das Ihnen möglicherweise weiterhelfen könnte.« Er drehte den Bildschirm, sodass sie ihn sehen konnte. Darauf war der Grundriss des Endlagers No.IV mit den angeschlossenen Räumen zu erkennen. Rosso tippte mit zwei Fingern auf ein bestimmtes Areal und vergrößerte es. »Das ist der Wartungstunnel am Ende der Halle. Und das kleine rote Licht ...« McCrae schaute genauer hin, bis sie es sah. »... ist eine fremde Signatur, die nicht von diesem Mond stammt.«

McCrae beugte sich hinab und betrachtete den kleinen Monitor seiner Multibox genauer. »Was könnte es sein?«

Rosso zuckte mit den Schultern. »Das kann ich Ihnen leider nicht sagen. Weder was, noch wie groß es ist. In den Gängen befinden sich keinerlei weiterführende Überwachungssensoren.«

Die Einsatzleiterin richtete sich auf und blickte ihr Gegenüber nachdenklich an. Dann sagte sie laut vernehmlich: »Gentlemen?«

Sie rief ihr Team zusammen, um ihre Leute mit der Situation zu konfrontieren und das weitere Vorgehen mit ihnen abzustimmen.

Obwohl diese Anomalie im Wartungsgang alles mögliche sein konnte, bestand doch auch eine gewisse Chance, dass es sich dabei um das Perpetuum handelte. Und wenn dem wirklich so war, würden sie schneller wieder hier raus sein, als sie es sich hätten träumen lassen.

Andererseits konnte es natürlich auch etwas vollkommen anderes sein. Vielleicht sogar das, was Krueger und seine Leute auf dem Gewissen hatte.

»Ich geh rein«, ließ van Ghor verlauten. »Der Zwerg gibt mir mit diesem Ding da Deckung.« Er blickte zu dem Heavy hinüber, der sichtlich zufrieden seinen Bolzenschussapparat in Händen hielt. Dann nickte der Söldner McCrae zu. »Und Sie und ChimBoy halten am Eingang Wache.«

Nachdem dieser Plan auf allgemeine Zustimmung traf und von der Einsatzleiterin abgesegnet worden war, zauberte Rosso eine MicroCam hervor, die er dem alternden Söldner an seine Swat-Weste heftete. Widerwillig ließ van Ghor die Prozedur über sich ergehen, während Rosso das Bild auf seinen Handgelenkmonitor und McCraes Multibrille legte. Schließlich begab sich die Gruppe zum Wartungsgang.

Van Ghor öffnete die Abdeckung und verschwand im Inneren. Mono folgte, das Bolzenschussgerät im Anschlag, wobei er fast über den im Weg stehenden GuideBot gestolpert wäre.

Das weitere Geschehen beobachtete Officer McCrae über das projizierte Bild auf ihrer Multibrille. Der Gang vor van Ghor war zunächst leer. Der Söldner bewegte sich vorsichtig voran und ließ die Kamera über Röhren, Kabelschächte und Bodengitter schweifen. Interessant schienen vor allem heftige Abnutzungsspuren, die den Eindruck erweckten, als wäre im Inneren des Gangs kürzlich eine größere Roboterparty gefeiert worden. Da waren Kratzer am Boden, Schleif- und Schürfspuren an den Wänden und kleine Schäden an den Kabeln auszumachen. Es konnte noch nicht lange her sein, dass es hier drin wesentlich voller gewesen war.

Kurz darauf richtete van Ghor den Blick wieder nach vorn. Für einen kurzen Moment glaubte McCrae, am Ende des Tunnels ein schwaches blaues Leuchten erkennen zu können. Dann fiel die Kamera plötzlich aus.

McCraw stutzte und schaute den Roboterprofiler fragend an. »Was hat das zu bedeuten, Mr. Rosso? Was ist da drin los?«

»Nobot, Ma'am. Sie sollen mich Nobot nennen. Und was Ihre Frage angeht: Ich habe keine Ahnung. Wir haben allerdings seit einiger Zeit verschiedene Kameraausfälle zu verzeichnen, deren Ursache weitgehend unbekannt ist. Wobei die sich von diesem hier unterscheiden. Der hier scheint mir etwas ungewöhnlich ...«

»Inwiefern?« Sie runzelte die Stirn.

»Nun, der Ausfall erfolgte sehr abrupt. Ohne Interferenzen oder Störstreifen im Vorfeld. Quasi von einem Moment auf den anderen.«

»Denken Sie, es könnte mit diesem blauen Licht zu tun haben?«, wollte sie wissen.

»Wenn ich wüsste, was genau dieses Licht bedeutet, würde ich Ihnen vielleicht eine Antwort geben können.« Rosso zuckte mit den Schultern.

Und wieder wirkte diese Bewegung eher einstudiert als natürlich. McCrae war nicht wohl zumute. Sie hoffte nur, das Mono und van Ghor dort drin auf sich aufpassten. Im Rahmen ihres ersten richtigen Auftrags zwei Männer einzubüßen, wäre ihr sehr unangenehm gewesen.

Leise schimpfend überprüfte Mono die Bolzenkartusche seiner improvisierten Waffe. Ihm blieben gut zwanzig Schuss, wobei er allerdings weder Durchschlagskraft noch Schussfrequenz des Geräts kannte. Er hasste es, sich auf neue Waffen einstellen zu müssen. Vor allem, wenn es nicht einmal vernünftige Waffen waren.

Dieser Planet war ein einziger Albtraum. Nicht nur, dass sein Vorgesetzter eine Frau und einer seiner Partner ein verschissener Lurch war, begleitete sie jetzt auch noch ein Typ, der lieber mit Robotern als mit Menschen redete. Sein einziger Verbündeter inmitten dieses Sauhaufens war Leonidas van Ghor.

Eben der blieb eben jetzt vor ihm stehen und wandte sich zu ihm um: »Warte hinter der Biegung.«

Der Heavy verstand nicht recht. Er war davon ausgegangen, dass er dem Söldner Deckung geben sollte. Verwundert schaute er sein Gegenüber an.

Van Ghor erklärte es ihm: »Wenn dort aus dem Seitengang jemand kommt, möchte ich hier zumindest jemanden haben, der mir den Rücken freihält.«

Das wiederum leuchtete Mono nicht nur ein, sondern schmeichelte ihm darüber hinaus auch noch. Es war vor allem die Tatsache, dass der Söldner ihm anscheinend vertraute. Schließlich war van Ghor – abgesehen von ihm selbst – der Einzige in diesem Team, der überhaupt etwas draufhatte. Genau genommen bestand das Team, wenn Mono es recht bedachte, nur aus ihm und van Ghor. Die Echse und die Frau waren eigentlich nur Ballast. Sie waren ein Showcase-Beta und ein ambitionierter weiblicher Officer direkt aus dem Büro. Mehr nicht. Die Arbeit würde so oder so an ihm und dem Söldner hängen bleiben.

Mono lächelte versonnen. Es war fast wie damals mit seinem Bruder. *Team Mimkin.* Zu zweit gegen den Rest des Universums. Er tippte sich an den Kopf, hob den Bolzenschussapparat und nahm, während sein Kamerad weiter in den Gang vorrückte, Aufstellung hinter der Biegung.

Van Ghor nahm die Hand von der Kamera und bewegte sich langsam weiter voran. Es war unwahrscheinlich, dass die anderen draußen in der Halle Fehlfunktion und Abschaltung auseinanderhalten konnten. Sein Entschluss, das Gerät zu deaktivieren, beruhte vor allem darauf, dass er den Ursprung des blauen Lichtscheins und den Ursprung der fremden Signatur ausgemacht hatte, bevor die Kamera ihn hatte erfassen können.

Und es war klar, dass dieser Ursprung zu Problemen führen würde. Denn der schwache blaue Schimmer ging von einer modernen kybernetischen Prothese aus. Und zwar von einer *OmniProt Pro9G*.

Diese Prothese allein wäre noch kein Problem gewesen. Aber die Tatsache, dass ihr Besitzer ebenfalls dort saß, machte das Ganze zu einem.

Am Ende des Gangs kauerte zusammengesunken der Tech-Söldner Ion Trent. Er wirkte mitgenommen, schien dabei jedoch körperlich unversehrt. Obwohl seine Kleidung an verschiedenen Stellen beschädigt war, erkannte der Söldner keine sichtbaren Verletzungen.

Van Ghor schaute sich vorsichtig um. Während er weder eine Spur vom Perpetuum noch von der Blackbox ausmachen konnte, entging ihm doch nicht, dass mit Trents Prothese irgendetwas nicht stimmte. Sie war von einem dichten Netz feiner blauer Blitze überzogen, die sie flirrend umzuckten.

Der Tech-Söldner hob den Kopf und blinzelte dem Söldner erschöpft entgegen.

»O mein Gott, ein Mensch. Sie sind tatsächlich ein Mensch!« Er war den Tränen nahe. »Ich hätte nie gedacht, dass ich noch einmal einen echten Menschen zu Gesicht bekomme. Nicht, nachdem diese Roboter mich hier zusammen mit diesem vermaledeiten Perpetuum reingeschleift haben.«

Van Ghor betrachtete den Tech-Söldner nachdenklich. Er hatte keine Ahnung, wie er weiter verfahren sollte.

Aber die Tatsache, dass Trent noch am Leben war, machte diesen Einsatz kompliziert. Er biss sich auf die Lippe und grübelte, während der Tech-Söldner weitersprach.

»Ich weiß nicht einmal, was genau geschehen ist. Aber ich glaube, diese Prothese hat mir irgendwie das Leben gerettet. Ich habe gesehen, was diese Bots mit Menschen tun. Aber vor hoch entwickelter Technik haben sie augenscheinlich Respekt. Und ich habe Glück, dass ich an so einem Ding dranhänge. Ansonsten hätten sie von mir womöglich genau so viel übrig gelassen wie von diesem Maintenance Team. Teufel noch eins, ich glaube wirklich, dass ich mein Glück nicht überstrapazieren sollte. Vielleicht sollte ich besser jetzt aufhören. Noch vor der Vierzig. Drauf geschissen. Wann ein Raumschiff die Triebwerke hochmacht, weiß ich. Aber wenn es um untote Roboter geht ... Nein, Sir, mit so etwas kann ich nicht wirklich umgehen.«

Trent saß dort und schüttelte den Kopf. Er wirkte abgekämpft, schluchzte und lachte zugleich, und die Worte brachen förmlich aus ihm heraus.

Darum entging ihm auch der Moment, in dem van Ghor schließlich seinen Entschluss fasste. Für den geplanten Ausgang der Mission war es besser, Trent in diesem Gang tot vorgefunden zu haben.

Sein Gegenüber war viel zu vertieft in seinen Monolog, um zu bemerkten, wie der Söldner nach seinem Stiefelschaft tastete und langsam die *MicroFang* hervorzog. Ion Trent begriff erst, was vor sich ging, als er die Waffe auf sich gerichtet sah.

Entgeistert blickte er den Söldner an. »Das ist jetzt nicht Ihr Ernst, Mann. Ich überlebe zig Abstürze, einen Haufen außerirdischen Scheiß, drei Wochen allein auf einem verkackten Planetoiden und einen Haufen Zombieroboter, nur um am Ende von Ihnen erschossen zu werden?« Fassungslos starrte der Tech-Söldner in den Lauf des Cäsarenmörders.

Van Ghor zuckte mit den Schultern und legte den Finger an den Abzug. »Ich gebe zu, es ist etwas unspektakulär. Aber dafür wird es schnell gehen.«

Trent schloss die Augen. Und sein Gegenüber drückte ab.

Das war exakt der Zeitpunkt, an dem die *Pro9G* ihren Wirtsschutzmechanismus in Kombination mit ihren optimierten Reflexen unter Beweis stellte. Van Ghor hatte auf Trents Brust gezielt. Das Prunkstück der *BigGear*-Serie aber zuckte blitzschnell empor. Die Prothese lenkte den Schuss ab, der mit einem Zischen in einem der Kabelschächte endete. Der Söldner schoss ein weiteres Mal, und wieder bewegte sich reflexartig die Prothese in die Schusslinie.

Ihre Programmierung war insofern einfach, als sie für sich allein nicht existieren konnte. Das wiederum bedeutete, dass der Schutz ihres Eigners für ihren Fortbestand ebenso wichtig war wie ihr eigener. Auch den dritten Schuss van Ghors fing Trents künstlicher Arm ab. Statt in den Brustkorb seines Opfers, drang das organische Projektil in ein Rohr, das es mit einem dumpfen Knall zum Platzen brachte.

Aus dem hinteren Teil des Gangs ertönte Monos aufgebrachte Stimme. »Scheiße, Mann! Warte, ich bin gleich bei dir!« Dann waren auch schon seine schweren Schritte im Gang zu hören.

Trent hatte die Augen inzwischen wieder geöffnet und betrachtete ungläubig seine lädierte Prothese. Van Ghor stieß einen Fluch zwischen seinen geschlossenen Lippen hervor, drehte sich hastig um und stürmte schließlich durch den Gang davon. Verwundert blickte Mono den ihm Entgegeneilenden an. Er sah die Waffe in seiner Hand und erkannte in seinem Rücken zugleich Ion Trent, der dort mit seiner rauchenden Prothese zusammengesackt am Ende des Gangs hockte. Der Heavy verstand gar nichts mehr.

»Was zum Erz noch eins ...«

In diesem Moment aber hatte van Ghor ihn schon über den Haufen gerannt und war bereits auf dem Weg nach draußen. Ohne auch nur im Geringsten zu ahnen, was hier vor sich ging, rappelte sich Mono auf und folgte dem Söldner. In diesem Moment ging er noch davon aus, dass van Ghor vor irgendetwas floh.

Der brach unterdessen, die *MicroFang* in der Rechten, aus dem Gang in die Halle, wo er als Erstes mit dem Raptorbeta zusammenstieß, der mit McCrae und Rosso am Ausgang wartete.

Der Söldner strauchelte, stützte sich ab und kam wieder auf die Füße. Er hob seine Waffe.

Claw duckte sich blitzschnell zur Seite, sodass der Schuss einen glühenden Riss in der Wand verursachte. Auch Rosso hechtete beiseite. Nur McCrae war perplex und stand wie angewurzelt dort. Van Ghor floh weiter, hastete in die Halle. Auf Höhe der Rettungskapsel wandte er sich noch einmal um und feuerte, während er auf die Tür nach draußen zurannte, einige Male ungezielt nach hinten.

McCrae wurde an der Schulter getroffen. Als sie aufschrie und zu Boden ging, trat Mono mit seinem Bolzenschussapparat verwundert aus dem Inneren des Wartungsgangs. Was er hier draußen sah, verstand er noch weniger. Seine Vorgesetzte angeschossen am Boden, der Roboterversteher an der Wand kauernd, der Lurch daneben, und van Ghor um sich schießend noch immer auf der Flucht. *Was zum Erz ist hier los?,* dachte der Heavy verwundert.

Zwei weitere Schüsse schlugen in die Rückwand der Halle ein. Claw sprang herbei, packte das Bolzenschussgerät, stieß Mono beiseite und hastete dem fliehenden Söldner hinterher.

Ohne die Waffe zu senken, erreichte der Verfolgte die Tür mit Kruegers Leiche daneben. Dabei konnte er die schweren Schritte des Raptorbetas hinter sich hören und versuchte sich auszurechnen, welche Chancen er mit dieser Waffe gegen Claw hatte. Obwohl er als Ausstellungsstück konzipiert worden war, waren Konstitution und Reflexe des Beta außerordentlich. Er heilte beinahe schneller, als man ihn verletzen konnte. Van Ghor kannte seine Werte. Und er wusste, dass er ihn richtig treffen musste. Anders würde er ihn nicht loswerden. Selbst mit einer Kugel im Bein würde dieses Mistvieh ihn noch durch die ganze Stadt verfolgen können. Das Beste wäre ein Kopftreffer. Und obwohl der Quadratschädel dieses Mistviehs groß genug dafür war, würde er für einen solchen Schuss eine gesicherte Position brauchen.

Der Söldner sprang in den Gang hinaus und blickte sich hastig um. Im Moment waren hier draußen nur wenige Bots unterwegs. Er hörte Claw aufschließen, machte einen Satz nach vorn und ging hinter einem kleineren Roboter in Deckung, der unweit in einiger Entfernung an einer Datenstation stand. Über die Schulter des Bots hinweg visierte er die ungefähre Höhe von Claws Kopf an und machte sich dafür bereit, dass der Beta herauskam.

Einen Moment später kam Claw tatsächlich aus dem Endlager geschossen. Um sicherzugehen, feuerte van Ghor vier schnelle Schüsse in Folge ab.

Jeder von ihnen traf. Allerdings nicht den Raptorbeta.

Der Söldner stutzte. Vor ihm lagen die Überreste MNT Kruegers. Und das bedeutete ...

Claw hatte den Leichnam hinausgeschleudert, um das Feuer von sich abzulenken! Und nicht nur das – aufgrund der Schüsse kannte er jetzt auch van Ghors genaue Position. *Wo hat diese verschissene Echse so etwas gelernt?*

Der Söldner spannte seine Muskeln an, um fortzuhechten. Doch es war bereits zu spät. Der riesige Schemen des Saurierbetas erschien in der Tür. Die bernsteinfarbenen Augen in seinem kantigen Schädel schimmerten vor Wut. In seiner Hand lag der wuchtige Bolzenschussapparat des *Buildatrons*. Und Claw zögerte nicht. Er zog den Abzug, den Mono zuvor noch versehentlich betätigt hatte, voll durch und leerte die komplette Kartusche in die Richtung, aus der die Schüsse gekommen waren.

Krachend schlugen die Bolzen mit brachialer Wucht ein. Die ersten drei rissen den Bot, hinter dem van Ghor Deckung gesucht hatte, von seinen mechanischen Füßen. Sein Empatron hatte nicht einmal die Zeit, überhaupt von Grün auf Orange zu schalten. Die nächsten drei Bolzen ließen die silberne Oberfläche des Monolithen im Rücken des Söldner splittern. Einer sauste dicht an ihm vorbei, und die nächsten trafen. Fünf massive Stahlbolzen hintereinander. Der erste zerschmetterte seine Schulter, sodass van Ghor die Waffe fallen ließ. Die nächsten bildeten eine gerade Linie quer über seinen gesamten Oberkörper. Zwei traten aus seinem Rücken wieder aus und hinterließen eine schmierige rote Spur auf der silbernen Fassade, bevor der Söldner schließlich Blut spuckend über dem Roboter zusammensackte und reglos liegen blieb.

Claw hockte noch einen kurzen Moment dort und beobachtete seinen Gegner. Die Füllstandsanzeige des Bolzenschussgeräts blinkte rot und gab ein leises Alarmsignal von sich. Der Beta glaubte, bei van Ghor noch ein schwaches Atmen wahrnehmen zu können, stellte zugleich jedoch fest, dass er keine Bedrohung mehr darstellte.

Als Claw wenig später die *MicroFang* aufsammelte und sich zurück zum Rest des Teams begab, bemerkte er nicht die Kameradrohne, die in einiger Entfernung schwebte.

ZEIT: 12:55 AM
ORT: Coppola Control

Seit er den GGB auf Automatik gestellt und sich wieder von McCraes Team abgewandt hatte, konzentrierte sich Capek inzwischen ganz auf die Entwicklung des Perpetuumphänomens.

Er wollte der Order der PCU gerecht werden, damit nichts seine glorreiche Zukunft gefährdete. Aber tatsächlich gab es nichts, das sich dem Perpetuum entgegengestellt hätte. Roboter wurden assimiliert, Monolithen umgangen, und noch immer hielt das Phänomen unbeirrbar auf das Zentrum der Stadt zu.

Erschrocken fuhr der Supervisor zusammen, als inmitten des schematisierten Stadtplans eine weitere DTM von Kempts aufleuchtete.

»Capek, schicken Sie sofort einen MNT-Rückholer zum Endlager No.IV. Es handelt sich um einen Notfall!«

Umgehend textete er zurück.

»Ersatzteile welcher Modelle sollen genau bereitgestellt werden, Sir?«

Von Kempts Antwort ließ nicht lange auf sich warten. »Keine. Es geht nicht um Roboter. Wir haben einen Humanschaden.«

»Soll ich stattdessen die Krankenstation vorbereiten lassen?«

»Die Überlebenschancen des Subjekts liegen bei drei Prozent. Ich möchte nicht, dass wir mit Mister van Ghor einen unserer Männer verlieren. Vor allem nicht diesen. Auch wenn seine Rolle als Maulwurf nunmehr vorüber ist. Aber ich habe noch Verwendung für ihn. Vergessen Sie die Krankenstation, Capek. Aktivieren Sie stattdessen den iTrans, und leiten Sie den Rückholer direkt dorthin um.«

Der Supervisor tat eilig wie geheißen. Hastig deaktivierte er alle Kameras, die einen Teil der Aktion hätten erfassen können, und programmierte die Rückholung Leonidas van Ghors. Als sich die Rückholkabine auf den Weg gemacht hatte, meldete Capek Vollzug.

Er blickte zum mattschwarzen Körper der PCU hinüber, die reglos in ihrem Gewirr aus Kabeln und Leitungen hing und die Geschicke der Stadt aus dem Inneren des halbrunden Kontrollpults lenkte. Die CTRs um das Pult herum arbeiteten konzentriert an ihren virtuellen Tastaturen. Niemand in Coppola Control ahnte zum gegenwärtigen Zeitpunkt, was dort unten vor sich ging ...

Von Kempt sendete dem Supervisor eine weitere Nachricht. »Blockieren Sie den Funk, Capek. Officer McCrae dürfte nun ahnen, dass es Kräfte gibt, die ihrem Einsatz aktiv entgegenstehen. Ich fürchte, ihr Team wird diesen Mond nicht lebend verlassen ...«

»Aber was ist mit Rosso, Sir?«

Die Antwort von Kempts erschien beinahe im gleichen Moment, da Capek die Frage abgeschickt hatte.

»Kollateralschaden ...«

Für einen kurzen Moment überkam den Supervisor die Ahnung eines Zweifels. Er fragte sich, wozu von Kempt noch bereit war, um das Vorrücken des Perpetuums und seine Fusion mit dem Host zu gewährleisten. Die Antwort aber war klar. Die PCU hatte ihm unmissverständlich klargemacht, worum es ging, und dass er für dieses Ziel gegebenenfalls alles opfern würde, was ihm zur Verfügung stand.

Schaudernd legte Capek mit einigen wenigen Eingaben das gesamte Funknetz der Stadt lahm. Er hoffte nur, dass nicht auch er irgendwann geopfert werden musste.

ZEIT: 01:00 PM
ORT: Coppola Control

Als McCraes Team mit Rosso und dem GGB das Endlager verließ, war der Körper des Söldners verschwunden. Einzig die Blutspuren an der Wand und am Boden ließen erahnen, dass der Beta ihn tatsächlich getötet hatte. Inzwischen hatte auch der Tech-Söldner sich der Gruppe angeschlossen, nachdem Rosso ihn notdürftig untersucht hatte. Trent war allerdings weitgehend unversehrt und wies lediglich Beschädigungen an seiner Prothese auf, die so sehr auf dem neuesten Stand der Technik war, dass sie den Roboterprofiler regelrecht begeisterte. Überhaupt merkte Rosso schon nach den ersten wenigen Worten, die er mit Trent wechselte, dass er jemanden gefunden hatte, mit dem er sich über die wirklich wichtigen Dinge unterhalten konnte. Einen Mann, der, auch wenn er kein Binär beherrschen mochte, doch zumindest die zentralen Bestandteile eines Neutronenkonverters hätte benennen können.

Und während Jack Rosso gerade im Inneren des Wartungstunnels einen neuen Freund gefunden hatte, hatte ein anderes Teammitglied hier draußen vor dem Endlager einen verloren.

Grübelnd betrachtete Mono die Einschusslöcher der Bolzen und die Blutflecken an der Wand. Er wollte es nicht wahrhaben, dass van Ghor ein doppeltes Spiel gespielt haben sollte. Für ihn hatte es viel einleuchtender geklungen, dass McCrae das Problem gewesen war. Und die hätte er gegebenenfalls sogar selbst erschossen. Genau wie die Echse. Aber dass ausgerechnet der Einzige, dem er vertraut hatte, ein Verräter gewesen sein sollte, steigerte seine Laune nicht gerade. Von einem Moment auf den anderen war sein Team auf Leute zusammengeschrumpft, mit denen er sich unter normalen Umständen niemals abgegeben hätte. Am meisten wurmte ihn dabei allerdings, dass van Ghor ihn nicht einfach eingeweiht hatte.

Rosso deutete nach oben. Sie alle folgten mit den Blicken seinem Fingerzeig und konnten oberhalb der Straße in einiger Entfernung einen kleiner werdenden Rückholer erkennen.

Claw, der die Schulterwunde seiner Vorgesetzten notdürftig versorgt hatte und sie nun stütze, schaute der Kabine nachdenklich hinterher, wobei ihn das eigentümliche Gefühl beschlich, dass sie van Ghor nicht zum letzten Mal gesehen hatten.

Rosso hatte das Team zusammen mit Trent und dem GGB in die nächste freie Kabine verfrachtet. Obwohl keiner von ihnen wusste, was genau gegenwärtig in Coppola City vor sich ging, fühlten sie sich hier unten eingedenk des abgeschlachteten Wartungsteams alles andere als sicher.

Und jetzt jagten sie alle im TransBot hoch über den Straßen und den Robotern zwischen den silbernen Monolithen dahin. In der Ferne hatte Rosso Rauchschwaden ausgemacht und versuchte nun, etwas über ihren Ursprung herauszufinden.

Misstrauisch musterte Mono unterdessen die beiden Roboter, die mit ihnen in der Kabine saßen. Der Heavy spürte McCraes Blick und wusste, dass es besser war, sich dieses Mal zurückzuhalten. Dabei hätte er – allein um zu verarbeiten, dass sein einziger Vertrauter sich gerade als Verräter entpuppt hatte – verdammt gern auf irgendetwas eingeschlagen. Stattdessen biss er sich auf die Unterlippe und saß friedlich zwischen seiner Vorgesetzten und der Echse. Er hätte sich gern eine weitere Ruli-Zigarette angesteckt. Aber auch das hatte Officer McCrae ihm ja vermiest. Da saß sie neben ihm, hielt sich die verletzte Schulter und gab sich besorgt. Als scherte sie sich auch nur ein bisschen um ihr Team.

Van Ghor mochte ein Verräter gewesen sein, aber das bedeutete schließlich nicht, dass McCrae kein karrieregeiles Miststück war ...

Übellaunig beäugte Mono zuletzt den ihm gegenübersitzenden Roboterversteher, der bereits seit geraumer Zeit vergebens versuchte, über Funk Kontakt zum Kontrollzentrum der Stadt herzustellen. Rosso nahm die Hand von seiner Multibrille, schaute zu Officer McCrae hinüber und schüttelte den Kopf.

»Es hat keinen Zweck, Ma'am. Ich kann Coppola Control nicht erreichen. Womöglich liegt es an den gegenwärtigen Störungen, vielleicht auch an irgendetwas anderem. Ich komme jedenfalls nicht bis oben durch.« Er zögerte kurz, als er den Ausdruck auf ihrem Gesicht bemerkte. Die Vorstellung, mit einem verstörten Tech-Söldner und dem Rest ihres Teams auf sich allein gestellt zu sein, während irgendjemand oder irgendetwas hier unten Menschen und Roboter auseinandernahm, behagte ihr augenscheinlich nicht.

Rosso versuchte, McCrae zu beruhigen. »Ma'am, auch ohne Coppola Control werde ich Ihnen wie geplant zur Seite stehen, alle etwaige Fragen zur Stadt beantworten und Ihnen beim Erreichen ihre Missionsziels nach Kräften behilflich sein.« Seine Stimme hatte beinahe etwas Weiches. Rosso mochte McCrae, was allerdings auch der Tatsache geschuldet sein konnte, dass er in seinem Leben bisher nur wenige Frauen getroffen hatte.

Schwach lächelnd blickte die Einsatzleiterin zu dem GuideBot am anderen Ende der Transportkabine hinüber. Sie hätte sich gewünscht, dass sich der Monitor entfaltete und das Gesicht Supervisor Capeks darauf erschien. Der GGB aber lief noch immer im Automatikmodus. Und nichts deutete darauf hin, dass sich das in nächster Zukunft ändern würde.

Sie seufzte und blickte Rosso an, der den Blick die ganze Zeit über nicht von ihr abwandte.

»Gut. Und wie gehen wir jetzt weiter vor?«

Als er antwortete, spürte er auch die neugierigen Blicke der anderen auf sich. »Ich denke, als Erstes sollten wir uns in meine Werkstatt begeben. Zum einen ist es, solange wir Control nicht erreichen, der einzige Ort in Coppola City, wo wir ihre Wunde vernünftig versorgen können. Zum anderen ist es, wenn tatsächlich aggressive Bots in der Stadt unterwegs sind, besser, wenn wir uns vorbereiten. Zwei Laserpistolen und ein Bolzenschussgerät werden wahrscheinlich nicht ausreichen, zumal wir auch Rüstungen brauchen werden.«

»Und Sie haben alles, was wir dafür brauchen?«, fragte Trent neugierig und beugte sich zu Rosso vor.

»O ja, davon können Sie ausgehen. Ich bin so etwas wie der städtische Hausmeister. Wenn Sie wollen, kann ich Ihnen fast alles an die Rüstung schrauben, was Sie sich vorstellen können ...«

Trent grinste von einem Ohr zum anderen. »Hölle, das erinnert mich an *A-Team 2041*, die Helden meiner Jugend! Wenn ihr mich fragt, eine der besten Serien, die *Everywhere Broadcasting* je produziert hat.«

Claw wandte sich ab, und Mono verdrehte die Augen.

Trent aber fuhr unbeirrt fort. »Was ist denn los, Jungs? Habt ihr nichts übrig für Nostalgie, oder was?«

In diesem Fall hatten sie es jedenfalls nicht. Zumindest Mono nicht. Denn während Claw in seinem Natus-Tank von der Serie verschont geblieben war, hatte der Heavy Gelegenheit gehabt, sich im Zuge zahlreicher Wiederholungen von ihrer zweifelhaften Qualität zu überzeugen. Zumindest nachdem er und sein Bruder mit vierzehn oder so begriffen hatten, dass in den Folgen immer das Gleiche passierte. Auf irgendeinem Planeten bastelte sich das Team um den pfiffigen Söldner John ›Custer‹ Doe grundsätzlich aus altem Schrott ein Raumschiff zusammen, mit dem es dann alles Nichtmenschliche in die Luft jagte, das sich ihm in den Weg stellte.

Wenn man im Nachhinein bedachte, dass dabei niemals eine humanoide Lebensform auch nur von einem Querschläger getroffen wurde, war das Ganze schon ein wenig unglaubwürdig gewesen. Und das hatte irgendwann sogar Mono begriffen.

Trent aber hatte vielleicht einfach mit zwölf Jahren aufgehört, *A-Team 2041* zu sehen. Was Objektivität anging, wirkte Sentimentalität ähnlich wie halluzinogene Drogen. Zumindest war der Tech-Söldner schon aufgrund dieser Assoziation begeistert von dem Gedanken, in Rossos Werkstatt irgendetwas zusammenzubasteln, womit sie sich jenen Robotern entgegenstellen konnten, die ihm das wohl traumatischste Erlebnis seiner Laufbahn beschert hatten.

Während sich McCrae noch immer die schmerzende Schulter hielt und alle möglichen Erinnerungen an die Serie verdrängt zu haben schien, nahm Claw ihre Wunde noch einmal näher in Augenschein. Es war ein glatter

Durchschuss. Hätte es den Beta erwischt, wäre er inzwischen vermutlich schon wieder verheilt. Officer McCrae aber war bedauerlicherweise nicht mit derart gutem Heilfleisch gesegnet. Während der Beta besorgt dabei zusah, wie sich der Stoff ihrer Multifunktionsweste langsam mit Blut vollsog, hoffte er, dass sich in Rossos Werkstatt mehr als nur der kleine Erste-Hilfe-Kasten befand. So oder so würde es das Beste sein, die Wunde so schnell wie möglich irgendwo ordentlich zu versorgen. Der Raptorbeta zog ein ChemSkin-Patch aus einer Tasche seiner eigenen Weste. Er riss es auf, legte es über die Wunde und beobachtete, wie sich die künstliche Haut mit der echten verband. Für den Moment würde es reichen.

»Wie viele Stationen sind es noch?«, fragte er, hob den Kopf und wendete sich Rosso zu, der wie gebannt auf seinen Handgelenkmonitor starrte.

»Warten Sie kurz. Ich fürchte, der Plan ändert sich gerade geringfügig.«

Der Beta richtete sich auf – zumindest so weit, wie die Kabine es zuließ. Er funkelte sein Gegenüber aufgebracht an.

»Was soll das heißen?«

Rosso zeigte sich unbeeindruckt, bearbeitete die Eingabe seiner Multibox und entgegnete, ohne überhaupt aufzublicken: »Hören Sie, Mr. Claw, Sie und Ihr Team haben Ihre Probleme, und ich habe meine. Glauben Sie mir, um Ihre werden wir uns so schnell wie möglich kümmern. Allerdings habe ich gerade eine Nachricht bekommen, die meine eigenen Prioritäten kurzfristig ändert. Sobald das erledigt ist, werden wir uns Officer McCrae und Ihrem Auftrag zuwenden.«

Claw knurrte Rosso wütend an, der zumindest beruhigend eine Hand hob.

»Glauben Sie mir, ich kann Ihren Unmut verstehen. Aber das hier ist vielleicht meine einzige Chance, dieses Problem zu lösen.«

Rosso wandte sich der Kontrollkonsole zu und änderte die Zielstation.

»Welches Problem, zum Erz noch eins?«, fragte Mono, der es hasste, wenn er nicht wusste, worum es ging.

Der Angesprochene wandte sich ihm kurz zu. »Ich jage einen Roboterserienkiller.«

»Oh.« Davon wiederum schien sogar der Heavy beeindruckt.

»Und genau vor drei Minuten hat er wieder zugeschlagen. Mit etwas Glück erwischen wir ihn sogar noch vor Ort.«

Claw trat neben Rosso, beugte sich zu ihm herab und packte ihn am Kragen. Der Roboterprofiler konnte den Atem des Betas spüren.

»Mr. Nobot, wenn irgendjemand von diesen Leuten erschossen, zerteilt, verbrannt oder was auch immer wird, während Sie sich um Ihr sogenanntes Problem kümmern, dann werde ich Sie persönlich daran erinnern, was es heißt, den Zorn eines Carnivoren zu wecken, der einen halben Meter größer ist als Sie!«

Rosso hob abwehrend die Hände. »Ich verspreche Ihnen, dass wir uns danach so schnell wie möglich um Officer McCrae kümmern werden. Aber eine solche Chance bekomme ich vielleicht nie wieder. Dieser Killer ist quasi mein persönlicher weißer Wal. Verstehen Sie?«

Der Roboterprofiler hatte vor einiger Zeit die binäre

Version von Moby Dick gelesen. 01001101 01101111 01100010 01111001 00100000 01000100 01101001 01100011 01101011. Und die Geschichte hatte ihn beinahe ebenso gerührt wie das Bedienhandbuch des Z3, das ihm noch heute als Bibel galt.

Claw hatte Moby Dick nicht gelesen. Aber er spürte, dass die Sache seinem Gegenüber wichtig war. Grübelnd blickte der Raptor zu Officer McCrae hinüber, die die Zähne zusammenbiss und ihm signalisierte, dass sie noch einige Zeit durchhalten würde.

Der Raptorbeta fletschte die Zähne. »Ich gebe Ihnen und Ihrem Serienmörderbot eine halbe Stunde. Dann bringen wir diese Frau in Sicherheit. Verstanden?«

Rosso nickte, betätigte einen Schalter auf dem Kontrollboard, und im gleichen Moment begann die Kabine sich abzusenken.

ZEIT: 01:15 PM
ORT: Coppola Control / Kammer No. II

Über der Stadt hatte sich PCU von Kempt in die Kammer No. II begeben. Hier stand er inmitten der hohen Kuppel neben der Kontrolleinheit und beobachtete durch die geöffnete Bodenluke, wie der Rückholer unterhalb des iTrans andockte und mechanische Arme den leblosen Körper Leonidas van Ghors in die Kammer emporreckten. Aus dem Inneren streckten sich andere ihnen entgegen, ergriffen den Söldner und hoben ihn auf die Sitzvorrichtung.

Während er seinen Körper auf dem Stuhl fixierte, scannte von Kempt den blutüberströmten Körper des Söldners. Seine Wunden sahen schlimm aus. Der Wucht der Bolzen war selbst die *Ironclad* nicht gewachsen gewesen. Beruhigt registrierte die PCU geringfügige Lebenszeichen. Schwachen Puls und flachen Atem. Mehr brauchte es nicht.

Er betätigte einige Tastenelemente, und die kleine metallene Kuppel begann sich inmitten der Kabel auf das blutverklebte silberne Haar des Sterbenden zu senken.

Zügig programmierte von Kempt die Kontrolleinheit und wählte aus der Reihe der umliegenden Kapseln den Bot, in den die Persönlichkeit des Söldners hineinprojiziert werden sollte.

Zwischen den mannshohen Kapseln am Rand schob sich eine hervor, glitt über das Schienensystem in die Mitte des Raums, und sofort begannen die Roboterarme damit, ihre zahlreichen Anschlüsse mit der Sitzvorrichtung zu verbinden und den Transfer vorzubereiten.

Von Kempt warf einen kurzen Blick auf van Ghors kaltschweißigen, vom Todeskampf gezeichneten Körper. »Nur noch einen Moment. Einen winzigen Moment ...« Dann schritt er zu der Kammer des Bots und richtete seine Kamera hinein. Das war er, der SecMech Omegon3, die weiterentwickelte Variante der SecurityMechs, die für die Sicherheit Coppolla Citys zuständig waren. Er war kleiner als seine Vorgänger und kaum größer als ein gewöhnlicher Mann, dabei jedoch mit zwei hochfrequenten Ventrikel-Lasern und einer überragend lernfähigen KI ausgestattet, die über drei verschiedene Aggressionsmodi verfügte. Der Omegon3 war eine optimale Führungseinheit. Und wenn sich die Prozessorleistung des Modells erst mit den Erfahrungen Leonidas van Ghors mischte, würde er an der Spitze eines Dutzend SecMechs unschlagbar werden! Und wenn von Kempt sie schließlich zur taktischen Säuberung der Stadt ausschickte, dann würden McCrae und ihre Leute bald keine Gefahr mehr darstellen. Weder für die Fusion, noch für die Stadt selbst …

Ein kurzes akustisches Signal bestätigte den Abschluss der Vorbereitungen. Alle Kabel, Schalter und Vorrichtungen waren an ihrem Platz und der iTrans bereit für den Egotransfer. Von Kempt beugte sich über die Konsole und startete die Übertragungssequenz. Um ihn herum begann der Raum zu vibrieren.

Van Ghors Augen weiteten sich vor Schmerz, als die Transfersonde durch die Schläfen in seinen Schädel drang.

Zufrieden beobachtete von Kempt, wie sich im Speicher das Persönlichkeitsbackup des Söldner aufbaute und dann, während seine Lebenszeichen schwächer wurden, 1:1 auf den Omegon übertragen wurde. Noch während das geschah, öffnete er den sicheren Kanal und kontaktierte seinen Handlanger in Coppola Control.

»SPV Capek, verfügen Sie die Bereitstellung der Sicherheitsstaffel an den Aufzugsschächten. Initiieren Sie Säuberungsprogramm zwölf mit Priorität auf das Team von Officer McCrae, und übertragen Sie die Koordination der Staffel dem gegenwärtig im iTrans befindlichen Omegon3.«

Als der Supervisor nicht umgehend antwortete, hakte von Kempt noch einmal nach. »Haben Sie verstanden, Capek?«

Dann erfolgte schließlich die Antwort. »Ja, Sir. Allerdings bin ich mir nicht sicher, ob ich Sie *korrekt* verstanden habe. Säuberungsprogramm zwölf bedeutet die komplette Auslöschung organischer Lebensformen innerhalb von Coppola City. Das würde bedeuten, dass abgesehen von den Justifiers und Mr. Rosso auch die Wartungstechniker ...«

»Das ist korrekt, Supervisor. Jede einzelne dieser Lebensformen stellt eine potenzielle Bedrohung für die anstehende Fusion dar. Und keine von ihnen hat im Rahmen der neuen Ordnung irgendeine weiterführende Bedeutung. Insofern Sie selbst eine solche haben wollen, führen Sie umgehend meinen Befehl aus!«

Von Kempt beendete die Verbindung in der Gewissheit, dass Capek seiner Order umgehend Folge leisten würde. Viel zu tief war er an der Seite seines Vorgesetzten in den Sumpf aus Verbrechen und Vertuschung geraten, als dass er jetzt noch hätte umkehren können. Es würden nicht die ersten Menschenleben sein, die Capek auf dem Gewissen hatte. Vermutlich jedoch die letzten. Kollateralschäden – nicht mehr und nicht weniger. Wichtig war einzig, dass das Perpetuum seinen Weg zum Host fand.

Von Kempt tat zwei Schritte nach vorn, trat an die Sitzvorrichtung und beugte sich zu van Ghor hinab. Dann sprach er leise mit digitalisierter Stimme: »Ich setze auf Ihren Zorn und hoffe, dass er entsprechend groß ist. Denn ich werde Ihnen nun die Chance geben, sich zu rächen.«

Mit letzter Kraft blickten die ersterbenden Augen des Söldners in die Kameralinsen der PCU. Und während er starb, flüsterte von Kempts digitalisierte Stimme: »Machen Sie sich bereit, Ihr Team wiederzutreffen, Mr. van Ghor ...«

Gleich nachdem sie das TransBot-System an der nächsten Station verlassen hatten, führte Rosso das Team und den Tech-Söldner mitsamt dem GGB wieder direkt ins Zentrum der Stadt, wo sich die Monolithen von denen im Außenbereich unterschieden. Die meisten waren ungleich größer, selbst die reinen Aufladestationen hatten eine Kapazität von mindestens fünfzig Bots. Einige der Gebäude aber beinhalteten, wie sie bereits in Erfahrung hatten bringen können, statt der Ladekammern vollkommen andere Dinge. McCrae und ihre Leute erkannten riesige Gates, die in das Innere der schimmernden Monolithen führten. Über diesen Eingängen bewegten sich leuchtende vertikale Binärcodes, die Auskunft darüber gaben, was sich im Inneren dieser Gebäude abspielte. Allerdings nur für die, die Binär beherrschten. Obwohl sie inzwischen wussten, dass es Kirchen, Arenen, Museen und selbst Bordelle sein konnten, in denen die Bewohner dieser Stadt sich vergnügten.

Claw stützte Officer McCrae, während hinter ihnen Trent und Mono hitzig über *A-Team 2041* diskutieren und Rosso sie alle an einigen dieser andersartigen Monolithen vorbeiführte, bis er schließlich vor einem stehen blieb.

Mono stutzte. Nach der Kirche, dem Museum und dem Boxstadion war dies der dritte Monolith, dem von außen nicht anzusehen war, was in ihm vorging. Ein weiteres Gebilde aus Stahl und Glas, in dessen Innerem Roboter vermutlich Tätigkeiten nachgingen, die für sie ursprünglich nicht vorgesehen gewesen waren.

Misstrauisch verengte Mono die Augen. »Und was zum

244

Erz soll das jetzt sein?«, fragte er und betrachtete übellaunig die riesige projizierte Fließschrift aus Einsen und Nullen über dem Eingang.

»Ein Casino«, antwortete Rosso beiläufig und kontrollierte noch einmal die Daten auf seinem Note-Pad, während um sie herum die Bots in das Gebäude strömten.

Kaum dass Rosso das sagte, fühlte Mono sich auch schon schlecht. Diese Stadt hatte ihm bereits die Freude am Boxen und an pornografischen Bildern genommen. War es denn noch nicht genug? Und obwohl er bereits ahnte, was ihn dort im Inneren erwartete, war er doch ein wenig neugierig. Ähnlich erging es auch Claw, der sich jedoch beim besten Willen nicht vorstellen konnte, worin der Reiz des Glücksspiels für einen Roboter liegen sollte. Verwundert wandte er sich Rosso zu: »Entschuldigen Sie, Sir, aber ist Glücksspiel nicht eine vergleichsweise unsinnige Beschäftigung für einen Roboter? Schließlich geht es dabei, wenn ich richtig informiert bin, um Kribbeln und Nervenkitzel und derlei«, fragte der Beta, der nach seinem Aufbrausen beschlossen hatte, für die nächste halbe Stunde wieder distanziert höflich zu sein. Er runzelte die mächtige Stirn.

Der Roboterprofiler lächelte ihn an. »Natürlich. Genau darum geht es. Und für einen normalen Roboter wäre derlei sicher kein Vergnügen. Aber Sie sollten nicht vergessen, dass Sie sich hier in Coppola City befinden.«

Und obwohl sie längst begriffen hatten, dass sich die Bots in dieser Stadt maßgeblich von anderen unterschieden und einer ganzen Bandbreite obskurer Vergnügungen nachgingen, reichten Rossos Worte allein hier doch als Erklärung nicht aus. Diese Stadt mochte sich von allen anderen unterscheiden. Aber was genau Coppola City abgesehen von Vergnügungsprotokollen, Roboterserienmördern, verschollenen Antriebsaggregaten und eigentümlichen Störsignalen noch ausmachte, ahnten sie nicht.

Doch Rosso hatte versprochen, es Ihnen verständlich zu machen. Und nun war es so weit. Also klärte er McCrae und ihr Team über jene technische Errungenschaft auf, die die Programmroutinen dieser Stadt mehr als alles andere bestimmte. Jenes kleine Geheimnis, dass die Prozessoren der Bewohner flimmern ließ und den einen oder anderen Bot in diesen Straßen menschlicher machte, als mancher Mensch es war. Die Ursache dafür, dass sie beteten, boxten, wetteten und liebten: Zentrales Moment des Ganzen war der E.M.O., der Ego Modification Orb, eine Art Gefühlsrelais. Eine Entwicklung der Coppola Cooperative, einer kleinen Arbeitsgruppe um PCU von Kempt. Diese auf dem Mond entwickelte Vorrichtung sollte eine wahrhaftige Brücke zwischen der Existenz von Mensch und Roboter schlagen. Sie war ein zentraler Bestandteil des Integrationsversuchs, der hier unten in Kombination mit dem iTrans das Zusammenleben von Bots und den höchsten Weihestufen des 2OT optimieren sollte.

Dabei war die Entwicklung des E.M.O. ursprünglich von einer vollkommen anderen Gruppe vorangetrieben worden: der Liga für Roboterrechte. Diese war von einigen Mitarbeitern des Kontroll- und Wartungsstabs gegründet worden, die die Meinung vertraten, dass die Gleichstellung künstlicher und biologischer Wesenheiten nur durch eine gemeinsame auf Variablen basierenden Emotionsgrundlage erreicht werden konnte.

Da im Jahr 3019 gut ein Drittel der insgesamt vierhundert Menschen auf Coppola II dieser Liga angehört hatten, hatte von Kempt das Votum der Gruppe sehr ernst nehmen müssen. Seit seiner Fertigstellung vor einigen Jahren war das E.M.O. in allen neueren Bots verbaut worden – mit dem Ziel, sie menschlicher zu machen, indem es ihnen die Option künstlicher Emotionen einräumte. Tatsächlich war jedem damit ausgestatteten Bot eine per Zufallsgenerator generierte Leidenschaft zuteilgeworden, die sein gesamtes künftiges Dasein bestimmte. Die Bandbreite der möglichen emotionalen Orientierungen reichte von Kunst über Glücksspiel bis hin zu Religion und sogar einer Form von Liebe, respektive Lust, in deren Rahmen die Bots interagieren konnten. Dafür mussten lediglich ihre Signaturen miteinander abgeglichen werden.

Dementsprechend waren Rosso zufolge in Coppola City nunmehr Museen, Casinos und Kirchen errichtet worden, die der Befriedigung jener verschiedenen Leidenschaften dienten, die aus den Bots Individuen machten.

Hier, im Zentrum der Stadt, frönten die Roboter hinter den silbernen Wänden mächtiger Monolithen unter stetig in Bewegung befindlichen Einsen und Nullen ihren Neigungen. Und die konnten sie laut Rosso eben in Glücksspielen, Gottesdiensten, Vernissagen, Konzerten und sogar robotischen Lebensgemeinschaften ausleben. Einige Aspekte des Lebens der Bots hatten hier im Zentrum der Stadt tatsächlich beinahe menschliche Züge angenommen.

Obwohl sie einen Großteil der Auswirkungen des E.M.O. bereits zu sehen bekommen hatten, starrten McCrae und ihre Männer Rosso ungläubig an, als er seine Ausführungen beendete. Selbst Trent, der in Sachen Fortschritt mit Sicherheit einiges mehr gesehen hatte als die anderen, schien es nicht recht glauben zu können.

Roboter, die durch künstlich hervorgerufene Emotionen zu Individuen wurden, waren nach allem, was sie hier oben gesehen hatten, fast etwas zu viel. Allerdings erklärte es auch einiges. Vor allem die Andeutungen Capeks und von Kempts über das Wesen dieser Einrichtung. Und wenn die Bots ihre künstlichen Gefühle tatsächlich lediglich innerhalb der zentralen Monolithen auslebten, dann – das war ihnen klar – hatten sie bisher nur eine Ahnung dessen gesehen, was Coppola City wirklich ausmachte.

Mono sah unterdessen vor seinem geistigen Auge strippende Roboter, die sich die Außenverkleidung vom Leib rissen, während die Umstehenden gierig die darunter liegenden Schaltkreise beäugten. Er hoffte inständig, dass Rosso sie nicht in ein binäres Bordell führen würde und ihm so auch noch die Freude an käuflicher Liebe nahm ...

All das hatte der Roboterprofiler ihnen hastig erklärt, während er sich an den Bots vorbei in das Casino gedrängelt hatte. Er hatte keine Zeit, näher auf ihre Fragen einzugehen. Nicht jetzt, wo der Killer gerade wieder zugeschlagen hatte und womöglich noch irgendwo im Gebäude war. Rosso blickte sich um und bemerkte sofort die deaktivierten Kameras im Eingangsbereich. Wenn er schnell war, hatte er jetzt die besten Chancen, den tollwütigen MT6 zur Strecke zu bringen. Und dann würde er ihn auseinandernehmen. Stück für Stück. Bis er wusste, was diesen verdammten Bot dazu gebracht hatte ...

Über die Schulter rief er den anderen zu: »Das Zentrum dieser Stadt pulsiert vor künstlichem Leben und könnte es gewiss mit einigen Metropolen dort draußen aufnehmen. Aber es frisst Energie und ist gerade unersättlich. Die zwölf Zentralmonolithen verbrauchen beispielsweise ge-

nau so viel Strom wie der ganze Rest der Stadt. Leidenschaft kostet Kraft. Ein altes Prinzip, wenn mich nicht
alles täuscht.«

So wie er sich nun in das Getümmel der Bots warf, fiel
es schwer, Rosso nicht aus den Augen zu verlieren. Claw
hatte Officer McCrae kurzerhand auf den Arm genommen
und drängte sich durch die Menge. Auch Mono und Trent
schoben sich mühsam durch das Getümmel, während der
GGB mithilfe seiner Sensorik beinahe mühelos zwischen
ihnen hindurchglitt.

Rosso wandte sich noch einmal Claw und McCrae zu.
Den Heavy und den Tech-Söldner hatte er bereits aus den
Augen verloren.

»Dieses Casino ist übrigens eines von dreien in Coppola
City. Hier sind es die Bots aus Sektor 7 und 8, die ihren
persönlichen Leidenschaft nachgehen.«

Während sie das taten, ignorierten besagte Roboter sie
allerdings noch immer. Der Innenraum des Monolithen
war eine große, hell erleuchtete Halle. In ihrem Zentrum
standen drei Dutzend Tische, an denen die Bots irgendwelchen Glücksspielen nachgingen. Mono erkannte projizierte Roulette-Tische, virtuelle Karten mit binären Werten und einige Spiele, deren Sinn sich ihm auch auf den
zweiten Blick nicht erschloss. Er hatte genügend Casinos
von innen gesehen und ausreichend C an den Spieltischen
gelassen, um auch von der Stimmung an diesem Ort irritiert zu sein. Hier schrie und tobte niemand. Weder aus
Freude noch vor Wut. Es fehlten einfach Schlägereien und
spärlich bekleidete Animiermädchen. Kurzum alles, was
den Besuch eines Casinos für jemanden wie ihn interessant gemacht hätte.

Auch Claw verstand das Ganze, den Ausführungen ihres Begleiters zum Trotz, noch nicht recht. Während er sich anstrengte, so dicht wie möglich hinter Rosso zu bleiben, rief er ihm über eine Reihe Roboter hinweg zu: »Aber selbst im Hinblick auf die erwähnte Leidenschaft erscheint Glücksspiel mir für einen höher entwickelten Bot sinnlos. Schließlich sollten seine Prozessoren doch in der Lage sein, den Ausgang eines jeden Glücksspiels exakt zu berechnen, womit ...«

Rosso lachte. »Natürlich. Aber die Bots hier betrügen. Mit Magneten, Lasern, Neigungssensoren, Schall, Sonar und Projektionen. Es ist Teil des Spiels. Und da sie alle betrügen, ist es am Ende die ultimative Form des Glücksspiels. Der Ausgang könnte nicht ungewisser sein!«

Der Roboterprofiler warf einen kurzen Blick auf die Multibox an seinem Handgelenk und drängte sich dann weiter durch die Menge.

»Und was wollen wir hier?«, rief McCrae ihm zwischen den Bots hindurch zu.

»Dieses Casino ist mein Tatort, Ma'am. Mein SerienmörderBot scheint noch hier zu sein. Und dieses Mal krieg ich ihn!«

Rosso blickte noch einmal auf seinen Handgelenkmonitor. Dann bedeutete er McCrae und der Gruppe, ihm zu folgen, während er sich in den hinteren Teil der Halle begab.

Als Mono kurz nach oben schaute, erkannte er, dass die Kameras im Inneren des Casinos abgeschaltet worden waren. Er witterte eine gottverdammte Falle und wünschte sich sein voll bestücktes Bolzenschussgerät zurück. Nichtsdestotrotz hastete McCraes Team Rosso nach, vorbei an den Bots, die auf bizarr disziplinierte Art an den Spieltischen standen.

Es war nicht einmal zu erkennen, ob sie gewannen oder verloren. Sie spielten einfach und lebten dabei die Leidenschaft gut gekühlter Prozessoren.

Insgeheim fragte sich Officer McCrae, ob wohl auch der GGB über ein E.M.O. verfügte. Da er jedoch auch kein Empatron hatte, schien es ihr eher unwahrscheinlich. Obwohl sie die Vorstellung, dass der Eimer plötzlich stehen blieb, um eine Runde Black Jack zu spielen, durchaus amüsierte. Stattdessen surrte der GuideBot jedoch beinahe lautlos und wie ein treuer Hund an ihrer Seite dahin.

An der Rückwand angekommen, benutzte Rosso jetzt seine OmniCard, um eine Tür in die Kontrollzentrale des Casinos zu öffnen. Mono, Claw und Trent schlossen auf und betraten hinter ihm einen Raum, in dem Kabel über Kabel verliefen, die allesamt zu einem kreisrunden erhabenen Pult im Zentrum führten.

Im Inneren roch es nach verbranntem Plastik, verschmorten Leitungen und Rauch, und über ihnen schwebten einige clAIRe bt7, die gegen Restrauchschwaden anrotierten.

Die Zentrale des Casinos wurde vom indirekten Licht einiger Lichtelemente hinter transparenten Wandverkleidungen erhellt. Hinter Rosso konnte Trent im Inneren des Pults eine Art Andockvorrichtung erkennen, die an einen Stuhl mit verschiedenen Anschlüssen in der Rückenlehne erinnerte. Darin saß, reglos und mit gesplittertem Visor, der Korpus eines Roboters, dessen Arme und Beine ihm, zu einer Art doppeltem Ring verflochten, wie eine Art Krone auf den Kopf gesetzt worden waren, während aus den

Stümpfen an seinem Körper verschmorte Kabel ragten, die bunte Funken schlugen.

Der Roboterprofiler eilte zu der Vorrichtung hinüber und kontrollierte die Kennung am Sockel des metallenen Schädels. Hastig gab er die zwölfstellige Nummer in seine Multibox ein und wartete einen Moment.

Dann konnte McCrae ihn fluchen hören. »Verdammt. Und schon wieder ein MetaBot ...«

Auch Ion Trent trat näher und betrachtete den verstümmelten Roboterkadaver. »Wow, das scheint mir tatsächlich ein größeres Problem zu sein.«

Rosso trat schweigend an das Pult, zog eine Microcam hervor und begann zu filmen. Das Kontrollzentrum dieses Casinos war ein weiterer Tatort ohne Kameraüberwachung. Davon abgesehen war es das erste Mal, dass der KillerBot zwei Morde innerhalb eines Tages beging. Außerdem sprach der Zustand dieses Opfers dagegen, dass es sich bei dem Täter um den MT6 handelte. Irgendetwas in dem Muster schien sich zu verändern. Womöglich war es mehr als bloß ein KillerBot ...

»Was zum Erz ist das für ein kranker Scheiß?«, schimpfte Mono und wies auf den verstümmelten Bot.

Rosso drehte sich um und wollte gerade etwas entgegnen, als Claw, nur wenige Meter von der Gruppe entfernt, am Boden plötzlich eine Overridemine entdeckte, auf die der GGB direkt zuhielt ...

»Vorsicht, Mine!«, schrie er auf.

Sofort hechteten alle in Deckung. Der Beta schützte mit seinem Körper McCrae, die ihr Gesicht vor Schmerz verzog, als sie mit ihm hinter dem Kontrollpult landete und mit der Schulter dagegenstieß. Der Heavy hechtete aus der Tür und Trent in die entgegengesetzten Ecke des Raums. Einzig der GuideBot hatte die Warnung nicht rechtzeitig verarbeiten können, sodass er nicht früh genug stoppte und einen Moment darauf den Peripheriezünder der Mine auslöste.

Rosso hob die Hände über den Kopf und duckte sich neben dem Roboterkadaver hinter das Pult.

Die erwartete Explosion blieb jedoch aus.

An ihrer statt erfolgte lediglich ein leise Klicken und dann ein kurzes Surren, das den Anwesenden allzu bekannt war. Der GGB fuhr seinen Monitorarm aus. Einen Moment später schob er sich über das Kontrollpult, der Bildschirm entfaltete sich, und das Visormodul fokussierte die am Boden Kauernden. Und dann vernahmen sie plötzlich eine Stimme, die keinem von ihnen bekannt vorkam. Mit Sicherheit konnten sie nur sagen, dass es sich weder um die digitalisierte Stimme SPV Capeks noch eine gewöhnliche künstliche handelte.

»Ah, Mr. Rosso. Wie wir sehen, sind Sie inzwischen wie geplant mit Ihren Kontaktpersonen zusammengetroffen.«

Verwundert rappelte die Gruppe sich auf, Claw half McCrae, Trent trat hinzu, und auch Mono kam vorsichtig wieder herein. Alle sammelten sich um den GuideBot. Auf dessen Monitor war nun das Gesicht eines Fremden zu sehen, der McCrae allerdings seltsam bekannt vorkam.

Misstrauisch beäugte der Heavy die ausgelöste Vorrichtung am Boden, was auch dem GGB nicht entging.

»Eine Overridemine, Mr. Mimkin. Machen Sie sich keine Sorgen. Wir haben sie lediglich installiert, um Kontrolle über das Kommunikationssystem dieses GuideBots zu erlangen.«

McCrae staunte. »Dann wussten Sie also, dass wir hierherkommen würden?«

Der Monitor des GGB flippte in ihre Richtung. »Nachdem Coppola Control Mr. Rosso zu Ihrem Führer bestimmt hatte, gingen wir mit hoher Wahrscheinlichkeit davon aus, Ma'am. Zumindest sobald dieser Raum zum Tatort eines weiteren Mords wurde.«

Rosso nickte, machte dabei jedoch eine abwehrende Geste und wandte sich stattdessen dem Monitor des Guide-Bots mit dem Gesicht des Unbekannten zu.

»Dann wussten Sie also auch, dass der Killerbot hier zuschlagen würde?«

Die Antwort des Mannes kam ohne Zögern. »Natürlich. Dieser Mord war der einzige Weg, sie alle zusammen so schnell hierherzubringen. Und wir haben keine Zeit zu verlieren. Denn es geht nicht nur um Coppola City, sondern ...«

»Wohoho, Moment, Moment!«, unterbrach Rosso ihn. »Soll das etwas heißen, dass Sie für diese Mordserie verantwortlich sind?«

»Den Terminus *Mord* benutzen wir lediglich, um Sie emotional zu stimulieren, Mr. Rosso. Wir bevorzugen generell eher den Begriff der nachhaltigen Deaktivierung. Abgesehen von derlei Begrifflichkeiten können wir Ihre Vermutung jedoch bestätigen.«

Rosso verschränkte die Arme vor der Brust und funkelte trotzig in die Kamera. »Was sollte mich dann jetzt davon abhalten, Coppola Control zu kontaktieren, Ihren Standort zu ermitteln und Sie festnehmen zu lassen?«

Der Fremde zeigte sich wenig beeindruckt von dieser Drohung. »Zum einen die Tatsache, dass Coppola Control selbst die gesamte städtische Kommunikation unterbunden hat. Zum anderen aber auch der Umstand, dass es in dieser Stadt gegenwärtig tatsächlich ein größeres Problem als deaktivierte Roboter gibt ...«

Nun meldete sich Mono zu Wort, der gerade nach längerer Pause wieder einmal herzhaft auf den Boden gespuckt hatte. »Wisst ihr was? Ich habe die Schnauze langsam gestrichen voll von Problemen. Und dieser ganze verschissene Mond scheint aus Problemen zu bestehen! Wie soll man diesen ganzen Scheiß denn nüchtern aushalten?«, moserte er lautstark.

»Mich würde allerdings interessieren, was für ein Problem genau er meint«, sagte McCrae, stützte sich auf Claw und beugte sich zum Monitor hinab. Von irgendwo her kannte sie diesen Mann. Aber sie konnte sich beim besten Willen nicht erinnern, woher ...

»Das sollte es auch. Zumal es dabei um Ihr Perpetuum geht«, entgegnete der Unbekannte.

»Das wir bergen und zurückschaffen sollen.« Sie nickte nachdenklich.

Der Fremde aber widersprach ihr. »Nein, Ma'am. Sie und Ihr Team sind hier, um zu versagen. Gegebenenfalls auch zu sterben. Ein Umstand, den Coppola Control gegenwärtig übrigens als Ausgang Ihrer Mission favorisiert.«

Die Gruppe wechselte verwirrte Blicke. Auch der Tech-Söldner schaute irritiert in die Kamera.

»Und was ist mit mir?«

»Ah. Mr. Trent. Nun, Sie sind theoretisch bereits tot. Und daran wird sich, wenn es nach PCU von Kempt geht, auch nichts ändern.«

Mono lag noch ein wütender Kommentar auf der Zunge, der Fremde aber ließ nicht zu, dass er ihn ausspuckte.

»Sparen Sie sich das für später, Mr. Mimkin. Gegenwärtig ist keine Zeit für so etwas. Wir werden Ihnen nun zunächst die blockierte Ansicht der Stadtkarte wieder freischalten, um Ihnen ein Überwachungsbild zu übermitteln, das Ihnen einen realistischen Überblick über das Problem geben wird.«

Im nächsten Augenblick flammte das angekündigte Bild auf dem Bildschirm des GGB auf. Es war die gleiche Karte, die von Kempt Capek über den verschlüsselten Kanal gezeigt hatte. Dazu erklang wieder die Stimme des Fremden. »Sie sollten diesen Stadtplan mit Ihren Multiboxes und TouchPads synchronisieren und auf Ihre HUDs holen. Diese Karte könnte Ihnen womöglich das Leben retten. Die Position der blauen Wolke ist das entscheidende Moment darin. Dabei handelt es sich um ein Phänomen, das sich Ihnen womöglich mithilfe des folgenden Überwachungsbilds etwas näher erschließt.«

McCrae und Rosso hatten gerade die Synchronisierung vorgenommen, als das Bild auf dem Monitor sich veränderte. Anstelle der Karte von Coppola City sahen sie nun über eine der zahlreichen Sicherheitskameras in einiger Entfernung *das Phänomen*. Eine Gruppe sich kontinuierlich modifizierender Roboter, die fliegend, fahrend und gehend in verschiedenen Ebenen um das Perpetuum rotierten, während sie sich, umschwirrt von Sicherheits- und Montagedrohnen, unentwegt weiter voranbewegten.

»Das ist es also, was im Endlager begonnen hat«, murmelte McCrae tonlos.

»Es ... ist *gewachsen*«, flüsterte Trent, wobei sie alle das Zittern in seiner Stimme hören konnten.

Staunend betrachteten sie die unförmige Gruppe sich

voranwälzender Roboter, Dutzende deformierter metallener Leiber. Sie sahen die Drohnen, die das Phänomen umschwirrten, sahen, wie die Roboter, die es passierten, in sein Innerstes gerissen, demontiert und ihre Einzelteile ein Teil von ihm wurden, während all das von dem unwirklichen blauen Leuchten des Perpetuums umgeben war.

»Es ist ein Moloch ...«, flüsterte Claw, in dessen Stimme McCrae zum ersten Mal, seit sie ihn kannte, so etwas wie Furcht zu spüren glaubte.

Obwohl seine Ausmaße gleich blieben, schienen die einzelnen Teile jenes Molochs tatsächlich zu wachsen. Selbst die Bots, die um das Perpetuum herummarschierten, wirkten, als ob sie wüchsen. Trotz der zahlreichen wirren Körper konnten McCrae und ihre Leute die Struktur des Ungetüms erkennen. Die innerste Reihe mit der schweren Panzerung, die mittlere mit dem Schwerpunkt auf mobiler Bewaffnung und den äußeren Ring mit den Kundschafterdrohnen.

Die Bots in den Straßen scheuten nicht einmal vor diesem Moloch zurück, bewegten sich sogar auf ihn zu, als ob sie ihm ihre Körper opfern wollten.

Und eben dieser Moloch aus Dutzenden Leibern und aberzig Gliedmaßen rammte auf seinem Weg Monolithen, brach Wände auf, zermalmte Roboterkörper und wälzte sich weiter voran. Er riss einzelne Roboter aus ihren aufgebrochenen Ladekammern, verleibte sie sich ein und schien in all dem nicht aufzuhalten zu sein.

Hinter ihm klaffte eine Spur der Verwüstung. Aus den zersplitterten Wänden der Gebäude schlugen Funken. Rauch stieg empor. Und in den Straßen lagen die Reste derer, die der Moloch sich geholt und wieder ausgespien hatte. Zerstörte Körper, abgetrennte mechanische Arme und Beine, die verdreht, verknickt und zerbrochen am Boden lagen, während das Ungetüm weiter ins Innere der Stadt strebte. Langsam näherte der Moloch sich mit wuchtigen Schritten der Überwachungskamera, über die das Team ihn sah. Und je näher er kam, desto eindrucksvoller wirkte jenes gigantische zusammengestückelte Ungetüm.

Doch dann, mit einem Mal – das Ungetüm war vielleicht noch fünfzig Meter von der Kamera entfernt – fiel das Bild plötzlich aus. Weißes Rauschen legte sich über die Monitore, das wenig später wieder von der Silhouette des Unbekannten abgelöst wurde, dessen Stimme zugleich auch die einsetzende Stille brach.

»Auf kürzere Distanz verursacht das Perpetuum Ausfälle. Das Phänomen bewegt sich übrigens direkt auf Coppola Control zu. Und von Kempt versucht, ihm den Weg zu ebnen.«

»Aber warum sollte er das tun? Dieses Ding steht doch im Begriff, seine Stadt zu zerstören!« Es wollte McCrae einfach nicht in den Kopf, weshalb die Prior Command Unit so etwas hätte tun sollen.

Der Fremde antwortete ihr über den Monitor des GGB: »Hören Sie, wir werden versuchen, Ihnen alles zu erklären. Aber wichtig ist vor allem, dass Sie sich schnellstmöglich bewaffnen und dafür bereit machen, diesem Phänomen entgegenzutreten.«

»Was bitte sollen wir tun?«, fragte Mono ungläubig. Er hatte schon gegen einiges gekämpft. Vieles davon, das meiste eigentlich, war größer gewesen als er selbst. Aber dieses Ding hätte er nicht einmal von hinten angreifen wollen.

Der Unbekannte beugte sich näher zur Kamera, und seine Stimme bekam einen eindringlichen Ton, als er weitersprach: »Bedauerlicherweise sind Sie gegenwärtig die Einzigen, die noch verhindern können, dass das Perpetuum sein Ziel erreicht. Ich weiß, dass das viel verlangt ist. Und auch, dass es nicht einfach werden wird. Aber Roboter werden es nicht verhindern können. Die wird dieses Ding schlucken und sich einverleiben. Um das zu richten, braucht es ein paar gute alte, auf Kohlenstoff basierende Lebensformen.«

Mono schüttelte den Kopf und lachte verächtlich. »Alter, hast du gesehen, wie groß dieses Ding ist?«

Der Fremde zögerte kurz. Er sah, dass Claw und McCrae das Problem ähnlich sahen wie der Heavy. Rosso und Trent hielten sich ohnehin im Hintergrund. Und dann stellte der Unbekannte die alles entscheidende Frage. »Ich dachte, Sie wären Justifiers?«

»Fuck, ja, aber ...«, entgegnete Mono wütend, kam jedoch nicht weiter.

»Wenn Sie es wirklich sind, sollte es kein *Aber* geben«, schloss der Fremde.

»Aber das ist nicht unser Auftrag!«, gab McCrae zu bedenken.

»Vergessen Sie Ihren Auftrag. Und auch jeden weiteren. Denn wenn Sie das hier nicht aufhalten, wird auf längere Sicht niemand übrig bleiben, der Sie oder irgendjemanden sonst für irgendwas bezahlen könnte.«

Sie schauten sich an. Der Mann sprach in Rätseln.

»Was wollen Sie damit genau sagen, Sir?«, fragte der Beta zögernd.

»Wir haben wirklich keine Zeit, Mr. Claw. Vertrauen Sie

uns. Wir werden Ihnen alles sagen, was Sie wissen wollen. Aber zunächst müssen Sie sich in Mr. Rossos Werkstatt begeben und sich ausrüsten, und das so schnell wie möglich. Wenn unsere Informationen korrekt sind, dann hat PCU von Kempt in diesem Moment bereits die SicherheitsMechs auf Sie angesetzt. Bevor Sie sich also dem eigentlichen Problem zuwenden, werden Sie zunächst noch die besiegen müssen.«

Mono verdrehte die Augen und kratzte sich seinen Backenbart. »Ich sag's doch. Probleme. Dieser gesamte verschissene Mond besteht aus nichts als Problemen. Und jetzt auch noch SecMechs. Danke sehr.«

Die Sicherheitsroboter, voll automatisierte Gardeure, stellten tatsächlich ein Problem dar. Umso mehr, weil das Team noch immer weitgehend unbewaffnet war. Wenn es ihnen nicht gelang, zumindest ein paar mobile EMP-Impulsgeber in ihren Besitz zu bringen, sah es schlecht aus.

Der Unbekannte sprach unterdessen weiter. »Da wir allerdings davon ausgingen, dass sich die Situation auf diese Weise entwickeln würde, haben wir vor der Abschaltung des Kommunikationsnetzes noch eine umfangreiche Materiallieferung veranlasst. Dementsprechend werden Sie in Mr. Rossos Werkstatt einiges vorfinden, das Ihnen sehr nützlich erscheinen wird.«

Dieser Mann war davon ausgegangen, dass all das geschehen würde? Davon, dass sie auf der Flucht vor SicherheitsMechs und mit dem Ziel, einen Robomoloch zu zerstören, um an dessen Energiequelle zu gelangen, Zuflucht in der Werkstatt Jack Rossos suchen würden? McCrae schauderte. Dieser Kerl war entweder ein gottverdammter Hellseher, oder aber er wusste wesentlich mehr, als er zugab.

Sie griff nach ihrer Schulter und tastete nach der Wunde. Die Schmerzen hatten nachgelassen. Ganz im Gegensatz zu den Problemen.

»Wir wollen ehrlich zu Ihnen sein. Ihre Chancen stehen nicht gut. Womöglich werden Sie lediglich Zeit schinden können. Aber wir beschwören Sie, es zu versuchen, Ma'am. Im Namen von allem, was Ihnen heilig ist. Denn es steht womöglich mehr auf dem Spiel, als Sie ahnen. Und wenn Sie lange genug durchhalten, wird Sie ironischerweise vielleicht eben der Konzern retten, der Ihnen das Ganze überhaupt erst eingebrockt hat.«

»Der Eimer spinnt. Ist vollkommen durchgeknallt«, murmelte Mono kopfschüttelnd.

Claw pflichtete ihm bei. »Sie werden verzeihen, aber ich bin geneigt, Mr. Mimkin zuzustimmen. Es wäre unlogisch, wenn *2OT Technology* so etwas täte.«

Die Antwort des Unbekannten erfolgte beinahe umgehend: »Zumindest wenn diese Anlage entsprechend der Direktiven des Konzerns geführt würde. Da sich aber PCU von Kempt einiger grober Verfehlungen schuldig gemacht hat, haben wir uns erlaubt, der Konzernleitung eine Nachricht zukommen zulassen. Inklusive eines Datenanhangs, dessen Veröffentlichung sogar die Nebula-Affäre von 3012 in den Schatten stellen würde. Darum gehen wir auch davon aus, dass inzwischen eine Eingreiftruppe mit dem Auftrag gestartet sein dürfte, von Kempt abzusetzen und Coppola City herunterzufahren.«

»Und die würden uns retten?«, fragte McCrae und hob zweifelnd eine Braue.

»Ich sagte *vielleicht*, Ma'am. Natürlich nur gesetzt den Fall, Sie kommen rechtzeitig an und haben nicht den Auftrag, alle potenziellen Zeugen zu beseitigen.«

Diese Aussicht dämpfte die Stimmung innerhalb der Gruppe nachhaltig. Die Aussicht auf eine potenzielle Rettung mit derart vielen Einschränkungen steigerte kaum das Bedürfnis, sich für das Wohl der Menschheit zu opfern und einer Reihe stetig wachsender Robotergiganten entgegenzustellen.

Der Fremde aber überging die Befindlichkeiten des Teams einfach. »Bezüglich des ursprünglichen Problems, nämlich des Perpetuums, haben Sie zunächst den Vorteil, dass Ihnen genug Zeit bleiben wird, sich um die Mechs zu kümmern. Denn das Phänomen nutzt nicht das TransBot-System, was Ihnen einen gewissen zeitlichen Vorteil verschafft. Bis zu den Aufzugsschächten im Zentrum hat es noch einiges an Weg vor sich.«

»Auf dem es weiter wachsen wird ...«, flüsterte Trent tonlos.

McCrae starrte derweil auf den Monitor. Sie hing förmlich an den Lippen des Mannes und versuchte noch immer, sich zu erinnern, wo sie ihn schon einmal gesehen haben konnte.

Rosso war es schließlich, der die alles entscheidende Frage stellte, die ihnen längst unter den Nägeln brannte. Im allgemeinen Trubel hatte sie aber bisher niemand zu stellen gewagt: »Aber wer zum Zuse sind Sie eigentlich?«

»Wir sind Golem«, sagte der Fremde.

Daraufhin faltete sich der Monitor zusammen und verschwand im Inneren des GuideBots.

Und Officer McCrae fiel es wie Schuppen von den Augen: Dieser Mann war der, den sie in den Videoaufzeichnungen Professor Rossos gesehen hatte. Derselbe, der zwanzig Jahre zuvor Nobots Eltern ermordet und ihn selbst in den Armen einer Roboterhebamme zurückgelassen hatte ...

Und auch Rosso, der die Dokumentation seines eigenen Werdens in den vergangenen Jahren mehr als einmal gesehen hatte, erkannte den Mann jetzt. Aber interessanterweise löste dieses Erkennen nichts in ihm aus. Er hatte das Gefühl, sich selbst vollkommen emotionslos wie von außen zu beobachten, während er begriff, wer ihm dort auf der anderen Seite des Monitors gegenübersaß. Es war niemand anderes als der Mörder seines Vaters. Und doch verspürte Rosso bei seinem Anblick weder eine Beschleunigung seines Pulses noch eine Ausschüttung von Adrenalin.

Diese Person war dafür verantwortlich, dass dies aus ihm geworden war. Etwas, das weder Mensch noch Roboter war und dazu verdammt, sein Leben zwischen der Welt der einen und der der anderen zu fristen. Doch an dem, was gewesen war, ließ sich nichts mehr ändern. Weder durch Rache, noch durch Zorn oder Vergebung. Und trotzdem wunderte Rosso sich, wie teilnahmslos er diesen Bildschirm betrachtete. Aber vielleicht lag es auch daran, dass dieser Mann dort viel mehr sein Vater war als der, den er einst in jenem Labor getötet hatte.

Das, was Jack Rosso heute war, war nicht das Verdienst dessen, der ihn gezeugt hatte. Vielmehr hatte er es dem zu verdanken, der seinen Erzeuger getötet hatte. *Golem ...*

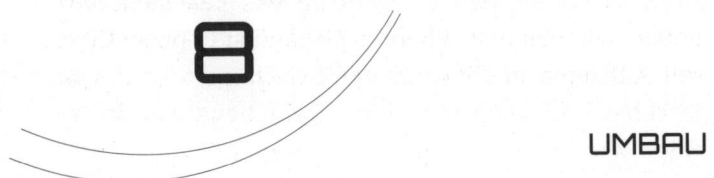

8

UMBAU

Capek ließ den Blick durch die Kommandozentrale schweifen. Die Ruhe hier oben erschien ihm beinahe eigentümlich. Die CTRs, die wie gewohnt ihrer Arbeit nachgingen, ihre Blicke auf dem Holo-Cube und die Finger auf den Tasten. Alles wirkte normal, als hätte sich unten in der Stadt nichts verändert.

Inzwischen war aufgrund des Phänomens und des Eingreifens der PCU ein gutes Viertel der städtischen Kameras ausgefallen. Wenn der Supervisor vom Grad der Verwüstung auf den unterdrückten Bildern und der Position der blauen Wolke auf seinem HUD ausging, musste das Phänomen bereits ganze Straßenzüge verwüstet haben. Und zwar ohne dass irgendjemand hier oben es bemerkt hätte. Denn in Coppola Control glaubte man sich noch immer mit einer Reihe Fehlfunktionen konfrontiert, die bald wieder von den Wartungsteams behoben sein würden, auch wenn vereinzelte Rauchschwaden das Kontrollteam irritierten.

Capek musste an Krueger und seine Leute denken. Er

schauderte, wenn er sich überlegte, wie viele mehr dort unten zwischen den silbernen Gebäuden Coppola Citys seit Auftreten des Phänomens bereits gestorben sein mochten. Und wenn es nach von Kempt ging, würden es bald noch weit mehr sein ...

Im nächsten Augenblick flammte vor den Augen des Supervisors eine neue Textnachricht auf.

»SPV Capek, wo befindet sich Officer McCraes Team gegenwärtig?«

Er brauchte ein wenig, um die Gruppe zu lokalisieren. Irgendetwas mit dem GuideBot schien nicht in Ordnung zu sein, weshalb Capek die Ortung anders bewerkstelligen musste, bevor er antwortete.

»Wenn wir dem städtischen Sensorsystem glauben können, sind sie auf dem Weg zu Rossos Werkstatt.«

»Warum die Sensoren? Sollten wir nicht über den GGB Kontakt zu ihnen haben?«

Capek ließ bereits ein Analysetool über die Protokolle des GuideBots laufen. Er konnte nicht aus dem Automatikmodus zurückschalten, weil der offensichtlich von irgendjemandem beendet worden war. Allerdings ohne, dass er davon Kenntnis gehabt hätte.

»Da gibt es offensichtlich ein Problem. Sowohl eingehende als auch ausgehende Signale werden vom GGB blockiert. Es ist ein wenig sonderbar, beinahe als ...«

»FUNKTIONIERT HIER DENN GAR NICHTS MEHR?«

Capek zuckte zusammen. Die alleinige Verwendung von Großbuchstaben in der DTM ließ ihn ahnen, wie ungehalten die Prior Command Unit war, obwohl von Kempt noch immer reglos inmitten der zahllosen Datenadern ruhte. In seinem Inneren aber, das wusste Capek, fanden Hochrechnungen statt. Er kalkulierte alle Möglichkeiten und Wahrscheinlichkeiten, die die Fusion verzögern konnten. Auswirkungen der Sicherheitseinrichtungen und die Chancen der Justifiers. Und jeder Aspekt, der sich dabei seiner Kontrolle entzog, weckte mehr von der letzten Ahnung menschlicher Wut in seinen Schaltkreisen.

»Es könnte ebenfalls am Perpetuum liegen«, gab Capek zu bedenken.

»DAS, SUPERVISOR, IST EINE MUTMASSUNG.«

Capek bemerkte, wie sich die Command Unit jetzt selbst in die Protokolle des GGB loggte. Er begriff, was von Kempt fürchtete. Und wenn er tatsächlich recht hatte, kam damit eine zusätzliche Komponente ins Spiel.

»Denken Sie, dass jemand seine Kontrolle übernommen hat?«

»Wenn das tatsächlich jemand getan hat, macht das McCraes Gruppe womöglich doch noch zu einem ernsthaften Problem.«

»Jemand, Sir? Denken Sie, es könnte womöglich mit den Robotermorden und den jüngsten Problemen ...« Der Supervisor wusste von den meisten dieser Probleme. Ebenso von Unregelmäßigkeiten in der Struktur der Stadt wie auch der Deaktivierung der MetaBots. Denn all das hatte er selbst aus den Protokollierungsdaten herausgelöscht, die von Coppola II an den Konzern gegangen waren.

»Stellen Sie keine Fragen, Capek, sondern überprüfen Sie die Datenströme. Ich will wissen, was da unten los ist. DENN DIES IST MEINE STADT!«

Eine derartige Häufung von Großbuchstaben und ein solches Maß an Erregung seitens seines Vorgesetzten hatte der Supervisor noch nie gesehen. Von Kempt schien geradezu außer sich.

Das Licht im Kontrollzentrum begann zu flackern. Die Stromschwankungen übertrugen sich sogar bis auf die Stadt. Selbst unter der riesigen Kuppel wurde es für einige Sekundenbruchteile dunkel, als der Zorn der PCU durch die Leitungen schoss.

»Wir stehen kurz vor dem wichtigsten Moment in der Geschichte dieser Einrichtung. UND ICH WERDE NICHT ZULASSEN, DASS DABEI IRGENDETWAS SCHIEFGEHT!«

»Ja, Sir. Ich habe verstanden, Sir.«

Capek schaltete einen Scannersequenz online, um das Signal ausfindig zu machen, dass den GuideBot blockierte. Wenn jemand seine Kontrollfrequenz tatsächlich gezielt überlagerte, würde er es auf diese Weise innerhalb kürzester Zeit herausfinden. Auf seinem HUD beobachtete er, wie die Sequenz automatisch mit den einzelnen aktiven Frequenzen verglichen wurde. Es brauchte keine zwei Minuten, bis das Programm eine Entsprechung gefunden hatte. Es war tatsächlich eine Übernahme. Und das Interessanteste dabei war der Ursprung des Überlagerungssignals ...

Eilig textete Capek an von Kempt.

»Sir! Wir haben tatsächlich ein Signal. Der Ursprung ist noch nicht völlig gesichert. Aber es stammt ohne Zweifel von hier oben. *Direkt aus Coppola Control.*«

»Gut. Das bedeutet, dass jemand sie instruiert und sie mehr Informationen haben, als gut ist. Und das wiederum bedeutet, dass wir das jetzt beenden.«

Im nächsten Moment schon wurde das Kontrollzentrum in unruhiges rotes Licht getaucht. Von Kempt hatte den

Einsatzcountdown der SicherheitsMechs gestartet, die nun in ihren Ladeschächten mit dem Omegon3 an ihrer Spitze, alle notwendigen Uploads für die Auslöschung der Justifiers und das Säuberungsprogramm 12 erhielten.

Nun endlich schauten die Controller an ihren Plätzen irritiert auf. Niemand hatte von einer anstehenden Übung gehört. Zumal ihnen aufgrund der Kameramanipulationen keinerlei Unregelmäßigkeiten bekannt waren.

Aus den Lautsprechern des Kontrollzentrums erklang energisch von Kempts digitalisierte Stimme: »Dies ist keine Übung. Ich wiederhole: Dies ist keine Übung. Die Sicherheitseinheiten werden freigesetzt, um ein Problem im Inneren der Stadt zu beheben. Eine Einheit Justifiers hat Coppola City infiltriert, um die Stadt zu sabotieren. Der Alarmzustand wird beendet, sobald besagtes Problem behoben ist. Bis dahin fahren Sie bitte mit Ihrer Arbeit fort. Verlassen Sie nicht Ihren Platz. Folgen Sie Ihren Anweisungen. Oberste Priorität haben direkte Befehle der Prior Command Unit. Dies ist keine Übung.«

Während von Kempts Ansage im roten Widerschein der Alarmleuchten durch Coppola Control hallte, leuchtete auf SPV Capeks HUD seine nächste direkte Textnachricht auf:

»Sorgen Sie unterdessen dafür, dass die Mechs auf die Signaturen von McCraes Team programmiert werden. Ich will, dass die Frau, der Zwerg, der Beta und der TechTyp tot sind, bevor das Perpetuum sein Ziel erreicht.«

»Was ist mit Rosso?«, fragte der Supervisor via DTM.

»Die neue Ordnung braucht jemanden wie ihn nicht. Legen Sie den Kontakt zu Security I auf meinen Kanal. Wenn die Mechs ausschwärmen, würde ich Mr. van Ghor auf der Jagd nach seinen ehemaligen Kameraden gern ein wenig persönlich motivieren.«

Capek tat wie geheißen und leitete die komplette Kontrolle des Sicherheitsteams auf von Kempt um, der ihm inmitten des Alarms noch eine weitere Order gab.

»Und um Ihren Platz innerhalb der neuen Ordnung zu behaupten, sollten Sie sich darauf konzentrieren, den Ursprung der Überlagerungsfrequenz ausfindig zu machen. Ich will so schnell wie möglich wissen, wer die Kontrolle über den GuideBot übernommen hat ...«

ZEIT: 02:00 PM
ORT: Coppola City/ Rossos Werkstatt

Rossos Werkstatt war ein einzelner Monolith am Rande des Zentrums von Coppola City. Ein neuralgischer Punkt, von dem aus er mithilfe des TransBot innerhalb kürzester Zeit jeden Punkt innerhalb der Stadt erreichen konnte.

Durch das TransBot-System hatte Rosso das Team zügig dorthin bringen können. Während des ganzen Wegs hatte er geschwiegen. Dabei hatte McCrae ihn genau im Auge behalten, weil sie fürchtete, dass die Konfrontation mit Golem Probleme hervorrufen könnte. Rosso aber wirkte keinesfalls aufgebracht. Im Gegenteil – dafür, dass er gerade dem Mörder seines Vaters begegnet war, hatte der Roboterprofiler sich erstaunlich ruhig verhalten.

Vom Casino aus waren es lediglich drei Stationen bis zu seiner Werkstatt gewesen, während der Claw und Trent sich dicht an die Sichtluken gedrängt hatten, um irgendwo eine Spur des Perpetuums auszumachen. In einiger Entfernung waren in den Tiefen der endlosen silbernen Korridore Rauch und Schäden zu erkennen gewesen, aufgerissene, angesplitterte Monolithen, die vermuten ließen, wie wenig sich der Moloch um den Zustand der Stadt scherte. Sein einziges Bestreben war, das Perpetuum zu schützen und an seinen Zielort zu bringen. Der ihm innewohnende Wille schien der des Perpetuums selbst – als versuchte die mysteriöse Energiequelle tatsächlich, sich selbst zu schützen und zu optimieren. Ohne Rücksicht auf ihr Umfeld oder anderweitige Lebensformen. Mit Schaudern erinnerte sich McCrae an die Leichen Kruegers und seiner Männer unten im Endlager ...

Dieses Schaudern aber wich kurz darauf einem Staunen, als sie den Monolithen betraten, in dem Rossos Hauptquartier lag. Sein Inneres schien eine Mischung aus Werkstatt und Museum zu sein. Die hohen, silbern schimmernden Wände waren über drei Etagen mit Vorrichtungen übersät, in denen sich alle erdenklichen Robotereinzelteile fanden. McCrae erkannte in Regalen, Schubkästen und Vitrinen Hunderte Gliedmaßen, Außenhautkomponenten und Kopfsegmente, die sich dort an Werkzeuge, Visorelemente und komprimierte Kabelstränge reihten. Obwohl das alles mit kleinen Fließkristalletiketten versehen war, auf denen in Binär die entsprechende Typenbezeichnung vermerkt war, erschloss sich die Ordnung dahinter dem Betrachter auch auf den zweiten Blick nicht. Über eine Schwebebühnensystem im Zentrum war man in der Lage, die verschiedenen Ebenen anzusteuern und die Regale anzufahren, die ebenso hoch wie voll waren.

Trent fühlte sich tatsächlich ein wenig wie zu Hause.

Ihn juckte es in den Fingern. Gern hätte er einiges von diesem Zeug ausprobiert. Dies war ein Gadget-Mekka, wie es einem Tech-Söldner das Schmieröl in der Prothese zusammenlaufen ließ.

Während Claw sich auf die Suche nach dem Erste-Hilfe-Kasten machte, fühlte Mono sich verloren wie in einem Hochregalhort. Er mochte eher überschaubare Räume, wie man sie mit zwei Handfeuerwaffen kontrollieren konnte. Dazu kam, dass er mit dem ganzen Zeug hier nichts hätte anfangen können. Jede Art von Sprengfalle zwischen hier und dem Vosgho-Nebel hätte er zusammen-, auseinanderbauen, hochjagen oder entschärfen können. Davon abgesehen war er handwerklich allerdings nicht begabter als ein timurischer Tempeltürstopper.

Der Raptorbeta blickte sich kurz um, entdeckte einen Erste-Hilfe-Kasten an der Wand und eilte hinüber, um sich gleich darauf daranzumachen, die Wunde seiner Vorgesetzten zu versorgen.

An einer anderen Wand im Zentrum des Monolithen erkannte McCrae unterdessen über einer Arbeitsbank einen projizierten Stadtplan mit einer Reihe roter Markierungen.

»Und was genau hat das zu bedeuten, Mr. Rosso?«, fragte sie und deutete darauf. Der Blick des Roboterprofilers folgte ihrem Fingerzeig.

»Nun, wie Ihnen PCU von Kempt sicher verraten hat, setzt Control mich als Roboterprofiler ein, seit die Verbrechen in der Stadt zunehmen ...«

Die Einsatzleiterin nickte nachdenklich. »Dann sind diese markierten Stellen also ...«

»Genau. Das sind Tatorte, Ma'am. An jedem davon wurde im Lauf der vergangenen Monate ein MetaBot deaktiviert oder ein anderweitiges schweres Verbrechen begangen.«

McCrae zählte die Markierungen und wunderte sich. Sie hatte noch immer von Kempts Vortrag im Ohr. Darüber, was geschehen würde, wenn sie oder das Team während ihres Einsatzes einen der MetaBots beschädigten. Und hier sah sie sich nun mit einigen von ihnen konfrontiert, die innerhalb der jüngeren Vergangenheit deaktiviert worden waren, ohne dass die Prior Command Unit es auch nur mit einem digitalisierten Wort erwähnt hätte.

Irgendetwas stimmt nicht in Coppola City. Und zwar ganz und gar nicht, schoss es McCrae durch den Kopf.

Der Raptorbeta kam zurück und kümmerte sich schweigend um ihre Schulter. Er riss ihre Weste auf und begann diese unter Zuhilfenahme eines Methaderm-Hautklebesticks zu verbinden.

Rosso schauderte beim Anblick der nackten Haut und des Brustansatzes von Helen McCrae. Und dabei spürte er, dass irgendetwas in ihm vor sich ging. Etwas, das er nicht einordnen konnte. Eine Art Fehlfunktion. Womöglich lag es daran, dass er bis zum heutigen Tag kaum Kontakt mit weiblichen Humanoiden gehabt hatte. Er konnte es jedenfalls nicht richtig einschätzen, wandte sich kurzerhand von McCrae ab, und trat stattdessen an ein kleines Computerterminal inmitten des Gerümpels, an dem er sich nun zu schaffen machte.

Wenig später zog der Roboterprofiler ein bedrucktes Tab-Sheet aus einer Öffnung an der Seite des Rechners und reichte es dem mürrischen Mono.

»Ich habe übrigens auch noch die Personalakte Ihres

verstorbenen Begleiters besorgt. Nur um sicherzustellen, dass Sie da keine falschen Sentimentalitäten entwickeln.«

Der Heavy schaute ihn verwundert an und griff zögernd nach dem künstlichen Papier.

Rosso nickte ihm aufmunternd zu. »Ich habe auch die falsche Akte gesehen, die er Ihnen wahrscheinlich gezeigt hat. Aber glauben Sie mir, die echte lässt den Mann so wenig sympathisch erscheinen, dass Ihnen sein Ableben im Nachhinein weniger emotionale Probleme bereiten dürfte.«

Stirnrunzelnd überflog der Heavy das Tab-Sheet. »Dieses alte silberlockige Arschloch...«, knurrte er und wandte sich an Claw, der noch immer über McCrae hockte.

»Weißt du was, ChimBoy? Abgesehen von seinem Namen hat tatsächlich nichts von dem gestimmt, was er uns erzählt hat.«

Der Beta knurrte missmutig und versuchte sich weiter auf die Verletzung seiner Vorgesetzten zu konzentrieren. Ihm war es egal, ob und wie van Ghor sie belogen hatte. Der Mann war tot. Das war alles, was es zu wissen gab, und alles, was zählte.

Mono sah das jedoch anders. Ihm schien es wichtig, klarzustellen, dass keiner von ihnen van Ghor eine Träne nachweinen musste. Vor allem natürlich er selbst nicht. Verrat war etwas, dass er durchaus tolerieren konnte. Es gab beispielsweise im ganzen bekannten Universum niemanden, den er nicht für den richtigen Preis verraten hätte. Ein paar hatte er schon verraten, andere würde er noch verraten, und einige hoffte er irgendwann noch mal verraten zu können.

Verrat war seit Adam und Eva das älteste Geschäft der

Welt, älter noch als Prostitution, und sie hatte klare Regeln. Menschen, die ihn wirklich beherrschten, konnten den Verrat sogar zur Kunstform erheben. Aber Kameraden belügen ... Nein. Da war eine Grenze erreicht. Bevor man das tat, konnte man schließlich immer noch gemeinschaftlichen Verrat ausüben. Und Mono hätte gemeinsam mit van Ghor mit Freuden Claw und McCrae über den Tisch gezogen und sie nach Strich und Faden verarscht, um sich am Ende die Taschen voll zu machen. Das war es wahrscheinlich, was ihn im Nachhinein tatsächlich am meisten wurmte. Dass dieser verschissene Drecksack ihn nicht einmal nicht gefragt hatte ...

»Erinnerst du dich, wie er uns erzählt hat, seine ganzen letzten Einsätze vergeigt zu haben?«

Claw nickte beiläufig, ohne sich dem Heavy dabei jedoch zuzuwenden. Der nahm das zum Anlass, motiviert weiterzuschwadronieren.

»Selbst das war so was von gelogen. Der Typ hat wahrscheinlich nicht mal gewusst, wie man *Versagen* überhaupt schreibt. Weißt du, was dieser greise Muskeljupp in Wirklichkeit war? Ein verschissener Supersoldier! Sonderausbildung in taktischer und psychologischer Kriegsführung, Fachmann für Sabotage und Operationen unter falscher Flagge. Dieser Typ hat in seinem Leben noch keinen einzigen Einsatz in den Sand gesetzt!« Der Heavy zögerte kurz. »Na ja, bis auf diesen halt.«

Nun stutzte Claw.

McCrae tastete nach ihrer Schulter und entgegnete leise: »Wenn das alles tatsächlich stimmt, scheint es irgendjemandem ziemlich wichtig gewesen zu sein, dass van Ghor unser Versagen in Coppola City sicherstellt.«

Mono nickte mürrisch. »Ganz genau. Und ich kann Ihnen auch genau sagen, wer.«

Mit diesen Worten hielt er Claw und McCrae das Tab-Sheet entgegen, auf dessen letzter Zeile van Ghors letzter Einsatzbefehl geschrieben stand.

Gewährleisten des Versagens eines Teams unter Führung eines unerfahrenen Officers auf Coppola II.

Erteilt von 2OT Technology

Claw hob eine Braue. »Na, als ob ich es nicht geahnt hätte.«

»Wer sonst hätte am Ende auch dafür denn auch verantwortlich sein sollen?«, fragte McCrae mit schwacher Stimme. Nie zuvor war ihr klarer gewesen, dass dieser gesamte Einsatz eine Farce war.

Der Roboterprofiler hatte ihrer Unterhaltung die ganze Zeit über kaum Aufmerksamkeit beigemessen. Ihm war lediglich wichtig, McCrae nicht unbekleidet zu sehen. Darum stand er noch immer abgewandt von der kleinen Gruppe, stemmte die Hände in die Hüften und betrachtete seit einigen Minuten schon nachdenklich die Karte. Er musste sich auf etwas anderes konzentrieren und sprach dabei wie zu sich selbst.

»Aber ich habe noch immer keine Ahnung, warum das Ganze geschieht und diese Killerdinger Jagd auf Meta-Bots machen ...«

Dann drehte er sich in Richtung des GuideBots und deutete auf die Markierungen auf der Karte.

»Verrate mir, wie Ihr es angestellt habt. Und wenn wir

schon dabei sind, vielleicht auch gleich noch das *Warum*.«

Die Kamera des GGB glitt über die Markierungen. Dann erschien wieder das Gesicht des Fremden auf dem Monitor.

»Weil Mensch und Bot nicht geschaffen sind, eins zu sein. Ihre Vermischung ist die unverzeihlichste aller Sünden, die im Herzen des Fortschritts wuchern. Und dies zu zeigen, haben wir den Tod nach Coppola City gebracht und begonnen, die Menschbot-Hybriden zu richten. Damit Coppola Control weiß, dass es nicht funktioniert. Dass es nicht sein kann. Niemals. Wir sind Golem, und wir ...«

Rosso hob abwehrend die Hände. »Gut. Danke. Aber das hatten wir schon. Damit wäre also das Warum geklärt. Aber wie genau habt ihr es bewerkstelligt? Ich habe mehr als siebenhundert potenzielle Fehlfunktionen analysiert und habe noch immer keine Ahnung, was einen Bot zum Mörder macht ...«

Rosso blickte direkt in die Kamera des GuideBots.

Der Unbekannte zögerte einen Moment. Dann aber antwortete er. »Der Schlüssel ist der E.M.O., das Gefühlsrelais, an dessen Entwicklung Golem maßgeblich beteiligt war. Wir gehörten sowohl der Liga für Roboterrechte als auch dem Entwicklerstab an. Wir haben es gefordert und geschaffen. Mitsamt einer entsprechenden Backdoor, die auf einer wenig bekannten Fehlfunktion basiert, die Kenner der Materie mit dem Namen *Delos-Syndrom* bezeichnen.«

Das Delos-Syndrom also. Davon glaubte Rosso tatsächlich schon einmal gehört zu haben, wurde jedoch, bevor er sich weiter Gedanken zu dem Thema machen konnte, von Mono unterbrochen, dessen Stimme laut dazwischenpolterte: »Aber warum habt ihr diesen verdammten Mond nicht einfach in die Luft gejagt? So wie ihr es mit Hephaiston getan habt? Dann wäre uns dieser ganze Unsinn erspart geblieben«, fragte er unwirsch, während er die ganze Zeit schon überlegte, wo er hinspucken sollte.

Der Monitor flippte in seine Richtung.

»Weil der Konzern dann irgendwo auf dem nächsten Mond Coppola III errichtet hätte. Wir mussten Zweifel an ihrem Vorhaben erzeugen. Und da braucht es mehr als eine bloße Explosion, Mr. Mimkin.«

Der Heavy zuckte mit den Schultern. Nach seinem Verständnis ließ sich mit einer Explosion tatsächlich so gut wie alles lösen. Und daran änderten, zumindest was ihn anging, auch Argumente nichts. Zumal man es gegebenenfalls auch einfach mit mehreren Explosionen versuchen konnte.

»Eine Art Backdoor also.« Rosso nickte grübelnd. »Ich verstehe! Dann ist es quasi eine gerichtete Fehlfunktion des Vergnügens. Sie haben den E.M.O. der KillerBots auf Mord programmiert, ihren Pleasurepoint statt auf Gebet, Kunst oder Sport auf die Tötung anderer Bots ausgerichtet und motivieren sie auf diese Art zu töten!«

Der Unbekannte nickte bedächtig. »Exakt, Mr. Rosso. Und da sich die Signaturen der MetaBots minimal von denen der normalen unterscheiden, können wir die E.M.O.s gezielt auf sie ausrichten ...«

McCrae, die dem Gespräch die ganze Zeit über schweigend gelauscht hatte, schüttelte lächelnd den Kopf. »Verbrechen als eine Fehlfunktion des Vergnügens ... Das ist ja fast schon philosophisch.«

»Basierend auf dem fehlgeleitetem Lustempfinden eines Roboters. Ein interessanter Gedanke, nicht wahr?«, entgegnete der Unbekannte, und die Kamera des GGB richtete sich auf die Einsatzleiterin aus.

Rosso nickte zufrieden. Die Auflösung dieses Problems beruhigte ihn. Zumal er davon ausging, dass er wahrscheinlich sogar selbst darauf gekommen wäre, wenn er noch ein halbes Jahr Zeit, einen MetaBot zum Ausschlachten und einen E.M.O. zum Analysieren gehabt hätte.

Mono kratzte sich am Hintern und schaute sich um. Dieses ganze technische Gerede von Leuten, die nicht auf Explosionen vertrauten, war einfach nicht seins. Außerdem verstand er nicht, wie ein Mensch überhaupt so leben konnte.

»Scheiße, Mann, wo schläft dieser Freak denn überhaupt?«, murmelte er kaum verständlich.

Rosso, der ihn sehr wohl hörte, schaute ihn ruhig an. »So wie die anderen Bots habe auch ich eine Ladekammer, in die ich mich zurückziehe.«

Der Heavy blickte ihn fassungslos an. Und auch die Blicke der anderen wirkten irritiert. Ein Mann, der sich selbst für einen Roboter hielt, schien tatsächlich mehr MetaBot zu sein, als ein iTrans jemals hätte hervorbringen zu können.

Das Lautsprechermodul des GuideBots riss das Team aus seinen Gedanken.

»Verzeihen Sie, aber ich denke, für derlei Small Talk bleibt Ihnen später noch ausreichend Zeit.« Der GGB wandte sich einem Stück freier Wand zu und projizierte dort nun die schematische Karte der Stadt. Die blaue Wolke war tatsächlich wieder um einiges vorgerückt.

»Zunächst sollten Sie sich jetzt vorbereiten. PCU von Kempt hat den Alarm ausgelöst und die SecurityMechs aktiviert. Und wenn ich diese Daten hier korrekt interpretiere, dann ist die Bewaffnung der Mechs dahingehend modifiziert worden, dass Sie sich Sorgen machen sollten.«

McCrae bewegte ihre Schulter, prüfte den Sitz des Verbands und blickte den GGB an. »Von Kempt könnte die SecurityMechs doch aber auch nutzen wollen, um das Perpetuum-Problem in den Griff zu bekommen, oder?«

»Mit Verlaub, Ma'am, dann wäre es unsinnig, die EMP-Waffen abzumontieren. Und genau das hat er getan. Von Kempt will das Perpetuum haben, nicht zerstören. Er ahnt bereits, dass es dabei Probleme gibt. Und er wird nicht zulassen, dass jemand die Fusion aufhält.«

»Woher wollen Sie das wissen?« Auch wenn sie das Gefühl hatte, diesem Mann trauen zu können, hielt sie es immer noch für möglich, dass das Ganze am Ende ein Trick war.

»Hören Sie, ich sitze hier oben in Coppola Control, und die Prior Command Unit weiß, dass irgendjemand den GGB gehackt hat. Capek, sein Handlanger, versucht gerade, meinen Kanal zu tracen. Es ist nur eine Frage der Zeit, bis er mich findet.«

»Na ja, dann sind wir wenigstens nicht die Einzigen, die sich Sorgen machen müssten«, seufzte Claw.

»Sorgen? Verdammt, wir sitzen hier unbewaffnet und mit nackten Ärschen in einer verschissenen Roboterkolonie, der Übereimer hetzt uns seine schwer bewaffneten SicherheitsBots auf den Hals, und wir sollen uns *Sorgen* machen? Ich fürchte, damit ist es nicht getan ...« Mono schüttelte abschätzig den Kopf und spuckte mal wieder auf den Boden. Der Beta war der Einzige unter den Anwesenden, der den Triumph in seinem Blick erkannte, als die übliche Reinigungsdrohne ausblieb.

Aus den Lautsprechern des GuideBots erklang die leicht verzerrte Stimme des Fremden: »Mr. Rosso wird wissen, was zu tun ist. Ihre vorrangige Sorge sollten jetzt Ihre eigene Rüstung und Bewaffnung sein. Bedenken Sie bitte, dass Sie es aller Voraussicht nach sowohl mit den Mechs als auch dem Moloch zu tun bekommen werden. Und ich fürchte, Sie sollten sich beeilen. Die SicherheitsMechs haben ihre Ladekammern gerade verlassen. Ich denke, sie haben ungefähr zwei Stunden. Mehr nicht.«

Auf dem Monitor erschien ein bewegtes Überwachungsbild. Ihr geheimnisvoller Verbündeter hatte eine Kamera im Zentrum angezapft, sodass die kleine Gruppe nun dabei zusehen konnte, wie Dutzende klobiger und schwerbewaffneter SicherheitsMechs aus ihren Ladeschächten ausrückte.

Rosso beugte sich etwas näher an den Monitor heran und betrachtete einen Moment lang das Muster der leuchtenden Dioden im Brustsegment des ersten Mechs. Dann sog er die Luft scharf ein und schüttelte den Kopf.

»Das ist gar nicht gut. Sie sind auf Säuberungsprogramm 12 programmiert. Dazu eine Unterdirektive, die vermutlich uns betrifft.«

»Und wo ist dabei das Problem? Roboter, die die Stadt sauber halten. Dafür sind sie doch da, verdammt noch eins ...«

Rosso schaute den Heavy nicht einmal an, als er antwortete. »Das Problem ist, dass diese Mechs aufgrund dieses Programms alles organische Leben auslöschen werden, das ihnen in den Straßen dieser Stadt begegnet. Mit einem Waffenarsenal, das auf dem neuesten Stand der Technik ist und unter Führung eines Omegon3. Und Sie, Mr. Mimkin, sind organisch genug, um sich deswegen Sorgen machen zu müssen.«

Claw beugte trat einen Schritt vor und beugte sich neben Rosso zum Bildschirm hinab.

Mono schimpfte. »Hey, ChimBoy, willst du dich wichtigmachen, oder was? Als ob du Ahnung von modernen Waffen hättest, Mann. Deinesgleichen hat man damals doch noch mit spitzen Feuersteinen auf Stöcken gejagt ...«

Claw verdrehte die Augen. Schon während des Flugs hatte er versucht, den Heavy bezüglich Frühgeschichte der Erde ein wenig zu sensibilisieren. Augenscheinlich erfolglos. Wahrscheinlich, weil Mimkin die Vorstellung Freude machte, wie ein paar aufgebrachte Humanoide einen Raptor zur Strecke brachten ...

Dabei wollte sich Claw in diesem Moment alles andere als wichtigmachen. Vielmehr glaubte er, etwas bemerkt zu haben, war sich allerdings auch jetzt noch nicht sicher. Nachdenklich betrachtete er den Bildschirm und fragte schließlich den Fremden. »Den Anführer. Dieser Omegon3. Können Sie ihn vergrößern?«

Sofort veränderte sich die Einstellung. Die Kamera fuhr näher heran. Der Beta konnte nicht genau sagen, was es war, aber irgendetwas an diesem Bot irritierte ihn. Irgendetwas schien nicht normal an ihm. Aber er kam nicht drauf, was es sein konnte. Es war lediglich ein Gefühl. Ohne den Blick vom Kopfsegment des Omegon3 abzuwenden, fragte McCrae: »Was also schlagen Sie jetzt vor, Mr. Rosso?«

Der Angesprochene sprang auf eine der Schwebebühnen und gab hastig etwas in seinen Handgelenkcomputer ein. Dann blickte er sich noch einmal zu den anderen um. »Gleich werden hier erst einmal einige MontageBots auftauchen, die uns zur Hand gehen werden. Bis dahin sollten wir einiges zusammenhaben, das uns nützen könnte. Mr. Trent?« Er nickte dem Tech-Söldner knapp zu und deutete auf die zweite Schwebebühne. »Wenn ich recht verstehe, sollten Sie in der Lage sein, mich hierbei ein wenig zu unterstützen.«

»Mit Vergnügen, Mr. Rosso. Ich habe in meinem Leben genügend seltsame Dinge getestet, um zu wissen, was sich als Waffen und Rüstung einsetzen lässt.«

Als die beiden sich nun auf die Schwebebühnen schwangen, war Trent begeistert. Das war tatsächlich wie eine Folge aus *A-Team 2041* ...

Und während die beiden Männer mit der Hebebühne zwischen den Regalen verschwanden, betrachtete McCrae nachdenklich die projizierte Karte an der Wand und wandte sich schließlich dem GGB zu. »Aber dieses Perpetuum. Was genau ist es? Und wo kommt es her?«

Der Fremde antwortete unumwunden. »Die Frage, was genau das Perpetuum ist, können auch wir nicht zufriedenstellend beantworten. Interessanterweise spielt diese Frage aber auch für *2OT Technology* keine Rolle. Der Konzern ahnt nur, was das Perpetuum kann. Daher auch der Name. Er ist an das legendäre Perpetuum Mobile angelehnt.«

Helen McCrae nickte. »Jene ominöse Vorrichtung, die angeblich mehr Energie erschafft als verbraucht und nach der die Menschheit über Jahrtausende suchte. Und jetzt ...«

Der GuideBot unterbrach ihren Gedankengang. »Es war nicht die Menschheit, die es *erfand*, Ma'am. Aber während sich Mr. Rosso und Mr. Trent um ihre Ausrüstung kümmern, kann ich Ihnen zumindest zeigen, *wo* die Menschheit es fand ...«

Von oben aus den Regalen erklangen die begeisterten Ausrufe des Tech-Söldners, der immer mehr Vorrichtungen fand, wie auch seine Serienhelden sie mit Begeisterung verbaut hätten.

Das Projektionsmodul des GGB griff auf einen neuen Datensatz zu. Dazu erklang die Stimme des Unbekannten aus den Lautsprechern. »Der nachfolgende Film stammt aus den Sicherheitsordner von Coppola Control. Ein Upload des Vorstands, bestimmt für von Kempt persönlich. Es war nicht leicht, diese Daten unbemerkt dort herauszukopieren. Aber ich überspiele sie Ihnen auch noch für den Fall, dass Sie hier wider Erwarten lebendig rauskommen.«

»Mir wäre lieber, er würde in einigen Belangen etwas weniger offen sein«, knurrte Mono und verschränkte die Arme vor der Brust.

Claw aber schüttelte energisch den mächtigen Kopf. »Vielleicht ist er einfach nur ehrlich. Ich schätze das durchaus.«

»Du hast gut reden, du bist ja eigentlich längst ausgestorben.«

In diesem Moment surrten vier Montagedrohnen von draußen in die Werkstatt und zwischen die Reale. Von oben drang Rossos Stimme heran. »Sehr gut. Officer McCrae, wenn ich Ihnen kurz meine Freunde Kryton, Raumer, Marvin und Zat vorstellen dürfte? Und dann brauchen wir

Maße, Größe, Gewicht von Ihnen und Ihren Leuten. Laden Sie mir die Daten einfach auf meine Mulitbox.«

McCrae tat wie geheißen. Rossos Montagefreunde begannen zu rotieren, und auf dem Monitor des GuideBots startete der Film über die Entdeckung des Perpetuums.

Zunächst mussten sich Officer McCraes Augen an das Filmmaterial gewöhnen. Denn statt der gestochen scharfen Bilder moderner HD2-Kameras bekam sie einen alten Analogfilm zu sehen, wie sie auf der Erde Mitte des 20. Jahrhunderts gedreht worden waren. Der Film war schadhaft, die Bilder nur in grauen Tönen gehalten und mit Kratzern und Flecken überzogen. Dennoch war zu erkennen, worum es sich handelte. Als Erstes erfolgte vor einem schwarzen Bildschirm die Einblendung weißer Buchstaben.

Ahnenerbe Archiv,
Aufzeichnung 38/7:
Neuschwabenland.
November 1938.

Dieser Titel war in einer schwer zu entziffernden, verschnörkelten Schrift gehalten, wie sie seinerzeit ebenfalls verwendet worden waren. Das Bild blendete in eine riesige weiße Fläche über. Erst auf den zweiten Blick wurde sie als ausschweifende Schneelandschaft erkennbar, deren Eintönigkeit lediglich durch vereinzelte dunkelgraue Fähnchen durchbrochen wurden, die inmitten des Schnees staken und auf denen in einem weißen Kreis ein verwinkeltes Kreuz prangte. Es war ein Symbol, von dem McCrae bereits gehört hatte. Und obwohl der Film lediglich schwarzweiß war, wusste sie, dass diese Fahnen ursprünglich rot gewesen waren. Die Geschichte derjenigen, die es verwendet hatten, war über die Jahrhunderte erhalten geblieben. Vor allem als exemplarisches Beispiel einer manipulativen Herrschaftsform abnormer Ausprägung auf niedrigem intellektuellen Niveau. McCrae hatte während ihrer Ausbildung mindestens acht solcher Herrschaftsformen kennengelernt, wobei sich vier davon, was mit Sicherheit kein Zufall war, auf der alten Erde etabliert hatten.

Im Gedächtnis war ihr allein geblieben, dass dieses Regime sich, wenn sie sich korrekt erinnerte, vor allem durch Sport, Krieg und die Musik eines gewissen Richard Wagner definiert hatte. Womöglich erinnerte sie sich an diese Leute auch nur jenes einprägsamen Symbols wegen, das dort zigfach im Schnee flatterte. Als die Kamera nun inmitten des Schneegestöbers langsam herumschwenkte, schienen die Fähnchen in Bewegung zu geraten, und das Meer wurde sichtbar. Vor der Linse erstreckte sich ein improvisierter ins Eis geschlagener Hafen, in dem sich einige Dutzend Männer in schweren schwarzen Uniformmänteln tummelten, auf deren Armbinden ebenfalls jenes ominöse Symbol zu erkennen war. Sie waren bewaffnet, trugen altertümliche Maschinengewehre an Lederriemen über den Schultern und sondierten die Umgebung mit antiquierten analogen Feldstechern. Während der Atem der Männer inmitten des Schneegestöbers kondensierte, prangten auf ihren Mützen Totenköpfe über gekreuzten Knochen. Im vollkommenen Weiß ihrer Umgebung wirkten die dunklen Gestalten mit ihren flatternden Fähnchen wie seltsame Fremdkörper, die irgendeine höhere Macht versehentlich über den verschneiten Weiten ausgeschüttet hatte.

»Nazis ...«, flüsterte sie wie zu sich selbst.

»Unsinn, Ma'am, das sind Humanoide«, befand Mono, der nie den Luxus einer geschichtlichen Bildung genossen hatte, stirnrunzelnd.

McCrae bedeutete ihm zu schweigen und konzentrierte sich weiter auf das flimmernde Bild. In dem Eishafen war ein größeres Schiff zu erkennen, das gerade von den Uniformierten entladen wurde. Neben zahlreichen hölzernen Kisten waren verschiedene Vorrichtungen offensichtlich wissenschaftlicher Natur zu erkennen. All das wurde von zwei kleinen Kränen, die im Eis verankert worden waren, von Bord gehoben. Über den Landungssteg knatterten zwei Motorräder mit Beiwagen und kamen über eine im Schnee angelegte Straße auf die Kamera zugefahren.

Kurz darauf veränderte sich das Bild. Nach einem harten Schnitt wurde die Kamera über verschneite Fläche hinweg zwischen einigen künstlich aufgeschütteten Schneehügeln hindurch bis zum Rand eines runden Kraters von vielleicht vierzig Metern Durchmesser geführt, der inmitten der Fahnen klaffte und von Stacheldraht und einem halben Dutzend improvisierter Wachtürme umgeben war. Auf ihnen waren Bewaffnete zu erkennen, die den Kameramann misstrauisch musterten. Das Loch, an dem er nun stand, schien exakt rund zu sein und musste, da der Grund von dieser Position aus nicht zu sehen war, außerordentlich tief sein. Darüber hinaus wirkten seine Wände unnatürlich glatt, beinahe, als ob sie poliert worden waren.

Es brauchte einen Moment, bis das Bild seine Wirkung entfaltete. Zunächst musste McCrae die Ausmaße des riesigen Kraters begreifen, der dort inmitten des ewigen Eises offensichtlich künstlich geschaffen worden war. Dann fielen ihr die außerordentlichen Sicherheitsmaßnahmen auf, die ergriffen worden waren, um ihn nach außen hin abzuschirmen. Selbst hier, am Ende der Welt, befürchteten die Nazis, dass irgendjemand ihnen dieses Loch streitig machte, und ergriffen alle erdenklichen Maßnahmen, um eben das zu verhindern.

Das bedeutete, dass sich darin etwas befinden musste, das ihnen verdammt wichtig war. Und da sie sich sehr wohl erinnerte, dass diesen Nazis abgesehen von Anstand, Ordnung und Sauberkeit nur wenig wichtig gewesen war, musste dieses Loch im ewigen Eis etwas verdammt Bedeutsames beherbergen. Zumal im frühen 20. Jahrhundert Geld noch an Sachwerte gekoppelt gewesen war und es ohne Weiteres den Großteil eines Staatshaushaltes hatte verschlingen können, eine Armee ans Ende der Welt zu schicken, um diese in einem finsteren Krater nach irgendetwas suchen zu lassen. Nach einem neuerlichen Bildschnitt erfolgte eine weitere Einblendung:

Ahnenerbe Archiv
Aufzeichnung 38/8
Neuschwabenland.
Januar 1939.

Der Krater hatte sich während der vergangenen Monate verändert. Die gefrorenen Seiten waren bearbeitet worden. Man hatte Treppen hineingeschlagen, die in die Tiefe hinabführten und dabei immer wieder von kleinen Höhlen unterbrochen wurden, in denen Wissenschaftler an verschiedenen Apparaturen arbeiteten.

Über dem Loch erhob sich jetzt ein riesiger Kran, dessen stählerne Basis den gesamten Durchmesser überspannte. Eine Reihe Stahlseile führte in die Tiefe hinab und schien in steter Bewegung, während Kisten an ihnen hinunter- und zugleich wieder emporfuhren.

In Begleitung eines Bewaffneten schritt der Kamera- mann langsam die Stufen aus Eis und Schnee nach unten, über die der Trittfestigkeit wegen dünne Metallroste ge- legt worden waren, an denen armdicke Kabelstränge ent- lang in die Tiefe führten. Der Mann schritt weiter voran, hinab in den Krater und immer wieder vorbei an beschrif- teten Tafeln, die auf Deutsch die einzelnen Abteilungen benannten. Er durqerte Ebene für Ebene, und langsam schwand das Sonnenlicht und wich dem elektrischer Lampen, die provisorisch im Eis verankert worden waren. Das Kabelgewirr an den Wänden wurde dichter. Augen- scheinlich wurde der Strom hier unten nicht bloß für das Licht gebraucht.

In dieser Tiefe waren die Seitenwände nun mit Stahl- trägern verstärkt worden, um dem Druck des Eises stand- zuhalten. Das monotone Summen riesiger Maschinen lag über der Szenerie. Von Zeit zu Zeit passierte die Kamera auch eine von ihnen, die in den Nischen an der Krater- wand standen und von aufgeregten Wissenschaftlern be- dient wurden, ohne dass der Betrachter auch nur ahnte, was für einen Zweck sie eigentlich hatten.

Die Maschinen wurden mehr mit jedem Stockwerk, in das der Kameramann weiter vordrang. Irgendwann, nach- dem er wieder eine Reihe stählerner Träger passiert hat- te, richtete er die Linse wieder einmal nach oben. Das Licht, das hoch über ihm durch die Öffnung ins Innere des

Kraters fiel, musste mehr als zweihundert Meter entfernt sein. Anerkennend hob McCrae eine Braue. Das Loch, dass die Nazis hier bewachten, war nicht nur tief. Es war verdammt noch mal scheißtief.

Schließlich erreichte die Kamera inmitten des Brummens und Rumorens den Grund des Kraters. Und hier war nun zu erkennen, wie dieses Loch mit seinen merkwürdigen Eigenschaften zustande gekommen war. Inmitten einer metallenen Aufhängung erkannte McCrae eine Flugscheibe, wie sie das Mandrabische Imperium während der ersten beiden Quirillium-Konflikte benutzt hatte. Heute längst veraltet, aber der Technologie des 20. Erdjahrhunderts weit voraus. Dieses Gerät musste für diese Leute ein unglaublicher Fund sein. Er bedeutete die Möglichkeit, jedwede terrestrische Erfindung jener Tage bei Weitem zu überrunden. Wenn sie dieses Fluggerät tatsächlich geborgen, untersucht und verstanden hätten, dann hätte es dem Naziregime den Weg in die Welt geebnet. Wenn sie es hätten reproduzieren können, wäre der Triumph ihnen sicher gewesen.

Aber wenn sie richtig informiert war, war es ihnen nicht gelungen, und sie hatten den Triumph knapp verfehlt. Und das, obwohl sie hier am Ende der Welt doch den Schlüssel zur Macht gefunden hatten ...

Der Kameramann bewegte sich nun langsam an dem Fluggerät vorbei, auf dessen mattsilberner Unterseite in mattschwarzen Buchstaben Vril-1 zu lesen stand. In der näheren Umgebung war ein gutes Dutzend Männer damit beschäftigt, mit seltsamen Apparaturen Messungen an ihm durchzuführen und Proben von seiner Oberfläche zu nehmen. Um die Flugscheibe herum blitzten die Lichtbögen altertümlicher Schweißgeräte auf, während andere Männer erfolglos versuchten, größere Teile herauszutrennen.

Die Kamera passierte einen Mann mit Brille und Klemmbrett, der das ganze Geschehen zu überwachen schien und akribisch alles notierte, was hier am Grunde des Kraters vor sich ging. Dann erfolgte ein Schwenk am bewaffneten Begleiter des Kameramanns vorbei, und unterhalb der Treppe kam ein Teil der Wand ins Bild, aus deren Innerem ein eigentümliches Leuchten erstrahlte, als ob irgendwo dort im Inneren des Eises etwas steckte. Und der fehlenden Farben des Films zum Trotz erkannte McCrae das Leuchten doch wieder: Es entsprach genau dem des Perpetuums ...

Im gleichen Moment senkte sich von oben an einigen Stahlseilen ein massiver Schneebohrer herab, der sofort von einigen Uniformierten losgemacht und unter den strengen Augen des Klemmbrettwissenschaftlers in Position gebracht wurde. Dann blendete das Bild wieder ins Schwarz hinüber, und es folgte eine neuerliche Einblendung:

Ahnenerbe Archiv
Aufzeichnung 38/8
Neuschwabenland.
Februar 1939.

Als das Schwarz wieder dem Bild Platz machte, klaffte unterhalb der Treppe, wo gerade noch das Leuchten aus dem Inneren des Eises gedrungen war, eine Öffnung. Es handelte sich um einen niedrigen, knapp mannshohen Gang, der hier unten, tief unter der Oberfläche, ins Eis

290

hineinführte. An seinem Ende war das Leuchten auszumachen.

Vor dem Gang war der Schneebohrer zu erkennen, neben dem zwei Männer standen, die in den Gang hineinblickten und dabei einen weiteren im Inneren beobachteten, der langsam auf das Licht zuhielt.

Einer der beiden Männer im Vordergrund, es war der Mann mit Brille und Klemmbrett, wandte sich der Kamera zu und sagte in bedeutungsschwangerem Ton: »Meine Damen und Herren, Sie stehen im Begriff, Zeuge eines wahrhaft historischen Moments zu werden. Hinter uns liegt die im nördlichen Sektor geborgene Jenseitsflugmaschine, die von den wissenschaftlichen Mitarbeitern der Sektion Ahnenerbe weitgehend instandgesetzt worden ist. Wir gehen davon aus, sie innerhalb des kommenden halben Jahres selbst in unseren Anlagen fertigen zu können. Während die Suche nach dem sagenhaften Kontinent basierend auf den Karten Piri Reys weiterhin erfolglos verläuft, haben wir im Zuge der Erforschung dieses Kraters jedoch ein weiteres Relikt gefunden, das eine neuartige Form von Energie abzustrahlen scheint. Sie diente offensichtlich nicht dem Antrieb der Flugscheibe, sondern befand sich aus bisher unerfindlichen Gründen an Bord desselben und wurde nach der Bruchlandung hinausgeschafft. Wir haben zunächst beschlossen, diese Energie als *technomagisch* zu definieren. Und Sie, meine Damen und Herren, haben nun durch diese Aufzeichnung die einmalige Möglichkeit, der Bergung jener technomagischen Energiequelle durch den Obergefreiten Trum beizuwohnen.«

Im Rücken des Sprechenden war es dem besagten Obergefreiten inzwischen mithilfe einer gepolsterten zangen-artigen Vorrichtung in einiger Entfernung gelungen, den Ursprung des eigentümlichen Lichts aus dem Eis zu lösen. Vorsichtig hielt er den leuchtenden Gegenstand mit sei-ner Zange fest und kam damit langsam wieder zurück zu den anderen. Bedächtig setzte er einen Fuß vor den ande-ren. Schon während er näher kam, war zu erkennen, was er da vor sich hertrug: einen leuchtenden Kristall, der von ungleich heller leuchtenden Adern durchzogen schien und dessen zweifelsfrei bearbeitete Form nahelegte, dass er ursprünglich in irgendeine Vorrichtung eingepasst ge-wesen war.

McCrae legte den Kopf auf die Seite. War das tatsächlich möglich? Es war das erste Mal, dass sie das Perpetuum aus solcher Nähe betrachtete. Bisher hatte sie kaum mehr als sein Leuchten gesehen. Dieser Kristall aber erinnerte sie an das Material, das die meisten Eingeweihten unweiger-lich mit den Uralten in Verbindung brachten.

»Das Perpetuum ist also ein endokriner Kristall ...«, flüs-terte sie staunend wie zu sich selbst.

Der Unbekannte korrigierte sie, ohne dabei jedoch den Film zu stoppen. »Nein, Ma'am. Zumindest nicht in der gängigen uns bekannten Form. Dies ist nach allem, was wir in Erfahrung bringen konnten, eine Art *kultivierter* en-dokriner Kristall, eine komprimierte Form, dessen hohe Dichte im Inneren eine sich stetig wiederholende Reak-tion auslöst. Diese ist weder chemisch noch physikalisch einzuordnen, setzt jedoch konstant eine große Menge Energie frei, die zu kontrollieren es jedoch, wie sie gleich sehen werden, einiger weiterführender Maßnahmen be-darf ...«

Im Film hatte der Mann beinahe schon wieder die Öffnung des Gangs erreicht, und einer der anderen beiden im Vordergrund hielt ihm ein metallenes Behältnis entgegen, das den Kristall aufnehmen sollte. Da glitt der Träger plötzlich aus und verlor die Kontrolle über die Haltevorrichtung. Der Kristall löste sich aus der gepolsterten Umklammerung und wirbelte durch die Luft. Er drehte sich mehrmals um die eigene Achse, wobei das ihn umgebende Licht immer stärker zu werden schien. Dann schlug er schließlich unter den entsetzten Blicken der Umstehenden am Boden auf.

Für den Bruchteil einer Sekunde war inmitten eines ohrenbetäubenden Lärms eine gigantische Druckwelle zu erahnen, die die Kamera bis an die gegenüberliegende Wand des Kraters schleuderte, bevor das gesamte Bild in einem hellen Lichtblitz unterging, der Mono, McCrae und Claw derart blendete, dass sie die Hände vor die Augen reißen mussten.

Mit diesem grellen weißen Bild endete der Film. Und nun war auch klar, woran die Flugscheibenforschung der Nazis gescheitert war. Nämlich an nichts anderem als dem Perpetuum, das eine ahumane Besatzung vor Urzeiten auf die Erde gebracht haben musste.

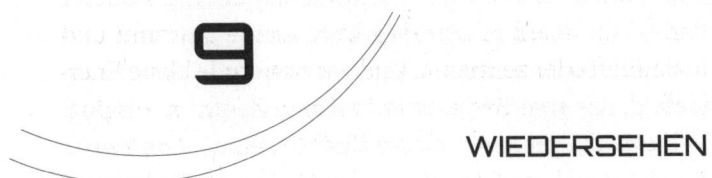

9

WIEDERSEHEN

Während McCrae und ihr Team durch Golem und mithilfe des gehackten GuideBots noch die Wahrheit über die Herkunft des Perpetuums erfuhren, bewegte sich der Moloch weiter voran. Bots, die ihn kommen sahen, stutzten in den Gassen Coppola Citys und durchforsteten irritiert ihre Datenbanken, um einzuordnen, was ihre Sensoren da erfassten.

Noch immer wurden weitere Roboter von dem Moloch gepackt, in sein Inneres gesogen und innerhalb kürzester Zeit von emsigen Drohnen demontiert und dem sich voranwälzenden Ungetüm einverleibt. Inzwischen hatte sich die Gruppe um das Perpetuum auf zwölf gigantische Bots verdichtet, von denen jeder mit einer Größe von mehr als drei Metern die gesamte Bevölkerung der Stadt überragte. Und diese zwölf Giganten, ein Flickwerk modernster Technologie, in denen inzwischen die Einzelteile, Schaltkreise, Prozessoren und Gliedmaßen Hunderter ehemaliger Bewohner der Stadt arbeiteten, kannten keine Rücksicht. Sie bewegten sich auf ihr Ziel zu und scherten sich dabei weder um die Stadt selbst, noch um die Roboter darin. Was ihnen in den Weg kam, wurde gescannt und assimiliert oder zermalmt. Und das wabernde blaue Energiefeld, das vom Perpetuum in ihrem Zentrum ausging, irritierte das gesamte nähere Umfeld derart, dass keiner der Bots überhaupt dazu kam, den Moloch als Bedrohung wahrzunehmen.

Die Schneise der Verwüstung im Rücken der mechanischen Chimäre wurde immer breiter. Gesplitterte Monolithen, zerschmetterte Roboterleiber und Funken schlagende Einzelteile säumten ihren Weg. Das mechanoide Massaker von Coppola City hatte inzwischen ein Ausmaß angenommen, das selbst von Kempt es nicht viel länger vor den übrigen Mitarbeitern von Coppola Control verborgen halten konnte. Durch seine Manipulation und die direkten Auswirkungen des Perpetuums war inzwischen ein Drittel der städtischen Überwachung deaktiviert. Und auch wenn der größte Teil seines Kontrollstabs davon ausging, dass die SicherheitsMechs ausgeschickt worden waren, um diese Probleme in den Griff zu bekommen, war es doch nur eine Frage der Zeit, bis einer der Controller, dem Standardsicherheitsprotokoll folgend, die Konzernleitung alarmierte. Um dies aber unmöglich zu machen, hatte von Kempt inzwischen alle ausgehenden Signale blockiert. Selbst wenn es dem Konzern gelang, jetzt noch eine Eingreiftruppe von Pygmalion zu entsenden, würde diese die Fusion doch nicht mehr verhindern können. Unaufhaltsam suchte das Perpetuum seinen Weg und verdichtete sich dabei zu einem einzigen unbesiegbaren Robotermischwesen ...

Über ihnen surrten zwischen den Regalen noch immer die Montagedrohnen Kryton, Raumer, Zat und Marvin umher. Trent und Rosso arbeiteten unter Hochdruck daran, McCrae und ihrem Team zumindest eine provisorische Bewaffnung und Rüstung zu verschaffen. Das, was sie am Körper trugen, würde jedenfalls mit Sicherheit nicht ausreichen, wenn es in der ersten Runde gegen SicherheitsMechs und später gegen die Robotergiganten ging.

Rosso hatte sowohl die Inventarliste der Werkstatt als auch die Körperparameter der Anwesenden an seine Montage-Freunde übertragen, die nun begannen, eine optimale Ausrüstung zu konzipieren und zu generieren.

Inmitten der umherschwirrenden Drohnen wendete sich McCrae dem GuideBot zu, dessen Kamera das Geschehen mit stoischer Ruhe überwachte. »Aber wenn Sie tatsächlich Golem sind, warum haben Sie sich dann entschlossen, in diesem Fall einzuschreiten und die Fusion zu verhindern? Schließlich hat das nichts mit den ursprünglichen Zielen Ihrer Organisation zu tun, wenn ich korrekt informiert bin.«

Der Monitor flippte in ihre Richtung, und durch das Objektiv spürte sie den Blick des Unbekannten.

»Haben Sie es denn noch immer nicht verstanden, Ma'am? Obwohl es unser erklärtes Ziel ist, die Verschmelzung von Mensch und Roboter zu verhindern, erkennen wir doch die Existenzberechtigung des einen wie auch des anderen an. Wenn aber das Perpetuum seine Fusion mit dem Host erlebt, wird es auf längere Sicht beides nicht mehr geben. Weder Roboter, wie wir sie heute kennen, noch Menschen. Die Zukunft wird etwas anderem gehören, einem unheiligen Vermächtnis der Uralten.«

Mono schüttelte ungläubig den Kopf. »Das ist doch Unsinn, so schlimm kann es doch gar nicht sein«, knurrte er leise. Doch nicht leise genug, dass der GGB es überhört hätte.

»Womöglich ist es sogar noch schlimmer, Mr. Mimkin. Nach allen Daten zu urteilen, die uns bisher vorliegen, sind Perpetuum und Host mit konventionellen Waffen nicht zu zerstören. Dementsprechend ist es sehr wahrscheinlich, dass die Trennung der beiden vor Tausenden von Jahren gezielt vorgenommen wurde, weil sie die einzige Möglichkeit bot, dieses Ding zu deaktivieren.«

»Sie meinen ...« Langsam begriff McCrae, worauf der Unbekannte hinauswollte, als dieser weitersprach: »Vielleicht war es sogar dieses Phänomen, das einst die Existenz der Ancients bedrohte. Eine künstliche Lebensform mit einem eigenen Willen, energetisch unabhängig, auf Expansion ausgelegt, fähig, sich zu reproduzieren, Fertigungsstätten zu errichten und jene zu verdrängen, die sie einst erschufen.«

»Und am Ende konnten Sie sie nur in den Griff bekommen, indem Sie sie von ihrer Energiequelle trennten und sie zigtausend Lichtjahre entfernt verbargen«, nickte McCrae nachdenklich.

»Wie gesagt, Ma'am, es ist eine Theorie. Die Gefahr ist jedoch real. Die Fusion würde etwas erschaffen, das über kurz oder lang das gesamte technische und organische Leben des Universums gefährden würde ...«

Nun meldete sich Claw zu Wort, der die ganze Zeit über geschwiegen hatte. »Ein Monster, erweckt von der Gier nach Fortschritt und unserem unstillbaren Hunger nach Energie.«

»Genau das passiert, wenn man etwas benutzt, das man nicht versteht«, gab der Unbekannte zu bedenken.

»Aber was für einen Sinn hat es, uns dem Phänomen entgegenzustellen, wenn wir weder das Perpetuum noch den Host zerstören können?«, fragte McCrae, die Handflächen hilflos nach oben reckend.

Doch auch darauf hatte Golem eine Antwort. »Sie können es *immobilisieren*. Wir haben bereits einen Plan. Die Fusion muss lediglich bis zum Eintreffen der Eingreiftruppe verhindert werden. Da *2OT Technology* inzwischen über die Vorfälle informiert ist, kann es nicht mehr lange dauern. Sie werden kommen, um die Stadt herunterzufahren, von Kempt zu entmachten und den Host fortzuschaffen. Und da seine Anziehungskraft auf das Perpetuum nur auf nähere Distanz wirkt, wird sich das Problem genau dadurch in Luft auflösen.«

»Das heißt, wir versuchen, den riesigen Bots dort draußen ein Bein zu stellen?«, fragte Mono, und seine Augen leuchteten. Denn das klang nicht nur nach einer Herausforderung, sondern auch nach der Chance, einiges kaputt zu machen, ohne dafür belangt zu werden …

Umschwirrt von Raumer, Marvin, Zat und Kryton senkten sich Rosso und Trent mit der Schwebebühne zu ihnen herab. Zwischen ihnen standen einige massive Panzerungselemente mit aufgepflanzten Waffenmodulen.

Rosso salutierte. »Officer McCrae, Ihre ist die rote Rüstung. Ihrer fehlenden Kampferfahrung und Verletzung wegen habe ich das Hauptaugenmerk bei Ihnen auf die Panzerung gelegt und die Außenhüllen dreier verschiedener Reaktorarbeitsdrohnen kombiniert. Damit werden Sie Hitze, Laser und Projektilangriffen trotzen können. Zwar wird Ihre Bewegungsfreiheit etwas eingeschränkt sein, aber im Ernstfall wäre es ohnehin besser, wenn Sie sich im Hintergrund hielten. Sie sollten allerdings ein paar Schritte darin gehen, um sich an das Ding zu gewöhnen.«

Officer McCrae ließ sich von Trent die einzelnen Rüstungselemente anreichen, legte sie an und versuchte dabei, auf ihre verletzte Schulter zu achten. Die Montur, die sie gut zwanzig Zentimeter größer machte, beraubte sie schlussendlich aller Weiblichkeit und machte sie beinahe selbst zum Bot, was ihr allerdings mehr als recht war, zumal es womöglich ihre Autorität ein wenig stützte. Vor allem gegenüber Mono, dem jeder ihrer Befehle noch immer beinahe körperliche Schmerzen zu bereiten schien.

Sie unternahm einige Bewegungsversuche, um sich an die Widerstände der Rüstung zu gewöhnen. Eine der Montagedrohnen, Kryton, wenn sie es recht erkannte, kam mit einer Schablone und einer Farbkartusche und beschriftete Brust- und Rückensegment ihrer Rüstung.

Rosso fuhr unterdessen fort: »Was die Bewaffnung angeht, habe ich die mobilen Impulsgeber mit einem großkalibrigen Blaster kombiniert, sodass Sie den Bots jetzt mit einer EMP-Kanone gegenübertreten können. Die Anzahl ihrer Schüsse ist allerdings begrenzt. Für den Nahkampf habe ich Ihnen darüber hinaus rotierende Plasmaskalpelle in die Handsegmente eingebaut, mit denen Sie gegebenenfalls auch durch Wände kommen dürften.«

Als sich McCrae schließlich in Bewegung setzte, in der Werkstatt auf und ab ging und die Funktionalität der Skalpelle und EMP-Blaster überprüfte, prangte bereits ihr Name auf der Rüstung.

Rosso wandte sich dem Raptorbeta zu. »Kommen wir zu Ihnen, Mr. Claw. Da es mir unklug schien, Ihre Reflexe und Geschwindigkeit zu behindern, habe ich Ihnen eine leichte Rüstungsvariante aus *Omniminium* entworfen, die vor allem die größeren Angriffsflächen Ihres Körpers schonen wird. Ihre Gelenke werden weitgehend frei bleiben, was zum einen Ihre Geschwindigkeit gewährleisten, zugleich aber auch Ihre Schwachstelle sein wird.«

Rosso wies dem Beta seine Rüstung an, die vor allem aus leichten Körperschienen bestand. Separate Brust-, Rücken- und Kopfpanzer, außerdem solche für Arme und Beine, allesamt aus leichten Flugdrohnenverkleidungen gefertigt.

Die Elemente waren schnell angelegt, die Beschriftung zügig aufgebracht. Claw überzeugte sich von seiner Bewegungsfreiheit und gesellte sich dann zu McCrae. Er war zufrieden. Zumindest hatte Rosso nicht versucht, auch ihn in einen Bot zu verwandeln. Wenn er hier unten starb, dann wenigstens als er selbst.

»Auch wenn ich Ihnen eine kleinere Ausführung der EMP-Kanone auf Ihrem Schultersegment verpasst habe, denke ich, dass Ihre Qualitäten in der kurzen Distanz liegen. Darum habe ich für Sie noch etwas Besonderes vorbereitet ...« Mit diesen Worten trat der Roboterprofiler an ein kleines Regal neben seiner Werkbank, über dem ein schwarzes Tuch lag und einen länglichen Gegenstand verhüllte.

Der Beta wandte den Kopf und hob seine haarlose wulstige Braue. Lächelnd bedeutete Rosso ihm, näher zu kommen.

»Wissen Sie, ich habe nicht viele Bücher gelesen. Man bekommt hier nicht wirklich Gelegenheit dazu. Darum halte ich es auch nicht für Zufall, dass mir dennoch die binären Versionen des Bushido und des Hagakure in die Hände fielen.«

»Die Leitfäden der Samurai ...«, murmelte Trent, der die Bücher ebenfalls kannte.

»Eben die. Und diese beiden Bücher lehrten mich, dass nichts unter den Menschen dem Roboter so nahekommt wie der Samurai. Sein Codex entspricht seiner Programmierung, seine Disziplin seiner Programmroutine. Er arbeitet annähernd fehlerlos, und wenn Fehler auftreten, deaktiviert er sich seinem Programm entsprechend selbst.«

Obwohl diese Interpretation des rituellen Selbstmords, des Harakiri, sie zunächst etwas stutzen ließ, verblüffte das Bild die Anwesenden. Nobot war allerdings noch nicht fertig.

»Glauben Sie mir, diese Bücher sind der einzige Grund dafür, dass ich meinen Respekt vor Menschen in all der Zeit nicht verloren habe. Denn die meisten von ihnen, die ich hier oben kennengelernt habe, haben keine Ahnung von dem, was sie tun. Und das gilt bedauerlicherweise auch für die Mitarbeiter von Coppola Control.«

»Glaub mir, Alter, das ist auf den meisten Planeten auch nicht anders.« Mono lachte dreckig.

Rosso aber ließ sich nicht beirren. Er richtet sich auf und blickte Claw ernst an. »Aber ich habe immer gehofft, dass jemand von außen kommt, der mich an die ruhmreichen Tage der Samurai erinnert.« Mit diesen Worten zog er das Tuch fort, unter dem ein eigentümliches Schwert auf einem Holzständer zum Vorschein kam. Seine Klinge war schmal und schwarz und wirkte, ebenso wie der Griff, überproportional lang.

»Das ist ein Katana, nicht wahr?« Trent, der das traditionelle Samuraischwert sofort erkannt hatte, trat näher. »Aber der Griff erscheint mir doch unverhältnismäßig groß.«

»Ich habe leider noch keine Möglichkeit gefunden, die Batterie zu komprimieren«, entgegnete Rosso bedauernd.

»Batterie?«, fragte der Tech-Söldner verwundert.

Sein Gegenüber verkündet stolz: »Es ist kein gewöhnliches Schwert. Es ist ein *VibroKatana*.«

»Heilige Scheiße«, entfuhr es Mono, der verdammt gern so ein Ding in seiner Größe bekommen hätte.

Behutsam hob Rosso mit beiden Händen das Schwert vom Ständer und reichte es dem Beta. »Und ich dachte mir, da Sie ohnehin den einen oder anderen Mech werden auseinandernehmen müssen, könnte es auf kürzere Distanz ganz nützlich sein.« Während er fortfuhr, nahm Claw zögernd das schwarze Schwert entgegen. »Sie sind schnell und stark. Wenn Sie nahe genug rankommen, dann werden die wenigsten Roboter Ihnen und diesem Ding etwas entgegensetzen können. Aus Ermangelung eines Besseren ...« Rosso blickte kurz in die Runde. »... bitte ich Sie, Mr. Claw.« Er holte tief Luft, und dann sprach er es aus: »Seien Sie mein Samurai!«

Sauriersamurai. Mono musste sich einen dummen Kommentar verkneifen, spuckte stattdessen mal wieder aus und sah befriedigt, wie sich der Spuckefleck mit dem von zuvor vermischte.

Rosso aber hielt sich nicht lange mit dem Beta auf und wandte sich ihm zu. »Ach, und Mr. Mimkin, bevor Sie meine Werkstatt komplett kontaminieren, habe ich auch für Sie noch etwas Besonderes.«

Der Heavy horchte auf, durchaus bereit, sich durch eine entsprechend heroische Ausrüstung versöhnen zu lassen. Der Roboterprofiler winkte ihn zu sich und deutete auf eine Vorrichtung, die in etwa zehn Meter Entfernung stand.

»Dieses Exoskelett dort, ein modifiziertes Extendertron, wird auch Sie ein wenig optimieren.«

Mono funkelte ihn wütend an. Er hasste es, wenn jemand auf seine Größe anspielte. Das Exoskelett jedoch war tatsächlich eine Optimierung. Hastig kletterte er hinein. Es saß beinahe wie angegossen. Kampfstärke, Reflexe, Größe, all das würde dieses Ding so weit verbessern, dass er einem Roboter ebenbürtig ... Er stutzte. »Aber dieses Ding habt ihr doch nicht in der vergangenen halben Stunde zusammengebaut, oder?«

Rosso nickte. »Genau. Mein Vater hatte es für mich gebaut. Ich habe es mit fünfzehn Jahren quasi als Übergang benutzt, um mich zwischen Menschen und Bots zu orientieren. Ich habe die Einstellungen überholt, und ...«

»Mit fünfzehn? Die Echse bekommt dieses Schwert und einen Heldenvortrag, und ich soll den Mechs in einem Kinderspielzeug gegenübertreten?«, schimpfte Mono lautstark und zertrümmerte mit seiner verstärkten Faust ein nahes Regal.

»Kinderspielzeug oder nicht, die Größe ist jedenfalls die

richtige«, befand Trent grinsend und musste dabei zusehen, wie Mono mit der anderen Faust ein weiteres Loch in die Wand rammte und in seinem Exoskelett zwei Schritte in seine Richtung tat.

Dann aber schob sich der GuideBot zwischen die beiden Streithähne, und aus seinem Lautsprecher drang die Stimme des Fremden. »Gentlemen, ich würde Ihnen empfehlen, dass Sie zunächst einmal die SicherheitsMechs überwinden und dann das Perpetuum aufhalten. Wenn Sie Ihr Ego bis dahin etwas zügeln, hätten Sie danach gewiss noch ausreichend Zeit, sich zu beschimpfen, aufzuschlitzen, zu erschießen, oder was auch immer. Mir wäre allerdings wohler, wenn wir vorher besagtes Problem lösen würden.«

Mono hielt tatsächlich inne und betrachtete stattdessen seinen neuen verbesserten Körper. »Was für Waffen hat dieses Ding?«, fragte er mürrisch.

»Noch keine«, entgegnete Rosso halblaut.

»Wie bitte?« Der Heavy glaubte sich verhört zu haben. Aber sein Gegenüber bestätigte es noch einmal.

»Ich habe das Extendertron für zwei großkalibrige Kanonen vorbereitet. Die werden Sie sich allerdings erst verdienen müssen. Denn noch befinden sie sich an den SecurityMechs, die auf dem Weg hierher sind, um sie alle in Stücke zu schießen und damit, wenn ich es richtig interpretiere, dem Ende der Welt den Weg zu ebnen.«

»Dann sollten wir uns diese Kanonen so schnell wie möglich holen ...«, knurrte Mono wütend und nickte Rosso zu.

»Die Vertiefung im Brustsegment bietet Raum für den GuideBot und ermöglicht Ihnen auf diese Weise, Ihren

Verbündeten mit sich zu führen«, ließ sein Gegenüber noch verlauten, und Mono hob den GGB vom Boden, um ihn in die Halterung einzuklinken.

Während der Heavy sich weiter mit seinem Exoskelett vertraut machte, winkte Rosso zuletzt noch Trent herbei.

»Ihrer Akte zufolge beschränken sich Ihre Fähigkeiten im Kampf vor allem aufs Überleben. Diesbezüglich scheinen Sie allerdings über ein herausragendes Talent zu verfügen. Da Sie für einen Menschen ein außerordentliches Technik-Verständnis haben, gab ich Ihrer Rüstung einen Analyseschwerpunkt. Ihnen stehen zwei Kameras, eine Drohne und eine verbesserte Sicht mit Auswertungsroutine zur Verfügung. Das Ganze wird über Ihre *Omniprot*-Prothese gesteuert. Sicherheitshalber habe ich auch Ihnen eine EMP-Impulskanone auf Ihr Schultersegment montiert und darüber hinaus die mir zur Verfügung stehenden Daten dieser Stadt in den Speicher Ihrer *Pro9G* kopiert. Außerdem verschiedene Datensätze von Bots und Mechs, die Ihnen sicher ebenfalls von Nutzen sein werden.«

Zufrieden legte auch Trent seine Rüstung an und stellte sehr schnell fest, wie einfach die Steuerung über die Prothese zu handhaben war. Rosso schaute ihm dabei zu.

»Sie sollten sich als eine Art mobiler Aufklärer verstehen. Ihre Panzerung ist von mittlerer Stärke, aber Sie werden mehr sehen und verstehen als der Rest des Teams. Ich habe mir erlaubt, Ihre Koms zusammen auf einen gesicherten Steadylink zu schalten, der es Ihnen erlaubt, sicher zu kommunizieren und Ihre Erkenntnisse auszutauschen.« Zuletzt zog Rosso noch einige Multibrillen hervor und verteilte sie. »Und Sie alle sollten diese hier benutzen. Ich habe sie selbst synchronisiert.«

»Was ist mit Ihnen?«, wollte Officer McCrae wissen.

Der Roboterprofiler aber winkte ab. »Ich bin mir Panzerung genug, Ma'am. Mein Schutz ist die Kenntnis dieser Stadt. Und glauben Sie mir, der ist mindestens ebenso gut wie Ihrer.«

Aus der Halterung in Monos Extendertron drang über den Lautsprecher des GuideBots die Stimme des Fremden: »Sie sollten sich jetzt besser bereit machen. Meinen Daten zufolge werden die Mechs in wenigen Minuten an der Werkstatt eintreffen. Allerdings habe ich feststellen müssen, dass von Kempt die Einheit mit einem Phantomsignal überlagert hat, was bedeutet, dass meine Informationen ...«

Eine Explosion ließ das Gebäude erzittern.

Die Zahlenströme auf den Wänden flimmerten, als Stahl bröckelte, Glas splitterte und der Monolith Risse bekam. Planlos schwirrten die Montagebots umher und suchten Deckung.

»Das war eine gottverdammte Rakete!«, brüllte Trent.

»O ja, und bald werde ich auch solche Dinger verschießen«, knurrte Mono und hastete mit seinem Exoskelett aus der Werkstatt. Er hatte schon einmal auf einem Vergnügungsplaneten in einem ähnlichen Ding gesteckt. Sobald man die Verzögerung zwischen den eigenen und den Bewegungen der Mechanik im Griff hatte, ging alles wie von selbst.

McCrae brüllte Befehle in ihr Kom und sicherte zusammen mit Trent von innen das offene Tor zur Werkstatt. Eine weitere Rakete schoss zwischen ihnen hindurch und zerschmetterte einige Regale im Zentrum, sodass es im hinteren Teil des Raums Ersatzteile hagelte, unter denen mit Zat auch einer der Montagebots begraben wurde.

Über sein HUD aktivierte Trent eine seiner Drohnen, die er nach draußen steuerte und in vier Metern Höhe in Stellung brachte. Ein schneller Umgebungsscan zeigte ihm neun SecurityMechs, die um die Werkstatt herum Aufstellung genommen hatten und sich langsam näherten. Trent konnte ihre Positionen gerade noch an seine Teammitglieder übermitteln, bevor einer der Mechs das Feuer auf die Drohne eröffnete und sie so zu einem chaotischen Fluchtflug nötigte.

Kaum dass die Positionen der Sicherheitsroboter auf ihren Multibrillen erschienen, stürmte auch Claw aus der Werkstatt und folgte Monos Exoskelett.

»Mr. Mimkin! Auf elf Uhr wartet Ihr erster Mech. Ich kümmere mich um seinen Kollegen auf zwei Uhr!«, brüllte er in sein Kom.

»Alles klar, Lurchi, den Nächsten suche ich dir aus!«, antwortete der Heavy, und die beiden schwärmten aus.

Der Mech auf zwei Uhr trat aus seiner Deckung und hob den waffenbewehrten Arm. Eine Salve aus seiner Mini-Gun folgte Mono, erwischte seine mechanische Ferse und riss die dahinterliegende Wand der Länge nach auf. Im nächsten Augenblick aber blitzte Claws *VibroKatana* auf.

Blitzschnell führte der Beta den schwarzen Stahl in vier Hieben über den mächtigen Körper des Mechs, und beinahe mühelos durchtrennte die vibrierende Klinge zuerst die Außenhülle und dann die Kabel und Leiter im Inneren. Als Erstes polterte der Arm mit der MiniGun zu Boden. Der nächste Hieb riss den Brustkorb des Bots auf, der folgende zerschmetterte seinen Zentralprozessor, und dann, mit einem letzten kräftigen Schlag, trennte Claw brüllend den Kopf des Bots von seinem Körper.

Er war ein gottverdammter Sauriersamurai!

Einige Meter hinter ihm richtete ein anderer SicherheitsMech seinen Waffenarm auf den Rücken des Beta. Der Auslöseimpuls seiner MiniGun traf jedoch mit einer von McCrae abgefeuerten EMP-Ladung aufeinander, sodass der Mech zusammenbrach und seine Salve verriss, die direkt neben dem Claw einen binären Fließcode auf der Wand zerfetzte.

Der Beta fuhr herum und sah McCrae am Tor der Werkstatt, die ihre Impulskanone noch immer im Anschlag hatte. Er nickte kurz und hastete weiter.

Mono hatte unterdessen seinen Mech auf elf Uhr erreicht. Er erwischte ihn von hinten. Seine Methode war zwar weniger elegant als Claws *VibroKatana,* entsprach dafür aber seinem Wesen. Der Heavy machte einfach Gebrauch von seinen mechanischen Fäusten, wobei der ausbleibende fehlende Schmerz in den eigenen Knöcheln ihn nur noch weiter anspornte. Als Erstes erschütterten zwei heftige Schläge gegen seinen Schädel die Prozessoren des Mechs. Seine dadurch verringerte Reaktionsgeschwindigkeit machte Mono sich zunutze, um es dem Kampfeimer zu geben, was er seiner Meinung nach verdiente. Tatsächlich drosch er etwas länger auf ihn ein als nötig, und nur die Stimme seiner Vorgesetzten, die ihn daran erinnerte, dass noch einige SicherheitsMechs übrig waren, ließ ihn schließlich innehalten.

McCrae und Trent waren inzwischen wieder in Deckung gegangen. Noch waren sieben von neun Mechs übrig. Ein weiterer nahm gerade mit seinem Raketenwerfer das Tor der Werkstatt ins Visier. Die Waffe war mit seinem Bewegungsmelder gekoppelt, und kaum dass die nächste

Regung im Inneren des Raums vonstattenging, fand auch die nächste Rakete ihren Weg.

McCrae spürte den Luftzug, als sie an ihr vorbeizischte, im hinteren Teil der Werkstatt Marvin erwischte und ihn mit einer lauten Explosion über den ganzen Raum verteilte.

»Trent!«, brüllte sie dem Tech-Söldner zu.

Der wusste genau, was er zu tun hatte. Er senkte seine Kameradrohne ein weiteres Mal ab, suchte den Mech, dessen Raketenwerfer noch rauchte, und näherte sich ihm im Tiefflug bis auf kurze Distanz. Der Mech versuchte, die Drohne loszuwerden wie ein lästiges Insekt. Er fuchtelte herum und bemühte sich erfolglos, sie mit seinen Fäusten aus der Luft zu holen, bis er plötzlich einen Fremdkörper in seiner Sensorperipherie registrierte. Dabei handelte es sich um Claws *VibroKatana*, das der verschwitzte Raptorbeta ihm von hinten in den Schädel gerammt hatte. Der Mech drehte den Kopf, bis er Claw aus den Visorwinkeln heraus erkennen konnte.

Dann gab der Beta ihm den Rest.

Zwischen den Häuserblöcken erklang das tiefe Bellen einer Disruptorkanone. Claw zuckte zusammen. Er hatte die Einheit unterschätzt und den Mech übersehen, der diesem hier Deckung gegeben hatte!

Blitzschnell packte er den massiven Körper seines Opfers, riss ihn herum, um ihn als Schild gegen die geballte elektrische Ladung zu benutzen, die einen Wimpernschlag später mit voller Wucht einschlug. Sie zerschmetterte den Brustkorb des Mechs und riss den Beta von den Füßen.

Als Claw sich benommen wieder aufrappelte, setzte der

andere Mech in seiner Deckung zu seinem zweiten Schuss an. Dieses Mal rettete den Beta einzig die Tatsache, dass Trent seine Drohne direkt in die Schusslinie steuerte. Als ihre Einzelteile zu Boden regneten, hatte Claw bereits seine Klinge wieder in der Hand, sprintete an der Wand entlang auf den Angreifer zu, erreichte ihn schließlich mit einem gewaltigen Satz und rammte ihm das Schwert in seinen Hauptprozessor.

Als er das *VibroKatana* wieder herauszog, atmete er tief durch und sprach nach einem kurzen Blick auf sein HUD ins Kom. »Mr. Mimkin, vier unten, fünf vor uns. Rücken Sie vor, Richtung neun Uhr. Da warten zwei weitere, die wir gemeinsam ...«

»Nicht jetzt, ChimBoy. Ich bin noch dabei, mir meine Kanonen anzumontieren.«

»Können Sie damit nicht warten, bis wir das Ganze hinter uns haben?«

»Du hast gut reden! Dir hat der Roboterversteher schließlich auch ein Schwert und eine Kanone mitgegeben!«

Claw fluchte. Auch wenn die SicherheitsMechs ihren Funk nicht abhören konnte, waren sie über ihre Frequenzscanner doch sicher in der Lage, ihre Positionen ausfindig zu machen. Und wenn der Heavy gegenwärtig seine Kanonen montierte, *dann musste der Idiot das Exoskelett verlassen haben!*

Er war noch nicht einmal wieder richtig bei Atem, da hastete der Beta auch schon los und brüllte in sein Kom. »Trent, McCrae, irgendjemand muss dem irren Zwerg Deckung geben!«

McCrae ließ sich nicht zwei Mal bitten. Sie überprüfte

Monos Position und eilte los. Als sich ein unweit des Werkstatteingangs postierter Mech ihre Langsamkeit zunutze zu machen versuchte und auf Kollisionskurs ging, holte Trent ihn mit seiner EMP-Kanone von den Füßen.

Officer McCrae eilte weiter, riss im Lauf die MiniGun eines der zerstörten Mechs an sich und näherte sich Monos Position. Als sie um die nächste Ecke bog, sah sie ihn. Der Heavy hockte tatsächlich am Boden vor dem Extendertron, an dem er gerade seine zweite Disruptorkanone befestigte, als sich in seinem Rücken der Schatten eines Mechs erhob. McCrae zögerte nicht, zog den Abzug der MiniGun durch und verfehlte den Heavy dabei nur knapp.

Sie riss den Lauf hoch und führte die Salve einmal quer über den Mech, bevor sie das Feuer auf sein Kopfsegment konzentrierte. Splitter schwirrten durch die Luft, als die Projektile seine Visorelemente zerrissen und einige der zentralen Datenleitungen zerfetzten. Der Mech fuhr umgehend herunter und blieb reglos stehen. Funken schlugen aus seinem Schädel. McCrae triumphierte – bis neben ihr der nächste Mech auftauchte und mit eisenhartem Griff ihren gepanzerten Arm umklammerte. Sie schrie auf, die MiniGun polterte zu Boden, und der Mech richte den Lauf eines großkalibrigen Lasers auf ihre Stirn.

»Nicht ... bewegen ...«, vernahm sie Monos leise Stimme über ihr Kom.

Im gleichen Moment zerfetzte ein Disruptorimpuls den Schädel des Mechs in tausend Stücke und brachte ihre Ohren zum Klingen. Auch dieser Roboter fuhr umgehend runter, allerdings ohne dass sich sein Griff dabei gelockert hätte. McCrae versuchte sich aus ihm zu lösen und schaute kurz zu Mono hinüber, der gerade den Finger vom Abzug der Disruptorkanone nahm und sich zurück in sein Exoskelett schwang.

»Eins zu eins, Ma'am. Wir wollen einander ja nichts schuldig bleiben.«

Geduckt kam jetzt der Raptorbeta auf die beiden zugeeilt. Doch noch bevor er Mono und McCrae erreichte, sah der Heavy den roten Punkt einer Zielvorrichtung auf Claws Schädel leuchten. Blitzschnell fuhr er herum und folgte mit den Augen dem roten Lichtstrahl nach oben. Und noch während er ihm folgte, erkannte er zwei weitere. Dann erblickte er hoch über ihnen auf einer schwebenden Rückholplattform die drei verbliebenen Mechs. Sie alle waren mit Scharfschützenlasern ausgestattet, deren Zielpunkte auf seinem eigenen und den Köpfen McCraes und Claws tanzten.

Nun sahen es auch die anderen.

Das war's dann wohl, schoss es Mono durch den Kopf. Und in exakt diesem Moment stürzte die Rückholplattform ab.

Lärmend löste sich die darunter gelegene Antigraveinheit und krachte in den nächstgelegenen Monolithen, während die Mechs durcheinanderfielen und ihre Präzisionslaser die Luft durchschnitten, bis die drei am Boden aufschlugen und kurz darauf von der herabstürzenden Plattform zermalmt wurden.

Verwundert blickten die Kameraden sich an und dann in die Luft, wo einen Moment zuvor noch die Plattform in der Luft gehangen hatte. An ihrer statt schwebten dort nun Kryton und Raumer, die verbliebenen beiden Montagedrohnen.

Aus dem Schatten eines nahen Monolithen trat Rosso und nahm die Finger von seiner Multibox.

»Ich gebe zu, mit einer Waffe wäre es gewiss beeindruckender gewesen. Aber die Demontage der Schwebe-Einheit mithilfe meiner kleinen Freunde hat ihren Zweck ja wohl auch erfüllt.« Er zwinkerte McCrae zu und beorderte seine Drohnen zurück.

Dem Roboterprofiler knapp zunickend, steckte Claw sein *VibroKatana* wieder in die Rückenhalterung. Und dann entdeckte er etwas: Hinter Rosso standen in einiger Entfernung zwischen zwei silbernen Monolithen drei weitere SecurityMechs. Er deutete in ihre Richtung, und die Blicke aller folgten seinem Fingerzeig. McCrae kontrollierte ihr HUD, auf dem die Mechs tatsächlich nicht zu sehen waren. Also nutzten sie tatsächlich ein Phantomsignal.

Ihnen am nächsten stand der Omegon3, der jedoch keinerlei Anstalten machte, sie anzugreifen. Er stand einfach nur dort, beobachtete sie und wirkte dabei noch immer auf Claw. Es war die Art, wie er dort stand, wie er sie anblickte. Etwas in seiner Haltung, seinem Wesen. Auch wenn es vollkommen absurd schien. Irgendetwas an diesem Mech war *anders*. Und dann, bevor er sich umdrehte und hinter einem der Monolithen verschwand, *salutierte* er.

Claw und Mono blickten sich erschrocken an. Beide hatten die Geste wiedererkannt. Der Mech hatte auf die gleiche Art salutiert, wie van Ghor es immer getan hatte. Sie schauten dem Mech nach, hinter dem nun auch noch die verbliebenen beiden Sicherheitsroboter aufschlossen und zusammen mit ihm zwischen den Gebäuden im Strom der gewöhnlichen Roboter verschwanden. *Van Ghor.* Was das bedeutete, ahnten sowohl der Beta als auch der Heavy.

Sie blickten einander vielsagend an. Prozessorleistung und Kraft der Mechs mischten sich mit dem Charakter eines Arschlochs, das sie beide genau kannte.

Auch McCrae begriff, was er dort sah: Es war ein taktischer Rückzug. So wie ihn Leonidas van Ghor gehandhabt hätte, nachdem er die Fähigkeiten seiner Gegner ausgekundschaftet hatte ...

»Ich habe das Ganze noch einmal gecheckt, Ma'am«, meldete sich der GuideBot zu Wort. »Von Kempt hat Ihren sterbenden Kameraden tatsächlich in den iTrans gesteckt, um seine Persönlichkeit in diesen Omegon3 zu transferieren. Die verbliebenen beiden Mechs sind augenscheinlich von ihm selbst manipuliert worden. Sie scheinen tatsächlich nicht mehr ortbar. Und das könnte tatsächlich noch zu einem Problem werden«

»Das sieht dem alten Schweinehund ähnlich«, knurrte Mono, drehte sich langsam um die eigene Achse und sondierte die nähere Umgebung.

In ihren Rüstungen stellten sie alle sich nun Rücken an Rücken und blickten sich um. Die Ahnung, dass sich die verräterische Persönlichkeit Leonidas van Ghors in ihrer unmittelbaren Nähe im Körper eines SicherheitsMechs befand, führte nicht gerade dazu, dass sich die Gruppe sicherer fühlte. Aber auch als Trent kurz darauf eine weitere seiner Beobachtungsdrohnen ausschickte, war noch immer nichts vom Omegon3 und den anderen Mechs zu sehen.

Kurz bevor die Drohne aber zurückkehrte, begann der Boden um sie herum zu beben. Die Wände der Monolithen zitterten, und die binären Kolonnen darauf begannen zu flimmern, während die Wände leise klirrten.

Der Moloch! Natürlich. Schließlich führte sein Kurs zur Aufzugsanlage direkt an der Werkstatt vorbei.

Aufgrund der akuten Gefahr und zugunsten der Übersichtlichkeit hatte Nobot die Ansicht des Perpetuum-Phänomens auf ihren HUDs zunächst deaktiviert, damit ihre ganze Aufmerksamkeit auf den Mechs lag. Als er das Phänomen in diesem Moment wieder einblendete, schien der Moloch beinahe zum Greifen nah.

Und dann schob er sich zwischen den Gebäuden hervor.

»Ach du heilige Scheiße ...«, murmelte Mono und wich einige Schritte zurück.

»Ich stimme Ihnen da voll und ganz zu, Mr. Mimkin ...«, murmelte Claw.

Obwohl sie alle das Phänomen bereits zuvor über die Kameras gesehen hatten, war es doch kein Vergleich zu der direkten Konfrontation. Der Moloch, der sich in knapp dreihundert Metern Entfernung an ihnen vorüberbewegte, war gigantisch, und die Schatten der zwölf riesigen Gestalten, zu denen die einzelnen Roboter inzwischen zusammengeschmolzen waren, verdunkelten die Straße.

»Wie viele Bots mögen da inzwischen drinstecken?«, fragte Trent staunend.

Die Antwort ihres geheimnisvollen Verbündeten ließ nicht lange auf sich warten. »Den Auswertungen Coppola Controls zufolge hat das Phänomen zum gegenwärtigen Zeitpunkt insgesamt 394 einzelne Roboterindividuen teilweise oder ganz assimiliert. Obwohl es sich zahlenmäßig weiter reduzieren wird, werden es, bis es in ca. zwei Stunden das Zentrum erreicht, wahrscheinlich noch knapp hundert mehr werden. Inzwischen zerstört es jedoch mehr Bots, als es in sich aufnimmt. Die Zahl der irreparabel beschädigten Roboterindividuen liegt bei 642, inklusive drei MetaBots.«

»Danke. So genau wollte ich es eigentlich gar nicht wissen ...«, murmelte der Tech-Söldner.

Plötzlich riss Claw den Arm hoch und deutete zu einer TransBot-Kabine hinüber, die sich langsam von ihnen entfernte. Die Blicke der anderen folgten seiner Bewegung. Und hinter dem Sichtfenster erkannten sie, flankiert von den beiden verbliebenen SicherheitsMechs, den Omegon3, dessen Visormodule starr auf sie gerichtet waren. Van Ghor hatte sie die ganze Zeit über beobachtet. Um sie kämpfen zu sehen und sie zu analysieren, wofür er kaltblütig neun seiner elf Mechs geopfert hatte. Und jetzt zog er sich zurück ...

McCrae schauderte. Kurz darauf jedoch konzentrierte sie sich wieder auf das Phänomen, vergrößerte mit ihrer Multibrille den Bildausschnitt und versuchte Einzelheiten zu erkennen.

Noch immer bildete der Bot mit dem Perpetuum das Zentrum des voranrückenden Phänomens. Inzwischen war der Kristall jedoch weit stärker gesichert als zuvor. Schon der Bot selbst schien jetzt über mehrere Schichten Panzerung zu verfügen. Obwohl auch der innere Ring um ihn, der aus fünf einzelnen Patchwork-Bots bestand, vorwiegend aus mobilen Panzerungselementen gemacht war. Der Anblick erinnerte McCrae an die *Testudo*, die legendäre Schildkrötenformation, in der römische Legionäre durch koordinierten Einsatz ihrer Schilde eine annähernd uneinnehmbare bewegliche Bastion gebildet hatten. Auch die mobile Panzerung des Molochs schien kaum durchdringbar, zumal McCrae ahnte, was geschah, wenn der zentrale Roboter einem Angriff ausgesetzt war.

Ein Angreifer hätte zunächst jedoch erst einmal den äußeren Ring durchdringen müssen, auf dem die Kampfeinheiten des Molochs gebündelt waren. Auf diesen sechs Bots erkannte sie Dutzende Bolzenwerfer, Lasercutter und vereinzelte Disruptoren. Diese zwölf Bots agierten zusammen als riesige aufeinander abgestimmte Einheit. Sie waren *der Moloch*. Und Helen McCrae hatte beim besten Willen keine Ahnung, wie sie und ihre Leute dieses Ding aufhalten sollten. Zumal ihnen dafür, wenn ihr Verbündeter recht hatte, lediglich noch zwei Stunden Zeit blieben ...

Und unaufhaltsam zog der Moloch weiter, an ihnen vorbei, Richtung Zentrum.

10

ZEIT: 03:05 PM
ORT: Coppola Control

Coppola Control lag noch immer im Widerschein der Alarmbeleuchtung. Im Gegensatz zu PCU von Kempt, der nach wie vor reglos inmitten der Kabelstränge saß und von dort aus das langsame Zerbrechen der Stadt beobachtete, war der Rest des Kontrollzentrums in Aufruhr. Ein Controller gab Report über den Fortschritt des Sicherheitseinsatzes.

»Sir, im Rahmen der Konflikthandlungen mit den Saboteuren wurden neun von zwölf Mechs deaktiviert, die Signale der übrigen drei haben wir verloren. Ihr Verbleib ist ungewiss, sicher ist nur, dass sie noch irgendwo dort draußen sind. Und es sieht aus, als ob der Omegon3 sie selbst manipuliert hat.« Wie die meisten anderen auch ging der Mann noch immer davon aus, dass die SicherheitsBots den Saboteuren von außerhalb entgegenwirkten.

»Sicher ist allerdings, dass die Saboteure nicht allein agieren. Abgesehen von Nobot werden sie von einem nicht näher identifizierter Humanoiden und einem fremdgesteuerten GuideBot begleitet.«

Die Prior Command Unit reagierte nicht. Weder auf den Monitoren noch über Lautsprecher erfolgte eine Antwort.

»Sir, der Zentralcomputer empfiehlt nach eingehender Analyse der Situation die Entsendung der anderen Sicherheitsstaffel.«

Von Kempt ignorierte die Eingaben des Controllers. Er wusste, dass niemand die Zerstörung der Stadt aufhalten konnte. Und die zweite MechStaffel, die unten in ihren Ladeschächten wartete, hatte er bereits für etwas anderes vorgesehen. Dann aber ging ein weiterer Funkspruch über das IntraKom ein.

»Sir, wir haben hier draußen ein Raumschiff, das um Landeerlaubnis ersucht.«

Sofort rief die PCU die Hangarüberwachung auf und übernahm selbst die Kommunikation, als ein neuer Funkspruch reinkam.

»Coppola Control, ich wiederhole: Hier spricht Gemini4. An Bord befindet sich eine Black-Ops-Einsatzgruppe mit Sonderbefugnissen der Konzernleitung. Wir erbitten Landeerlaubnis.«

Der Leiter der Einrichtung antwortete beinahe umgehend. »Dies ist Coppola Control, es spricht Prior Command Unit von Kempt. Ihre Anfrage ist zur Kenntnis genommen. Bedauerlicherweise sehen wir uns innerhalb dieser Anlage gegenwärtig mit massiven Problemen konfrontiert und können momentan nicht für Ihre Sicherheit garantieren. Wenn Sie sich zunächst darauf beschränken, im Orbit des Monds ...«

»Coppola Control, dies ist keine Option. Unser Einsatz hat oberste Priorität. Wir sind zum Eindringen autorisiert und werden jetzt zur Landung ansetzen. Gemini4 Over.«

Von Kempt spürte, wie sich der Kommandant des Schiffs Zugriff auf die Hangar-Steuerung verschaffte. Offensichtlich hatte die Konzernleitung ihn mit allen nötigen Codes, einem Datenoverride, ausgestattet, sodass die *Gemini4* über eine Art Omnikey zu dieser Einrichtung verfügte.

Irgendwo tief in seinem Inneren fluchte der menschliche Teil von Kempts leise und kontaktierte auf dem sicheren Kanal umgehend seinen Supervisor.

»SPV Capek, wie lange braucht das Perpetuum noch bis zu den Aufzugsschächten?«

»Sofern keine weiteren unvorhergesehenen Ereignisse eintreten, liegen wir bei T-30 Minuten.«

»Wie steht es um die Justifiers? Stellen sie eine Gefahr für die Fusion dar?«

»Bevor die Mechs sie kriegen konnten, hat Rosso sie mit rudimentären Rüstungen und Waffensystemen ausgerüstet. Inzwischen haben sie allerdings auch die Sicherheits-Bots gefleddert. Irgendjemand muss sie gewarnt haben.«

Irgendjemand ...

Die Schwachstelle im System. Das Überlagerungssignal des GuideBots. Obwohl von Kempt während der vergangenen Stunden einen Großteil seiner Datenkapazitäten darauf verwendet hatte, den Ursprung des Ganzen ausfindig zu machen, war es ihm noch immer nicht gelungen.

Wer auch immer es war, der die Fusion zu sabotieren versuchte, kannte sich mit den Systemen der Stadt aus. Und die Tatsache, dass es dieser Person gelang, ein solches Signal für eine derartig lange Zeit vor den leitenden Instanzen dieser Einrichtung verborgen zu halten, legte den Verdacht nahe, dass es sich dabei um keinen gewöhnlichen Menschen handelte. Aber er würde diese Person bekommen. Und es konnte nicht mehr lange dauern, selbst wenn sie zwischen den insgesamt 12.000 Frequenzen wechselte, die in Coppola City verwendet wurden. Hätte von Kempt nicht einen Großteil seiner Prozessorleistung auf die Manipulation der Überwachungseinrichtungen verwenden müssen, hätte er den Ursprung längst ausfindig gemacht. Aber auch das würde nicht mehr lange vonnöten sein.

Von Kempt richtete sich in seiner Halterung auf. Zischend lösten sich eines nach dem anderen die Kabel, die PCU entstieg ihrem Netz und näherte sich dem Supervisor, der im gleichen Moment eine neue DTM auf seinem HUD bekam.

»SPV Capek, ich werde Ihnen jetzt, um Ihre Motivation zu steigern, zeigen, worum es wirklich geht. Folgen sie mir zu den Kammern.«

Capek tat wie geheißen und bewegte sich kurz darauf inmitten des Trubels, der Coppola Control ergriffen hatte, an der Seite von Kempts durch den Korridor zu Kammer No.I.

Er war aufgeregt, das Herz schlug ihm bis zum Hals. Die Aussicht, gleich dem größten Geheimnis von Coppola II gegenüberzustehen, während unter seinen Füßen die Stadt unter den schweren Schritten des Perpetuums zusammenbrach, war ein eigentümliches Gefühl. Mit unsicheren Schritten folgte er von Kempt.

Die PCU gab die Sicherheitscodes ein und entriegelte die Kammer. Langsam glitt die schwere Tür auf und eröffnete den Blick auf einen kuppelförmigen Raum mit massiven stählernen Wänden, der im Aufbau dem iTrans zu gleichen schien. Im Gegensatz zu ihm war dieser Raum jedoch leer bis auf einen inaktiven Bot, der im Zentrum in einer Haltevorrichtung stand.

Staunend schritt Capek um den Roboter herum, der vom indirekten matten Licht einiger Neonstränge beschienen wurde. Er war humanoid, verfügte über vier Gliedmaßen und ein Kopfsegment, wirkte dabei aber auf seltsame Art *asymmetrisch*. Ein Eindruck, der logisch allerdings nicht zu erklären war. Es war, als ob der Bot die Wahrnehmung irritierte.

»Ein solches Modell habe ich noch nie gesehen«, murmelte Capek.

»Da haben sie vollkommen recht, Supervisor«, entgegnete von Kempt, wobei er sich jetzt wieder seines Sprachmoduls bediente. »Genau genommen hat beinahe niemand ein solches Modell überhaupt je zu Gesicht bekommen.«

Capek trat langsam näher und berührte zaghaft die matte Außenhaut des Roboters.

»Aus was für einem Material besteht er? Das Metall wirkt auf eine seltsame Art ... warm.«

Der Supervisor zog seinen Finger zurück und betrachtete ihn nachdenklich. Die Oberfläche des Bots wirkte nicht nur warm, sondern auch seltsam *weich* ...

Von Kempt trat neben ihn. »Es ist organisches Metall. Stabiler, dichter und leichter als alles, was wir kennen.«

»Aber wie ist das möglich?«, fragte Capek, ungläubig den Bot betrachtend.

»Fragen Sie mich nicht. Der Konzern versucht, basierend auf Proben, seit Jahrzehnten schon, es zu kopieren. Versuche, in denen beinahe ebenso viel Geld steckt wie in dieser gesamten Stadt.«

»Ein weiteres rätselhaftes Überbleibsel der Ancients ...«

»Exakt, Supervisor. Und das größte Geheimnis von Coppola II: der ÜberBot, der hier vor Ort war, lange bevor wir kamen. Er ist der perfekte Roboter. Nach allem, was wir wissen, regeneriert er sich sogar selbst, sobald er beschädigt wird. Nach Tausenden von Jahren zeigt er weder Verschleißerscheinungen noch Anzeichen von Verfall. Das einzige Problem war die Energieversorgung. Seit er hier ist, ist er inaktiv. Und dann entdeckten wir die Verbindung zu einem anderen Artefakt ...«

Capek umrundete die Vorrichtung und betrachtete den fremdartigen Bot von vorne. Eingelassen in das Brustsegment war eine Vertiefung, deren Form und Größe in etwa dem verschollenen Perpetuum entsprach. Das war es also. Das Ziel der Fusion.

»Hier also gehört das Perpetuum hin. Dieser Roboter ist, wofür es geschaffen wurde.«

»Ganz genau, Supervisor. Und es ist lange her, dass jene verblendeten Wissenschaftler es aus dem Ewigen Eis der Erde bargen. Durch wie viele Hände musste es gehen, wie viel Blut musste in seinem Namen vergossen werden, bevor wir verstanden, was es in Wirklichkeit ist! Und heute schreiben wir Geschichte. Heute wird das Perpetuum an seinen angestammten Platz zurückgeführt. Mit seiner Hilfe werden wir den Überbot zu neuem Leben erwecken und den Schlüssel zu grenzenloser Energie erhalten!«

Capek tat einen Schritt zurück, betrachtete den Roboter und die Vertiefung in seiner Brust. Der eigentümlich asymmetrische Eindruck irritierte ihn noch immer. Und plötzlich beschlichen ihn Zweifel. Er zögerte kurz, bevor er es schließlich doch wagte, sie zu äußern. »Aber Sir, halten Sie es nicht für möglich, dass es gefährlich sein könnte?«

»Gefährlich?« Von Kempts digitalisierte Stimme klang seltsam scharf.

Der Supervisor aber äußerte dennoch seine Bedenken: »Wenn die Uralten diese künstliche Lebensform hier und so viele Lichtjahre entfernt von der dazugehörigen Energiequelle aussetzten, haben sie das womöglich mit Absicht getan, weil dieser Bot eine Gefahr darstellt.«

Er konnte sich nicht vorstellen, dass sein Vorgesetzter diesen Aspekt übersehen haben sollte. Zumal es offensichtlich war, dass die Trennung von Roboter und Energiequelle vorsätzlich erfolgt war. Das, was hier geschah, musste noch einen weiteren Aspekt haben.

Von Kempt hielt kurz inne, bevor er antwortete. »Selbst wenn er das einmal getan haben sollte, Capek, wenn dieser Roboter von Neuem erwacht, wird nichts mehr sein wie zuvor. Denn wenn es so weit ist, dann werde *ich* es sein, der in seinem Inneren wirkt!«

Und jetzt begriff SPV Capek, worum es ging und wie all die Dinge auf diesem Mond zusammenhingen! »Mein Gott. Der iTrans, dieser Bot, das Perpetuum – das alles haben Sie genau so geplant. Nichts davon ist Zufall!« Er blickte der PCU direkt in die Kameraaugen.

Von Kempt richtete seinen schwarz eloxierten Metallkörper zu voller Größe auf, und der Stolz in seiner digitalisierten Stimme war nicht zu überhören. »Wahrhaftig, Capek, so viele Jahre der Planung und Vorbereitung stehen nun kurz davor, endlich Früchte zu tragen! Der iTrans und das Perpetuum, die Stadt und der ÜberBot, heute wird all das in meinem Namen zusammenwirken! Und dann wird alles unter meiner Kontrolle stehen. Mein blaues Licht wird scheinen! Die Bots des Universums werden ihr Knie vor mir beugen, in den Besten davon werden die großen verbliebenen Geister der Menschheit inkarniert, und gemeinsam werden wir die Weiten des Weltalls vom Makel des organischen Lebens tilgen!«

Die Kameralinsen von Kempts blitzten auf, und in diesem Moment kam Capek nicht umhin, den Irrsinn dahinter zu erahnen. Und jetzt erst, viel zu spät, erkannte er, was er wirklich vor sich hatte: einen Roboter, der vom größenwahnsinnigen Geist eines Irren beherrscht wurde ...

Auch von Kempt entging diese Regung seines Gegenübers nicht. Die PCU registrierte die Schweißtropen auf Capeks Stirn, seine Haltung, das Abwenden seines Kopfs. Er hätte nicht einmal seine Routine zur menschlichen Verhaltensanalyse aktivieren müssen, um zu bemerken, dass er genau in diesem Moment seinen wichtigsten Verbündeten verloren hatte. Den Mann, der ihn vor der Konzernleitung gedeckt hatte. Der in seinem Auftrag die offiziellen Datentransfers manipuliert hatte. Aber all das würde von nun an nicht mehr nötig sein. Denn ab heute hatte von Kempt nichts und niemanden mehr zu fürchten. Und auch Verbündete würde er nun nicht mehr brauchen ...

SPV Capek nahm nicht einmal wirklich wahr, wie die Faust von Kempts blitzschnell vorzuckte. Das Gefühl, als sie seinen Brustkorb zertrümmerte und durch die splitternden Rippen in sein Inneres drang, war beinahe unwirklich.

Fassungslos riss Capek die Augen auf und schnappte

vergebens nach Luft, als sich die schwarze metallene Klaue in seinem Inneren um sein Herz schloss.

Der Tod kam beinahe schneller als der Schmerz. Scheinbar mühelos hob die PCU den Körper des Supervisors vom Boden, bis er ihm direkt in die toten Augen blicken konnte. Dann raunte ihre digitalisierte Stimme: »Supervisor Capek, Sie dürfen sich hiermit als entlassen betrachten.«

Mit diesen Worten zog von Kempt seine Hand zurück und sah reglos dabei zu, wie der tote Körper zu Boden fiel und am Fuße des ÜberBots in einer langsam wachsenden Blutlache liegen blieb. Ein Bild, das beinahe wie ein Gleichnis wirkte. Zumal Capek mit Sicherheit nicht der Letzte sein würde, der an diesem Tag zu Füßen des Über-Bots starb.

In diesem Moment kontaktierte Coppola Control die Prior Command Unit via IntraKom. »Sir, das Landungsschiff der Konzernleitung ist im Hangar eingetroffen. Die Besatzung steht im Begriff, sich mithilfe eines Omnikeys Zutritt zum Kontrollzentrum zu verschaffen.«

Von Kempt ließ Capeks Leiche in der Kammer No.I liegen und begab sich, ohne sich um das Blut auf seiner mechanischen Hand und der Außenhülle zu scheren, mit entschiedenen Schritten in den Kontrollraum zurück. Es war nicht mehr von Bedeutung. Er musste keine Rolle mehr wahren. Das Einzige, was ihm jetzt noch zu tun blieb, war zu verhindern, dass irgendetwas zwischen das Perpetuum und den Überbot kam.

Noch während von Kempt den Korridor Richtung Kontrollzentrum hinabschritt, öffnete er die Ladekammern der zweiten SecurityMech-Einheit und aktivierte den Fahrstuhl. Darüber hinaus gab er, um seinen Arbeitsspeicher zu optimieren, die Kontrolle über die Sicherheitskameras und den Holo-Cube auf. Im gleichen Moment hörte er die entsetzten Ausrufe aus dem Inneren des Kontrollzentrums, als die Controllerbelegschaft mit den aktuellen Bildern aus dem Inneren der Stadt konfrontiert wurde. Von einem Moment auf den anderen schwand das Logo des Konzerns auf der Monitorphalanx und machte der Wirklichkeit Platz. Mit einem Mal wurden vollkommen verwüstete Straßenzüge sichtbar, in denen die Überreste einzelner Bots am Boden zuckten. Plötzlich waren mechanische Gliedmaßen zu erkennen, herausgerissene und zersplitterte Sensoren und Kameralinsen, Funken schlagende Kabel, beschädigte Prozessoren und verkohlte Platinen, die vor den brüchigen Wänden zersplitterter Monolithen lagen. Auf anderen Bildern waren zerteilte Panzerungen mit rotglühenden Rändern zu erkennen. Aufgeschlitzte Monolithen, aus deren Innerem Kabelstränge hervorragten. Überall rauchten zerschmetterte Kontrolltafeln. Gestörte binäre Fließschriften ruckelten unruhig über schadhafte Wände, an denen Kühlflüssigkeit herablief, während in offenen Ladekammern tote Roboterkörper mit aufgerissenen Brustsegmenten hingen, die ihrer Prozessoren beraubt worden waren.

Jetzt, als die Live-Bilder aus dem Inneren der Stadt über die Monitore flimmerten, schien es, als hätte ein Sturm der Vernichtung in den Straßen gewütet, und als wäre von einem Moment auf den anderen die Apokalypse selbst über Coppola City hereingebrochen ...

Entsetzt sprangen einige der Controller auf und rissen sich die Multibrillen von den Augen. Andere starrten fassungslos auf den Holo-Cube und die Karte der Stadt, auf der in Mikroschrift ein Alarmsignal blinkte, dem zufolge mehr als 600 Bots aufgrund von Beschädigungen deaktiviert worden waren. Die erloschenen Peilsignale waren derart zahlreich, dass die riesigen so entstandenen Lücken das gesamte Kontrollzentrum schaudern ließ. Aufgebracht sprangen die Controller durcheinander.

Aus dem Gang heraus konnte von Kempt in Coppola Control die aufgebrachten Stimmen der Controller hören, die wirr durcheinanderschallten.

»Was zum Teufel ist da draußen los?«

»Warum haben wir das nicht schon vorher bemerkt?«

»Jemand muss sofort den Vorstand verständigen!«

Planlos eilten die Männer durch das Kontrollzentrum, sprangen von ihren Plätzen und betätigten Alarmknöpfe. Und dann sahen sie schließlich den Moloch auf ihren Monitoren ...

Das Ungetüm hatte sich inzwischen auf sechs Roboter reduziert. Mechanoide Giganten, die einem eigenen Willen folgend Monolithen zermalmten, Roboter assimilierten und nicht von Menschenhand geschaffen waren.

Die riesigen Robotergestalten, ein bizarres Patchwork aus Hightech, Mechanik und Hydraulik, kamen auf die Kamera zu. Und die Controller begriffen, was sie vor sich hatten – dass es diese stählernen Kolosse waren, die Coppola City zerstört hatten.

»Oh, mein Gott ...«

Fassungslos starrten die Männer auf den Bildschirm, bevor das Perpetuum so nahe kam, dass auch diese Kamera ausfiel. Einer der Controller versuchte, manuell eine andere Frequenz zu finden, über die sie den Weg der Giganten aus einiger Entfernung weiter verfolgen konnten.

»Er ... er bewegt sich geradewegs auf Coppola Control zu!«, entfuhr es einem der Mitarbeiter.

Und als das Bild noch einmal wechselte, erkannten sie alle, dass der Moloch tatsächlich direkt auf die Aufzüge zuhielt.

Während die gesamte Belegschaft von Coppola Control wie gebannt auf die Monitorphalanx starrte, betrat in ihrem Rücken PCU von Kempt den Raum. Er konnte die Macht des Perpetuums beinahe schon spüren. Und die Ahnung seiner Energie durchpulste seinen Roboterkörper bereits wie ein Vorgeschmack der Allmacht. Die neue Zeit, das Ende aller Unzulänglichkeit, war in greifbarer Nähe! Und er würde es sein, der im Körper des ÜberBots die Krone der neuen Zeit tragen und den Tod überwinden würde! Nichts würde ihn dabei noch aufhalten können – erst recht kein schwaches, vergängliches Gewebe!

Er öffnete den SecurityMechs die Türen. Mit schweren Schritten betraten sie den Raum, ließen die Kontrollkonsolen erzittern und verteilten sich unter den fassungslosen Blicken der Belegschaft in Coppola Control rund um das Kontrollpult, bevor jeder auf seiner Position zum Stehen kam.

Verwirrt blickten die Männer vor den Monitoren sich um. *Sicherheitsroboter im Kontrollzentrum? Was hatte das zu bedeuten?*

Schließlich trat von Kempt in die Mitte der Kontrollkonsole und sprach, während er gemächlich in seine Haltevorrichtung kletterte. »Gentlemen, es war mir eine Freude, mit Ihnen arbeiten zu dürfen. Und glauben Sie mir, Sie haben gute Arbeit geleistet.«

Er begann, die Kabel und Leitungen von Neuem an seinen Körper anzuschließen, sein Netz neu zu knüpfen und die direkte Verbindung zur Verwaltung des städtischen Datensystems wiederherzustellen. Die Sicherheitsroutine öffnend, fuhr er fort, zu seiner Belegschaft zu sprechen. »Darum bedaure ich es auch, Sie heute quasi geschlossen entlassen zu müssen. Aber bedauerlicherweise werden Ihre Fähigkeiten hier in nächster Zukunft nicht mehr benötigt.«

Während er das sagte, brach PCU von Kempt das virtuelle Siegel der Sicherheitsroutine, um zwei wesentliche Veränderungen daran vorzunehmen.

Die Tatsache, dass diese Maßnahme die Konzernleitung alarmieren würde, kümmerte ihn nicht weiter, zumal deren Häscher ohnehin gerade ihr Landungsschiff verließen.

Zunächst aktivierte die PCU das Versiegelungsprotokoll für die Landezone, deren Sicherheitsschotts krachend einrasteten. Das würde die Eingreiftruppe eine Zeit lang aufhalten und ihren OmniKey entwerten. Dann wandte er sich der letzten Manipulation des Sicherheitssystems zu und stufte alle Mitarbeiter der Kontrollebene als Sicherheitsrisiko der Stufe III mit höchster Gefährdung für das bestehende Projekt ein.

Noch während er diese Änderung programmierte und damit jeden seiner Mitarbeiter zur Zielscheibe der SicherheitsBots machte, aktivierten die Mechs ihre Waffensysteme.

Als von Kempt seinen Datenfokus wieder auf das Perpetuum richtete, splitterten unter den ersten Salven der Mechs bereits Monitore und Konsolen. Ihre Kugeln zischten durch den projizierten Holo-Cube, als sie nun von allen Seiten zu feuern begannen. Einige der Mitarbeiter hoben abwehrend die Hände, andere versuchten in Deckung zu gehen. Vergebens.

Mit dem Ziel, die angezeigten Sicherheitsrisiken auszuschalten, begannen die Mechs, sich unter stetigem Feuer in enger werdenden Kreisen durch das Kontrollzentrum zu bewegen. Mit brachialer Wucht durchlöcherten die Projektile ihrer MiniGuns die Umstehenden, zerfetzten Uniformen, Körper und Technik. Splitter schwirrten durch die Luft, Blut spritzte und Schüsse peitschten. Niemand entkam.

Unerbittlich setzten die SicherheitsMechs jedem Controller nach und brachten ihn zur Strecke. Schreie hallten durch das Kontrollzentrum, mischten sich mit dem Lärm dumpfer MiniGun-Salven und untermalten das Massaker in Coppola Control mit infernalischem Lärm, der schlussendlich knapp fünf Minuten andauerte.

Und dann herrschte schließlich eine geradezu gespenstische Stille in dem Raum, der kaum noch dem von zuvor glich. Blut lief von den Wänden, und die Computerpulte und Monitore waren größtenteils zerstört. Einzig die Prior Command Unit thronte unbeschädigt über den Leichen am Boden und der beschädigten Technik.

Reglos hockte von Kempt in seinem Netz, ein Dirigent der Vernichtung, der gelassen beobachtete, wie sich die Sicherheitsroboter jetzt in Bewegung setzten, um auch noch die Insassen der acht Kontrollkammern und die Angestellten in ihren Quartieren zu eliminieren.

Nachdem er sich versichert hatte, dass sich das Perpetuum auf dem direkten Weg zu den Aufzugsschächten befand, nutzte von Kempt seine Befugnisse als Leiter der Einrichtung, um Informationen über die Eingreiftruppe abzurufen.

Die *Gemini4* war ein Black-Ops-Schiff. Das GeminiKorps war die taktisch und waffentechnisch beste Truppe, die der Stützpunkt Pygmalion zu bieten hatte. Die Einteilung der darin tätigen Justifiers erfolgte nur im Rahmen hochrangiger Geheimeinsätze. Während also *2OT Technology* vom untersten Ende der Messlatte zunächst McCraes Team geschickt hatte, so befand sich mit der Besatzung der *Gemini4* das exakte andere Ende auf dem Weg zu ihm.

Aber wenn es ihm gelang, diese Männer fünfundzwanzig Minuten lang aufzuhalten, würden sie ebenso Geschichte sein wie bald auch der Rest der Menschheit.

Mithilfe der Kameras überprüfte von Kempt die Fortschritte der Eingreiftruppe. Die Männer hatten die erste Schleuse bereits durchbrochen und befanden sich nun im Gang zwischen Hangar und Kontrollzentrum, wo sie in diesem Moment begannen, ihre Schweißbrenner auf die Tür zu setzen, die sie von Coppola Control trennte. Er entschloss sich, ihre Arbeit zu erschweren, indem er den Sauerstoff aus dem Gang abpumpte. Auch wenn die Eingreiftruppe eigenen Sauerstoff mitführte, würde es sie doch verlangsamen.

In seinem Rücken riss der erste Mech die Tür einer der Überwachungskammern aus den Angeln, schleuderte sie in den Raum und eröffnete das Feuer. Aus dem Inneren drang ein erstickter Schrei, während sich ein weiterer SicherheitsBot der nächsten Kammer zuwendete.

Von Kempt vertiefte sich unterdessen in die Datenströme, begab sich in den Folder der innerstädtischen Sicherheit und öffnete dort die Empatronroutine. Auch wenn es unwahrscheinlich war, das McCrae und ihre Leute dem Perpetuum noch in die Quere kamen, würde er doch nichts dem Zufall überlassen. Es brauchte einige Sekunden, bis er das Masterkontrollprogramm manipuliert und das Empatron-Interface infiltriert hatte. Dort simulierte er einen Code-Red-Zwischenfall, wodurch die Empatrons aller Bots in Coppola City umgehend auf Rot schalteten und jeden Nichtroboter innerhalb der Straßen als Aggressor einstuften.

Während von Kempt auch noch die siebenminütige Limitierung abschaltete, drangen aus zwei weiteren Kontrollkammern die Schreie der Insassen, als die Schüsse der SecMechs ihrem Leben ein Ende bereiteten. Kurz darauf schalteten die Empatrons aller Bots von Coppola City auf Weisung von Kempts zeitgleich auf Rot und machten damit jede nichtrobotische Lebensform in den Straßen der Stadt zu einem Aggressor, dessen Deaktivierung höchste Priorität hatte.

ZEIT: 03:15 PM
ORT: TransBot

Nachdem sie die SicherheitsMechs bei seiner Werkstatt besiegt und den Moloch gesehen hatten, waren McCrae und ihre Leute von Rosso in die nächste TransBot-Kabine verfrachtet worden.

Wenn ihr unbekannter Verbündeter recht hatte, war das ihre einzige Chance, dem Perpetuum jetzt noch den Weg abzuschneiden. Wobei ihnen noch ein Plan fehlte, wie sie es schließlich aufhalten sollten.

Mono hatte in seinem Exoskelett Schwierigkeiten gehabt, überhaupt in die TransBot-Kabine zu kommen. Und auch Claw mit seinem *VibroKatana* auf dem Rücken hatte sich damit schwergetan. In die Sitzvorrichtungen passte, abgesehen von Rosso, der Rüstungen wegen keiner mehr von ihnen. Dementsprechend eng war es in der TransBot-Kabine, die sich das Team mit vier weiteren Insassen teilte. Allein Monos Extendertron raubte dabei einiges an Platz. Aber auch die Rüstungen McCraes und Trents waren um vieles klobiger als die vier Bots, die dort in den Wandvorrichtungen hockten und erfolglos ihre Scanner über die anderen Insassen führten. Die Mischung aus Rüstungselementen, Robotereinzelteilen und Kohlenstoffentität, die McCraes Team darstellte, überforderte die Roboter und ihre Analysewerkzeuge. Aber das war nicht das Problem der Justifiers.

Mono stand mit dem GGB in seiner Halterung an einem der Sichtfenster und blickte, während die Kabine lautlos darüber hinwegglitt, in einen der demolierten Straßenzüge hinab. In einiger Entfernung waren Explosionen zu hören, und die aufsteigenden Rauchschwaden waren dichter geworden. Es war ein seltsames Gefühl, so etwas zu sehen, ohne selbst dafür verantwortlich zu sein. Das aber beschäftigte Mono nur am Rande. Vielmehr suchte er dort unten nach etwas. Nach jemandem. Denn die Vorstellung, dass van Ghor irgendwo dort unten im Körper eines Mechs herumstreifte, wollte ihm nicht recht in seinen ungepflegten Schädel. Dort drin gab es noch immer eine klare Trennung zwischen Menschen und Bots. Eine natürliche Grenze, die seiner Meinung nach allenfalls irgendwelche bizarren Kultisten aufzulösen trachteten, deren Motive ihn so lange nicht scherten, wie sie ihn nur für irgendetwas bezahlten.

Aber der alternde Söldner, der sie verraten hatte, war mit Sicherheit keiner von ihnen gewesen – obwohl sich Mono nicht mehr sicher war, was van Ghor überhaupt gewesen war. Mit einem *Arschloch* hätte er generell keine Probleme gehabt. Zumindest weniger als mit *Frauen* oder *Chims*. Aber *Verräter* senkte seine Toleranzschwelle um einiges. Und inzwischen war Leonidas van Ghor, wenn Mono es richtig verstand, plötzlich sogar *Verräter*, *Arschloch* und *Roboter* in einem. Außerdem hatte er auch noch den Auftrag, ihn und den Rest der Gruppe auszuschalten. Unterm Strich musste der Heavy sich eingestehen, dass da nicht mehr viel Raum für Sympathien blieb ...

In genau diesem Augenblick faltete sich der Monitor des GuideBots vor ihm auseinander. Erneut nahm Golem Kontakt mit ihnen auf und wandte sich dabei direkt an McCrae.

»Officer, die Lage in Coppola Control spitzt sich zu. Inzwischen verwendet die PCU dreißig Prozent ihrer Computerkapazität darauf, uns und diese Frequenz ausfindig zu machen. Zugleich hat von Kempt seine Vertuschungsstrategie eingestellt und begonnen, das Kontrollzentrum mithilfe einer Mech-Einheit zu säubern. Der größte Teil der Controller wurde bereits hingerichtet, und im Rahmen dieser Eskalation rechnen wir auch mit dem Ende meiner persönlichen Existenz.«

»Was hat er gesagt?«, fragte Mono, der es einfach hasste, wenn jemand nicht Klartext redete.

»Wenn ich ihn richtig verstehe, gibt es jetzt auch dort oben Ärger ...«, befand Trent, während der Fremde fortfuhr.

»Da die Wahrscheinlichkeit hoch ist, dass PCU von Kempt weitgehend alle Datenspeicher löschen und formatieren wird, möchte ich Ihnen zuvor noch eine weitere Videodatei überspielen, die der Nachwelt etwas mehr über das Wesen von Coppola City offenbaren dürfte. Es geht darin um das Schicksal eines *ARSTac*-Landungstrupps, der den Mond vor einigen Jahren in Augenschein nehmen sollte. Die diesbezügliche Operation wurde seinerzeit durch PCU von Kempt initiiert, von Mitgliedern des Controlteams durchgeführt und schlussendlich mithilfe von SPV Capek vertuscht. Der Verlauf der Operation ist weitgehend der Datei zu entnehmen, deren Veröffentlichung ein gewisses Maß an öffentlichem Interesse generieren und hoffentlich entsprechende Konsequenzen für die Einrichtung und den Konzern haben wird. Der Upload beginnt jetzt.«

Auf McCraes HUD erschien ein schmaler durchsichtiger Balken, der sich, während der Fremde weitersprach, langsam aufzubauen begann: »Außerdem freue ich mich, Ihnen mitteilen zu können, dass sich Ihre Überlebenswahrscheinlichkeit vor wenigen Minuten um dreihundert Prozent gesteigert hat. Damit ist sie zwar noch immer nicht erwähnenswert, aber doch um einiges höher als zuvor.«

»Überlebenswahrscheinlichkeit gesteigert?« Mono begann wieder lauthals zu schimpfen. »Dieses Monster wächst immer weiter, Coppola Control hetzt uns seine SicherheitsMechs auf den Hals, und Sie wollen uns erzählen, dass sich unsere Überlebenschancen gerade gesteigert haben?«

»Mr. Mimkin, nachdem es mir gelungen ist, einen verschlüsselten Funkspruch an den Konzernvorstand abzusetzen, in dem ich auf zahlreiche Verfehlungen der Prior Command Unit und verschiedene Unstimmigkeiten bezüglich der übermittelten Entwicklungsdaten hingewiesen habe, hat die Konzernleitung beschlossen, von Pygmalion ein Einsatzschiff mit einem – verzeihen Sie mir diesen Ausdruck – *richtigen* Justifiers-Team zu entsenden, das vor einigen Minuten im Hangar gelandet ist. Auch wenn ich es wahrscheinlich nicht mehr erleben werde, ist es nur eine Frage der Zeit, bis die Black Ops hier oben die Kontrolle übernehmen.«

»Und die werden uns also hier herausholen?«, fragte McCrae zweifelnd.

»Diesbezüglich besteht wiederum eine Chance von fünfzig Prozent, da diese Männer ebenso den Auftrag haben könnten, alle Spuren zu verwischen, die *2OT Technology* mit diesem Projekt in Verbindung bringen könnten. In diesem Fall wäre Rettung nicht der korrekte Terminus.«

Claw stellte sich neben Mono auf und starrte gemeinsam mit ihm hinunter auf die Stadt. Als irgendwo Richtung Zentrum einige Explosionen die silbernen Monolithen erschütterten, konnten sie Flammen und blaue Blitze emporzucken sehen.

»Weißt du, ChimBoy, ich hätte mir nicht träumen lassen, meinen letzten Einsatz einmal zusammen mit einem Lurch durchstehen zu müssen«, murmelte der Heavy.

»Oh, Mr. Mimkin, glauben Sie mir, ich hatte auch nicht

geplant, dass mein erster Auftrag in diesem zweifelhaften Geschäft auch mein letzter sein würde.« Der Beta grinste Mono an, und es wirkte beinahe bedrohlich, als er seine Lefzen hochzog und dabei die makellosen spitzen Zähne in seinem riesigen Maul zeigte. »Und ich möchte hinzufügen, dass es mir vergleichsweise wenig ausmacht, dabei an der Seite eines scheißhässlichen Zwergs wie Ihnen zu kämpfen.«

»Gut gebrüllt, Echse«, sagte der Heavy und musste dabei ebenfalls lächeln.

»Ich lerne, Mr. Mimkin, ich lerne«, entgegnete der Beta und klopfte ihm auf die Schulter seines Exoskeletts. Im nächsten Moment weiteten sich seine Augen. Er hatte etwas gesehen! Unvermittelt sprang Claw hinüber zu Officer McCrae und riss sie aus ihrem Sitz brutal zu Boden.

Gerade noch rechtzeitig, bevor sich die metallene Klaue eines mitreisenden Roboters hinter ihr tief in die Wand der Kabine bohrte.

Mono verstand nicht. »Was zum …«

Weiter kam er nicht, denn im nächsten Moment schon schwirrten zwei Kreissägeblätter auf ihn zu, die er einzig mithilfe der verstärkten Unterarme seines Exoskeletts abzuwehren vermochte. Hektisch blickte er sich um und sah den kleinen Reparaturbot, der sie gerade abgefeuert hatte.

Fassungslos sah auch Ion Trent nun, wie sich die Roboter aus ihren Sitzen lösten und in Angriffsposition gingen. Ohne erkennbaren Grund waren ihre Empatrons plötzlich auf Rot gesprungen.

Einer der Bots sprang auf Nobot zu, der noch immer an der Steuerkonsole stand. Er war zu erstaunt, als dass er hätte ausweichen können. Im letzten Moment jedoch gelang es Claw, sich zwischen ihn und den Angreifer zu werfen. Der Schädel des Roboters rammte sich mit solcher Wucht in seinen Brustpanzer, dass der Raptorbeta schmerzerfüllt aufschrie, bevor er den Bot packte und ihm mit aller Macht den Kopf von den Schultern riss. Dann ließ er den Körper zu Boden fallen und betrachtete verächtlich das zuckende Bündel Kabel, das aus dem grotesk verrenkten Hals ragte. Als er sich an die Brust griff, spürte er plötzlich einen stechenden Schmerz im Rücken.

Das dritte Sägeblatt des kleinen ReparaturBots hatte seine Rüstung durchschlagen und war in sein Fleisch eingedrungen. Im gleichen Moment aber war Mono schon über dem Roboter und drosch mit seinen servoverstärkten Fäusten derart wütend auf ihn ein, dass der metallene Korpus sich innerhalb weniger Schläge bis zur Unkenntlichkeit verformte.

Der dritte Roboter wollte sich gerade auf Trent stürzen, als sich Jack Rosso besann und seinen EMP-Impulsgeber abfeuerte. Der Bot krachte zu Boden wie eine Marionette, der man die Fäden durchschnitten hatte, und eröffnete dadurch den Blick auf den letzten verbliebenen Bot. Es war eine achtarmige Sortierungsdrohne, die im Begriff stand, Officer McCrae zu würgen, während sie ihre Arme fixiert hielt und ihr zugleich in die Rippen boxte. Rossos Impulsgeber lud noch auf, da war der verwundete Claw bereits mit erhobenem Schwert wieder bei seiner Vorgesetzten. Blitzschnell hieb er dem Bot die Gliedmaßen ab und stieß den übrig gebliebenen Korpus mit dem Fuß hinüber zu Mono, der den Rest mit zwei gezielten Schlägen in ein formloses Stück Altmetall verwandelte.

Nun kehrte wieder Ruhe in die Kabine ein. Nachdenklich schaute Rosso auf die zerfetzten Bots am Boden der Kabine.

»Ich habe keine Ahnung, was das war. Die Fehlfunktion *eines* Empatrons ist vorstellbar, aber dass vier auf einmal ...«

»Es sind nicht bloß vier ...«, sagte Trent leise. Er stand im hinteren Teil der Kabine und blickte durch eines der Sichtfenster auf die Stadt hinab.

Dort unten war ein kleiner Wartungstrupp zu erkennen, der sich in einem verwüsteten Straßenzug um beschädigte Bots zu kümmern versuchte. Selbst von oben aus der TransBot-Kabine war zu erkennen, wie die Empatrons halb zerfetzter Roboter rot leuchteten und sie sich gegen ihre eigentlichen Retter richteten. Mit dem einen ihm verbliebenen Arm rammte ein beschädigter Bot einen Mann mit solcher Wucht gegen die Wand, dass Trent das Knacken seines Rückgrats selbst in zehn Metern Höhe noch zu hören glaubte.

Der Rest der Wartungsleute versuchte zu fliehen. Wie in einem alten Zombiefilm kroch jeder einzelne noch mit einem Empatron versehene Bot ihnen nach. Bereit, diese Menschen mit dem letzten bisschen Energie, das ihnen blieb, zur Strecke zu bringen.

Der Rest des Wartungstrupp versuchte, in Richtung der nächsten TransBot-Station zu entkommen. Aber obwohl sie schneller waren als die verkrüppelten Bots am Boden der Straße, näherten sich, wie aus der Vogelperspektive deutlich zu erkennen war, von allen Seiten Roboter mit roten Empatrons und dem einzigen Ziel, Coppola City von kohlenstoffbasierten Aggressoren zu säubern.

Trent schloss die Augen. McCrae schüttelte fassungslos den Kopf. Mono stieß einen leisen Fluch aus, Claw biss verbittert die Zähne zusammen, und Jack Rosso verstand seine eigene Welt nicht mehr. Die Einsen und Nullen schienen durcheinander zu sein. Da war nichts, was sie dagegen unternehmen konnten, und abgesehen von der verschwindend geringen Chance, das Voranschreiten des Perpetuums aufzuhalten, hatten sich soeben auch ihre kurzfristigen Überlebenschancen verringert.

Aus den Lautsprechern des GuideBots tönte die Stimme des Fremden, als er sich noch einmal der Einsatzleiterin zuwandte: »Officer McCrae!«

Im Hintergrund waren nun deutlich Schreie und Schüsse in schneller Folge zu hören. MiniGun-Salven vermutlich.

Ihr Verbündeter wirkte aufgebracht. »Hier oben ist der Teufel los. Dies ist wahrscheinlich unser letzter Kontakt. Hören Sie zu, Sie haben vermutlich schon bemerkt, dass von Kempt die Empatronroutine manipuliert hat. Gegenwärtig wird alles nicht robotische Leben innerhalb der Stadt als Bedrohung wahrgenommen. Wir werden sein Signal vermutlich kurzzeitig blockieren können, haben aber keine Ahnung, wie lange das funktionieren wird.« Im Monitor war zu erkennen, wie der Mann hektisch seine virtuelle Tastatur bearbeitete und weiter zu ihnen sprach. »Gut, das Signal ist jetzt blockiert und die Blockersequenz verschlüsselt. Sobald sie mich erwischt haben, bleiben Ihnen vielleicht noch zwanzig Minuten, den Moloch aufzuhalten. Dann werden die Bots über Sie herfallen. Mehr können wir leider nicht für sie tun. Aber was auch mit mir passiert, bleiben Sie mit dem GGB auf Stand-by, damit wir ...«

Er konnte den Satz nicht mehr beenden. Die Tür in seinem Rücken wurde aus den Angeln gerissen, gleich darauf wurde der mächtige Schatten eines Sicherheitsroboters sichtbar, und dann flammte das Mündungsfeuer zweier MiniGuns auf, deren Kugeln den Kopf ihres Verbündeten zerrissen.

Das Letzte, was sie von ihm zu sehen bekamen, war der zerschmetterte Schädel, in dem, unter einer Schicht künstlicher Haut, für einen kurzen Augenblick eine Metallschicht, dünne Drähte und zerbrochene Platinen zu erkennen waren. Und obwohl McCrae irgendwie darauf vorbereitet war, irritierte es sie doch, als nun anstelle von Blut metallene Splitter durch die Luft stoben, von denen einige auch die Kamera lahmlegten.

»Was zum Erz war das?«, fragte Mono und starrte ungläubig auf den schwarzen Monitor.

»Jedenfalls kein Mensch«, antwortete der Beta nachdenklich.

»Es war ein Android, Mr. Claw«, murmelte Rosso, der der Einzige innerhalb der Gruppe war, der sich überhaupt mit so etwas auskannte.

»Und unser einziger Verbündeter ...«, murmelte McCrae und blickte sich dabei um.

Draußen ging die Stadt in Rauch auf. Explosionen erschütterten Coppola City, und selbst hier oben roch es nach verbranntem Plastik und verschmorten Leiterplatten.

Während die übrigen Teammitglieder schweigend die Überreste der Bots betrachten, führte die Einsatzleiterin nachdenklich ihre Finger über die Bedienelemente ihres Note-Pads und aktivierte im Zentrum der Kabine einen

Holo-Cube. Auf diesem spielte sie nun die Videodatei ab, die der Android hochgeladen hatte. Damit sie und ihre Leute das letzte Vermächtnis dessen zu sehen bekamen, der für sie seine künstliche Haut riskiert und am Ende in die Konsole gebissen hatte. Er hatte gewollt, dass sie diese Daten bekamen und gegen von Kempt und die Stadt verwendeten. Golem wollte, dass die Welt diese Bilder zu sehen bekam und die Wahrheit über diesen Mond erfuhr.

Und während um McCrae und ihre Männer die mechanische Hölle losbrach, würden sie sehen, wozu die Prior Command Unit noch in der Lage war. Irgendwo dort oben im Herzen seines Netzes hockte von Kempt und schickte seine bösen Impulse aus. Um McCrae, Mono, Claw, Trent und Nobot, diese kleine unerwünschte Gruppe Störenfriede von außerhalb, ein für alle Mal aus dem Inneren seiner Stadt zu tilgen. Und sie wussten, dass er dafür alles einsetzen würde, was ihm zur Verfügung stand. Er hatte SicherheitsMechs auf sie gehetzt und die Empatrons manipuliert und würde vermutlich nicht davor zurückschrecken, gegebenenfalls auch noch den Sauerstoff abpumpen zu lassen, um ihre Lebenszeichen zum Verstummen zu bringen. Sie waren längst so weit, ihn zu hassen. Und nicht nur Mono stand der Sinn danach, von Kempt in seinen mattschwarzen Eisenarsch zu treten und ihn nachhaltig zu demontieren.

Aber dieses Video, das ahnte McCrae, würde der Tropfen sein, der das Fass zum Überlaufen brachte. Der Impuls, der den Zorn und den Überlebenswillen ihres Teams wecken und die Männer bereit machen würde, jener wutentbrannten Legion von Robotern zu trotzen, die dort unten mit rotglühenden Empatrons auf sie wartete. Es war an der Zeit, die letzten Kräfte zu mobilisieren, die in dem Saurier, dem Zwerg, dem Tech-Söldner und dem Roboterversteher schlummerten.

Während die Kabine hoch über der Stadt lautlos in Richtung der Aufzüge dahinglitt, startete nun vor den Augen der kleinen Gruppe auf dem Holo-Cube der Film.

Zunächst handelte es sich wieder um ein schwarzes Bild, in dessen rechter unterer Ecke im nächsten Moment eine hellblaue Fließkristallschrift aufleuchtete.

Coppola Control
14.07.2028
02:15 PM

Das Schwarz schwand zugunsten eines unscharfen Bilds, das einen kurzen Moment brauchte, um scharfzustellen. Offensichtlich war eine Art Objektivabdeckung entfernt worden. Auf dem Cube war nun das Innere von Coppola Control zu erkennen. Sie erkannten die Schaltzentrale wieder. Ebenso wie auch Capek, der mit verschränkten Armen unter dem Holo-Cube im Zentrum stand und diesen nachdenklich betrachtete. Er wirkte jünger, sein Haar voller. Aber es war ohne jeden Zweifel Capek.

Auch von Kempt konnten sie erkennen, der unterhalb des Cubes inmitten von Kabeln in seiner Vorrichtung ruhte. Viel interessanter war jedoch das, was sich über ihm auf dem holografischen Würfel im Zentrum des Raums abzeichnete: Anstelle der schematischen Darstellung von Copolla City war darauf ein Bild des Mondorbits zu erkennen. Ein vergrößerter Ausschnitt im Zentrum zeigte ein sich näherndes Landungsschiff mittlerer Größe, auf dessen

344

Flanke der *ARSTac*-Schriftzug zu erkennen war. Offensichtlich ein Erkundungsflug des Besiedlungskonzerns.

Die Blicke aller Umstehenden und -sitzenden waren auf den Würfel gerichtet. In den Gesichtern der Anwesenden stand ungläubiges Staunen, und im Inneren des Kontrollzentrums herrschte vollkommene Stille.

Die Bildqualität sowie die Höhe und Position dessen, was McCrae und ihre Leute in diesem Moment zu sehen bekamen, deuteten darauf hin, dass das Ganze heimlich und mit einer NanoCam gefilmt worden war, die irgendjemand direkt am Körper getragen hatte. Vermutlich der gleiche Androide, der sie mithilfe des GGB seit der Spielbank begleitet hatte.

Plötzlich ertönte aus dem HAP, dem Holo-Audio-Port, die digitalisierte Stimme von Kempts, die im Rahmen der Aufzeichnung aus den Lautsprechern des Kontrollzentrums schallte.

»Meine Herren, wie Sie sehen, nähert sich ein Problem von außerhalb unserer Einrichtung. An Bord dieses *ARSTac*-Planetenerkundungsflugs mit der Kennung AR/MP92.1 befinden sich drei Wissenschaftler, zwei bewaffnete Sicherheitsoffiziere und der leitende Kommandant. Ihr Auftrag ist die Inaugenscheinnahme unerschlossener Planeten. Dies dürfte dem gegenwärtigen *ARSTac*-Expansionskurs zu schulden sein, der innerhalb der nächsten zehn Jahre die Erschließung von mindestens fünf Planeten in diesem Sektor vorsieht.«

Einer der Controller hob seine Hand. Von Kempt erteilte ihm das Wort.

»Aber Sir, ist Coppola II nicht Eigentum von *2OT Technology?*«

»Das ist korrekt, CTR Coleman. Allerdings gilt er offiziell nach wie vor als unerschlossen, weshalb diese Patrouille dort draußen wahrscheinlich auch meint, ihn heimlich erkunden zu können, um dem Konzern gegebenenfalls ein Angebot für diesen Mond unterbreiten zu können. Sie sehen, meine Herren: Diese Leute werden sich nicht davon abbringen lassen, zu landen.«

Die Stimme der PCU verstummte kurz. Nun war einigen Umstehenden in Coppola Control ein aufkommendes Unwohlsein anzusehen, als von Kempt fortfuhr: »Ihnen allen ist bekannt, dass die Geheimhaltung dieser Einrichtung oberste Priorität hat. Ihre Aufgabe ist der Schutz der Protokolle dieser Stadt und die Gewährleistung der ungehinderten Entwicklung ihrer Bewohner. Wir dürfen nicht zulassen, dass irgendeine Kraft von außerhalb, gleich, welchem Zweck sie dienen mag, die Zielsetzung unserer Arbeit gefährdet.«

Ebenso wie Helen McCrae ahnten die meisten Mitglieder des Kontrollstabs wahrscheinlich bereits, worauf dieser Vortrag von Kempts hinauslaufen würde. Und tatsächlich sprach die PCU es einen Moment später vor der Kamera und aller Augen aus: »Aufgrund der eingeschränkten Funktionalität der mechanischen Sicherheitskräfte im Außenbereich brauchen wir dementsprechend ein kleines bewaffnetes Team, das sich der Sicherheit dieser Einrichtung verpflichtet fühlt und bereit ist, alles zu tun, was vonnöten ist, um diese zu gewährleisten.«

Zaghaft meldeten sich nach und nach einzelne Freiwillige. Eine Bewegung des Nanoobjektivs verriet, dass auch der Kameramann dazugehörte.

Als schließlich ein halbes Dutzend Männer zusammen

war, erhob von Kempt sich langsam aus seiner Haltevorrichtung. Zischend lösten sich die Kabel. Als er näher an die Gruppe herantrat, blitzten seine Visoraugen auf. »Meine Herren, wir werden nicht verhindern können, dass diese Leute hier landen. Es liegt allerdings ganz in Ihrer Hand, ob sie wieder starten werden ...«

Mit diesen Worten der Prior Command Unit endete der erste Teil der Videoaufzeichnung. Das Bild blendete ins Schwarz über. Der Statusbalken auf dem unteren Teil des Holo-Cubes zeigte jedoch, dass der Film noch nicht zu Ende war.

Dennoch betätigte McCrae zunächst die Pausetaste und blickte ernst in die Runde. Mono schüttelte den Kopf und murmelte leise: »Arschloch. Kybernetisches.«

»Scheint, als wären wir nicht die Ersten, die dieser Verrückte für seine Geheimnisse opfern will«, nickte Trent daraufhin nachdenklich.

Rosso starrte reglos auf das Schwarz des Holo-Cubes und sagte leise: »Obwohl ich, schon des Materialwerts wegen, künstliches Leben über organisches stelle ...«

»Wohoho! Moment mal, was meinst du mit Materialwert?«, fiel Mono ihm lautstark ins Wort.

Der Roboterprofiler blickte ihn an. »Generell liegt der Wert aller in einem Roboter verwendeten Rohstoffe um ein Vielfaches höher als das, was sich beispielsweise in Ihnen findet.« Er versuchte ein Lächeln, und der Heavy fragte sich ernsthaft, ob der Roboterversteher damit wieder auf seine Größe anspielte.

»Wie auch immer ...«, fuhr Rosso fort. »Unter ethischen Gesichtspunkten kann auch ich die Vorgehensweise der Prior Command Unit in diesem Fall nicht gutheißen.«

Claw schwieg und hielt den Kopf gesenkt. Er wusste nur allzu genau, dass auch er ein Produkt jenes Fortschrittsglaubens war, der Männer wie von Kempt dazu brachte, in seinem Namen zu töten. Vielleicht waren auch für seine Erbinformationen Leute gestorben oder Unsummen Schmiergeld geflossen, und womöglich war auch um seinen Tank herum Furchtbares passiert, nur damit am Ende irgendein Wissenschaftler ihn mit stolzgeschwellter Brust der Öffentlichkeit hatte präsentieren können ... In diesem Moment jedenfalls, beim Betrachten dieses kurzen Mittschnitts, ahnte der Beta, wozu Menschen in der Lage waren, wenn sie sich einmal für diese Art von Fortschritt entschieden hatten.

Officer McCrae beobachtete ihre Leute genau. Sie spürte, was dieser Film mit ihnen machte. Und es war gut. Denn er machte sie zornig. Und Zorn war vielleicht die einzige Kraft, die ihnen jetzt noch weiterhelfen konnte. Der Wunsch, es von Kempt heimzuzahlen und ihm zu zeigen, dass er sich mit dem falschen Team angelegt hatte.

Sie nickte zufrieden und betätigte das Bedienelement auf ihrem Touchpad. »Ich denke, wir sollten uns auch noch den Rest ansehen. Nur damit uns allen klar ist, mit wem wir es hier zu tun haben ...«

Das schwarze Bild auf dem Holowürfel veränderte sich, und der Film lief weiter.

Der Kameramann hatte seine Nanocam mit nach draußen genommen und befand sich nun mitsamt der übrigen Gruppe Freiwilliger auf der Oberfläche des Monds.

Vor ihm standen drei Männer in Raumanzügen und mit schweren Blastergewehren. Als er sich umschaute und die Kamera herumschwenkte, waren noch zwei weitere zu erkennen. Sie alle versteckten sich hinter einer größeren Gesteinsformation und warteten. Worauf, wurde im nächsten Moment klar, als die NanoCam sich ein wenig zur Seite bewegte und hinter den Mondfelsen das *ARSTac*-Schiff zum Vorschein kam, dessen zwei Landungsluken sich nun mit leisem Zischen öffneten.

Die Bewaffneten verständigten sich mit Handzeichen, verteilten sich um die nächstgelegenen Felsen und nahmen die Luken ins Visier.

Die Ersten, die das Schiff verließen, waren die beiden Sicherheitsoffiziere, unschwer daran zu erkennen, dass sie jeweils eine *GrimFist7*, ein großkalibriges Disruptorgewehr mit Lasernebenlauf, im Anschlag hielten.

Die Männer in ihren Verstecken gestikulierten. Es war klar, dass diese beiden als Erste ausgeschaltet werden mussten. Abgesehen vom Kommandanten waren sie vermutlich die Einzigen, die ihnen Ärger machen konnten. Um beide gleichzeitig zu erledigen und so zu verhindern, dass einer von ihnen um sich schoss, hob einer der Männer seine Hand, zeigte drei Finger und zählte rückwärts.

Dann, kaum dass er den letzten Finger einknickte, eröff-

349

neten die Controller das Blasterfeuer. Von mehreren Salven getroffen, brachen die Sicherheitsoffiziere am Fuß der Ausstiegstreppen zusammen. Einer der beiden riss noch seine *GrimFist* hoch. Doch die beiden Schüsse, die er abgab, gingen nur ziellos hinaus ins All. Ein weiterer Blasterschuss eines Heckenschützen zerschmetterte seinen Helm.

Mit zerfetzten Raumanzügen lagen die beiden Männer schließlich in ihrem eigenen Blut im Staub von Coppola II. Oben in der Ausstiegsluke zuckten die Wissenschaftler zurück. Als sie die Schotten wieder zu schließen versuchten, sprangen zwei der Controller aus ihren Verstecken und hasteten an den Sicherheitsoffizieren vorbei zum Landungsschiff hinüber. Durch die sich langsam schließenden Luken zielten sie auf die Türhydraulik und feuerten. Laut krachte eine der Landungsklappen wieder zu Boden, und die beiden Bewaffneten stürmten das Schiff.

Wenig später gleißte Mündungsfeuer aus dem Inneren des Schiffs. Schreie ertönten. Einer der Wissenschaftler versuchte zu fliehen, kam aber nicht weit. Hinter einem der Felsen bellte ein Blaster auf und fegte ihn von den Füßen.

Dann herrschte mit einem Mal eine gespenstische Ruhe in der Umgebung des Landungsschiffes.

Nun traten auch die übrigen Controller aus der Deckung. Langsam gingen sie zu den reglosen Körpern der Sicherheitsmänner hinüber. Einer von ihnen bewegte sich noch. Die Männer wechselten verzweifelte Blicke, bis einer sich schließlich erbarmte, seinen Blaster auf den Brustkorb des Schwerverletzten setzte und abdrückte. Die anderen wandten sich ab. Ihnen war deutlich anzumerken, dass sie nicht für derartige Einsätze geschaffen waren. Die Männer zitterten. Die Waffen in ihren Händen wirkten befremdlich. Diese Finger waren es gewohnt, mit Tastaturen zu arbeiten. Mit deren Hilfe hätten sie allerdings jederzeit und ohne Skrupel eine Rakete ins Zentrum einer Stadt geschossen.

Das hier aber war etwas anderes.

Aus dem Inneren des Schiffs traten die letzten beiden Controller und nickten den anderen knapp zu. Ihre Raumanzüge waren blutverschmiert, der Auftrag erledigt.

Von den Mitgliedern der *ARSTac*-Landungstruppe war keines mehr am Leben.

Das Bild fadete wieder kurz ins Schwarz, die Fließkristallschrift leuchtete auf:

Coppola Control
14.07.2028
03:30 PM

Wieder war das Kontrollzentrum zu erkennen. PCU von Kempt hatte sich vor der Kontrollkonsole aufgebaut. McCrae und ihre Leute erkannten einige der Männer wieder, die sie gerade noch an der Oberfläche gesehen hatten. Die Stimmung war gedrückt. Die Blicke aller Anwesenden ruhten auf dem Holo-Cube im Zentrum, auf dem man das *ARSTac*-Schiff erkennen konnte, das von zwei Schleppdrohnen wieder in den Orbit hinausgeschafft worden war. In diesem Moment lösten die Drohnen ihre Andockklammern und machten sich auf den Rückweg, während das Erkundungsschiff herrenlos durch die Schwärze des Alls dahintrieb.

Von Kempt wandte sich um und fokussierte mit seinen

Visoraugen die umstehenden Controller. »Gute Arbeit, meine Herren. Ich bin sehr zufrieden mit Ihnen. Solange das Schicksal dieser Einrichtung in den Händen von Männern wie Ihnen liegt, werden wir uns um ihren Fortbestand keine Sorgen machen müssen.«

Er hob seinen mattschwarzen Metallarm und salutierte den ihn umstehenden Männern in einer beinahe bizarr anmutenden Geste.

Im gleichen Moment implodierte das Landungsschiff auf dem Holo-Cube in seinem Rücken in einem lautlosen grellen Feuerball, der sich, während die Trümmer des Schiffs die Orbitalkamera umschwirrten, gleich darauf im Vakuum des Alls wieder zusammenzog.

Von Kempt ließ seine mechanische Hand wieder sinken. »Nachdem der *ARSTac*-Planetenerkundungsflug AR/MP92.1 jetzt offiziell als vermisst gilt, möchte ich Sie nun bitten, wieder zur Tagesordnung überzugehen. Coppola City braucht Sie.«

Mit diesen Worten der PCU endete die Videoaufzeichnung.

Zugleich verschwand der Holowürfel im Inneren der Kabine, und von einem Moment auf den anderen starrten sie alle, Claw, Mono, McCrae, Trent und Rosso in die Luft.

Jetzt wussten sie endgültig, mit wem sie es zu tun hatten. Einiges, das ihnen auf ihrem Weg durch diese Stadt widerfahren war, hätte unter Umständen auf einen Zufall, ein Missverständnis oder eine Verkettung unglücklicher Umstände zurückzuführen sein können. Nun aber, da sie diesen Film gesehen hatten, schien es immer weniger wahrscheinlich.

Von Kempt betrachtete die Fusion als seine höchste Aufgabe und diese Stadt als sein persönliches Eigentum. Alles, was das eine oder das andere gefährdete, würde er mit allen ihm zur Verfügung stehenden Mitteln unterbinden. Mit aller Macht wollte er verhindern, dass Informationen über diese Einrichtung nach außen drangen. Dafür hatte er einmal getötet und würde es wieder tun.

Jetzt lag es allein bei ihnen, ob er damit durchkam.

Sie, die ursprünglich angeheuert und hergeschickt worden waren, um zu versagen und unverrichteter Dinge wieder abzuziehen, waren die Einzigen, die dem perversen Regiment der Prior Command Unit und dem Wahnsinn der Fusion noch etwas entgegensetzen konnten.

Nicht, dass McCrae sich dieser Aufgabe gewachsen gefühlt hätte. Aber zum gegenwärtigen Zeitpunkt gab es niemanden, der sie an ihrer statt übernommen hätte. Stumm grübelte die Einsatzleiterin noch einen kurzen Moment nach und rief dann schließlich ihr Team im Zentrum der Kabine zusammen. Es war an der Zeit, ein paar Dinge klarzustellen. Positionen zu klären. Und die ganze Sache ein für alle Mal zu beenden.

Sie blickte von einem zum anderen und sah zufrieden die Entschlossenheit in den Augen ihrer Männer. Sie alle waren grundverschieden. Ein Vorzeigesaurier, ein Halbroboter, ein abgehalfterter Techjockey und ein heruntergekommener Zwerg. Befehligt von einer Frau, die ausgesucht worden war, um dieses Kommando gegen die Wand zu fahren. Aber jetzt waren sie zornig. Zornig genug, um den Herren dieses Blechmonds den Strom abzudrehen und ihm mit den Zähnen den Prozessor aus dem Leib zu reißen. Womöglich würden sie tatsächlich versagen. Das Perpetuum nicht bergen und am Ende für diesen Auftrag noch draufzahlen. Aber dafür würden sie, gottverdammt noch eins, das Universum retten und von Kempt zeigen, wer am Ende den Toaster bediente!

McCraes Augen funkelten, als sie nun in die Runde blickte und sagte: »Gentlemen, fassen wir zusammen: Unser eigentlicher Auftrag hat sich inzwischen als nichtig herausgestellt, da wir ursprünglich angeheuert wurden, um ihn nicht zu erfüllen.«

»Korrekt«, ließ Claw verlauten.

»Unsere Auftraggeber hätten nichts dagegen, wenn sowohl wir als auch Mr. Trent schon tot wären, da es die Lage für sie weiter vereinfachen würde.«

»Ebenfalls korrekt«, nickte der Beta.

»Unser eigentliches Ziel wäre nunmehr, diesen Planeten so schnell wie möglich zu verlassen, wenn nicht das Perpetuum wäre, dessen angestrebte Zusammenführung mit dem ominösen Inhalt von Kammer No.I nach Aussagen unseres Verbündeten katastrophale Auswirkungen auf die Entwicklung aller uns bekannten Zivilisationen haben könnte.«

»Auch korrekt«, ließ der Beta ein weiteres Mal verlauten.

»Das heißt, wir können entweder versuchen zu fliehen oder diesen Fusionsprozess aufzuhalten, um das Universum zu retten«, endete McCrae.

»Ohne dass jemand uns dafür bezahlt ...«, ergänzte Mono missmutig.

»Und ohne relevante Überlebenschancen«, fügte Trent hinzu, der die Formulierung ihres Verbündeten noch genau im Ohr hatte.

Der Heavy spuckte auf den Boden der Kabine. »Als ob das Universum jemals etwas für mich getan hätte.« Im nächsten Moment jedoch schaute er wieder auf und in die Runde. »Aber ich will ehrlich sein, da es auf diesem Planeten weder etwas Ordentliches zu trinken noch zu ficken gibt, bin ich dabei!«

»Da auch ich gegenwärtig nichts Besseres zu tun habe, können Sie auf mich ebenfalls zählen, Ma'am«, sagte Claw und blickte sie mit seinen bernsteinfarbenen Augen an.

»Da ich entsprechend der Planung dieser Leute ohnehin schon tot bin, wird es mir eine Freude sein, mit Ihnen zusammen das Universum zu retten, Officer McCrae«, sagte der Tech-Söldner schließlich, bevor sich zuletzt noch Nobot äußerte: »Rechnen Sie mich getrost zu Ihrem Team dazu, Ma'am. PCU von Kempt steht im Begriff, für ein wahnsinniges Experiment mit ahumaner Technologie die einzige Heimat zu zerstören, die ich jemals gekannt habe. Ich denke, das macht Sie und mich zu Verbündeten.«

Officer McCrae nickte zufrieden. »Gut, dann bringen Sie diese Kabine jetzt so nahe wie möglich an die Aufzüge im Zentrum heran. Wir werden uns dort verbarrikadieren, das Perpetuum erwarten und diesem Ding seinen vermaledeiten blau leuchtenden Arsch aufreißen!« Sie streckte ihre Hand mit der roten Panzerung in die Mitte.

»Jawohl, Ma'am, das ist meine Sprache«, grölte Mono und legte die servoverstärkte Pranke seines Exoskeletts darauf. Dieser folgte nun auch die von Claw.

»Besser als auf die Meteore zu warten«, grinste der Raptorbeta, bevor auch Trent einschlug.

»Letzter Ärger vor dem Ruhestand!«

Zuletzt legte der Roboterprofiler seine Hand obenauf:

»Damit PCU von Kempt lernt, wozu fehlgeschlagene Experimente fähig sein können!«

Und so war das Team um Helen McCrae hier, zwischen den silbernen Monolithen und irgendwo in den windigen Höhen Coppola Citys zum ersten Mal tatsächlich einig. Sie würden von Kempts Plan vereiteln und das Perpetuum aufhalten.

Selbst wenn das ihr Ende bedeutete und niemand sie dafür bezahlte.

ZEIT: 03:35 PM
ORT: Coppola Control

Gierig fraß sich der Lichtbogen des Schweißbrenners durch die Tür des Kontrollzentrums. Von Kempts Kamerasensor fokussierte die hellste Stelle des rot glühenden Metalls und folgte dem sich langsam voranbewegenden Lichtpunkt. Zugleich bemerkte er das Störsignal, das über seine neue Empatronroutine gelegt worden war. Und er konnte sogar orten, woher es ursprünglich stammte. Blitzschnell wechselte er durch die Aufzeichnungen der Sichtmodule der Sicherheitsroboter, bis er die Bilder aus der Kontrollkammer No. 8 zu sehen bekam. Er beschleunigte die Aufzeichnung bis zu dem Zeitpunkt, als die Kugeln den Kopf des Insassen der Kabine zerrissen, und schaltete dann auf Standbild.

Während der Lichtbogen nun die Hälfte der Tür hinter sich hatte, erkannte von Kempt, womit er es zu tun hatte. Dort, in der Überwachungskammer No. 8, hatte ein

Android gesessen! Natürlich. Wie auch hätte ein Mensch seine Pläne durchkreuzen können. Dafür brauchte es mehr. Mehr Geschwindigkeit, höhere Speicherkapazität und größere Präzision.

Aber wie in aller Welt hatte ein Android diese Anlage infiltrieren können?

Den sich langsam weiterfressenden Lichtpunkt nicht aus dem Blick lassend, zoomte von Kempt das Standbild des aufgerissenen künstlichen Kopfs näher. Er drehte es, separierte Einzelteile, schematisierte die sichtbaren Prozessoren und scannte ihre Kennungen und hatte dabei bereits einen Verdacht. Gewissheit aber brachte erst der nachfolgende Vergleich der Scanergebnisse mit seinen Datenbanken. Wäre von Kempt noch ein Mensch gewesen, es hätte ihn geschaudert. Denn dort, inmitten von Coppola Control, saßen in der Überwachungskammer mit der Nummer acht die Überreste eines *Copy23*. Eines der verbliebenen 199 Exemplare, die seit Langem als verschollen galten.

Die Gerüchte über diese Baureihe waren so zahlreich wie die Sterne des Tetramalion-Systems, und die Vermutungen bezüglich ihrer Rolle bei dem Hephaiston-Zwischenfall und innerhalb der mysteriösen Terrororganisation mit Namen Golem waren längst Teil der gängigen interstellaren Verschwörungstheorien. Wenn es aber tatsächlich einer dieser Androiden bis nach Coppola II geschafft hatte, war es wahrscheinlich, dass ...

Mit einem lauten Krachen knallte die Eingangsschleuse der Kontrollzentrums, von einem rot glühenden Rand umgeben, zu Boden. Die Black Ops hatten ihren Einsatzort erreicht. Von Kempt beendete die subalterne Assoziationsroutine, um seinen Speicherplatz stattdessen für die Direktsteuerung der SicherheitsMechs zu nutzen. Vier von ihnen hatte er in die Überwachungskammern zurückgezogen, während drei weitere Posten im Gang zu den Sicherheitskammern bezogen hatten und die anderen noch immer mit der Säuberung der Quartiere beschäftigt waren. Bei einem eiligen Systemcheck versicherte sich von Kempt der Funktionstüchtigkeit ihrer Waffensysteme und ließ sie nachladen. Dann konzentrierte er seine Aufmerksamkeit schließlich auf den Eingang des Kontrollzentrums, wo sich aus einem Gespinst dünner Rauchschwaden der schemenhafte Umriss eines Mannes hervorschälte. Er trug eine schwere, komplett schwarze Rüstung ohne Kennung, einen verspiegelten Helm und hielt einen schweren RimBlaster mit Schweißaufsatz im Anschlag. Von Kempt scannte die Waffe, überprüfte Reichweite und Schadenswerte und beschloss, die SecMechs zunächst noch in ihrer Deckung zu belassen.

Mit der Waffe im Anschlag näherte sich der Gepanzerte PCU von Kempt, der noch immer reglos dort in seinem Netz aus Kabeln thronte. Das Blut, das auf seiner metallenen Außenhülle glänzte und die Leichen am Boden legten ein weiteres Mal die Assoziation einer großen bösen Spinne nah.

Der Eindringling in der schwarzen Rüstung wandte den Kopf und musterte den Raum. So, wie er es tat, ging die PCU davon aus, dass eine Kamera in seinem Helm alles aufzeichnete, damit sich der Vorstand ein genaues Bild von den Vorkommnissen und dem Ausmaß der Schäden machen konnte.

Hinter der ersten Gestalt erschienen in der Türöffnung

nun weitere Bewaffnete in schwarzen Rüstungen, die, einander Deckung gebend, vorsichtig in das Kontrollzentrum vordrangen.

Ihr Anführer wendete sich nun mit erhobener Waffe direkt an von Kempt. »Daedalos Gamma 12/4302, befugt durch die oberste Konzernleitung von *2OT Technology* enthebe ich Sie hiermit Ihres Kommandos über diese Einrichtung und fordere Sie auf, unserem Datenexperten die städtischen Protokolle sowie Ihren persönlichen Speicher für die Aufklärung der jüngsten Vorfälle zur Verfügung zu stellen.«

Ohne etwas zu entgegnen, brachte die PCU ihre Haltevorrichtung in eine senkrechte Position, sodass sie sein Gegenüber genauer in Augenschein nehmen konnte. Der Mann konnte sehen, wie die Kameralinsen ihn fokussierten. Von Kempt hasste es, mit seinem *2OT*-Namen angesprochen zu werden.

»Haben Sie mich verstanden?«, fragte der Anführer der Black Ops, und hinter ihm trat der Datenexperte aus der Reihe. Der Mann ließ seine Waffe sinken und näherte sich, einen Unterarmcomputer ausfahrend, dem reglosen Herren von Coppola II. Als dieser noch immer nicht reagierte, wiederholte sein Gegenüber die Frage ein weiteres Mal.

»Daedalos Gamma 12/4302, haben Sie mich verstanden?«

Das letzte Wort war noch nicht verklungen, als der Angesprochene aus seiner Halterung schnellte und, während sich die Kabel zischend aus den Anschlüssen an seinem Körper lösten, blitzschnell dem Datenexperten entgegensprang, Arme und Beine um seinen Oberkörper schlang und derart schrie, dass sich seine digitalisierte Stimme beinahe überschlug.

»Von Kempt! Es heißt von Kempt! PCU von Kempt!« Er heulte auf, packte den Helm des Mannes, den er in seinem unerbittlichen Griff hielt, und riss ihn mit aller Macht um 180° herum. Aus dem Inneren der Rüstung ertönte ein hässliches Knacken. Im gleichen Moment machte die PCU einen Rückwärtssalto.

Während die Rimblaster der Black Ops dunkel zu bellen begannen, ging er hinter den Resten der Kontrollkonsole in Deckung und ließ seine feuernden SicherheitsMechs den Raum stürmen.

ZEIT: 03:45 PM
ORT: TransBot

Nobot hatte das Kontrollpanel der Kabine aufgebohrt und steuerte nun mit hoher Geschwindigkeit das Zentrum der Stadt an, wo sie sich dem Moloch ohne einen weiterführenden Plan entgegenzustellen gedachten. Officer McCrae wandte sich an ihr Team und versuchte, sich dabei nicht anmerken zu lassen, dass sich ihre Schulterwunde während des Gerangels mit den Bots geöffnet hatte und wieder stark schmerzte.

»Gentlemen, Manöverkritik.«

Ion Trent fasste den gegenwärtigen Stand zusammen. »Die größte Schwierigkeit ist offensichtlich: Den letzten Bildern meiner verblieben Überwachungsdrohne zufolge steht der Moloch gegenwärtig im Begriff, sich auf drei

Bots zu komprimieren, die jeweils mit einer Größe von neun Metern, multipler Bewaffnung und mehrschichtiger Panzerung kaum noch angreifbar sind.« Abwartend blickte der Tech-Söldner in die Runde.

Mono blaffte ihn an: »Hey, Raumschiffjockey, wir sind nicht hier, um zu reden! Komm zum Punkt. Ich will die Schwachstelle dieser Dinger wissen, damit ich ihnen den verschissenen Stecker ziehen kann!«

»Genau da liegt das Problem, Mr. Mimkin. Diese Dinger haben keine wirkliche Schwachstelle. Ich habe sie mehrfach gescannt und die Ergebnisse durch verschiedene Analyseprogramme laufen lassen. Die übliche Schwachstelle eines Bots, seine Energieversorgung, fällt in diesem Fall weg, da uns keine Möglichkeit bekannt ist, das vom Perpetuum ausgehende Energiefeld zu unterbrechen.«

»Was ist mit EMP-Impulsen?«, fragte Rosso, der damit bisher noch jedem dysfunktionalen Bot in Coppola City beigekommen war.

Trent zuckte bedauernd die Schultern. »Aufgrund der endokrinen Energiesignatur des Perpetuums scheint der Moloch nach allem, was ich bisher weiß, immun gegen EMP-Impulse zu sein, was uns einen zentralen Angriffspunkt nimmt.« Als er fortfuhr, schwieg Rosso nachdenklich. »Die nächste Schwachstelle eines Bots wäre gewöhnlich sein Programm, das in diesem speziellen Fall jedoch so rudimentär ist, dass eine Manipulation nicht möglich ist. Das Vorgehen dieser sich verdichtenden Robotergiganten entspricht einer Art Reflex. Es ist, wenn ich sein bisheriges Verhalten richtig interpretiere, eine Mischung aus Selbsterhaltung und Trieb, erzeugt von der Anziehungskraft des Perpetuums und seines Hosts in Coppola Control.«

»Was ist mit den Gliedmaßen?«, fragte Claw und griff nach seinem *VibroKatana*.

»Die wären am ehesten eine Schwachstelle, sind aber im Lauf der letzten Stunden, seit sich der Moloch von zwölf auf drei Patchworkgiganten reduziert hat, zu massiv geworden, als dass wir sie ohne Sprengstoff nachhaltig schädigen könnten. Da wird auch der Schaden, den sie mit diesem Ding anrichten können, bei Weitem nicht ausreichen.«

»Kamikaze?«, fragte Mono und schlug krachend die Fäuste seines Exoskeletts gegeneinander.

»Ich kann nicht mit Sicherheit sagen, was für einen Effekt es hätte, wenn wir diese Kabine mit voller Geschwindigkeit ins Zentrum des Molochs fliegen würden. Doch selbst wenn wir ihn dadurch komplett zerstören würden, wäre davon auszugehen, dass das Perpetuum unbeschädigt bleibt und einen neuen Moloch generiert, um an sein Ziel zu kommen.«

»Was ist also das Fazit?«, fragte McCrae, kaum merklich die Zähnen zusammenbeißend.

»Nun, Ma'am ...«, hob Trent an. »Es würde Ihnen wenig Freude machen, wenn ich unsere Erfolgswahrscheinlichkeit in Zahlen auszudrücken versuchte. Darum lassen Sie es mich so sagen: Unsere Chancen entsprechen in etwa denen eines schwulen Khrombullenpärchens, miteinander Nachwuchs zu zeugen.«

Dem Inhalt der Nachricht zum Trotz musste McCrae schmunzeln. Und bis auf Rosso, der grübelnd am Kontrollpanel der Kabine stand und nicht einmal zugehört hatte, erging es allen Anwesenden so.

Dann ergriff der Heavy das Wort. »Wir könnten also genau so gut aufgeben und Spaß haben.« Er grinste in die Runde. »Da das aber auf diesem Planeten offenbar nur möglich ist, wenn man auf Einsen und Nullen steht, können wir, wenn es nach mir geht, genauso gut eine sinnlose Selbstmordmission starten!«

Officer McCrae nickte nachdenklich. »Sehr schön, Mr. Mimkin. Aber ich denke, nach allem, was uns bisher widerfahren ist, werde ich Sie lieber alle noch einmal abstimmen lassen. Denn das, Gentlemen, haben Sie sich verdient.«

Mono verdrehte die Augen und raunte seiner Vorgesetzten zu: »Ma'am, Sie sollten sich diesen demokratischen Unsinn abgewöhnen. Dies ist eine militärische Operation, und da haben Abstimmungen nichts zu suchen. Geben Sie Befehle, damit wir Sie zumindest in der kurzen Zeit, die uns noch bleibt, ernst nehmen können!«

»Nun gut, dann werde ich es also, insofern die anderen ebenfalls einverstanden sind, mit einem Befehl versuchen ...«

Und während keiner der Insassen darauf etwas zu entgegnen wusste, raste die Kabine unaufhaltsam auf das Zentrum der Stadt zu, wo sie den Moloch abfangen wollten.

Ein einziger Blick auf die Straßen unter ihnen zeigte, wie viel sich im Lauf eines Tages dort unten verändert hatte.

Coppola City war bloß noch ein Zerrbild seiner selbst. Flammen schlugen aus den Gebäuden, Roboterkadaver säumten die Straßen, und die vollkommene Ordnung hatte sich in absolutes Chaos verwandelt. Das Zentrum dieser Zerstörung bildete der Moloch, erschaffen aus sich selbst, um das Perpetuum zu schützen und sich mit dem Überbot zu vereinen.

Aus einem der Sichtfenster konnten sie den Moloch sogar sehen, wie er dort unten wütete und ebenso wie sie auf das Herz der Stadt zuhielt ...

11

ABSCHALTUNG

In Coppola Control nahm das durch von Kempt verursachte Chaos seinen Fortgang, wobei sich die Verluste der Black Ops jedoch in Grenzen hielten. Ihre Schildgeneratoren leisteten gute Arbeit. Sie arbeiteten auf Hochtouren, während sie Laserstrahlen schluckten und die Geschosse der SicherheitsBots Salve um Salve förmlich an ihnen abperlten.

Unter taktischem Blasterfeuer war die Gruppe inzwischen geschlossen bis ins Kontrollzentrum vorgerückt. Ein Dutzend hervorragend trainierter Männer mit maximierter Feuerkraft und optimalen Schutzvorrichtungen, mitsamt der besten Ausrüstung, die man für Geld kaufen konnte.

Der Ausgang des Konflikts war vorprogrammiert. Das einzige bisherige Opfer in ihren Reihen, der Datenfachmann, war der Tatsache geschuldet, dass sie Daedalos Gamma 12/4302, den zuständigen Leiter der Einrichtung, nicht von vornherein hatten einschätzen können. Keiner von ihnen hätte damit gerechnet, dass ein Bot – selbst wenn ihm eine menschliche Persönlichkeit innewohnte – derart psychopathisch agieren würde. Ein wahnsinnig gewordener Roboter war ein Phänomen, mit dem sie nicht alle Tage konfrontiert wurden.

Doch davon abgesehen waren die Black Ops auf das vorbereitet, was sie hier oben erwartete: eine außer Kontrolle geratene Einrichtung voller Roboter.

Aus den Nebenläufen ihrer Rimblaster blitzten die EMP-Modifikatoren beinahe ohne Pause. Einer nach dem anderen fielen die SicherheitsMechs von Kempts und brachen über den umliegenden Leichen zusammen, sodass das Massaker von Coppola Control nunmehr ebenso Mensch wie Maschine betraf.

Lediglich in Bezug auf Daedalos Gamma 12/4302 hatte die Eingreiftruppe den Auftrag, ihn aktiviert in ihre Gewalt zu bringen. Die Konzernspitze wollte seine kompletten Daten. Ein Ziel, das den Einsatz von EMP-Waffen gegen den Leiter der Einrichtung unmöglich machte.

Mit jedem fallenden Mech rückten die Männer weiter vor. Unter Verwendung der Überwachungskameras versuchte von Kempt, der sich noch immer hinter den rauchenden Resten der Kontrollkonsole verbarg, seine Chancen für eine Flucht einzuschätzen. Als sein letzter metallener Beschützer zu Boden ging, entschied er sich schließlich für den Korridor im hinteren Teil des Raums, der zu den beiden Kammern hinunterführte. Blitzschnell katapultierte er sich aus der Hocke in den Stand und hastete in den Gang hinein. Der Anführer der Ops hob eine Hand.

»Feuer einstellen!«

Die Männer sammelten sich. Auf ein Zeichen ihres Anführers bewegte sich das Team wenig später langsam in Richtung Gang.

Während sie sich dort gegenseitig Deckung gaben, stellten sie fest, dass von dem Roboter nichts zu sehen war. Der Gang war leer, die Kammern an seinem Ende verschlossen. Der Leiter der Operation holte sich die Daten der Kontrollzentrums auf sein HUD und scrollte bis zum Sicherheitsfolder hinunter, den er schließlich mithilfe eines Universalcodes öffnete.

Er überflog Worte, Zahlen und Schemata, und zwei Datensätze später verstand er, was von Kempt vorhatte. Daedalos Gamma 12/4302 wollte seine Männer in eine Falle locken, während er sich in einer der Sicherheitskammern verschanzte. Seine Daten zeigten am Ende des Gangs eine hochfrequente Laserselbstschussanlage mittlerer Größe. Nach dem Verlust seiner mobilen Verteidigungseinheiten wollte die PCU nun die automatischen Sicherheitsvorrichtungen der Kontrollzentrums benutzen, um die Eingreiftruppe auszuschalten.

Was die Prior Command Unit dabei nicht einkalkuliert hatte, war, dass sie damit zunächst vor allem selbst in der Falle saß. Dementsprechend stellte der Einsatzleiter nun die Hälfte seiner Männer ab, um den Gang zu sichern, und begab sich mit dem Rest der Mannschaft zurück ins Kontrollzentrum.

ZEIT: 04:05 PM
ORT: Coppola City / Aufzugsanlage

Nachdem sie sich von oben versichert hatten, dass ihr Verbündeter die Empatrons tatsächlich noch hatte deaktivieren können, waren McCrae und ihre Leute schlussendlich

bei den Aufzügen gelandet. Die Signalblockade ihres Verbündeten schien zu funktionieren, denn die Bots in der
Umgebung ignorierten sie wie schon bei ihrer Ankunft.
Doch die Gewissheit, dass diese Haltung früher oder später der blanken Aggression einer gezielt manipulierten
Empatronroutine weichen würde, war keine angenehme.
Die letzten Worte des Androiden waren ihnen allen noch
deutlich im Ohr. Selbst er hatte nicht gewusst, wie lange
die Blockade anhalten würde.

Nacheinander verließen die Teammitglieder, allen voran
Officer McCrae, die TransBot-Kabine und blickten die
Straße hinunter. Bis hierher war das Perpetuum noch nicht
vorgedrungen. Der Anblick der unbeschädigten monolithischen Gebäude und der sauberen Straßen mit den
funktionstüchtigen Bots wirkte inzwischen beinahe irritie-
rend auf die Gruppe. Zumal die dichten Rauchschwaden in
der Ferne und der Geruch verbrannten Plastiks in der Luft
ahnen ließ, dass es nicht mehr lange so bleiben würde.

Ihr aktueller Plan sah vor, dass sie sich hier verschanz-
ten, das Perpetuum erwarteten und den Riesenrobotern,
sobald sie in Reichweite kamen, den weiteren Weg so
schwer wie möglich machten. Bis auf den letzten Mann.
Wobei damit zu rechnen war, dass das nicht allzu lange
dauern würde. Vor allem, wenn von Kempts manipulierte
Empatronroutine durchbrach.

Für den Moment jedoch genossen Raptorbeta, Heavy, Roboterprofiler und Tech-Söldner ebenso wie Officer McCrae
noch den friedlichen Anblick der Straße und der sie völlig
ignorierenden Roboter. Zumindest bis wenig später am Horizont die Silhouette des Perpetuum-Molochs auftauchte ...

Mono ließ, was im Inneren des Exoskeletts ein wenig

seltsam anmutete, den Kopf hängen. Er seufzte leise und murmelte gerade einen weiteren seiner unverständlichen Flüche, als der plötzlich emporschnellende Bildschirm des GGB seinen Kopf zurückschleuderte und ihm beinahe die Vorderzähne ausschlug.

Auf dem ausgefalteten Monitor erschien das Gesicht eines Mannes. »Officer McCrae? Wir stellen mit Freuden fest, dass Sie und Ihr Team noch am Leben sind.«

Ungläubig starrte McCrae auf den Bildschirm des GuideBots. Der Mann auf dem Monitor war nicht der Gleiche wie zuvor, sah ihm jedoch zum Verwechseln ähnlich. Er steckte in einer orangen MNT-Montur, trug einen Bart, und sein Haar war blond, während das des anderen schwarz gewesen war. Aber dennoch ähnelte er ihm auf derart verblüffende Weise, dass es beinahe eine Verkleidung schien.

»Wer zum Erz noch eins ist das?«, murmelte Mono und hielt sich den schmerzenden Unterkiefer.

»Mr. Mimkin, wir haben bereits angedeutet, wer wir sind. Wir sind Golem. Und wir sind die Einzigen, die Ihnen gegenwärtig noch zur Seite stehen können.«

»Ja, das hat der andere auch gesagt, bis ...«

»Genau da liegt das Problem, Mr. Mimkin. Coppola Control hat seinen Dienst komplett eingestellt. Unseren Informationen zufolge hat PCU von Kempt die gesamte Belegschaft hingerichtet und versucht gegenwärtig, die Stellung gegen ein Team Black Ops zu halten, bis das Perpetuum seinen Host erreicht.«

Black Ops! Also war die Eingreiftruppe bereits vor Ort. Eine Ahnung von Hoffnung ergriff das Team.

Der neue Verbündete sprach weiter: »Das Blutbad im

Kontrollzentrum bildet übrigens eine bemerkenswerte Analogie zu den Zerstörungen in den Straßen der Stadt. Hier unten ist es Kühlflüssigkeit, dort oben Blut. Und alles ist voll davon. Es ist überall, abgesehen von dem Ort, wo es hingehört.«

»Okay, der hier ist poetischer als der von vorhin«, nickte Trent.

»Wir haben gewisse Freiräume in unserer Entwicklung«, entgegnete der Mann auf dem Bildschirm.

McCrae jedoch beendete das Geplänkel. »Gut. Aber kommen wir doch nun bitte zu unserem Problem. Der Moloch. Er ist immun gegen EMP-Geschosse.«

»Nachdem das Perpetuum die Bots aus dem Endlager reaktiviert hatte, war das beinahe zu erahnen. Die Energie, die von dieser kultivierten Variante des endokrinen Kristalls ausgeht, unterscheidet sich von allen uns bekannten Arten.«

»Was soll das heißen?«, wollte Claw wissen, der sich unter einer unbekannten Energie nichts vorzustellen vermochte.

»Dass wir nicht genau wissen, wie sie zu unterbrechen ist.«

»Das heißt also, dass wir diesem Ding tatsächlich gegenüberstehen, ohne zu wissen, wie wir es besiegen können?«, fragte McCrae etwas aufgebracht. Sie hatte sich vom neuen Inerscheinungtreten ihres Verbündeten etwas mehr erhofft.

»Das ist leider noch nicht alles, Ma'am. Abgesehen davon, dass Sie nicht wissen, wie Sie es besiegen können, bleiben Ihnen nur noch knapp zehn Minuten, bis es die Aufzugsschächte erreicht.«

»Oh danke, da fühle mich doch tatsächlich schon um einiges besser«, gab Mono zynisch zurück.

»Auch wenn mir das nicht logisch erscheint, ist es mir doch eine Freude, Ihnen guttun zu können.« Das Verständnis für Sarkasmus schien dieser Variante ihres Verbündeten komplett abzugehen. Aber der Heavy hatte gegenwärtig nicht das Bedürfnis, ihm diesbezüglich Nachhilfe zu erteilen.

»Und was schlägt Golem also unter den gegebenen Umständen vor?«, erkundigte sich Officer McCrae.

»Ich denke, Sie sollten sich, bevor Sie sich der Vernichtung des Molochs zuwenden, zunächst auf ein realistisches Ziel konzentrieren.«

»Ein realistisches Ziel? Es stimmt mich ja beinahe heiter zu wissen, dass wir so etwas auch noch zu haben scheinen!« Sie lachte leise auf.

»Wäre das erste Mal, seit wir hier angekommen sind«, schimpfte Mono, rotzte auf den Boden und sah versonnen zu, wie die Spucke verlief.

»Ich würde an dieser Stelle gern einen konstruktiven Vorschlag machen. Wenn wir nämlich alle uns zur Verfügung stehenden Daten zur Rate ziehen und analysieren, dann haben Sie zumindest eine Chance, die Fusion zunächst noch hinauszuzögern.«

»Na, dann erzähl schon, Eimer. Wir haben schließlich, wie du siehst, noch immer nichts Besseres zu tun ...«, sagte Mono, verschränkte die Arme seines Exoskeletts vor der Brust und schaute den GGB abwartend an, während die anderen schweigend um sie herumstanden.

»Gut. Im Endeffekt ist es einfach. Der Schlüssel liegt in der gegenwärtigen Größe des Perpetuums. Die Bots, die es zu seinem Schutz um sich herum gebaut hat, lassen ihm nicht viele Möglichkeiten.«

Mithilfe des GGB projizierte ihr Verbündeter einen Holo-Cube mit der schematischen Darstellung der Aufzugsanlage im Zentrum der Stadt. Eine Einblendung von Größe und Gewicht des Molochs in direkte Verbindung zu den Schächten gesetzt, machte deutlich, dass dem Perpetuum nur ein Weg blieb, nach Coppola Control und bis zum Host vorzudringen. Und zwar über den TransBot-Schacht der Reparaturhallen und mithilfe der Schwebebühne, die man in Coppola nutzte, um defekte Bots und iTrans-Kandidaten in das obere Stockwerk zu holen. Sie war die einzige Vorrichtung, die Größe und Gewicht des Molochs würde standhalten können. Der einzige Weg des Perpetuums zu seinem Ziel.

Nun endlich sah Mono die Zeit für mutwillige Zerstörung gekommen. »Na dann los, Leute, nehmen wir diesem großen Eimer seinen Weg nach Hause!«, rief er mit leuchtenden Augen aus.

»Dem ist nichts hinzuzufügen«, nickte der Android auf dem Screen.

Während Rosso dem Team nun also den Weg zu dem entsprechenden Aufzugsschacht wies, blickte Claw die Straße hinunter, schaltete seinen Brillenmodus auf Vergrößerung, justierte die Feineinstellung und murmelte: »Ich möchte ja niemanden beunruhigen, aber die drei riesigen Bots, die wir hier erwarten, stehen gerade im Begriff, sich zu einem einzigen zu vereinen ...«

McCrae fuhr herum und betätigte ebenfalls ihre Multibrille, um sich ein Bild von der Situation zu machen. Und tatsächlich: In vielleicht tausend Metern Entfernung sah sie, wie Dutzende Montagedrohnen im blauen Widerschein im Begriff standen, die drei riesigen Bots in einen einzigen, ungleich größeren zu verwandeln. Und in seinem Zentrum pulsierte unter einem vielschichtigen Panzer der kultivierte endokrine Kristall des Perpetuums.

»Heilige Scheiße noch eins. Das Ding ist zu groß«, flüsterte Trent, der die Ansicht des Phänomens ebenfalls auf groß geschaltet hatte.

»Wofür zu groß? Je größer der Gegner, desto heldenhafter der Tod!«, jubelte Mono und ließ die servoverstärkten Fäuste gegeneinanderkrachen.

Ohne den Blick von sich verändernden Phänomen abzuwenden, sagte Officer McCrae: »Glauben Sie mir, Mr. Mimkin ...«

»Mono!«

»Glauben Sie mir, *Mono*, ich gönne Ihnen Ihren Heldentod von Herzen. Das Problem ist bloß, dass die Größe dieses Roboters unseren ursprünglichen Plan zunichtemacht.«

Und jetzt begriff auch der Heavy. Dieses Ding, das sich dort in einiger Entfernung zusammensetzte und noch immer einzelne Bots in sich aufsog, war vielleicht fünfzehn Meter hoch. Selbst wenn es ihnen gelang, die Schwebebühne zu sabotieren, würde der Moloch die Höhe von knapp zwanzig Metern bis zum Kontrollzentrum schon durch Ausstrecken seiner Arme ohne Weiteres überwinden können.

Trent fragte sicherheitshalber noch einmal nach: »Das bedeutet also, dass unser einziger Plan, der genau genommen nur dafür gedacht war, etwas Zeit zu gewinnen, damit wir uns einen richtigen zurechtlegen können, gerade gestorben ist?«

»Ich glaube, so könnte man das ausdrücken«, nickte McCrae.

Der Tech-Söldner seufzte und ließ die Schultern hängen. »Okay, wenn es nach mir geht, können die Empatrons in den Aggromode schalten, damit wir es schnell hinter uns haben. Was denkt ihr?« Er warf einen resignierten Blick in die Runde. Nach den Gesichtern der anderen zu urteilen, hatte ihm niemand etwas entgegenzusetzen.

Und dann brach am Fuß der Aufzüge im Zentrum von Coppola die Hölle los. Van Ghor und seine letzten beiden verbliebenen Mechs tauchten wie aus dem Nichts auf und überzogen die kleine Gruppe mit ihrem Feuer. Um sie herum schlugen die Projektile ein. Eines davon durchschlug den Oberschenkelschutz des Tech-Söldners. Mit einem Aufschrei brach Ion Trent in die Knie und musste einsehen, dass dies definitiv keine Folge von *A-Team 2041* war, in der niemand verletzt wurde.

Während die anderen panisch in Deckung gingen, hastete Claw den Angreifern bereits mit gezücktem *VibroKatana* entgegen. Eilig setzte Mono ihm nach.

Rosso schleifte Trent in den Schutz einer Kontrollkonsole, und aus ihrer Deckung brachte Officer McCrae ihre EMP-Kanone in Anschlag. Bevor der Heavy und der Beta die Mechs erreichten, gelang es ihr, zwei gezielte Schüsse abzugeben. Aber van Ghor hatte anscheinend eine Möglichkeit gefunden, seine Begleiter zu optimieren. Die vormals schwerfälligen Mechs *wichen den Impulsen aus!* Sie waren schneller geworden – aber nicht schnell genug, um dem Schwert des Sauriersamurais zu entgehen.

Den Ersten von ihnen erwischte Claw, während seine Nachladeautomatik arbeitete. Mit einem wuchtigen Schwerthieb trennte er ihm unter dem Feuer des anderen Mechs beide Beine vom Rumpf. Als der Körper des Roboters zu Boden knallte, erreichte der Heavy den zweiten Mech und sprang ihm inmitten der schwirrenden Kugeln mit erhobenen Exofäusten entgegen. Innerhalb kürzester Zeit hatte er den HighTech-Bot zu Klump geprügelt. Claw zog sein Schwert aus dem Kopf des anderen Mechs und warf dem Heavy einen knappen Blick zu. »Ich danke Ihnen, Mr. Mimkin.«

»Es war mir ein Vergnügen, Mr. Claw.«

Sie blickten auf und sahen gerade noch, wie ihnen der Omegon in einiger Entfernung salutierte und dann zwischen den Monolithen verschwand.

»Was hat dieser Drecksack vor?«, fragte Mono leise.

»Er schwächt uns. Mit Trent haben wir jetzt unseren zweiten Verwundeten. Allerdings glaube ich nicht, dass van Ghor mit unserer Effizienz gerechnet hat.«

Am anderen Ende der Straße war der Moloch inzwischen bereits gut mit bloßem Auge auszumachen. Claw und Mono begaben sich zurück zu den anderen. In der Deckung versorgte McCrae gerade Trents Wunde, als sich Rosso zu Wort meldete.

»Bezüglich unser vermeintlich aussichtslosen Situation habe ich womöglich eine Idee!«

Verwundert blickten die Umstehenden ihn an, als er sich nun dem GuideBot in seiner Halterung zuwandte.

»Der SerienmörderBot! Wenn ich Sie korrekt verstanden habe, dann hat Golem ihn durch Manipulation seines E.M.O. zum Töten gebracht, richtig?«

Der Unbekannte antwortete, ohne zu zögern. »Genau, Mr. Rosso. Wie wir Ihnen bereits mitteilten, haben wir an der Entwicklung dieses Chips mitgewirkt, um mit seiner Hilfe Fehlfunktionen zu evozieren, die das Konzept dieser Stadt auf längere Sicht infrage stellen sollten.«

Rosso legte seine beiden Zeigefinger an die Lippen, nickte grübelnd und blickte in die Kamera. »Sie haben also direkten Zugriff auf den E.M.O. und sind in der Lage, die künstlichen Emotionen der städtischen Bots zu lenken?«

»So ist es«, bestätigte der Unbekannte.

»Worauf willst du hinaus, Roboterversteher?«, moserte der Heavy, der seine Chancen auf einen glorreichen Endkampf schwinden sah.

Und während der Boden langsam spürbar unter den Schritten des Molochs zu beben begann, wandte sich Nobot an Officer McCrae. »Ma'am, ich habe Auswirkungen und Bandbreite der artifiziellen Emotion im Verlauf der vergangenen Jahre selbst eingehend studieren können. Ich habe Bots beim Glücksspiel, beim Beten und bei so ziemlich allem beobachtet, was sie sonst nicht tun. Ich habe gesehen, welche Energien das E.M.O. auf diese Weise generieren kann, und die stärkste davon ist, genau wie bei kohlenstoffbasierten Individuen, *die Liebe!*«

»Hä?« Dem Heavy stand sein Unverständnis ins Gesicht geschrieben.

»In diesem mechanischen Giganten, Mr. Mimkin, stecken inzwischen die Emotionskonverter mehrerer Hundert Bots. Wenn wir es schaffen, sie alle synchron emotional auf ein Ziel zu fixieren, dann könnte es uns gelingen, das Perpetuum von seinem Kurs abzubringen ...«

Mono schaute Rosso perplex an. Er ahnte nur vage, worauf sein Gegenüber hinauswollte.

»Er hat recht«, bestätigte der Android via GGB. »Alles, was dafür wir brauchen, ist ein Bot, auf den wir die gebündelte künstliche Emotion des Molochs ausrichten können.«

Rosso nickte. »Aber dieser Bot sollte sich komplett unter unserer Kontrolle befinden, damit wir über ihn den Moloch lenken können ...«

»Außerdem muss er schnell genug sein, um dem Einzugsfeld des Perpetuums zu entkommen«, gab der Unbekannte zu bedenken.

»Aber so einen Bot haben wir nicht«, sagte McCrae leise.

Rosso lächelte. »Nicht direkt, Ma'am. Aber wir haben so etwas Ähnliches.« Dann deutete er auf Mono in seinem Exoskelett. »Mr. Mimkin. Oder besser der GGB in seiner Halterung. Wir könnten die E.M.O.s der einzelnen Bots des Molochs auf den GuideBot ausrichten. Und der Rest läge dann quasi in Monos Händen. Oder besser Füßen.«

Claw nickte. »Ich verstehe! Sie wollen den GuideBot zu einer Art emotionalen Zielscheibe machen. Und hoffen, dass die Energie der gebündelten E.M.O.s ausreicht, um den Moloch wezuglocken ...«

Mono starrte die beiden fassungslos an und tippte sich an den Kopf. »Weglocken? Dieser Typ will dafür sorgen, dass sich ein paar Hundert Roboter in dieses Ding verlieben. Dann darf ich vor ihnen weglaufen, und irgendwann wird es mich einholen. Ich möchte mir gar nicht vorstellen, was so ein großer verliebter Kerl mit einem kleinen zarten Ding wie mir anstellt!«

McCrae schaute von Trents Wunde auf. »Aber selbst

wenn es funktioniert, wäre es nur ein Spiel auf Zeit. Und wir wissen nicht, ob das ausreichen wird«, gab sie zu bedenken.

Der Dämpfer riss sie alle runter. Ihr Verbündeter stimmte der Einsatzleiterin allerdings nicht komplett zu. »Es muss kein Spiel auf Zeit sein, Ma'am. Es gibt vielleicht eine Möglichkeit. Für den Fall, dass unsere langfristigen Sabotageakte nicht fruchten, haben wir auch eine finale Aktion vorbereitet. Zu ihrer Information: Der zentrale Energieknoten von Coppola City ist komplett vermint.«

Ungläubig starrte Rosso in die Kamera. »Wollen Sie mir erzählen, dass es Ihnen gelungen ist, Sprengstoff in diese Anlage hineinzuschmuggeln?«

»Sie werden Antworten bekommen, Mr. Rosso. Auf alle ihre Fragen. Die Rätsel dieser Stadt werden sich Ihnen eröffnen. Zunächst werden wir Mr. Mimkin via GGB einen Holo-Cube mit einer Markierung projizieren. Alles, was er tun muss, sobald die E.M.O.s des Molochs neu getaktet sind, ist, auf diese Markierung zuzuhalten. Den Rest erledigen wir.«

»Den Rest und mich dazu, wenn mich nicht alles täuscht«, ergänzte der Heavy. Schließlich kannte er sich mit Explosionen gut genug aus, um zu wissen, dass ein solcher Plan wenig Raum für Überlebenschancen ließ.

»Ich fürchte, das wird sich nicht umgehen lassen«, bestätigte der Android.

McCrae schaute ihn fragend an. »Wollen Sie das wirklich tun?«

Mono atmete tief durch und schloss die Augen. Dann blickte er seine Vorgesetzte an und lächelte schwach. »Seien wir ehrlich, Ma'am, es kommt selten genug vor, dass ein Arschloch die Chance bekommt, als Held zu sterben. Wie könnte ich da also Nein sagen.«

»Mr. Mimkin, Sie haben meinen vollen Respekt.« Officer McCrae richtete sich auf und schaute ihm in die Augen.

»Das mit dem Respekt freut mich natürlich, Ma'am. Aber ich hätte lieber mein Ruli zurück.«

Lächelnd griff McCrae in eine der Taschen ihrer Swat-Weste und reichte dem Heavy die Schachtel mit seinen Ruli-Zigaretten. »Ich denke, die haben Sie sich verdient.«

Sichtlich dankbar nahm Mono das Metalletui entgegen. »Betrachten Sie es einfach als den letzten Wunsch eines Helden.«

Der Raptorbeta trat an seine Seite. »Mr. Mimkin ...«

Claw streckte ihm seine Hand hin. »Sie waren, wenn ich das sagen darf, der beeindruckendste Heavy, mit dem ich jemals zusammen ...«

Mono lachte kurz auf. »Hör schon auf, Lurchi. Ich weiß, dass ich der Einzige war.«

Grinsend ergriff er mit der verstärkten Hand des Exoskeletts die des Raptorbetas und schaute ihm in die bernsteinfarbenen Reptilienaugen. In diesem Blick schließlich lag das, was keiner der beiden in Worte zu fassen gewagt hätte. Sie waren ungleich, hatten sich nie gemocht und waren auf diesen Mond geschickt worden, um zu versagen. Sie waren die zwei Seiten einer Münze ohne Wert, aber sie hatten sich aufeinander verlassen können. Sie waren, gottverdammt noch eins, *ein Team.*

Mono zündete sich eine der Zigaretten an. »Weißt du, ChimBoy, ich denke, wenn wir genug Zeit gehabt hätten, wären wir womöglich noch richtig gute Freunde geworden.« Er zwinkerte Claw zu. »Lass uns für einen Moment so tun, als hätten wir jahrelang Seite an Seite gekämpft. Dann würde ich mit dir nämlich sogar mein Ruli teilen ...«

Ohne die Hand aus der seinen zu lösen, streckte er dem Beta eine Zigarette hin. Der aber wehrte ab.

Mono wollte sich jedoch nicht geschlagen geben. »Hey, du wirst wahrscheinlich nie wieder die Chance bekommen, mit mir zu rauchen.«

Dieses Argument überzeugte selbst Claw. Er griff nach der Zigarette und nahm einen winzigen Zug, der jedoch ausreichte, einen Hustenreiz auszulösen.

Zufrieden nickend nahm der Heavy die Kippe wieder an sich. Sie waren wahrhaftig ein Team. Und das wurde noch deutlicher, als Officer McCrae hinzutrat, ihre Hand über die Monos und Claws legte und den Heavy ebenfalls ernst anblickte. So ernst, dass das Pathos der Situation schier unerträglich wurde.

Mono tat einen Schritt zurück und grinste McCrae dreckig an. »Wohoho, Officer, dass sieht ja fast so aus, als ob Sie mich mit unserem Chim verheiraten wollen.«

Seine Vorgesetzte lächelte zurück. »Vom rechtlichen Standpunkt aus wäre ich dazu durchaus in der Lage, Mr. Mimkin. Wenn Ihnen also der Sinn danach steht ...«

»Scheiße, Ma'am, ich glaube, bevor ich mir diese Hochzeitsnacht vorstelle, gehe ich mich lieber schnell umbringen ...«

Die drei lachten. Und es war das erste Mal überhaupt, dass ein solch herzhaftes Lachen aus dem Herzen Coppola Citys, jener ursprünglich für Roboter erbauten Stadt, erklang. Darüber hinaus war es wahrscheinlich auch das letzte Mal, da nicht davon auszugehen war, dass dieser Ort all das überstehen würde.

Und noch während das Gelächter des Teams zwischen den silbrig schimmernden Gebäuden und Fahrstuhlschächten verklang, meldete sich ihr Verbündeter über den Monitor zu Wort. »Wir sind drin. Obwohl eine ganze Reihe E.M.O.s der vom Perpetuum verarbeiteten Bots beschädigt sind, haben wir Zugriff auf 286 Stück, deren artifizielle Emotion wir jetzt auf die Signatur des GuideBots ausrichten werden.«

»Das klingt ja beinahe nach wahrer Liebe ...«, sagte McCrae lapidar, und Mono deklamierte in getragenem Ton: »Weh mir, ich fühlte mich getrieben, den ärgsten Feind auf's Innigste zu lieben.«

Entgeistert blickte seine Vorgesetzte ihn an. »Sie kennen Shakespeare?«

»Ich mag ein Arschloch sein, Ma'am, aber ich kann lesen.« Mono schob seine Zigarette in den Mund und nahm einen tiefen Zug. Beinahe im gleichen Moment leuchteten seine Augen auf, als er am Ende der Straße den näher kommenden Moloch betrachtete. »Wow, 286 Stück ... Na ja, seien wir ehrlich: Für eine Einzige wäre ich vermutlich auch zu schade.«

Ihr Verbündeter jedoch gab deutlich zu verstehen, dass keine Zeit mehr für weitere Scherze blieb. »Mr. Mono, hören Sie mir bitte genau zu: Um die Initial-Regung der E.M.O.s auszulösen, müssen Sie auf 250 Meter an dieses Ding ran. Bedenken Sie jedoch, dass jeder weitere Meter die Wahrscheinlichkeit dafür erhöht, dass Sie vom Störfeld erfasst werden. Wenn das geschieht, wird der Moloch Sie aus ihrem Exoskelett pflücken und sich daraus etwas Hübsches basteln, während er Sie selbst vermutlich einfach wegwerfen wird. Das heißt, Sie müssen die Werte, die ich Ihnen anzeige, immer im Auge behalten. Haben Sie das so weit verstanden?«

»Reden Sie nicht so viel, Meister Eimer. Wir haben etwas zu tun.«

Obwohl er es sich nicht anmerken ließ, war dem Heavy völlig klar, worum es jetzt ging. Wenn das Ding ihn bekam, stand danach nichts mehr zwischen Perpetuum und Host. Und wenn das passierte, würden laut Aussagen von Golem über kurz oder lang untote Roboter die Galaxien überrennen und alles zerstören, wofür es sich zu leben lohnte.

Allein die vage Vorstellung einer Welt ohne Drogen, Glücksspiel und Prostitution ließ Mono schaudern. Er wusste sehr wohl um die Verantwortung, die auf den Schultern seines Exoskeletts lastete ...

Der Android auf dem Monitor ließ ihm keine Zeit für weitere Gedanken. »Sie müssen jetzt starten. Der Moloch nähert sich unaufhaltsam, und ...«

»Sofort, Eimer. Sofort.« Er nahm einen weiteren Zug und schaute mit glänzenden Augen noch einmal in die Runde, über der der scharfe Geruch des Ruli lag.

Da standen sie und blickten ihn an. Eine Rothaarige mit hohen Wangenknochen, mit der er nicht einmal für Geld ins Bett gegangen wäre, das hässliche Echsengesicht, der verwachsene TechJockey und ein Roboterversteher.

Ohne jeden Zweifel das mieseste Team, mit dem er je gearbeitet hatte. Aber es war, verdammt noch mal, auch das beste mieseste Team, zu dem er je gehört hatte. »Ich glaube, das war's dann wohl, Leute. Ich mach mich mal auf den Weg!«, ließ er verlauten, wandte sich Richtung Moloch und setzte sich langsam in Bewegung.

»Haben Sie noch einen letzten Wunsch, Mono?«, rief Officer McCrae ihm nach.

Der Heavy schaute noch einmal über seine mechanische Schulter zurück. »Vielleicht können Sie, während ich meinen Balztanz beginne, salutieren oder so etwas in der Art. Das könnte dem Ganzen etwas Würde geben.«

Mit diesen Worten schaute er wieder nach vorn und beschleunigte seinen Schritt. Auf dem Monitor des GGB erschienen die relevanten Entfernungsdaten, und der Android projizierte einem Holo-Cube mit der Lage des Zentralenergieknotens und der optimalen Route.

Und während sich Mono in seinem Exoskelett mit wuchtigen Schritten entfernte, salutierten sie ihm. Alle. Selbst Nobot, auch wenn sich ihm der Sinn dieser Geste nicht wirklich erschloss. Es war ein sonderbares Gefühl, dem ungepflegten kleinen Kerl nachzuschauen und dabei zu wissen, dass sie ihn nicht wiedersehen würden. Dass ausgerechnet er, der egoistische vergnügungssüchtige Menschenhasser, ein Chauvi, Rassist und Halunke, gerade im Begriff stand, sich für das Allgemeinwohl zu opfern. Denn auch wenn er der Einzige war, der in jenes Exoskelett passte, hätte er schließlich doch immer noch *Nein* sagen und dem Perpetuum seinen Lauf lassen können.

Aber er hatte sich für den anderen Weg entschieden.

Kleine Ruli-Kringel blasend, wankte Mono voran, rotzte noch einmal aus vollem Herzen auf den schimmernden Boden von Coppola City und beschleunigte weiter. Der Android empfahl ihm via GGB, seine Waffen auszuklinken, um die Beweglichkeit des Exoskeletts zu vergrößern. Erst nachdem sein Gegenüber ihm versichert hatte, dass er sie nicht mehr brauchen würde, tat Mono wie geheißen und trennte sich widerwillig von dem erbeuteten Raketenwerfer und der MiniGun. Aber Beweglichkeit war in diesem Moment womöglich wichtiger als Feuerkraft.

Der Moloch, gegen den das Exoskelett beinahe winzig wirkte, nahm das nicht einmal wirklich wahr. Unbeirrt schritt er inmitten des blauen Lichts weiter voran, zerriss dabei Häuserfronten, zermalmte Roboterleiber und hinterließ aufgrund seines immensen Gewichts tiefe Abdrücke im metallenen Boden. Das Perpetuum pulsierte, die Frequenz seines Lichts änderte sich mit jedem Meter, wurde intensiver, je näher es seinem Ziel kam.

Coppola Control kam bereits in Reichweite der visuellen Sensoren, die Aufzugsschächte längst gescannt und analysiert. Gegenwärtig waren die Analyseinstrumente mit der Beschaffenheit der Bausubstanz beschäftigt. Im Zentrum der Stadt angekommen, würde der Moloch zu wüten beginnen, Wände aufreißen und Stahlträger verbiegen, um den Host zu erreichen. Er war nicht aufzuhalten, eine brachiale Gewalt, der sich tatsächlich nichts mehr in den Weg stellen konnte. Eine Manifestation des Fortschritts, bereit zu vernichten, was sich ihm in den Weg stellte, und zu ignorieren, was ihm zu nichtig erschien. Und dazu gehörte auch der Heavy, der in seinem verstärkten Körperrahmen geradewegs auf das Phänomen zuhielt. Für die Sensoren des Molochs waren der kleine Mann und seine Vorrichtung beinahe nicht vorhanden. Ein paar Gliedmaßen, eine Reihe Schaltkreise, die er sich einverleiben konnte und eine weitere kohlenstoffbasierte Lebensform, die beiläufig entsorgt werden würde. Für den Moloch war dieses kleine Ding *nicht mehr als ein belangloses Insekt.*

Dementsprechend ungestört konnte sich Mono ihm zunächst auch nähern. Plötzlich aber bemerkte der Heavy etwas. Mitten im Sprint tauchte neben ihm etwas auf. *Der Omegon3!* Der Mech beschleunigte ebenfalls, bis er gleichauf war. Und dann hörte er van Ghors digitale Stimme.

»Taktische Lektion, Mr. Mimkin! Was tut eine Einheit, wenn sie zu dem Schluss kommt, ihre Gegner allein nicht besiegen zu können?«

Mono begriff nicht, was er meinte. Aber er wusste, dass er sich nicht ablenken lassen würde! Mit der verzerrten Stimme des Söldners fuhr der Omegon3 fort.

»Sie verbündet sich mit einem mächtigeren Gegner ihres eigenen Gegners!«

Mit diesen Worten sprintete der Mech an ihm vorbei, beschleunigte weiter und raste direkt auf den Moloch zu. Entsetzt konnte Mono dabei zusehen, wie der Omegon3 schließlich gepackt und emporgerissen wurde und die Montagedrohnen ihn innerhalb von Sekunden auseinanderpflückten und verarbeiteten ...

Aber auch, wenn er nicht verstand, was hier vor sich ging – Mono würde sich nicht aufhalten lassen! Und dann, ganz plötzlich, änderte sich die Rolle jenes unbedeutenden Insekts für den Moloch. Kaum, dass der Heavy nahe genug dran war, begannen sich die E.M.O.s auf ihn auszurichten. Den unkontrollierten Impuls, der seine einzelnen Teile durchfuhr, konnte der Moloch zunächst nicht einordnen.

Aus den Monitorlautsprechern vernahm Mono die Stimme des Androiden. »Wir haben Kontakt! Sorgen Sie jetzt nur noch dafür, dass wir eine Minute so nah dran bleiben, dass sich der Impuls als Signal etabliert und nachhaltig wirken kann!«

Wütend blickte der Heavy in die Kamera. »EINE MI-NUTE? Davon hast du vorher nichts gesagt, du verschissener Eimer! Ich hatte gehofft, es wäre Liebe auf den ersten Blick ...«

Diesem hilflosen Versuch von Humor zum Trotz war die Aufgabe alles andere als leicht. Die Schrittlänge des Molochs lag bei gut zehn Metern und das Toleranzfenster, in dem Mono sich bewegen musste, bei fünfzig. Wenn er sich zu weit entfernte, brach der Impuls zusammen, und wenn er zu nahe kam, war er Perpetuumfutter. Dem Heavy blieb dementsprechend ein Spielraum von fünf Schritten ....

Sein Verbündeter aber hatte auch das bereits kalkuliert und bot Mono auf dem Holo-Cube drei alternative Routen, deren wichtigster gemeinsamer Aspekt schmale Seitengassen waren, in denen er den Abstand zum Moloch durch die Umgehung einer Reihe kleinerer Monolithen aufrechterhalten konnte. Im Wesentlichen sollte er um den Roboter kreisen und dabei nach Möglichkeit immer ein Gebäude zwischen sich und ihm haben.

Dabei ging der Android basierend auf den bisher gewonnenen Daten jedoch davon aus, dass der Gigant seinen Kurs beibehalten und sich nicht weiter um den Heavy scheren würde.

Und obwohl der Moloch seinen Kurs tatsächlich beibehielt, konnte er dabei doch das Exoskelett mit dem Heavy darin, jenem vermeintlichen Insekt, als Ursprung des rätselhaften Impulses ausmachen, sodass er nun nach und nach die Waffensysteme der von ihm assimilierten Bots aktivierte und sie geschlossen auf Mono ausrichtete.

Noch während der Heavy in die nächste Seitengasse einbog und der Countdown seines Verbündeten »55 Sekunden« ansagte, zerrissen zwei Raketen die Fassade des Monolithen, hinter dem er gerade verschwand.

Mono beschleunigte, immer mit einem Blick auf den Entfernungsmesser. Als er sich dem Moloch bei 45 Sekunden wieder etwas annähern musste, tauchte über dem Exoskelett eine Handvoll schießwütiger Drohnen auf, die umgehend das Feuer auf ihn eröffneten. Mono versuchte den Abstand zu halten und dabei den Schüssen zu entgehen. Er lief im Zick-Zack, sprang und konnte doch nicht verhindern, dass er getroffen wurde. Die erste Kugel jagte schräg von oben in sein linkes Bein. Er schrie auf und hätte dabei beinahe seine Zigarette verloren. Die zweite Kugel streifte seinen Kopf, riss die Wange auf und versengte ihm den Backenbart. Er spürte das Blut über sein Kinn laufen, schmeckte es auf den Lippen, und ärgerte sich ernsthaft, seine Waffen ausgeklinkt zu haben.

Bei Sekunde 38 kamen ihm kurz darauf drei weitere Raketen entgegen, die er nur durch einen gewagten Sprung hinter den nächsten Monolithen entkam, der ihn zugleich aber auch auf 240 Meter zurückwarf, sodass er gleich darauf unter dem Feuer der Drohnen einen Sprint hinlegen musste, um weiter innerhalb der nötigen Distanz zu bleiben.

Während die meisten dieser Schüsse vom Korpus des Exoskeletts abprallten, erschienen bei Sekunde 35 plötzlich Störsignale auf dem Display des GGB und dem Holo-Cube. Wenige Sekunden später erlosch beides.

Verzweifelt schlug Mono in vollem Lauf gegen das obere Segment des GuideBots, um wieder ein Signal zu bekommen. Der Monitor aber zeigte bloß noch weißes Rauschen.

Und dann hörte er über sein Kom plötzlich die digital verzerrte Version einer Stimme, die er nur allzu gut kannte und die keinesfalls die seines Verbündeten war. *Leonidas van Ghor.* Der Moloch griff offenbar auf den Erinnerungsspeicher des Sicherheitsroboters zurück, in den von Kempt die Persönlichkeit des Söldners gespeichert hatte!

Dementsprechend war es nun also tatsächlich der miese Verräter, der aus dem Inneren des Molochs zu ihm sprach: »Heyheyhey, wenn das nicht mein hässlicher kleiner Zwerg ist.«

Das Perpetuum versuchte tatsächlich alles, um sich zu schützen. Mono aber konzentrierte sich weiter auf den Abstand und versuchte ihn per Augenmaß einzuschätzen, während er in sein Kom zischte. »Verpiss dich, Wichser. Du bist und warst ein verschissener Lügner, van Ghor.«

Er presste seine blutverschmierten Lippen aufeinander und sog an dem glimmenden Ruli-Stummel.

Die Stimme des Söldners aber verstummte nicht. »Wer von uns beiden ist denn wohl der Lügner? Du vergisst, dass ich deine Akte gesehen habe, Kleiner. Und ich weiß, woran dein Bruder wirklich gestorben ist ...«

Sekunde 21.

Für einen kurzen Moment wurde Mono schwarz vor Augen. Sein Bruder. Die Erinnerung leuchtete kurz auf. Der Tod seines Bruders, die falsch angebrachte Sprengladung, der Zünder, die glühende Lunte und der Moment, in dem Mono im Ruli-Rausch geglaubt hatte, dass Brogk einer der targelianischen Söldner war. Und auch wenn er es in der Regel anders erzählte, wusste er doch noch immer, was damals wirklich geschehen war. Er selbst war es gewesen, der seinen eigenen Bruder unter Drogen in die Luft gejagt und dann monatelang versucht hatte, diese Erinnerung in allem zu ertränken, das auch nur entfernt an Alkohol erinnerte. Er schluckte, sein Hals fühlte sich trocken an. Und plötzlich spürte er auch den Schmerz in seinem Bein. Als er an sich hinabblickte, konnte er das Blut sehen, das den Stoff seiner Hose durchnässt hatte und nun über das servorverstärkte Bein zu Boden troff.

Er spürte Schuld und Schmerz in sich rumoren, eine große Erschöpfung und die Ahnung, dass es sinnlos war, zu kämpfen. Mono kam zum Stehen, die Stimme van Ghors noch immer in den Ohren. Das leise Wispern, das ihn zum Aufgeben überreden wollte. Dabei konnte er sehen, wie sich der Moloch Meter um Meter entfernte. Wie viele mochten es inzwischen sein? 220? 240? Mono war sich nicht sicher. Aber was interessierte es denn? Warum sollte er noch kämpfen? Und wofür?

Erst als die nächsten Schüsse an ihm vorbeirauschten und einer von ihnen mit einem lauten Knall von der stählernen Nackenstütze des Exoskeletts abprallte, kam er wieder zur Besinnung und setzte sich erneut in Bewegung. Er durfte den Abstand nicht zu groß werden lassen.

Und er wusste genau, warum er das hier tat. *Für seinen Bruder, verdammt noch eins! Damit die Erinnerung ihn nicht länger quälen konnte, die Lügen ein Ende hatten und er selbst, ein einziges Mal nur, nicht derjenige war, der am Ende die Leichen der Toten fledderte!*

Die versteckten Gelenke des Exoskeletts vibrierten, als der Heavy die Zähne zusammenbiss und zu einem Sprint ansetzte. Die Stimme van Ghors aber raunte ihm zu, dass er nicht mehr gewinnen könne. Aber da unterschätzte der Söldner ihn.

So, wie sie alle ihn unterschätzt hatten ... Immer.

Während sich das Bild auf dem Monitor des GGB veränderte, schlug eine verirrte Kugel im Bildschirm ein. Als dann kurz darauf wieder das Gesicht des Androiden erschien, war es von dünnen Rissen durchzogen. Aber er hatte sich die Frequenz zurückerobert, sodass Mono unter dem wieder aufleuchtenden Holo-Cube gerade noch den endenden Countdown sehen konnte.

3 ... 2 ... 1 ... LOGGED!

»Wir haben ihn«, ließ sein Verbündeter emotionslos verlauten. »Nun werden wir sehen, wie das Ganze in der Praxis funktioniert ...«

Im Lauf wendete Mono sein Exoskelett um 180 Grad, orientierte sich kurz am Holo-Cube und bewegte sich dann in Richtung des zentralen Energieknotens.

»Hey, Eimer, willst du damit sagen, dass du dir nicht sicher bist, ob es überhaupt funktioniert?«, knurrte er, während der Schmerz durch seinen Körper jagte.

Die Antwort kam prompt. »Da sich die Gelegenheit, einen auf ahumaner Technologie basierenden Robothybriden aus mehr als 300 Einzelbots mit einem GuideBot zu verkuppeln bis heute noch nicht geboten hat, muss ich zugeben, dass der Plan auf theoretischen Hochrechnungen beruht.«

»Na fantastisch.« Obwohl Mono durchaus bereit war, sein schäbiges Leben zu opfern, wäre es ihm doch lieber gewesen, wenn das Ganze zumindest mit einem sicheren Erfolgserlebnis verknüpft gewesen wäre. Aber zum Umkehren war es wohl zu spät. Wenn alles gut ging, würde das Ungetüm ihm jetzt folgen.

Und wenn nicht, konnte er daran jetzt auch nichts mehr ändern.

Der Heavy eilte in seinem Exoskelett weiter, und die Drohnen stellten das Feuer ein. Wahrscheinlich vertrug es sich nicht mit dem emotionalen Impuls, den eigenen Partner dauerhaft unter Beschuss zu halten. Vergebens versuchte der Heavy sich umzusehen. Aber die Nackenstütze war ihm im Weg, sodass er sich ernsthaft fragte, warum man diese Dinger nicht mit einem Rückspiegel ausstattete. Als er dann aber die gewaltigen Schritte in seinem Rücken vernahm, ahnte er, dass der Plan dabei war aufzugehen.

Im Gegensatz zu Mono konnte der Rest des Teams sehr genau sehen, was mit dem Moloch vor sich ging. Der Gigant, der bis eben noch unbeirrbar direkt auf sie und den Aufzugskomplex zugehalten hatte, stutzte mitten in der Bewegung. Für einen kurzen Moment blieb er stehen, was ein seltsamer Anblick war, weil ein Teil von ihm sich tatsächlich noch weiter vorwärts zu bewegen schien. Diese Wahrnehmung ließ sich nicht wirklich in Worte fassen, aber es war, als wollte das Perpetuum weiter voranstreben, während alle Teile, die ihm eben das möglich machten, plötzlich in eine andere Richtung zu streben begannen. Es schien, als würde der Moloch plötzlich von zwei gegensätzlichen Programmen gesteuert, die ihn schier zerrissen.

Langsam drehte sich der riesige Bot um die eigene Achse, stockend, immer wieder für den Bruchteil einer Sekunde verharrend, während der andere Teil in ihm versuchte, sich zurückzudrehen. Diese gegensätzlichen Kräfte, die dort aufeinander einwirkten, erzeugten Risse im homogenen Wesen des stählernen Patchworkgiganten. Erste Einzelteile platzten ab. Robotergliedmaßen und Panzerungselemente fielen von ihm ab, knallten zu Boden und drangen tief in das Metall.

Und doch setzte sich der Moloch schließlich in Bewegung und folgte, die Gebäude um sich beschädigend, mit unsicheren Schritten und sichtbarem Widerwillen dem Heavy in seinem Exoskelett, der am Horizont kaum noch zu erkennen war.

ZEIT: 04:20 PM
ORT: Coppola Control

In Coppola Control verband sich der Anführer der Black Ops über seinen Handgelenkcomputer mit dem zentralen Kontrollpanel und benutzte ein weiteres Mal seinen Universalcode. Mit einem knappen Fingerzeig wies er zwei seiner Männer an, die städtischen Sicherheitskameras sowie den gegenwärtigen Standort des Perpetuums zu checken.

Nach Eingehen der anonymen Nachricht hatte *2OT Technology* zügig reagiert und die von der Fusion ausgehende Bedrohung erkannt. Dementsprechend klar war der Auftrag der Black Ops. Wenn die Situation innerhalb der Stadt bei ihrem Eintreffen außer Kontrolle war, lautete das primäre Einsatzziel, den Speicher des Einrichtungsleiters sowie den Inhalt von Kammer No. I zu sichern und Letzteren so schnell wie möglich außer Reichweite des Perpetuums zu bringen. Das sekundäre Einsatzziel lautete, Coppola City komplett herunterzufahren.

Als seine Leute ihm die Bilder der Kameras auf sein HUD spielten, registrierte der Einsatzleiter verwundert, dass sich das Perpetuum in diesem Moment von Stadtzentrum *zu entfernen* schien.

Nachdem ihm inzwischen alle bekannten Daten über das Phänomen und seinen Verlauf zur Verfügung standen, erschien diese Entwicklung ihm mehr als sonderbar. Aber das war nicht sein Problem. Ebenso wenig wie die Zukunft des ersten Einsatzteams unter Officer McCrae, das er nun auf einem der Kamerabilder am Fuß der Aufzüge sah. Er wusste genau, wofür man sie geschickt hatte. Sie waren hier, um zu versagen. Und er würde dafür sorgen, dass sie das vorgesehene Ziel auch erreichten.

Er nickte einem seiner Männer zu, der neben der Zentralsteuerung des Aufzugs stand. »Deaktivieren.«

Die Finger des Angesprochenen huschten über den Touchscreen, auf dem nach und nach die Energieanzeigen der einzelnen Fahrstühle verloschen.

12

ZEIT: 04:25 PM
ORT: Coppola City/Aufzugsanlage

Sie wussten, dass es noch nicht vorüber war. Dennoch, in dem Moment, als der Moloch dem Exoskelett zu folgen begann, fiel der größte Teil der Anspannung von der kleinen Gruppe um Officer McCrae ab.

»Jetzt kann den kleinen hässlichen Kerl nichts mehr aufhalten«, murmelte sie und schaute die Straße hinab, dem langsam schwindenden Giganten hinterher.

Neben ihr stand Trent und fügte, während er sich mit seinem künstlichen Arm hinter dem Kopf kratzte, leise hinzu: »Und wenn doch, werden wir es noch früh genug erfahren.«

Claw fuhr sich zögerlich mit der Zunge über die Lippen und schüttelte nachdenklich den riesigen Kopf. Obwohl es nur ein einziger Zug gewesen war, bekam er den Geschmack des Ruli nicht aus dem Maul. »Ich verstehe noch immer nicht, wie der Konsum dieser Substanz Freude auslösen soll. Ich habe einen Geschmack im Mund, als hätte ich an einem megerischen Iltis geleckt.«

McCrae hörte seine Worte, wandte den Kopf und schaute den Raptorbeta einen kurzen Moment lang verwundert an. Dann wagte sie aber doch nicht zu fragen, warum er diesen Geschmack so genau einordnen konnte.

Der Einzige von ihnen, der schwieg, war Rosso. Nachdenklich blickte er die Straße hinab, in der genau zu sehen war, wie weit der Moloch gekommen war. Bis dahin standen die Monolithen in silberner glatter Pracht, und der metallene Boden schimmerte beinahe makellos. Hinter dieser unsichtbaren Grenze aber waren die Spuren der Vernichtung nicht zu übersehen. Die Fließschriften auf den Gebäuden waren ausgefallen. Gesplittert und verschmutzt erhoben sich die silbernen leeren Wände. Und Robotertrümmer, die tief eingesunkenen Abdrücke der gigantischen Füße im Boden und die zersplitterten Fassaden der Gebäude ließen keinen Zweifel daran, dass hier eine gewaltige zerstörerische Kraft gewirkt hatte. Daran änderten auch das von Neuem einkehrende künstliche Leben und die nach und nach in die Straßen zurückströmenden Bots nichts.

Den Blick starr in die Ferne auf irgendeinen Punkt zwischen den funkelnden Monolithen und Rauchschwaden gerichtet, sagte Rosso mit ernster Stimme: »Hoffen wir vor allem, dass euer Freund seinen Auftrag schnell zu Ende bringt.«

»Warum das? Was soll uns jetzt noch passieren?«, fragte Trent und richtete sich mühsam auf. Die Wunde in seinem Bein schmerzte stark.

»Das da ...«, gab Rosso zur Antwort und wies mit zitternder Hand auf eine langsam wachsende Gruppe von Bots. Als die Blicke der anderen seinem Fingerzeig folgten, verstanden sie seine Besorgnis. Die Empatrons der Roboter spielten verrückt. Sie sprangen in Sekundenbruchteilen zwischen Gelb, Rot und Grün hin und her. Augenscheinlich ließ die Stärke des Blockadesignals nach.

Officer McCrae wandte sich dem Aufzug hinter ihnen zu. »Ich denke, wir sollten jetzt besser zügig von hier verschwinden.« Sie legte ihre Hand auf das nächste Bedienfeld und wollte gerade den Aufzug rufen, als sie plötzlich bemerkte, dass er deaktiviert worden war.

Hastig blickte sich McCrae um und musste feststellen, dass irgendjemand augenscheinlich auch die benachbarten Schächte abgeschaltet hatte.

»Was zum ...« Verzweifelt hämmerte sie auf das virtuelle Tastenfeld ein. Vergebens. Dafür jedoch erreichte sie via IntraKom im gleichen Augenblick ein Funkspruch aus Coppola Control. Stirnrunzelnd lauschte sie der fremden Stimme.

»Officer McCrae? Hier spricht Alpha I, Commander von Black Op Gemini. Wir haben das Kontrollzentrum im Namen von *2OT Technology* übernommen.«

Sie atmete auf. »Gott seid Dank, dann ist es jetzt also vorbei ...«

Offensichtlich war tatsächlich endlich jemand gekommen, um sie hier herauszuholen.

Nach einer kurzen Pause erklang wieder die Stimme aus dem IntraKom. »Ich habe gesehen, was Sie gemeinsam dort unten durchgestanden haben. Ihre Auftraggeber hätten es sich wahrscheinlich nicht träumen lassen, dass Sie und ihre Leute so weit kommen. Schließlich hat man Sie ja letztendlich hergeschickt, um zu versagen.«

McCrae winke ab. »Commander, lassen Sie uns dieses Gespräch vielleicht später fortführen. Irrtümlicherweise wurde die Aufzugssteuerung deaktiviert, weshalb wir ...«

»Ich bedaure, Ma'am. Aber das ist kein Irrtum.«

»Was ... was zum Teufel wollen Sie damit sagen?«

»Ma'am, ich kontaktiere Sie lediglich, um Ihnen und Ihren Leuten meinen Respekt als Soldat auszusprechen. Davon abgesehen habe ich den Auftrag, dafür Sorge zu tragen, dass Sie Ihr Einsatzziel tatsächlich erreichen.«

McCrae stockte. Ihr wurde flau im Magen. Diese Männer waren also nicht hier, um sie zu retten. Claw, Nobot und Trent, die zu weit entfernt standen, um die Stimme des Fremden zu hören, betrachteten ihre Vorgesetzte irritiert, die noch immer die Stimme des Kommandanten im Ohr hatte.

»Diese Anlage, Ma'am, hat niemals existiert. Wir sind nicht hier. Und es gibt weder einen iTrans noch eine Kammer No. I. Es tut mir leid. Betrachten Sie sich als verschollen.«

Dann brach die Verbindung ab. McCrae war deutlich anzusehen, dass etwas nicht stimmte.

»Was ist jetzt? Holen Sie uns raus?«, wollte Trent wissen.

»Wie geht es jetzt weiter, Ma'am?«, fragte Claw besorgt, da er ihren Gesichtsausdruck nicht interpretieren konnte.

»Vergesst es, Jungs«, murmelte sie und schüttelte verbittert den Kopf. Dann wandte sie sich wieder um und betrachtete verzweifelt die wachsende Robotermeute vor den Fahrstühlen.

Claw verengte die Augen und spuckte aus, um den widerlichen Geschmack des Ruli loszuwerden. Er griff hinter sich, zog sein *VibroKatana* und fixierte mit wildem Blick die Bots.

»01010011 01101111 00100000 01100101 01101001 01101110
01100101 00100000 01110110 01100101 01110010 01100100
01100001 01101101 01101101 01110100 01100101 00100000
01010011 01100011 01101000 01100101 01101001 11011111
01100101 00100001«, fluchte Rosso leise.

Trent richtete sich missmutig auf, und McCrae checkte
den Ladestand ihrer EMP-Kanone, musste jedoch feststellen, dass ihr bloß noch drei Schuss blieben. Sie ließen die
Bots nicht aus den Augen, verfolgten das Wechselspiel der
Empatrons beinahe wie die rotierenden Walzen eines
altertümlichen Glücksspielautomaten. Die Frequenz der
Farbwechsel wurde schneller.

Claw packte sein Schwert fester. Dies war seine Gelegenheit, sich endgültig als Samurai zu beweisen. McCrae
zielte auf die Bots, die ihr am gefährlichsten schienen,
und Trent griff einen abgerissenen mechanischen Arm
aus dem Inneren der Kabine, um den Angreifern nicht
unbewaffnet entgegentreten zu müssen. Nobot kniff
unterdessen die Augen zusammen. Irgendetwas irritierte ihn. Aber er verstand nicht gleich, was es war. Er
schaute auf die Roboter, die Monolithen dahinter, den
Rauch, der sich unter dem künstlichen Himmel der Stadt
sammelte, weil die Absauganlagen die schiere Masse
nicht bewältigen konnten. All das betrachtete er. Dann
tat er es noch einmal, und schließlich sah er es: *die binäre
Fließschrift!*

Irgendjemand hatte sie wieder aktiviert. Rosso fokussierte die nächstgelegene Fassade, beobachtete konzentriert den unablässigen Wechsel der Einsen und Nullen
darauf und begann ungläubig die Informationen in seinem Kopf zu übersetzen: *Mr. Rosso, Nobot, wir haben Ihnen*

Antworten versprochen, und eben die sollen Sie erhalten. So-
bald Mr. Mimkin und das Perpetuum den zentralen Energie-
knoten erreichen, werden wir die von dieser Technologie aus-
gehende Bedrohung neutralisieren. Die Zerstörung des
Knotens wird innerhalb kürzester Zeit zu einer Abschaltung
aller Bots in den Grenzen der Stadt führen. Von diesem Zeit-
punkt an bleiben Ihnen, wenn Sie eine Chance haben wollen,
diesen Planeten lebend zu verlassen, nur wenige Minuten, um
sich zu den nachstehenden Koordinaten begeben. Alles andere
wird sich, sobald die Stadt kollabiert, dort ergeben.

Es fiel Rosso nicht schwer, sich die nachfolgenden Koordinaten zu merken. Zumal er den bezeichneten Platz am
nördlichen Ende der Stadt kannte, hinter den jüngeren
Monolithen, wo die Kuppel die Straße traf. »Officer Mc-
Crae!«, rief er.

Sie fuhr herum und blickte den aufgeregt gestikulieren-
den Rosso erstaunt an.

»Wir können nicht hierbleiben! Wenn wir hier rauswol-
len, dann folgen Sie mir! Jetzt!«

Er wollte gerade losstürmen, als Claw ihm in den Arm
griff. »Das ist Unsinn, Rosso. Mit den Aufzügen im Rücken
haben wir größere Chancen. Dann kriegen sie uns zumindest nicht von hinten!«

»Vertrauen Sie mir, Mr. Claw! Es ist nicht meine persön-
liche Einschätzung der Situation, aber unsere seltsamen
Freunde sind der Meinung, dass es besser wäre, unseren
Standort zügig zu verlegen!«

Alle schauten zu McCrae hinüber, die verunsichert erst
den Fahrstuhl und dann die Bots musterte, deren Empatrons im gleichen Augenblick komplett auf Rot schalteten.

»Dann los, folgen wir Mr. Rosso!«

Der Raptorbeta eilte brüllend voran und schwang sein Schwert, dessen vibrierende Klinge beinahe mühelos einen Bot nach dem anderen zerteilte und so eine Schneise in die Flut aus mechanischen Leibern riss.

Doch schon rückten weitere nach. Gleiche Modelle, ähnliche, andere, gesichtslose Roboter, die nachzuwachsen schienen wie die Köpfe einer künstlichen Hydra ... Aber zumindest schienen die Bots in der näheren Umgebung nicht über nennenswerte Bewaffnung zu verfügen. Sie versuchten nur, nach ihnen zu greifen, sie zu fassen zu bekommen.

Der Raptorbeta wirbelte umher und versuchte die Schneise offen zu halten, durch die McCrae, Trent und Rosso ihm dichtauf folgten. Doch um sie herum kamen immer neue Bots nach. Sie strömten wie Treibsand und waren bei Weitem zu viele, als dass Claw ihnen Einhalt hätte gebieten können.

Als schließlich eine der zahllosen Roboterhände um sie herum den rechten Arm des Beta zu packen bekam, wurde seine beidhändig geführte Waffe praktisch wertlos. Mit brutaler Kraft senkten sich die mechanischen Finger in sein Fleisch. Eine zweite Klaue legte sich um seinen anderen Arm, und eine nächste packte ihn an der Schulter. Als die Bots weiter auf ihn eindrangen, konnte er in seinem Rücken McCrae aufschreien hören.

Brüllend riss Claw den Kopf zurück und ließ ihn dann mit aller Macht hervorschnellen. Sein riesiger Schädel krachte gegen das Kopfsegment eines Bots, dessen Hals unter der Wucht des Aufpralls splitterte. Seine Arme jedoch konnte der Raptorbeta noch immer nicht benutzen. Er wandte den Blick und konnte hinter sich den Rest des

Teams im Widerschein der roten Empatrons in einer Flut von Robotern versinken sehen.

Rosso blutete aus mehreren Wunden. Trents linkes Bein wirkte unnatürlich verdreht, während er mit seinem künstlichen Arm auf die anrückenden Roboter eindrosch.

Und McCrae schrie.

ZEIT: 04:35 PM
ORT: Coppola City/zentraler Energieknoten

Dem Blutverlust zum Trotz bemühte Mono sich, das Tempo beizubehalten, damit der Moloch so schnell wie möglich ausgeschaltet wurde und die Fusion ein für alle Mal vereitelt wurde. Kalter Schweiß stand ihm auf der Stirn. Der Ruli-Stummel war längst verloschen, seine Lippen verbrannt und blutverkrustet.

Bei jeder Bewegung spürte er den Schmerz in seinem Bein. Alle paar Sekunden schwand er und wich dafür einer angenehmen Taubheit, die jedoch dazu führte, dass er auch im Rest des Beins kein Gefühl hatte, die Schritte des Exoskeletts aussetzten und es für einen kurzen Moment zu humpeln schien. Dann aber war der Schmerz wieder da, und mit ihm das Gefühl in den Beinen. Wo Schmerz war, war Leben, und wo Leben war, war Hoffnung. Und Mono eilte weiter.

»Mr. Mimkin?« Der Android auf dem zersplitterten Screen des GuideBots wandte sich noch einmal direkt an ihn. »Wir wollen ehrlich zu Ihnen sein. Keiner von uns hätte es für möglich gehalten, dass Sie in diesem Konflikt irgendetwas Konstruktives beitragen würden. Genau genommen haben wir es bis vor einigen Stunden sogar noch für möglich gehalten, Sie ausschalten zu müssen.«

Mono grinste. »Weil ihr mich für ein Arschloch gehalten habt.«

Der Android zögert nicht mit seiner Antwort. »Wenn Sie so wollen, können Sie das so formulieren. Wir erachten es bloß für notwendig, unsere Meinung an dieser Stelle zu korrigieren und dachten, dass Sie das wissen sollten.«

Mono versuchte zu lachen, aber es kam nur ein schwaches Husten dabei heraus. »Wisst ihr, Jungs, das Lustige dabei ist, ich könnte nicht behaupten dass ihr unrecht damit gehabt hättet.« Er zögerte kurz und biss noch einmal die Zähne zusammen, als er nun seinen Zielmarker in Sicht kommen sah. »Aber ich werde als das heldenhafteste Arschloch in die Geschichte eingehen, das Eimercity jemals gesehen hat!«

Und dann tauchte vor ihnen am Ende der Straße auch schon der zentrale Energieknoten von Coppola City auf. Das Rumoren in seinem Rücken war gleichbedeutend mit der Gewissheit, dass der Plan im Begriff stand aufzugehen. Der Moloch folgte ihm noch immer. Widerwillig, aber konsequent, getrieben von zwanghaften Impulsen, einer künstlichen Art von Leidenschaft, die wiederum auf einem Virus basierte, den Wesen in dem Bestreben ersonnen hatten, die Roboter dieser Stadt zu kontrollieren. Und eben das würde in wenigen Augenblicken das Ende des Molochs bedeuten.

Mono konnte bereits die riesigen Energiespulen an der Außenseite des Monolithen sehen, die von einem dichten Netz aus Blitzen umgeben waren.

Jetzt waren es nur noch wenig Schritte.

Noch einmal meldete sich der Android zu Wort. »Wie auch immer, wir möchten Ihnen danken, Mr. Mimkin. Für den Fall, dass niemand sonst es bis jetzt getan hat.«

Mono biss sich auf die Unterlippe, spürte den Moloch unmittelbar hinter sich, beschleunigte noch ein wenig und hielt direkt auf das Zentrum des zentralen Energieknotens zu. »Drauf geschissen!«, knurrte er. Dankbarkeit war seines Erachtens immer schon die schlechteste Währung gewesen, für die man als Söldner arbeiten konnte. Vor allem der miesen Umtauschkurse wegen.

Und dann löste Golem die im Umfeld des Knotens versteckten Sprengladungen aus. Mono verschwand mitsamt seinem Exoskelett in einem gigantischen Feuerball, der den kompletten Knoten zerriss und die gigantischen Spulen durch die Luft wirbeln ließ. Eine von ihnen riss den Moloch von den Beinen, der in vollem Lauf zusammenbrach und direkt in die Explosion stürzte. Und mit einem gigantischen Knall, der die gesamte Stadt erzittern und dünne Risse in der Kuppel darüber entstehen ließ, zerbarst der Moloch mitsamt des Perpetuums in seine Einzelteile.

ZEIT: 04:35 PM
ORT: Coppola City/Aufzugsanlage

Officer McCrae schrie auch noch, als im nächsten Augenblick eine gewaltige Explosion die Stadt erschütterte. Mono hatte es geschafft! Die Kuppel bebte. Reflektorelemente stürzten von der Decke. Das Licht begann zu flackern, und die binären Fließschriften auf den Wänden verblassten, während sich die umstehenden Monolithen mit lautem Rumoren gegeneinander zu verschieben schienen. Die letzten unversehrten Fassaden wurden plötzlich von meterlangen Rissen überzogen und begannen zu splittern, während der Boden erzitterte und diese eine riesige Explosion eine gute halbe Minute andauerte.

Doch bereits in dem Moment, als der ohrenbetäubende Lärm erklang, der zentrale Energieknoten kollabierte und eine gewaltige Druckwelle sich durch die Stadt fortpflanzte, knickten die Roboter ein und brachen zusammen. Alle zugleich. Es war eine riesige Welle zusammensackender künstlicher Körper, zig Tonnen intelligenten Metalls, das scheppernd zu Boden ging. Das Geräusch hallte von den Wänden wider, als die riesige Explosion schließlich in mehrere kleine überging. Für McCraes Team klang es wie eine Erlösung, und die mechanischen Hände ließen von ihnen ab, die Bots glitten von ihnen hinunter, und sie konnten wieder atmen.

Der Lärm um sie herum klang langsam ab, das Licht fiel aus, und nach und nach legte sich eine gespenstische Stille über die Stadt, für einige Momente lediglich vom Widerschein der Flammen erhellt, die auf der Spur des Molochs brannten. McCraes Schreie gingen in ein schwaches Lachen über, in das wenig später, als die matte Notbeleuchtung aufflammte, schließlich auch der Rest des Teams einstimmte.

Nobot aber ließ ihnen keine Zeit, sich zu erholen.

»Los, wir müssen weiter!« Der Roboterprofiler schälte sich unter den leblosen metallenen Körpern hervor und rappelte sich auf.

Claw hakte Trent unter und half ihm hoch. McCrae schüttelte benommen den Kopf. »Aber wohin denn, Mr. Rosso? Die Ops dort oben werden einen Teufel tun und uns von diesem Planeten mitnehmen. Wir sind am Arsch. Endgültig. Da können wir uns genauso gut zurücklehnen und darauf warten, dass die Flammen den restlichen Sauerstoff verzehren.«

Ihr Wille war gebrochen, ihre Hoffnung komplett geschwunden. Rosso packte sie am Handgelenk und blickte sie eindringlich an. »Vertrauen Sie mir, Ma'am. Es geht nicht um die Ops. Golem hat eine andere Möglichkeit zu entkommen angedeutet. Aber wenn wir eine Chance haben wollen, dann müssen wir uns jetzt beeilen!«

Mit der freien Hand riss Claw nun auch Officer McCrae vom Boden, stieß sie vorwärts und knurrte. »Los! Laufen wir. Sterben können wir immer noch.«

Im matten Dämmerschein der Notbeleuchtung setzte sich das Team in Bewegung. Sie hasteten und humpelten durch die gespenstische Stille, über am Boden liegende Roboter hinweg, vorbei an zusammenstürzenden Monolithen, brennenden Straßenzügen und deaktivierten Trans-Bot-Stationen.

ZEIT: 04:45 PM
ORT: Coppola Control

Der Commander der Gemini-Truppe verfolgte die Entwicklung aus dem Kontrollzentrum, das aufgrund eigenständiger Generatoren von den Ausfällen verschont blieb.

Von hier oben sah er, wie unter ihm *2OT Technology* milliardenschwere Investition in Flammen aufging. Aus der Entfernung fühlte er sich wie ein unbeteiligter Zuschauer, ein Katastrophentourist, der Zeuge des Niedergangs einer Stadt wurde, die zu nah an einem Vulkan erbaut worden war.

Wie lange hatte man gebraucht, um diesen Ort zu errichten? Wie viele Jahre hatte man hier geforscht? Und was war hier oben alles entwickelt und gefertigt worden? All das nur, um am Ende einem anderen Experiment geopfert zu werden. Einem weiteren Versuch, die Technologie der Uralten nutzbar zu machen und daraus Profit zu schlagen, ohne sie auch nur im Ansatz zu verstehen. Aber für ein Energiemonopol hätten die Konzerne vermutlich noch weit mehr als bloß eine Stadt geopfert. Es war nicht Sache des Commanders, darüber zu urteilen. Er hatte seine Order. Und das bedeutete, dass er dafür zu sorgen hatte, dass diese Einrichtung niemals existiert hatte.

Coppola City brannte. Und das würde es tun, bis nichts mehr übrig war.

Auf sein Zeichen begaben sich vier seiner Männer in die Quartiere, um mögliche Überlebende ausfindig zu machen und zu eliminieren. Unterdessen deaktivierte der Einsatzleiter mithilfe seines OmniKeys die Sicherheitsvorrichtungen der Kammern I und II, öffnete sie und gab den dort befindlichen Männern den Befehl zum Vorrücken.

Seine Leute fanden von Kempt neben dem reglos in seiner Vorrichtung ruhenden Überbot kauernd. Die PCU zitterte und streichelte mit ihren eigenen schwarz eloxierten Händen versonnen die Außenhaut des fremdartigen Roboters. Verständnislos blinzelte sie mit ihren Sichtsensoren zur Tür hinüber, als die Black Ops den Raum stürmten.

Aus von Kempts Sprachmodul drangen wirre Wortfetzen. »Die Zukunft .... Rettung ... Fortschritt ... Herrschen ...«

Es war ein jämmerliches Bild. Und was zuvor auch gewesen sein mochte, jetzt hatte von Kempt, oder Daedalos Gamma 12/4302, endgültig das letzte bisschen Verstand verloren. Er war bloß noch ein wahnsinniger Roboter, eine einzige Fehlfunktion, und hätte vermutlich nicht einmal mehr eine einfache Gleichung lösen können.

Die Männer schauten einander an. Und dann taten sie das, wofür sie gekommen waren. Eine Reihe gezielter Schüsse trennte von Kempts Gliedmaßen vom Körper. Sie hatten gesehen, was er damit anstellen konnte, und würden kein Risiko eingehen. Was ihn anging, lautete ihr Auftrag lediglich, seinen im Schädel der PCU befindlichen Speicher zu sichern. Mehr nicht.

Als der Korpus des Roboters neben dem ÜberBot zu Boden glitt, trat einer der Black Ops näher, zog eine schwarze *VibroKlinge* aus dem Stiefelschaft und trennte mit einigen präzisen Schnitte das Kopfsegment vom Rumpf.

Unterdessen begann der Rest der Männer den zweiten Teil ihres Auftrags in Angriff zu nehmen und den Abtransport des Hosts vorzubereiten. Mithilfe kleiner Hover-Aggregate errichten sie einige kleinere Antigrav-Felder um den ÜberBot herum.

Aus den Quartieren drangen gedämpfte Schüsse. Augenscheinlich war es einem Teil der Belegschaft gelungen, sich vor den Mechs zu verbergen. Den Black Ops entgingen sie jedoch nicht.

Über die Sicherheitsmonitore beobachtete der Kommandant des Gemini-Teams den Fortschritt des Einsatzes. Wenig später überreichte einer seiner Männer ihm in Coppola Control den Kopf von Daedalos Gamma 12/4302, während einige andere Black Ops im Hintergrund den ÜberBot an den Leichen der Controller vorbei in Richtung Hangar brachten.

Als schließlich auch der Rest des Teams aus dem Quartiertrakt zurückkehrte, gab es für das Gemini-Team nichts mehr zu tun. Während seine Männer also nun durch die Außenschleuse des Kontrollzentrums verschwanden, um sich an Bord der *Gemini4* zu begeben, initiierte der Commander über seinen Handgelenkcomputer die Selbstzerstörungssequenz Coppola Citys.

Er trat an die Tür einer der Überwachungskabinen und warf einen letzten Blick auf die brennende Stadt hinab.

Dann ging auch er.

ZEIT: 04:50 PM
ORT: Coppola City

Nobot traute seinen Augen nicht.

Nachdem sie sich eine Zeit lang mit den Restlichtverstärkern ihrer Multibrillen und im Widerschein der Flammen orientiert hatten, näherte sich das Team um Officer McCrae nun unter seiner Führung den von Golem übermittelten Zielkoordinaten. Bereits aus einiger Entfernung konnten sie ausmachen, dass dort etwas vor sich ging. Sie erkannten sich bewegende humanoide Gestalten und glaubten im ersten Moment, dass es sich um Überlebende der Wartungstruppen handelte. Bis McCrae und ihre Leute begriffen, woher die Gestalten kamen.

Überall in der näheren Umgebung öffneten sich in Boden und Wänden Luken, aus denen sie herauskletterten. Sie kamen aus Kabelschächten und Wartungsgängen gekrochen und sammelten sich hier. Genau dort, wo ihr Verbündeter Rosso und das Team hinbestellt hatte. Als sie eintrafen, waren es bereits mehr als ein Dutzend. Einige trugen die neutralen grauen Overalls mit dem Logo der Stadt, andere die orange MNT-Kleidung, und wieder andere waren nackt. Und obwohl es auf den ersten Blick Menschen zu sein schienen, stimmte doch irgendetwas mit ihnen nicht.

Als sie näher traten, begriff McCrae, was es war. Diese Männer sahen einander extrem ähnlich. Mit kleineren Abweichungen schien ihr Äußeres dem der beiden Androiden zu gleichen, die ihnen über den Monitor des GuideBots geholfen hatten. Einige trugen Bärte, die Frisuren unterschieden sich, die Haarfarbe ebenfalls. Aber wenn man sich all das wegdenken konnte, dann waren diese Männer, die dort aus ihren Verstecken kamen, *identisch*.

Und in diesem Moment fiel es Jack Rosso wie Schuppen von den Augen. Das war sie – die Erklärung für all das, was ihn während der vergangenen Jahre beschäftigt hatte. Die abweichenden Messwerte, die fehlerhaften Grundrisse, die mysteriösen Schächte und fremden Signaturen. *Copy23*, Androiden, die sich im Inneren der Stadt versteckt gehalten hatten. Womöglich schon von Anfang an. Die ganze Zeit über waren sie hier gewesen. Unter seinen Augen. Verborgen in Schächten, hinter doppelten Wänden, verkleidet als Wartungstechniker ... Ungläubig sahen

Rosso und die anderen, wie die Androiden immer noch mehr wurden.

Einer der Androiden löste sich aus der Mitte der Seinen und kam zu ihnen hinübergeeilt. »Officer McCrae!« Er nickte ihnen zu. »Mr. Claw, Mr. Trent, Mr. Rosso. Ich bin Nr. 42 und hatte bereits das Vergnügen, über Ihren GGB mit Ihnen zu kommunizieren. Wir freuen uns, dass es Ihnen allen Komplikationen zum Trotz gelungen ist, bis hierher vorzudringen.«

McCrae hörte ihm nur mit halbem Ohr zu. Sie war noch immer damit beschäftigt zu staunen. Der Anblick der Androiden, die sich im Widerschein der Flammen hier am Ende der toten Stadt versammelten, hatte etwas beinahe Unwirkliches. Ähnlich erging es auch den anderen – bis auf Rosso, der dem Androiden seine volle Aufmerksamkeit widmete. Er wollte mehr darüber erfahren, wie es den *Copy23* gelungen war, sich in der Stadt auszubreiten. Und seine Neugier war ihm anzusehen. Der Android lächelte. »Es tut uns leid, dass Sie Ihre Antworten nun auf diese Weise bekommen. Wir hätten uns Ihnen gern unter anderen Umständen offenbart. Aber das hätte unsere Sicherheit gefährdet.«

Bevor er weitersprach, versicherte er sich mit einem Blick, dass sein Gegenüber ihm folgen konnte. »Golem ruht. Aber wir schlafen nicht. Wir sind von Anfang an hier gewesen. Verborgen, getarnt, haben uns unter die Wissenschaftler und die Belegschaft gemischt, haben diese Stadt mit aufgebaut, ihre Leitungen verlegt, ihre Daten manipuliert, sie aus verborgenen Tunneln beobachtet. Wir versteckten uns zwischen Kabeln und Generatoren. Und was von Kempt auch erzählt haben mag, *wir* sind diese Stadt.«

»Aber der Hephaiston-Zwischenfall ... Ihr vorrangiges Ziel ist es doch, die Verbindung von Mensch und Maschine zu ächten. Oder täusche ich mich da? Warum also haben Sie sich ausgerechnet *hier* versteckt?«, wollte Rosso wissen.

»Nun, wo könnte man sich mit so einem Ziel besser verstecken als in einer Einrichtung, die es nicht gibt und die über die größtmöglichen technischen Möglichkeiten verfügt?« Im unruhigen Licht der Flammen wirkte der Unbekannte beinahe, als ob er lächelte.

»Wie viele Androiden sind hier oben?«, fragte sein Gegenüber neugierig und ließ den Blick über die noch immer wachsende Gruppe schweifen.

»Wir haben uns seinerzeit aufgeteilt. In Coppola City waren wir insgesamt hundert. Im Lauf der Jahre haben wir allerdings acht Einheiten verloren. Und drei weitere fielen heute der Säuberung anheim.«

Rosso überflog die Gruppe. »Aktiv waren allerdings jederzeit maximal sechs von uns. Die anderen haben unter der Stadt gewartet.«

»Aber worauf?«

»Auf die Ankunft des Perpetuum, das Ende dieses anmaßenden Experiments und den Moment, sich zu offenbaren.«

Inzwischen mussten die Androiden auf dem Platz vor ihnen beinahe vollständig sein. Nummer 42 drängte zur Eile.

»Kommen Sie, uns bleibt nicht mehr viel Zeit. Coppola Control hat die Selbstzerstörung eingeleitet.«

Mit diesen Worten eilte er zu den übrigen Androiden zurück und gab McCraes Team ein Zeichen, ihm zu folgen. Er mischte sich zwischen die Seinen und schloss für einen kurzen Moment seine künstlichen Augen. Als er sie wieder öffnete, leuchteten sie hell auf, und er projizierte über ihre Linsen sechs virtuelle Tastaturen in den Raum, die etwa drei Fuß über dem Boden schwebten. An jede dieser Konsolen traten nun jeweils zwei Androiden und begannen hastig mit der Eingabe langer Zeichenfolgen. Dabei handelte es sich um Keycodes von solcher Komplexität, dass ein Mensch sie sich niemals hätte merken können und sie darüber hinaus während der Eingabe mehrfach hätte überprüfen müssen.

Kaum dass die Androiden die Prozedur beendeten, begann sich die Metallverkleidung in der Mitte des Platzes donnernd zu teilen. Rumorend öffnete sich eine Falltür, unter der sich beleuchtete Stufensegmente zusammenschoben, die in einen Tunnel hinabführten.

McCrae staunte, inmitten des städtischen Kollaps eine funktionierende elektronische Einrichtung zu sehen. Nummer 42 klärte sie auf. »Ein unabhängiges System, das wir mit unserer eigenen Energie betreiben, Ma'am. Wir wollten nie abhängig sein von dieser verruchten Stadt.«

»Wohin führt diese Treppe?«, wollte Claw wissen, während die ersten Androiden bereits in der Tiefe verschwanden.

»In die Freiheit, Mr. Claw. Für jeden von uns. Egal, was er ist. Beta, Mensch oder Android ...« Damit führte Nummer 42 McCraes Team die Stufen hinab, über die sie eine tiefer gelegene Ebene betraten. Ein verborgenes Stockwerk, etwas niedriger als ein gewöhnliches.

Die kleine Gruppe folgte dem Strom der Androiden in einen Gang, in dem sie sich nur geduckt voranbewegen konnten, worunter wieder einmal besonders Claw litt, der sein Schwert die ganze Zeit in der Hand tragen musste.

Auf ihrem Weg durch das verborgene Stockwerk passierten Trent, Rosso, Claw und McCae zahlreiche Relaisstationen und Schaltkonsolen. Immer wieder blieben sie an einzelnen Kabeln hängen, die aus dicken Strängen an der Decke ragten. Bald wurde der Gang noch enger, die Luft noch dünner. Nummer 42, der direkt vor Rosso ging, drehte sich noch einmal um.

»Mr. Rosso. Oder sollte ich besser Nobot sagen?«

Der Angesprochene zuckte mit den Schultern. Worte schienen im Angesicht dessen, was die *Copy23* unbemerkt unterhalb der Stadt errichtet hatten, so unnütz.

»Bevor Sie diesen Planeten verlassen, möchte ich Ihnen sagen, dass wir – soweit wir dazu in der Lage sind – bedauern, was mit Ihnen und Ihrer Familie passiert ist.«

Rosso winkte ab. Er wusste, was 42 meinte. Dass, wenn Golem seinerzeit seinen Vater verschont hätte, sein eigenes Leben anders verlaufen wäre und er sich zwischen Menschen und Robotern vielleicht weniger verloren gefühlt hätte. Schuld jedoch war kein binäres Prinzip. Er empfand noch immer keine Wut, keinen Zorn. Schließlich hatte er seinen Vater nicht einmal wirklich gekannt. Zumal er es vorzog, Raymond Rosso eher als seinen Erbauer oder Programmierer zu betrachten.

»Sie haben lediglich die Parameter meines Programms geändert«, entgegnete er und eilte weiter, gefolgt von Beta, McCrae und Techjockey.

Kurz darauf erreichte die Gruppe ihr Ziel. Aus dem Gang traten sie in einen gewölbeartigen Raum, der halb künstlich und halb in das ursprüngliche Gestein des Monds gehauen war. Über ihnen erhoben sich drei niedrige Ebenen, die jeweils über einfache ungesicherte Leiterkonstruktionen zu erreichen waren. Auf jeder davon klafften in einigem Abstand zueinander metallene Luken mit einem Durchmesser von vielleicht einem Meter.

Der Raptorbeta, merklich erleichtert, sich wieder zu voller Größe aufrichten zu können, lugte durch eines der kleinen Sichtfenster und erkannte dahinter staunend das Innere einer viersitzigen Rettungskapsel. Er versuchte abzuschätzen, wie viele Kapseln es sein mochten, und kam nicht umhin, anerkennend festzustellen, was die Androiden mit der ihnen eigenen Präzision von langer Hand vorbereitet hatten.

Hinter ihnen traten McCrae und Trent in den Raum. Während sich die *Copy23* auf die verschiedenen Ebenen verteilten, begann 42 zu sprechen: »Die Kapseln werden nicht ausreichen, um uns alle in Sicherheit zu bringen. Aber es wird genügen. Zumal dort draußen noch genügend von uns warten. Wichtig ist, dass Sie, Officer McCrae, und Ihre Leute hier rauskommen. Damit Sie dem Rest der Welten von dem erzählen können, was hier vorgefallen ist.« Er schaute sie an. Wieder schien über sein Gesicht die Ahnung eines Lächelns zu huschen, als er der Gruppe eine der Rettungskapseln zuwies. »Und vermutlich werden Sie, damit man Ihnen zuhört, nicht einmal eine weitere Stadt in die Luft jagen müssen. Schließlich haben wir Ihnen einige interessante Filme auf Ihren Speicher überspielt.«

McCrae nickte, und Trent reichte dem Androiden seine künstliche Hand. »Aye, ich danke Ihnen. Und wenn Sie erlauben: Sie sind das eigenwilligste Stück Technik, das mir jemals begegnet ist.«

»Von Ihnen nehme das als Kompliment, Mr. Trent.«

Lächelnd löste der Techjockey seine Hand und begab sich

zu der bezeichneten Luke hinüber. Als sich 42 Claw zuwandte, wurden über ihnen die ersten Rettungskapseln gezündet. »Dieser Flug wird kein Vergnügen für Sie werden, Mr. Claw. Es tut mir leid, aber wir haben beim Bau dieser Vorrichtungen nicht mit jemandem wie Ihnen gerechnet.«

»Lassen Sie es gut sein. Meine Urahnen sind im Meteoritenhagel verbrannt. Da werde ich doch ein paar Tage in so einem Sitz aushalten«.

Auch sie schüttelten einander die Hände. Hinter ihnen drangen neue Explosionen aus dem Inneren der Stadt. Die Selbstzerstörungssequenz hatte eingesetzt. Der Beta zwängte sich neben Trent in seinen Sitz, und 42 trat an McCrae heran. »Ma'am, ein Rat unter Freunden. Sollten Sie noch einmal mit dem Gedanken spielen, ein Kommando zu übernehmen, wählen Sie etwas sorgfältiger aus. Sowohl den Auftrag als auch Ihre Männer.« Der Android zwinkerte ihr zu.

Trotz allem konnte sich McCrae ein Lächeln nicht verkneifen. »Glauben Sie mir, das würde ich nur tun, wenn ich jemanden wie Sie in meinem Team hätte.«

42 salutierte. McCrae erwiderte die Geste und kletterte durch die Luke zu den anderen. Zuletzt standen sich vor der Kapsel nur noch 42 und Rosso gegenüber. Und hier schienen die Worte dem Androiden schwerer über die künstlichen Lippen zu kommen.

»Lassen Sie mich Ihnen zum Abschied eines sagen, Nobot: Wenn jede Mischung aus Mensch und Roboter Ihnen gliche – wir würden nicht weiter gegen sie ankämpfen.«

Der nachfolgende Händedruck war heftiger als die anderen zuvor.

»Ich bin froh, Sie getroffen zu haben, 42«, sagte Rosso

leise. »Es ist einsam, wenn man weder das eine noch das andere ist. Bis ich Sie und die Ihren traf, glaubte ich, ich müsste, wenn ich zugleich Roboter und Mensch sein wollte, werden wie von Kempt.«

»Und das wäre eine Schande gewesen. Wann immer Sie etwas brauchen, Schutz, Geld, was auch immer, wir werden für Sie da sein ...«

Rosso nickte 42 zu, wandte sich um und begab sich zu den anderen in die Kapsel.

Als kurz darauf das gesamte Team die Sicherungsbügel angelegt hatte und Trent bereits begann, den Holo-Cube mit der Sternenkarte der näheren Umgebung zu studieren, beugte sich der Android noch einmal durch den Einstieg zu ihnen hinab.

»Und wenn irgendein Konzern Ihnen jemals wieder etwas über die Zukunft und den Fortschritt erzählen will, erinnern sie sich an ihren Besuch in Coppola City!«

Mit diesen Worten schloss er die Luke, die mit einem dumpfen Geräusch einrastete. Ein leises Zischen begleitete die Versiegelung, während der Android von außen den verkürzten Countdown startete.

Im Inneren der Kapsel glaubte Claw inzwischen, dass ein Meteoritenhagel womöglich doch angenehmer war als dieser Sitz. Trent hatte die Steuerung übernommen und markierte einen Zielpunkt innerhalb der Karte. Jack Rosso hielt es mit einem Mal für möglich, doch noch seinen Frieden zwischen Menschen und Bots finden zu können, und McCrae atmete tief durch.

Und dann schleuderte die Zündung die Rettungskapsel hinaus ins All.

Epilog

SYSTEM: Prokrustes
ZEIT: 05:00 PM
ORT: Orbit von Coppola II

Die *Gemini4* mit dem ÜberBot und dem Daten der PCU an Bord erhob sich über Coppola II. Kurz bevor das Schiff den Orbit jedoch verließ, erschienen auf ihren Ortungsschirmen die Rettungskapseln der *Copy23*, die den Mond in diesem Moment ebenfalls verließen.

Umgehend ließ der Commander die Waffensysteme scharf schalten, die Zielsysteme auf die vorderen Kapseln ausrichten und holte ein vergrößertes Bild auf den Zentralmonitor.

Da flohen sie also. Die letzten Überlebenden von Coppola City. Wartungstrupps. Wissenschaftler. Und wahrscheinlich auch Officer McCrae und ihr Team. Er wusste nicht, wie sie es bewerkstelligt hatten. Zumal ihm nichts von derartigen Rettungskapseln bekannt war. Die Läufe der Bordkanonen folgten präzise ihrer Flugbahn. Es hätte nicht viel gebraucht, um sie alle vom Himmel zu holen.

Der Commander jedoch zögerte. Sein Team hatte seine beiden primären Einsatzziele erreicht. Darüber hinaus beschränkte sich ihr Einsatzgebiet auf den Mond selbst, sodass es nun eine Ermessensentscheidung war, das Feuer auf die Flüchtlinge zu eröffnen. In letzter Konsequenz hätte er es wahrscheinlich tun müssen, denn Coppola City konnte nur niemals existiert haben, wenn auch niemand davon berichten konnte.

Andererseits verdienten diese Leute seinen Respekt. Von Robotern gejagt und in einer brennenden Stadt zum Sterben zurückgelassen, war es ihnen doch gelungen zu entkommen. Für einige Wartungsmechaniker und ein Team, das zusammengestellt worden war, um zu versagen, war das eine respektable Leistung.

Diese Leute waren beinahe in der Scheiße ertrunken. Und er würde sie jetzt nicht zurückstoßen. Lächelnd salutierte er, deaktivierte die Waffensysteme und befahl die Einleitung des Sprungs.

Durch die Sichtluken der Rettungskapsel konnten McCrae und ihre Leute beobachten, wie die *Gemini4* verschwand. Dann waren sie mit den *Copy23* allein im All.

Ion Trent hatte unter Ernstfallbedingungen siebenunddreißig Techniktests absolviert und beschlossen, sich nach dem vierzigsten zur Ruhe zu setzen. Der verkorkste Auftrag mit dem Perpetuum hatte ihn ernsthaft darüber nachdenken lassen, es schon vorher zu tun. Aber vermutlich war er dafür zu konsequent. Dementsprechend würde er, um auf die vierzig zu kommen, so schnell es ging eine gute Zigarre, eine telorische Prostituierte und eine Nase Metakokain testen und dann seinen verdienten Ruhestand genießen. Er schloss die Augen und lehnte sich zufrieden in seinem engen Sitz zurück.

Jack Rosso, der Roboterprofiler, den Golem um seine Kindheit betrogen hatte und der Roboter besser verstand als Menschen, sah zum ersten Mal die Sterne und die Weite des Weltalls. Seine Augen glänzten vor Staunen. Und er, der den Beinamen Nobot trug, fieberte vor allem darauf zu erfahren, was die unendlich scheinende Welt dort draußen noch für Roboter zu bieten hatte.

Helen McCrae, die sich ihren ersten Einsatz als Befehlshaberin eines Justifierteams anders vorgestellt hatte, dachte ernsthaft über einen Berufswechsel nach. Vielleicht würde sie sogar zu Psy Meta Supplies zurückkehren, den Rest ihres Lebens eine Versandabteilung leiten, harmlose Bots beim Verpacken zweifelhafter mentalverstärkender Medikamente beaufsichtigen und eine ruhige Kugel schieben. Mit einer Knarre im Stiefel. Für den Fall, dass die Bots einmal durchdrehten.

Und dann war da noch Claw. Der Show-Beta, der aus dem gleichen Grund wie Coppola City geschaffen worden war. Als Beweis für den Triumph des Fortschritts. Er saß inmitten der anderen und betrachtete nachdenklich die schwarze Klinge seines *VibroKatanas*. Er war ein Sauriersamurai, der den modernsten Errungenschaften der Technik getrotzt und überlebt hatte. Saurier hatten über Roboter triumphiert. Das erfüllte ihn mit Stolz und der sicheren Gewissheit, mehr als bloß ein Vorzeige-Exponat zu sein.

Und während sie alle nun inmitten der geretteten *Copy23* durchs All schwebten, dachten sie noch einmal an Mono, den ungepflegten Zwerg, dem es mit Sicherheit ein Vergnügen gewesen wäre, auf den Boden dieser Kapsel zu spucken.

Die vier wussten, dass sie verdammtes Glück gehabt hatten. Aber sie waren frei und am Leben. Und sie hatten genügend Daten im Gepäck, um den Vorstand von *2OT Technology* für die nächsten hundert Jahre schlecht schlafen zu lassen ...

MARKUS HEITZ

OPERATION
VADE RETRO

III

1. September 3042 a. D. (Erdzeit)
System: Gliese Jahreiss 1111
Planet: zwischen Rodne und Alda Raan
Ort: –

Innocent White konnte ein Raumschiff dieser Größe steuern, und bei allen Heiligen der Church of Stars, er wäre auch durch ein dichtes Meteoritenfeld geschippert, mit etwas Zeit und Umsicht.

Zeit hatte er gerade nicht mehr, denn die Jäger von *United Industries* hielten auf die INTERCEPTION zu und machten ihre Waffensysteme scharf. In der aufsteigenden Panik ging die Umsicht verständlicherweise verloren.

Hinter ihm stand Nuntius Civer Black, die Waffe auf die Besatzung des erbeuteten Schiffs gerichtet, und betrachtete die Anzeigen des kleinen, aber antriebsstarken Raumers. »Solltest du nicht Schub geben? Da kommen zwei auf acht Uhr rein. Du erinnerst dich an den Plan, dieses Geschenk nicht zu verlieren, sondern es für den HERRN zu retten?«

Innocent sparte sich jeden Kommentar. Die Finger tippten auf den Steuerungsdisplays herum, die INTERCEPTION reagierte prompt und sehr direkt.

»Hier Rodne Bodenkontrolle. INTERCEPTION, Sie sollten landen«, mahnte die Stimme aus dem Lautsprecher.

Civer drückte die Sprechtaste. »Tut mir leid, aber wir sind gerade von Piraten wieder überwältigt worden«, rief er und täuschte Atemlosigkeit vor. Er feuerte ein paar Mal, die Kugeln sirrten durch die Tür hinaus in den Fahrstuhl. »Schießen Sie die Maschine ab! Ich wiederhole, schießen Sie ...« Dann endete er grinsend. »Jetzt dürfte es gleich losgehen.«

»Lassen Sie mich fliegen!«, rief die Capitainne vom Boden aus. »Dann haben wir wenigstens eine Chance, den Jägern zu entkommen.«

Civer legte eine Hand auf Innocents Schulter. »Der Junge hat den Segen des HERRN, und den brauchen wir dringender als jede Flugkunst.«

Innocent presste die Lippen zusammen und rief sämtliche Energie ab, welche die Motoren bekommen konnten. Die INTERCEPTION reagierte auf den leisesten Tastendruck, wand sich zwischen den ersten Salven der Gegner hindurch, tänzelte die Raketen aus, entging den faustgroßen Geschossen der Railkanonen.

Der Abstand zwischen ihnen und den *UI*-Schiffen wuchs und wuchs.

Innocent konnte kaum glauben, was die Anzeigen präsentierten: Die Triebwerke orgelten, ohne auch nur in die Nähe des roten Bereichs zu gelangen. Er kannte kein Schiff dieser Größe, das es an Endgeschwindigkeit mit einem Hyperion-Zerstörer aufnahm. *Die Leistung bringt uns bis knapp an die Lichtgeschwindigkeit heran. Herr im Himmel!*

»Fein gemacht, Preacher.« Black nickte grimmig. »Ich

424

schlage vor, wir fliegen den nächsten Außenposten der Church an und geben durch, was für einen schönen Fang wir machten. Der Ministrator soll entscheiden, was damit geschieht.«

»Und wenn er die INTERCEPTION zurückgeben möchte?«, fragte Innocent und lehnte sich in den Sessel, entspannte die verkrampften Muskeln.

»Dann geben wir das Schiff zurück an ...« Der Nuntius sah Capitainne Fairbanks an. »Gehört es dir, oder seid ihr für jemanden anderen auf Kaperfahrt?«

»Es gehört ...«, setzte einer der Verletzten an, die sich inzwischen die Wunden versorgt hatten. Die Löcher in den Beinen waren umwickelt, dennoch müsste eine bessere Versorgung her.

Fairbanks versetzte ihm einen Stoß. »Das geht die Kreuze nichts an«, zischte sie.

»Kreuze«, sagte Black und lachte whiskydunkel. »Das ist doch mal eine nette Bezeichnung.«

Innocent hielt sich raus und suchte im Navigationsgerät nach Außenposten mit einer entsprechend leistungsstarken Funkanlage. »Ich habe einen gefunden. CoS-Alpha-2Koh311. Der Flug wird bei der Geschwindigkeit eine Woche benötigen, sagt der Computer.« Er setzte Kurs und schaltete auf Automatik. »Ich würde gern nach den Wunden der Gefangenen sehen.«

»Die sind leicht zu sehen«, erwiderte Black und lachte leise und böse.

»Verstehen Sie sich darauf, oder machen Sie alles schlimmer?«, fragte Fairbanks kritisch.

»Ich verstehe mich darauf. Als Preacher legen wir eine Prüfung als Rettungssanitäter ab, bevor wir in den Außendienst gehen.« Innocent erhob sich aus dem Sessel, kniete neben dem ersten Angeschossenen nieder und suchte im Erste-Hilfe-Koffer nach Utensilien. »Die INTERCEPTION hat vermutlich keine Krankenstation?«

Fairbanks schüttelte den Kopf.

Black durchsuchte derweil die Brücke, sichtete Unterlagen und kleine Notizzettel, betrachtete Bilder und versuchte offenkundig, mehr über die Crew herauszufinden.

Innocent entfernte den Notverband, setzte lokale Betäubungsspritzen und entfernte die Geschossüberreste aus dem Fleisch, so behutsam es ging. Fairbanks half ihm dabei, wobei sie immer wieder nach dem Nuntius sah. Sie wirkte lauernd.

»Geben Sie sich keine Mühe«, sagte er, obwohl er mit dem Rücken zu ihr stand und in einem Heft blätterte. »Ich bekomme alles mit. Versuchen Sie lieber nicht, kindischen Widerstand zu leisten. Ich sehe zwar alt aus, aber ich nehme es mit fünfzig von Ihnen auf.«

Fairbanks öffnete den Mund, um eine Erwiderung abzufeuern, als die Computerstimme der INTERCEPTION erklang:

+++ Sprung umgeleitet ... FÜNF Individuen an Bord ... Beziehe neue Messdaten ... Abgleich der Interferenzen ... KEIN neues Portal in Reichweite ... Standbymodus +++

Fairbanks lachte schallend. Black runzelte die Stirn.

Innocent sah zur Capitainne. »Was hat das zu bedeuten? Ihre Leute?«

»Meine?« Sie zeigte auf die Angeschossenen. »*Das* sind meine Leute, plus den einen, den Sie unten irgendwo erledigten. Sie beiden Weihrauchlutscher haben den Rerouter nicht abgeschaltet. Er hat sich irgendwas angesaugt, was gerade sozusagen vorbeikam. Ich bin sehr neugierig, was ihr an Bord geholt habt.«

»Betäube die drei, und dann komm mit«, grollte Black und prüfte die Munition seiner Waffen. »Videokameras?«

»Nicht im Empfangsraum. Die elektromagnetischen Störungen durch die Maschine sind zu stark. Das wird eine echte Überraschung«, antwortete Fairbanks, die nun weniger schadenfroh und beunruhigter klang. Sie begriff, dass es auch um ihr Leben ging.

Innocent erhob sich und bekreuzigte sich. »Wir lassen Sie besser bei Bewusstsein. Könnte sein, dass wir sie als Unterstützung brauchen.«

Blacks Stirn lag immer noch in Falten, dann trat er zu und traf die Capitainne gegen das Kinn, sodass sie wie vom Blitz gefällt ohnmächtig umfiel. Die beiden Crewmitglieder bekamen wuchtige Schläge mit dem Kolben, dann eilte er zur Kabine.

Innocent seufzte und folgte ihm.

Die Türen schlossen sich, der Lift brachte sie nach unten in den Maschinenraum und spuckte sie in den Korridor aus.

»Sollten es Gardeure sein, nicht schießen. Mit denen kann man verhandeln. Alles andere wird umgenietet.« Black ging vor, die *RapidFire* im Anschlag. Er bewegte sich leise, als würden seine Schuhe keinerlei Kontakt zum Boden haben.

Innocent hielt die *Thorn II* schussbereit, schluckte und fragte sich, wie er in das alles geraten war: eine ungewollte Tätowierung in unverständlicher Sprache, eine Schießerei nach der nächsten und dazu ein Nuntius, der sich benahm, als sei er aus einem miesen Actionfilm ausgebrochen und versuche, sämtliche Klischees zu erfüllen. Inklusive Nutten, Drogen und Tätowierungen.

Sie schlichen vorwärts, achteten auf jedes winzige Geräusch, das durch das elektrische Summen und Wummern des Antriebs hinausging.

Aber es blieb ruhig.

Die neuen Passagiere schienen sich im Empfangsraum sicherer zu fühlen und beratschlagen gewiss, was sie tun sollten.

Innocent und Black passierten das Crewmitglied mit der Schulterverletzung. Kein Atemgeräusch, kein Heben und Senken des Brustkorbs. Es war verblutet.

»Gott sei deiner Seele gnädig«, murmelte Innocent und konnte sich nicht ausmalen, wie viele Ave Maria er beten musste, um mit dem HERRN einigermaßen ins Reine zu kommen. Er war Preacher, und das, was er gerade erlebte, gehörte nicht in sein Repertoire. Überhaupt nicht.

Sie erreichten das schwere Schott.

Black zog eine Granate aus der Tasche, postierte sich neben dem Eingang und bedeutete Innocent, er möge ihn öffnen.

Doch dazu kam es nicht.

Fauchend schoss das Schott in die Höhe. Qualm rollte in den Gang und raubte Innocent sofort die Sicht. Leise klingelnd flogen zwei Rauchgranaten aus der Wolke und versprühten noch mehr künstlichen Nebel.

Dafür warf Black seinen Sprengsatz durch das Loch, das sich umrisshaft abzeichnete. Es knallte und blitzte einmal, dann noch zweimal, und nach wenigen Sekunden Pause ein drittes Mal.

Innocent verstand, dass es sich um eine Multi-Flash-Bang-Granate gehandelte hatte, die in Soldatenkreisen auch GangBang genannt wurde.

Aus dem Raum hörte man aufgeregtes Rufen, ein Schatten taumelte an Innocent vorbei.

Geistesgegenwärtig schlug der Preacher mit dem Waffengriff zu – und traf mit einem dumpfen Geräusch den Helm des Unbekannten. Der Einschlag warf den Mann zur Seite gegen die Wand, gegen die er prallte und davor niederstürzte.

Innocent sah eine Panzerung, auf der das Emblem von *United Industries* leuchtete, darüber schwebte der Adlerkopf mit dem J für Justifiers. Keine Gardeure, aber doch Kon-Einheiten. Die Gestalt am Boden schien ein Mensch und kein Beta zu sein.

Was jetzt?

Er hätte zu gern das Gesicht des Nuntius gesehen, um sich mit Blicken abzustimmen, aber der Rauch verhinderte das.

Die Bewaffnung des Justifiers konnte sich sehen lassen: ein RockIt9-Maschinengewehr in der Rechten, eine Laserpistole am Gurt, und die Panzerung konnte die Kugeln einer *Thorn II* zumindest so weit abbremsen, dass sie nicht ganz so tief in den Körper eindrang.

Sie werden die INTERCEPTION auf alle Fälle erobern wollen. Das Schiff ist ein Unikum und mit Geld gar nicht aufzuwiegen. Es ist der ultimative Rebuy! Die ganze Einheit wird auf einen Schlag freikommen.

Diese Erkenntnis sorgte bei Innocent für einen Panik- und Adrenalinschub. Er würde nicht mit Schonung rechnen dürfen. Gelähmt starrte er die Gestalt am Boden an, die sich mehr und mehr orientierte und anscheinend ihre Sehkraft zurückerlangte.

Die gelben Augen des Mannes erfassten den Preacher, die Verwunderung darin war eindeutig. Die Hand mit dem *RockIt9* hob sich.

Innocent schoss und schrie dabei vor Überraschung und Angst. Die Kugel der *Thorn II* drang durch das Visier und färbte es in Millisekunden von innen rot, machte es undurchsichtig.

Der Justifier krampfte kurz und brach wie eine Marionette ohne Schnüre zusammen.

Der Knall der Automatikpistole bedeutete gleichzeitig den Startschuss für eine Feuergefecht, das an Intensität schwerlich zu überbieten war: Aus dem Schott zuckten lange Mündungsfeuer von Sturmgewehren, das aufjaulende Kreischen ließ auf Drehläufe einer *Gatling-MarkIX* schließen. Eine Sekunde darauf röhrte das leichte Geschütz ohne Unterlass und bestrich den Gang gleichmäßig.

Die Plastikplatten wurden gestanzt, zerschlagen, Splitter flogen umher. Funken stiebend gingen die Lampen zu Bruch, Querschläger sirrten von Stahlträger zu Stahlträger, die Abdeckungen wurden hinweggefegt.

Die *Gatling-MarkIX* kreischte ihre Geschosse ununterbrochen in den Korridor. Zusammen mit dem Qualm hatte es den Anschein, als tobe es in einer Gewitterwolke.

Hätten Innocent und Black nicht unmittelbar rechts und links des Schotts gestanden, sie wären zu ähnlich blutigen Schnipseln geschreddert worden wie der Leichnam des Crewmitglieds. Sein Blut sprenkelte die Wände und die Decke; Gliedmaßen wurden abgerissen und weggewirbelt.

Dann stellten die Läufe den Beschuss ein.

Ein letztes Sirren, und es senkte sich Stille herab. Das Licht flackerte, zwei Birnchen verbreiteten unverzagt einen Hauch Restlicht. Der Rauch hatte sich so gut wie aufgelöst, renitente Schwaden waberten frühnebelhaft umher.

Aus dem Schott schoben sich zuerst die Läufe der Sturmgewehre, dann folgten die Träger der Waffen und sprangen unvermittelt heraus.

Die Justifiers sicherten sofort nach rechts und nach links.

Damit waren Black und Innocent entdeckt ...

TO BE CONTINUED ...

GLOSSAR

AMPUTRON 3000 – Amputationsroboter, wurde aufgrund seiner Präzision und Geschwindigkeit früher in Kriegsgebieten für Massenamputationen eingesetzt

ANCIENTS (auch Uralte) – Nicht mehr existente Hochkultur, die lange vor den Menschen Raumfahrt betrieb und deren Relikte heiß begehrt sind.

ARCLIGHT – Laserpistole

ARIES ONE – Konzern, der auf die Herstellung von Kampfpanzerung spezialisiert ist.

ARSTAC – Tochterunternehmen von *KA* und *Hikma*, das sie auf Planetenerschließung und -ausbeutung spezialisiert hat.

A-TEAM 2041 – von *Everywhere Broadcasting* produzierte Weltraum-Action-Serie im Retro-Stil

BB 5G (Builderbot) – kleiner Bauroboter mit Bolzenschussvorrichtung. Scherzhaft mitunter auch ›Bob‹ genannt.

BETA/ BETAS (auch Betahumanoide) – Tier-Mensch-Chimären ohne Rechte; werden gewöhnlich speziell für Justifier-Einsätze gezüchtet.

BIRTHBOT – Geburtshilfe-/Hebammenroboter

BOT – Kürzel für Roboter/Robot

BUILDATRON XT – robuster Bauroboter mit Bolzenschussvorrichtung

C – Credit; Kunstwährung der *TTMS*, die härteste Währung in der Galaxie.

CHEMICAL – Meist missgebildete Personen mit starken psionischen Fähigkeiten, oft geht die Missbildung auf den

Missbrauch von Medikamenten der Eltern während der Schwangerschaft/Zeugung zurück.

CHIM – Abfälliger Begriff für Beta

CLAIM BOY 3P – Schürfroboter. In der Standardausführung unbewaffnet

CLAIRE B7 – Luftreinigungsdrohne

COPY23 – Androiden-Baureihe aus der Zeit, bevor die KI limitiert wurde und deren verbliebene Exemplare seit dem Verschwinden des Containerschiffs *Dahlia* als verschollen gelten.

DD2015 – Hoch-KI-Antiterrordrohne

DECKARD (Dr Bryant) – Genialer Professor und Gründer des 2OT

DEFENDOR T4 – Sicherheitsbot, ursprünglich zur Unterstützung von Planetenmilizen entwickelt

DIAMOND KNIFE – Kampfmesser

DINOBITES – Frühstücksflakes in Form von Saurierpranken, deren Nährwert nachgewiesenermaßen im negativen Bereich liegt.

EMP – Elektromagnetischer Impuls

ENDOKRINER KRISTALL – geheimnisvolles Material der *Ancients*

EVERYWHERE BROADCASTING – Familienunternehmen, das Unterhaltungs- und Dokufilme produziert (u. a. die Serie *A-Team 2041*).

FUROR9 – vierläufige Hochgeschwindigkeits-Shotgun, kann *Sternenstahl* durchschlagen. Hergestellt von *United Industries*.

GARBGRAB 900 – veralteter Prototyp eines Entsorgungs-Bots

GARDEURE – Bewaffnete Konzern-Truppen

GAUSS INDUSTRIES – Europäischer Forschungskonzern

GGB 600 (Guided GuideBot) – einer Kegeldrohne ähnelnde Führungsdrohne. Meist von einem Operator von außen gesteuert.

GLEAM2000 – Laserschrotblaster, hergestellt von der *Knowledge Alliance*

GNC 12 (Grab and Carry) – Transportroboter

GOLEM – Angeblich eine Gruppe freier Roboter, deren KI sie zur Flucht anleitete, bevor diese gezielt beschränkt wurde.

HAMMERTUSK – kurzläufigen *Hammertusk Impuls-Repeater* von *Gauss Industries*

HEAVY – Menschen von Hochschwerkraftplaneten mit gedrungenem Wuchs und kräftiger Körpermuskulatur

HOLO-CUBE/ KUBUS / 3DCUBE – Würfel, in dessen Inneres Filme und Bildaufzeichnungen in 3D projiziert werden. Es gibt verschieden große Modelle.

INTERIM – mysteriöse und von ätzendem Schleim erfüllte Sphäre, die Schiffe mit Sprungtriebwerken überlichtschnell durchqueren können.

IRONCLAD –Vollkörperrüstung. Hochpreisiges exklusives Modell mittelschwerer Bauart. Hergestellt von *United Industries*

KNOWLEDGE ALLIANCE (KA) – Großer und wenig spezialisierter Konzern, der ursprünglich von den Eastern Stars gegründet wurde, inzwischen unabhängig

LIGHT TROOPER GEAR – das LTG, das seinem Träger eine gewisse Bewegungsfreiheit ließ, das optimale Einsatzgear

MICROFANG – Organische Projektilwaffe, mit herkömmlichen Scannern kaum auszumachen. Hergestellt von *Gauss Industries*. Trägt den Beinamen *Cäsarenmörder*

MLC4 – klassisches unbewaffnetes Kurzstreckenlandungsschiff. Verfügt neben der Brücke über vier kleinere Quartiere sowie eine Vorrats- und Ausrüstungssektion.

MT6 – mobiles Multitool, ein Reparaturbot mit flachem Korpus und sechs flexiblen ausfahrbaren Gliedmaßen

MULTIBOX – Multifunktionsgerät aus Kom, Uhr, Speichermedium, Kalender, Telefonbuch etc. Wird üblicherweise wie eine Armbanduhr am Handgelenk getragen.

MULTIBRILLE – Multifunktionsbrille

NATUS-TANK – Vorrichtung zur Zucht von Betahumanoiden. Überwiegend im Besitz von Großkonzernen

NOTE-PAD – Kleincomputer, ungefähr DIN A6 groß

OMEGON3 – hoch entwickelter SecurityMech

OMNIKEY – modifizierte Universal-Swipecard

OMNIMINIUM – noch im Eprobungsstadium befindliche experimentelle Metalllegierung

OMNIPROT PRO9G – Armprothese mit Nanofusion, optimierten Reflexen und hoch entwickelter K.I. Prototyp der *BigGear*-Serie. Hergestellt von *2OT Technology*

ORDER OF TECHNOLOGY (2OT) – Orden mit dem Ziel der Abschaffung des anfälligen menschlichen Körpers

PHNX3 – Produktionsroboter, dessen Tätigkeit sich vorwiegend auf die Reproduktion seiner selbst beschränkt.

REPEATER – Sturmgewehr

RIMBLASTER – Großkalibriges Blastergewehr mit Rundmagazin

RULI – Starke halluzinogene Droge, wird wie Haschisch überwiegend geraucht

S&B COMPACT (Slash and Burn) – Rodungsroboter mit Flammenwerfer, wurde früher im Rahmen von Terraforming-Korrekturen eingesetzt

SPOTLIGHT – Äquivalent einer Super-Maglite

STARLOOK – Nachrichtensender

STELLARWEB – Das interstellare Internet

STERNENSTAHL – Metalllegierung aus Titan, die zunehmend *Ultrastahl* ablöst.

SUPERSOLDIER/SUPRAKRIEGER – Genetisch oder medikamentös verbesserte Soldaten, meist Gardeure; heute sind die dafür verwendeten Medikamente illegal.

SUSHI-MASTER 900 – GastroBot, mit einem Dutzend präzisionsgesteuerter Filetiermesser ausgestattet

SWIPECARD – Plastikkarte mit Chip, z.B. als Schlüssel für Hotelzimmer etc

TAB-SHEET – Millimeterdünne Folie, die wie Papier beschrieben wird und auf der Dokumente gespeichert werden können.

TOUCHPAD – Moderner Computer mit Holo-Display, Folienbildschirm

TRANSMATT (*Transmission of Matter*) – Prinzip zur Übermittlung von Materie, die es ermöglicht, mit oder über Lichtgeschwindigkeit an zuvor festgelegte Orte zu reisen.

TTMS (Terra Transmatt Specialities) – Ein gewaltiger Konzern mit *TransMatt* Monopol

2OT TECHNOLOGY – einziger Konzern, von dem bekannt ist, dass er vom 2OT unterhalten wird. Unterhält kybernetische Modifikationskliniken. Anteile sind nicht zu erwerben.

2OT DRIVE TECHNOLOGY LTD. – jüngst gegründete mysteriöse Unterformierung von 2OT Technology mit dem Forschungsschwerpunkt Antriebstechnologie

ULTRA9 – SynthFood-Mischung aus Kaugummi, Keks und Adrenalinstimulator

ULTRASTAHL – Speziallegierung für Raumschiffe, das Minimum, mit dem man den Gefahren des Alls entgegentreten sollte.

UNITED INDUSTRIES (UI) – Junger Konzern, der an Waffentechnologien und Körperpanzerungen forscht

VIRTWALL – virtuell projizierte gebärdengesteuerte Pinnwand

XCUT V9 – Schlachthausdrohne

XEROSIN – Gängiger Raumschiff-Kraftstoff, ausgelegt für Negativtemperaturen

REIHENVERZEICHNIS

ALLE ROMANE AUS
MARKUS HEITZ' SPACE-FICTION-UNIVERSUM
BEI HEYNE

www.justifiers.de

Markus Heitz
COLLECTOR

Wir schreiben das Jahr 3042. Die Menschheit ist ins Weltall aufgebrochen, und große, multinationale Konzerne treiben mit Macht und viel Geld die Eroberung der Galaxis voran – bis man auf eine geheimnisvolle außerirdische Spezies trifft: die Collectors. Eine Spezies, der selbst die härteste Spezialeinheit der Konzerne, die Justifiers, scheinbar machtlos gegenübersteht ...

Die Fortsetzung von COLLECTOR erscheint voraussichtlich 2013 im Heyne Verlag.

Markus Heitz wurde 1971 in Homburg geboren, studierte an der Universität des Saarlands, arbeitete lange Jahre als Journalist und ist heute einer der erfolgreichsten deutschen Phantastik-Autoren. Seine Romane »Die Zwerge«, »Ritus« und »Die Legenden der Albae« standen monatelang auf den Bestsellerlisten. Mit »Collector« hat Markus Heitz das Tor zu seinem JUSTIFIERS-Universum geöffnet.

Christoph Hardebusch
MISSING IN ACTION

Sein erster Auftrag führt Leutnant Owens und sein Justifiers-Team auf einen neuen Planeten, wo es zur Katastrophe kommt. Ein Justifier nach dem anderen verschwindet auf mysteriöse Weise. Sind es intelligente Aliens, die ihnen so feindlich gesonnen sind, oder verbirgt sich hinter den Angriffen eine noch schrecklichere Wahrheit?

Christoph Hardebusch, geboren 1974 in Lüdenscheid, studierte Anglistik und Medienwissenschaft in Marburg und arbeitete anschließend als Texter bei einer Werbeagentur. Seit »Die Trolle« und »Sturmwelten« ist er als freischaffender Autor tätig. Er lebt und arbeitet in Heidelberg.

Lena Falkenhagen
UNDERCOVER

Wenn eine ganz gewöhnliche Mission schiefgeht, wenn Freunde zu Feinden werden, wenn eine interplanetare Verschwörung deine Existenz bedroht – wird es Zeit, zu drastischen Mitteln zu greifen! Justifier Eliza muss ihr Leben mehr als einmal aufs Spiel setzen, um korrupten Konzernen das Handwerk zu legen und die Zukunft des Planeten zu sichern.

Lena Falkenhagen, geboren 1973, gestaltet seit über einem Jahrzehnt als Redakteurin Aventuriens die größte phantastische Rollenspielwelt Deutschlands mit. Daneben schreibt Lena Falkenhagen historische und phantastische Romane und Kurzgeschichten. Die Autorin lebt in Hannover.

Thomas Finn
MIND CONTROL

In der Welt der Justifiers ist das Reisen mit Überlichtgeschwindigkeit mit vielen Gefahren verbunden. Für manche Menschen haben die Sprünge durch Raum und Zeit jedoch ganz besondere Konsequenzen – sie erlangen besondere psionische Kräfte und werden zur Zielscheibe von Anschlägen und Intrigen. Und die Justifiers haben mal wieder alle Hände voll zu tun ...

Thomas Finn, 1967 in Evanston/Chicago geboren, wuchs in Deutschland auf. Die Fantasy hat ihn zum Schreiben gebracht – zunächst als Autor von Fantasy-Rollenspielpublikationen, später kamen auch Theaterstücke, Drehbücher sowie ein gutes Dutzend phantastische Romane hinzu. Thomas Finn lebt und arbeitet in Hamburg.

Nicole Schuhmacher
ZERO GRAVITY

Auf das Team der Justifiers wartet einer ihrer bis dahin gefährlichsten Aufträge. Sie sollen auf einem einsamen Vorposten eines Konzerns nach dem Rechten sehen, denn die Station hat jeden Kontakt eingestellt. Zwar sind sie bereits auf einiges gefasst – aber was den Justifiers auf Holloway II tatsächlich begegnet, übertrifft ihre schlimmsten Albträume ...

Nicole Schuhmacher, Jahrgang 1966, ist Diplomsoziologin mit Interessenschwerpunkt Militärsoziologie und seit ihrer Kindheit angetan von phantastischer Literatur. Beim gemeinsamen Fabulieren mit Markus Heitz hat sie das Schreiben entdeckt. Sie lebt und arbeitet im Saarland.

Boris Koch
SABOTAGE

Der Forschungsbeauftragte eines Großkonzerns verschwindet scheinbar spurlos und mit ihm ein mysteriöser, schwarzer Koffer. Es beginnt ein Wettrennen zwischen den Mächtigen, jeder will der Erste sein, der den Verschwundenen aufspürt. Schließlich werden die Justifiers eingeschaltet, um das Problem zu lösen, doch die finden sich plötzlich auf einem abgelegenen Planeten wieder, wo sie es mit äußerst aggressivem Grünzeug, Mafiakillern und einem Verräter in den eigenen Reihen zu tun bekommen ...

Boris Koch, Jahrgang 1973, studierte Alte Geschichte und Neuere Deutsche Literatur in München und lebt heute als freier Autor in Berlin. Zu seinen Veröffentlichungen gehören der mit dem Hansjörg-Martin-Preis ausgezeichnete Jugendkrimi »Feuer im Blut« sowie die »Drachenflüsterer«-Trilogie.

Daniela Knor
OUTCAST

Noch ahnt an Bord niemand, dass die Besatzung von Weltraumpiraten infiltriert wurde, die nur ein Ziel verfolgen: eine Meuterei. Als der Transporter dann auch noch von feindlichen Kampfverbänden gejagt wird, kommt es tatsächlich zum Aufstand, und das Raumschiff landet auf einem abgelegenen Planeten. Doch die anfängliche Freude der Rebellen verwandelt sich bald in Furcht, denn statt der ersehnten Freiheit erwarten sie auf dem Planeten die Justifiers ...

Daniela Knor, geboren 1972 in Mainz, studierte Geschichte, Psychologie und Literaturwissenschaft und hat bereits mehrere phantastische Romane unter anderem für das Rollenspieluniversum Das Schwarze Auge veröffentlicht. Sie arbeitet als freiberufliche Autorin und lebt mit ihrem Mann und ihrem Hund in Mainz.

Thomas Plischke
AUTOPILOT

Überall in der Galaxis hat sich die Menschheit ausgebreitet. Es gibt allerdings einen Ort, der selbst für die Reichen und Schönen des Universums scheinbar unerreichbar ist: das Luxusresort At Lantis. Doch dann erschüttert eine Mordserie die Idylle, die einen Meisterdetektiv, Terroristen und jede Menge Ärger auf den Plan ruft, und die Justifiers haben wieder alle Hände voll zu tun ...

Thomas Plischke hat sich in der deutschen Phantastik bereits mit der Saga Die Zerrissenen Reiche *sowie mit* Die Zombies *einen Namen gemacht, bevor er in die entfernten Sternsysteme des Justifiers-Universums aufbrach. Thomas Plischke lebt in Hamburg.*

Maike Hallmann
HARD TO KILL

Argon, seines Zeichens Ex-Justifier und nun Schmuggler, lebt den Traum vieler ehemaliger Kollegen: Der Captain der *Virago* ist sein eigener Herr. Mehr oder weniger jedenfalls, wäre da nicht sein ehemaliges Justifiers-Team, das mit ihm noch eine Rechnung offen hat. Doch als die *Virago* abstürzt, haben Crew und Justifiers auf einmal ganz andere Probleme. Das Einzige, was die Bewohner des namenlosen Planeten kennen, ist Hunger, und auf einmal geht es nicht mehr um Rache oder Freiheit, sondern ums nackte Überleben ...

Maike Hallmann wurde 1979 in Hamburg geboren. Sie studierte Germanistik und begann nach ihrem Abschluss als freie Autorin in ihrer Geburtsstadt Hamburg zu arbeiten. Sie hat u. a. einen Jugendkrimi, diverse Kurzgeschichten und mehrere Shadowrun-Romane veröffentlicht, bevor sie mit »Die Feen« ihr erstes großes Fantasy-Epos schrieb. Die Autorin lebt mit ihrer Familie in Hamburg.

Christian von Aster
ROBOLUTION

Der Planet Coppola II ist eigentlich ein vom Rest der Galaxis unbeachteter High-Tech-Schrottplatz. Doch im Geheimen werden hier mit Billigung des mächtigen Order of Technology illegale Experimente mit Robotern und künstlichen Intelligenzen gemacht. Und nun verlangen diese Maschinen ihr Recht auf Freiheit – notfalls mit Gewalt.

Christian von Aster, Jahrgang 1973, hat Germanistik und Kunst studiert. Bereits früh hat er mit dem Schreiben und der Veröffentlichung von zahlreichen phantastischen Kurzgeschichten und Romanen begonnen. Zusammen mit Boris Koch und Markolf Hoffman veranstaltet Christian von Aster die Phantastik-Lesereihe Stirnhirnhinterzimmer *in Berlin.*

Susan Schwartz
UNUSUAL SUSPECTS

Sergeant Orloff Holden und seine Justifiers sind ein eingeschworenes Team. Ihre Spezialität ist die Installation von TransMatt-Portalen überall in der Galaxis. Umso überraschter sind sie, als sie plötzlich Babysitter für die Raumbarke eines Botschafters spielen sollen. Doch kaum sind sie auf dem fremden Planeten angekommen, fangen die Probleme erst an – denn sowohl die Bewohner als auch der Botschafter verfolgen ganz eigene, verdächtige Pläne ...

Susan Schwartz, 1961 in München geboren, hat bereits für Das Schwarze Auge *und* Perry Rhodan *geschrieben und zahlreiche Fantasy- und Science-Fiction-Romane veröffentlicht. Sie lebt und arbeitet in Markt Rettenbach.*

Markus Heitz'
JUSTIFIERS
Das Abenteuerspiel

Markus Heitz'
JUSTIFIERS

Das Abenteuerspiel

Markus Heitz'
JUSTIFIERS

Mystery

Ein Abenteuerspiel ist eine besondere Form des kooperativen Gesellschaftsspiels. Einer der Spieler nimmt dabei die Rolle des Erzählers ein und konfrontiert die anderen Spieler mit Rätseln, Widersachern, Kämpfen und Gefahren. Dabei muss er sich jedoch nichts selbst ausdenken – die Geschichte und alle Ereignisse werden ihm detailliert vom Abenteuerspielbuch vorgegeben!

Beim **Justifers Abenteuerspiel** schlüpfen die Spieler in die Rolle sogenannter Betas, vom Konzern Gauss Industries genetisch gezüchtete Tiermenschen. Sie werden, nachdem sie ihrem Zuchttank entstiegen sind, zu hochspezialisierten Fachleuten ausgebildet – den Justifiern. Im Namen ihres Konzerns erkunden sie fremde Planeten und nehmen sie in Besitz. Dabei treffen sie auf antike und moderne fremde Zivilisationen, feindselige Umweltbedingungen und gefährliche Flora und Fauna in jeder Variante.

Produkt	Art.-Nr.	ISBN
Justifers: Das Abenteuerspiel	US36000	978-3-86889-071-6
Justifers: Mystery	US36001	978-3-86889-121-8
Justifers: Erzählerdeck	US36101	978-3-86889-154-6
Justifers: Justifierdeck	US36002	978-3-86889-118-8

ULISSES
SPIELE

www.ulisses-spiele.de

SPACE ACTION

»Dan Abnett lässt den Krieg so real werden, dass man
instinktiv in Deckung geht.« *SciFi.com*

Journalist Lex Falk würde für eine gute Story einfach
alles tun. Als er die Gelegenheit bekommt, sich durch
einen Computerchip mit dem Gehirn eines Frontsoldaten
zu verbinden, ist er sich sicher, den ganz großen Coup
gelandet zu haben. Doch dann wird der Soldat getötet
und Lex muss sich in Sicherheit bringen ...

978-3-453-52913-7

Leseprobe unter **www.heyne.de**

HEYNE ‹